徐则臣小说论

作为目前最年轻的茅盾文学奖得主,徐则臣已经成为当代具有代表性的著名作家之一。著有长篇小说《北上》《耶路撒冷》《王城如海》《夜火车》,中篇小说集《跑步穿过中关村》《如果大雪封门》《北京西郊故事集》等。长篇小说《北上》获第十届茅盾文学奖、2018年度"中国好书"、中宣部"五个一工程"奖。长篇小说《耶路撒冷》获老舍文学奖、冯牧文学奖、华语文学传媒大奖·年度小说家奖、香港红楼梦奖·决审团奖、腾讯书院文学奖。短篇小说《如果大雪封门》获第六届鲁迅文学奖,同名短篇小说集获2016年度"中国好书"。作品被译为英文、法文、德文、意大利文、西班牙文、阿拉伯文等在海外出版。

《徐则臣小说论》是安徽文艺出版社关于徐则臣研究成果丛书出版计划的首部作品,是中国作家协会新时代文学研究中心(江苏师范大学基地)的重点扶持项目。该基地是中国作家协会与高校合作成立的全国第一家国家级科研创新平台,集中学术力量致力于新时代文学研究。《徐则臣小说论》是近二十年来关于徐则臣小说的综合性研究成果的系统选编,以对徐则臣小说创作的写作观念、思想深度、形式探索、传统与创新等方面研究为编纂的分类依据,筛选出30余篇视角新、剖析深、影响大的论文成果,展现徐则臣卓越的艺术悟性和艺术能力,及其正在形成和积淀的思想经验和艺术经验。作为国内第一部关于徐则臣小说创作的综合性研究成果的系统资料汇编,该书不仅为丰富和深化徐则臣研究提供扎实的史料基础,而且也是新时代文学史料建设中一个重要的探索性和创新性学术成果。

主　编

郝敬波，文学博士。江苏师范大学文学院教授，中国作协新时代文学研究中心（江苏师范大学基地）常务副主任、徐则臣研究中心主任，中国小说学会理事。主要从事中国现当代文学研究，研究集中在当代文学批评、文学语言、乡土文学等方面。在《文艺研究》等重要刊物发表论文60余篇，在生活·读书·新知三联书店等出版著作多部，主持国家社科基金重点、一般项目2项，省部级社科基金重点、一般项目2项。

副主编

田振华，文学博士。江苏师范大学文学院副教授，南京大学中国新文学研究中心在站博士后，巴黎大学访问学者。中国作协新时代文学研究中心（江苏师范大学基地）副主任、徐则臣研究中心副主任。在《小说评论》《扬子江文学评论》《山东社会科学》等刊物发表论文40余篇。主持省部级、市厅级项目多项。曾获第十一届江苏文学评论奖。中国作家协会会员、中国文艺评论家协会会员。

范伊宁，文学博士。江苏师范大学文学院讲师，中国作协新时代文学研究中心（江苏师范大学基地）副主任、徐则臣研究中心副主任。主要从事中国当代乡土文学研究、当代文学批评，在《小说评论》《当代作家评论》《当代文坛》等刊物发表论文20余篇，主持国家社科基金青年项目1项，江苏省社科基金项目1项，近期研究重点为民间口语艺术与乡土文学语言。

中国作家协会新时代文学研究中心
（江苏师范大学基地）
重点扶持项目

徐则臣小说论

郝敬波 ◎ 主编
田振华　范伊宁 ◎ 副主编

Xu Zechen
Xiaoshuo Lun

1

时代出版传媒股份有限公司
安徽文艺出版社

图书在版编目（CIP）数据

徐则臣小说论 / 郝敬波主编. -- 合肥：安徽文艺出版社，2025. 1. -- ISBN 978-7-5396-8307-2

Ⅰ. I207.42

中国国家版本馆 CIP 数据核字第 2024PS8426 号

出 版 人：姚 巍　　　　策　　划：姚 巍　刘姗姗
责任编辑：刘姗姗　　　　装帧设计：张诚鑫

出版发行：安徽文艺出版社　　www.awpub.com
地　　址：合肥市翡翠路 1118 号　邮政编码：230071
营 销 部：(0551)63533889
印　　制：保定市正大印刷有限公司　(0312)2209511

开本：700×1000　1/16　印张：24　字数：360 千字
版次：2025 年 1 月第 1 版
印次：2025 年 1 月第 1 次印刷
定价：88.00 元(精装)

(如发现印装质量问题，影响阅读，请与出版社联系调换)

版权所有，侵权必究

总序：加强文学史料建设，促进新时代文学发展

吴义勤

文运与国运相牵，文脉与国脉相连。党的十八大以来，以习近平同志为核心的党中央高度重视文艺工作和文学事业对增强人民精神力量、推进文化自信自强的重要作用。习总书记关于文艺工作的系列重要讲话，深刻阐释了文学艺术在中华民族伟大复兴新征程中的光荣使命，犹如照亮前路、温暖人心的文艺灯火，引领新时代文学乘风破浪、繁荣发展。中国式现代化是前无古人的壮丽事业，新时代文学不仅生动反映了这一波澜壮阔的历史进程，其本身也是中国式现代化的重要能动力量。新时代文学创作和理论研究，无疑为中国式现代化提供了丰富的文化滋养和强劲的精神动力。尤其是近年来，新时代文学创作出现了一大批注重表现时代变迁、讲述奋斗故事、体现人民性创作指向、符合人们对美好精神生活需要的现实主义题材作品。不少作家在创作中更加注重对中华优秀传统文化的创造性转化和创新性发展，创作出一大批反映新时代万千气象的新时代中国故事，深刻诠释了中国价值和中国精神，为实现中国式现代化贡献了宝贵的文学力量。

在深受新时代文学成就鼓舞的同时，我们也要看到，新时代文学创作与研究尚存在诸多不平衡、不充分的问题，评论界对新时代文学的具体阐释和理论建构还有待深入。为整合各方面研究力量，进一步总结新时代文学创作的经验与成就，中国作家协会决定由中国作家出版集团和《中国当代文学研究》编辑部牵头，与有科研条件、有当代文学研究力量的高校合作，设立"中国作协新时代文学研究中心"，充分利用高校的人才资

源和学术优势,通过制度化、机制化的运营管理体系,深入推进新时代文学研究。中国作协新时代文学研究中心(江苏师范大学基地)成立于2023年5月,是中国作家协会与地方高校合作成立的第一家基地。该基地成立以来,以论坛、会议、讲座、成果发表等形式积极开展文学现场批评,对新时代出现的重要作品进行集中研讨,取得了一定的学术影响。

  这套由安徽文艺出版社出版的徐则臣研究资料汇编丛书,是中国作协新时代文学研究中心在新时代文学史料建设方面所取得的一项重要成果。《徐则臣小说论》是该套丛书的第一本,集中汇编了关于徐则臣小说整体性研究的优秀学术论文。史料建设是新时代文学研究的基础和支撑,系统的史料收集与整理,可以为研究者提供准确、全面的研究资料,有助于深入了解和把握新时代文学的发展脉络、创作特点和艺术成就。自20世纪80年代开始,当代文学的史料建设就引起了学界的重视,许多有影响的研究资料丛书陆续面世,为当代文学的理论研究和学科发展做出了突出贡献。史料建设不仅具有历史性,而且具有当代性。随着时代的发展,史料的生产过程及载体都发生了很大的变化,图像、音频、视频等往往及时、生动地记录着文学的进程和读者的反应。如何把大量的、零散的、在不同传播媒介中出现的文学信息收集、整理为有价值的史料,是当代文学史料学理论体系建构所面临的重要课题。特别是当代青年作家在各种传播媒体上与读者互动交流的信息,往往是一些鲜活的文学史料,但它们随着时间的推移很容易散失,因而研究者应该对其进行及时的收集与整理。中国作协新时代文学研究中心(江苏师范大学基地)、安徽文艺出版社以徐则臣研究资料的编纂和出版为起点,在新时代文学史料建设上做具体的实践,显示出双方所具有的可贵的史料观念、学术视野和责任担当。徐则臣是新时代优秀青年作家的代表,其作品拥有大量的读者并获得广泛好评。本套丛书将对徐则臣的研究资料进行"全覆盖",对不同媒介上的研究论文、创作笔谈、对话交流、作品传播等史料信息进行系统、有序的收集与整理。这不仅为深化徐则臣研究提供扎实的史料基础,而且为新时代文学的史料建设进行了有益的探索,是值得肯定和推广的。

未来,新时代文学的史料建设必将大有可为。随着新时代文学的不断发展和深入研究,新时代文学的史料建设也将不断得以丰富和完善。通过多方合作交流、加强数字化建设等措施,新时代文学的史料建设将会朝着更加系统化、规范化的方向发展。我们希望有更多的文学研究者和文学传播机构,积极参与到新时代文学的研究中来,回应时代关切,共担时代使命,共同促进新时代文学的发展与繁荣。

是为序。

(吴义勤:中国作家协会党组成员、副主席、书记处书记,著名学者、评论家)

目　录

总序：加强文学史料建设，促进新时代文学发展　吴义勤／1

对自我与世界的双重确证
　　——论徐则臣的写作观　谢有顺／1
小说格式塔与一代人的精神分析
　　——评徐则臣长篇小说《耶路撒冷》　王春林／19
徐步向前
　　——徐则臣小说简论　邵燕君／44
他让沉默者言说
　　——我读徐则臣小说　张　莉／55
永恒的暂时
　　——徐则臣、郊区故事与流动性生存　刘大先／61
"京漂者"及其故乡　何志云／76
小说背后站着什么
　　——徐则臣的小说解读　李尚财／79
徐则臣小说简评　吴　俊／89

像蝙蝠一样穿过夜及夜的黑

  ——徐则臣夜系列小说解读 张英芳 / 94

小说、批评与学院经验

  ——论徐则臣兼及"70后"作家的中年转型 孟庆澍 / 103

写小说的徐则臣和写经典的徐则臣 付艳霞 / 124

没有结局的小说与"漂泊者"的命运及状态

  ——读徐则臣中短篇小说记 傅逸尘 / 133

告别"在场的缺席者"

  ——略论徐则臣小说 郭 艳 / 146

沉默的闪电,或"70后"的有限性

  ——论《耶路撒冷》 杪 椤 / 157

"70后"徐则臣:"理想主义者"的"现实主义"写作 魏冬峰 / 166

通往乌托邦的旅程

  ——徐则臣论 游迎亚 / 175

徐则臣的前文本、潜文本以及"进城"文学 刘 琼 / 187

代际意识与徐则臣的小说创作 钟 媛 / 196

徐则臣小说创作论 韩春燕 薛 冰 / 207

河流叙事与国族文化想象建构

  ——以徐则臣《北上》为中心 蒋林欣 / 219

理论自觉、世界视野与中国故事同构

  ——论徐则臣小说及小说理论 顾金春 王禹新 / 238

"北上",到世界去,或者回故乡

  ——徐则臣在他的时代里 王一梅 何 平 / 256

时代的精神状况

　　——徐则臣论　曾　攀 / 273

历史、记忆、认同

　　——论徐则臣的《耶路撒冷》与《北上》　薛　蒙 / 289

"阿莱夫"镜鉴：徐则臣小说艺术中的繁复及困境　张龙云 / 301

我的"徐则臣印象"　李　浩 / 315

"在世界中"写作

　　——徐则臣近期小说评析　徐　刚 / 321

论徐则臣的小说叙事

　　——以《北上》为例　朴竣麟 / 335

发明"花街"与"北京"之外的普遍性世界

　　——徐则臣小说论　邱域埕 / 346

语言、经验与新现实主义创作（代后记）　郝敬波 / 358

对自我与世界的双重确证
——论徐则臣的写作观
谢有顺

一

我们身处一个现代社会,但并不是每个人写的都是现代小说;通俗一点说,有现代观念的小说,才能称之为现代小说。"现代"二字,如果按照黑格尔、马克斯·韦伯等人的辨析,它不同于"古代",是比之前的任何时代都更具进步性和优越性的时代。因此,它的合法性无法从过往的历史中获得,建构现代主体的方式,只能从内部来自我确证、自我立法。用黑格尔的话说,就是通过思辨来把握自身,把自己也当作客体。正是思辨和理性促成了现代社会向世俗化方向转变,而世俗化又是现代小说兴起的重要基础,它的标志是个人意识的觉醒和对日常生活的深切关注。① 尽管后来的现代小说描述的多是非理性世界里人的生存处境,但现代小说的兴起却和理性传统的应用有关。康德说,"在理性面前,一切提出有效性要求的东西都必须为自己辩解"②,借助理性,现代人才能在反思和批判中找到自我、生成自我。

现代小说也并非不言自明的事物,它同样需要"为自己辩解"。这种自我辩解、自我确证的方式,是要求作家不断寻找新的艺术方法,寻找个

---

① [美]伊恩·P.瓦特:《小说的兴起》,高原、董红钧译,生活·读书·新知三联书店1992年版,第62页。
② [德]于尔根·哈贝马斯:《现代性的哲学话语》,曹卫东等译,译林出版社2004年版,第23页。

性、创新、不可重复的艺术设定。纯粹而独特的创造,才能为现代艺术提供合法性,这迫使每一个作家、艺术家都要追求成为艺术的立法者。它在催生了大量极具创造精神的现代艺术的同时,也掀起了一股不顾一切想要标新立异的风潮。20世纪以来的文学艺术,先锋、探索、实验是主流,但也不乏破坏、捣蛋、故作高深、任意妄为,原因就在于此。

理解了"现代",才能理解现代人,才能做出现代学术、写出现代小说。以现代学术为例,它除了归纳以外,还要有假设、推论、演绎等知识辨析和思想辨析,这样产生的成果才是现代学术的成果。胡适提倡的学术研究的科学方法,就包含假设和实验,没有假设,就不用实验,也没有实验。胡适说宋儒讲格物时不注重假设,顶多"含有一点归纳的精神",而他欣赏的是戴震提出的八个字——"但宜推求,勿为株守",认为这才是"清学的真精神"[1],这个精神里就包含了假设、推论和演绎。前段时间读南京大学徐兴无的一篇访谈,他回忆了他的老师周勋初的学术观点:"中国古时候做学问,一直到乾嘉,基本上用归纳法,但是从王国维开始,知道演绎了,胡适后来从西方带回来治学方法之后,推论、假设、演绎的逻辑在现代学术里就用得比较多,这是中国现代学术和古代学术最大的一个不同。也就是说古代学术,包括乾嘉诸老,他们写札记都是归纳的方法,他们觉得归纳出来就可以了,其实现在看起来,包括民国早期很多老先生其实不会写论文,他们写论文都是自己说一句话,下面给自己的话做个注释,排一些材料,但是现代学术的起步,就是要会在局部归纳的基础上发现问题,而这些问题往往是一种假设,然后你要在这个假设的前提之下进行推论、研究,这才是现代的学术。"[2]周勋初要求他的学生做类似王国维、陈寅恪的现代学问。不是有现代思想的学人,断难有此识见。小说也必须写现代小说,而不是那种只服从于现实原则、逻辑严整、全知全能式

---

[1] 胡适:《胡适文存》,亚东图书馆1923年版,第205—246页。
[2] 王锷:《皇皇者华——学礼堂访谈录》,凤凰出版社2022年版,第260—261页。

的传统小说。这种小说并不能有效写出现代生活中的矛盾、悖谬、混杂、离乱,无法表现其丰富性和复杂性。

现代小说在反思和批判中省思自我、观察世界,它不仅书写人和世界是什么样的,也思考人和世界应该是什么样的。

20世纪以来的语言实验、文体探索、叙事伦理演变,都根植于这种"现代"观念。一切坚固的东西都烟消云散了,传统文学中的"真实"正在变成一种幻觉,写作更多的是在自我分析、自我省察,它和现实的关系变得既密切又脆弱,既真实又变形,现代写作者再也不可能像古典作家那样自信且雄心勃勃了——以为自己能主宰生活并给生活一个意义。卡夫卡笔下的"甲虫",鲁迅笔下的"狂人",作为中西现代小说的开端,预言了现代人的生存困境,并开创了作家观察、理解、思考世界的全新方式。也就是说,现代作家不可能用巴尔扎克、托尔斯泰或曹雪芹那样全知全能、百科全书式的方式写作了,这种上帝视角、推土机式的、粉碎一切障碍的叙事艺术,所谓的"宏大叙事",它的思想基础乃相信世界是确定的,整全的,有逻辑、有总体性的,所以古典小说都有记录、还原世界的雄心,着迷于把小说写得完整、规矩、平衡、有头有尾、彼此呼应,可现代社会的来临打破了这个幻象,它首先要颠覆的就是对世界的总体性和完整性认知。

这就是卢卡奇在《小说理论》里所说的,人类从"史诗时代"进入了"小说时代"。他认为,在一个碎片化时代,所有的整全性都是可疑的、不真实的,小说只能为有限的个体寻找生活意义。米兰·昆德拉也有类似观点,他把小说当作欧洲公民社会的基石,他说:"小说的艺术是上帝笑声的回响。在这个艺术领域里没有人掌握绝对真理,人人都有被了解的权利。这个自由想象的王国是跟现代欧洲文明一起诞生的。"[①]在昆德拉看来,现代小说应该毁掉确定性,小说只提出疑问,它不是去寻求确定,而

---

① [法]米兰·昆德拉:《小说的艺术》,董强译,上海译文出版社2004年版,第206页。

是去发现不确定;现代作家要去发现事物的暧昧和模糊,注视生活中那些沉默和黑暗的区域,真正写出以零散、缺损、拼贴、混杂、无中心、无深度为主要特征的现代生活,伸张"人人都有被了解的权利"。

在这个背景里,你很难想象,一个没有理性精神和思考力的作家能写出真正的现代小说。就像前面所说的那样,现代小说本身已成为需要争辩和确证的事物。有不少作家(如马原、格非、苏童、叶兆言等人)都写过"元小说",作家在这些小说中直接跳出来讲述小说为什么要这样写、故事为何要如此设计,其实就是有一种想要重新确证何为小说的写作冲动。现在回望先锋小说时期的叙事探索,很多人会觉得那是先锋作家在有意炫技,其实,更主要的原因是,作家对固有的小说秩序和小说写法产生了根本的怀疑。这个怀疑类似于印象派画家对真实世界的怀疑,画家们不再相信之前写实的世界就是他所看到的世界,作家们也开始怀疑旧有的书写方式能否有效抵达自己的内心。艺术观变化的背后,是世界观的变化;而没有自己世界观的作家,只会在一种艺术的惯性里写作,他不会试图做出改变。比讲故事更难的是完成故事精神,并对故事进行批判,在这种批判中阐释自己的艺术观和世界观;现代小说不能做故事的奴隶,而是要借由故事重建个人与世界的关系。

这样的写作,才是有现代主体的写作;而这个现代主体的建构,正是通过反思和批判来完成的。几乎所有现代小说所创造的经典形象,都是思想的产物,形象的下面都藏着思想的内核。20世纪以来的小说,写疯子、狂人、傻瓜、白痴、精神病患者,是因为作家觉得世界生病了、人残缺了;写甲虫、稻草人、蝇王、戴着面具的小丑,是因为作家觉得人性的光辉已经黯淡、人成了物;执迷于碎片、断裂、散乱、拼贴的结构和叙事,是因为作家觉得世界的整体性已经崩塌,散碎才是世界本来的面貌……以前写小说是反对"主题先行"的,认为主题、思想如果涨破了形象的壳,对小说本身是一种伤害;现在看来,现代小说的经典作品几乎都是"主题先行"的,许多著名的作品都可拆解出一个或多个主题,有些作品甚至就是根据这些主题来设计和完成的。主题先行就是思想先行,作品中若没有一个思想内核,叙事完全被感觉流、细节流卷着走,那就不是现代小说的写法。现代小说起源于理性精神、批判精神的觉醒,它的个性、独创性很大程度上是来自作家对自我和世界之关系的重构。

二

现代小说不仅创造形象,也敞露看法。看法有时比事实更重要。有看法、有思考力的作家才能走得更远。中国当代有成就的作家,很多都是有理性思考力、有独特写作观的作家,如汪曾祺、阿城、史铁生、贾平凹、王安忆、韩少功、于坚、莫言、欧阳江河、张炜、铁凝、刘震云、叶兆言、阿来、韩东、余华、苏童、格非、麦家、东西、雷平阳、艾伟、李洱、邱华栋等人,他们的读书笔记、创作谈、访谈,都有不凡的见地。年轻的作家中,思考力强的就更多了。这一方面表明,写作越来越专业化了,没有对现代艺术的学习和训练,已经很难洞悉艺术的秘密;另一方面也显示,思想才是文学的底色,无思想的文学是苍白的。文学革命首先是思想革命、观念革命。假如写作只到经验为止,必然是轻浅的,因为经验的高度同质化是一个不争的事实,经验的贫乏就是意义的贫乏。只停留于毛茸茸的生活表面,写的很可能只是一些肤浅的情绪,或者满足于一些细小的感悟、精致的发现,却无力解析生活下面那个坚硬的精神核心。

到了对这种写作进行反思的时候了。我尤其想强调,主题先行并不可怕,理性不是文学写作的天敌,反思性、批判性思想才能给文学带来真正的解放和自由。有很长一段时间,中国当代小说不断地感觉化、细节化、实感化,尤其在涉及身体、欲望的经验叙写方面,越来越大胆,并把这个视为个人风格的标志之一;一旦写作热衷于小事、私事的述说,就会渐渐失去关注重大问题、书写主要真实的能力。"文学正在从更重要的精神领域退场,正在丧失面向心灵世界发声的自觉。从过去那种概念化的文学,过渡到今天这种私人化的文学,尽管面貌各异,但从精神的底子上看,其实都像是一种无声的文学……许多人的写作,只是满足于对生活现象的表层抚摩,普遍缺乏和现实、存在深入辩论的能力。"①正因为如此,我一直希望看到更多理性而有思想的作家,能平衡好小与大、实与虚的关系,实现真正的写作突围。

在年轻一代作家中,徐则臣就是一个通过思考让自己的写作变得宽阔的代表。比之他的同代作家,他有更坚忍的意志、更正大的文学观、更明确的写作目标,对自我及其所处的时代也有理性的认知。他并不是"70后"作家中最早出道,甚至也不是最具才华的那个,但他的写作充满个性、耐力、包容度、历史感、思想光彩,而且有极强的综合能力和平衡能力;在他身上,你能清晰地看到一个人持续写作所产生的累积效应,②也能深刻地印证理性思考和自我争辩是如何扩大一个作家的视野、丰盈一个作家的精神的。

从这个意义上说,考察徐则臣写作观的形成、变化和要旨,不仅是研究他小说写作的背景性材料,也能标示出一个作家在走向成熟的过程中要面对和解决的问题。

徐则臣有一个现代作家的自觉,所思考的写作问题,多是现代人的困惑、现代性的追问,他也试图以自己的写作对这些精神疑难做出应答。他早就意识到写作光靠经验、直觉是难以为继的,要想确立自己的写作风格,"需要你具有充分的思考和发现的能力"③。他还说,"我不是依靠自身经历写作的那类人,我需要的是经验、想象、虚构和同化生活的能力"④,并坦言自己有"意义焦虑症",喜欢追问"意义的意义","直到把这

---

① 谢有顺:《肯定中国当代文学也需勇气》,《文艺争鸣》2021年第7期。
② 这不仅指徐则臣成了"70后"作家群中首位获得茅盾文学奖的作家,也指他作品的成熟度、读者接受度。
③ 李徽昭:《文学、世界与我们的未来——徐则臣访谈录》,《创作与评论》2012年第1期。
④ 傅小平,徐则臣:《区别,然后确立》,《黄河文学》2007年第6期。

个世界看清楚"①,"写作于我,已然成了思考和探寻自我与世界的方式"②。迅速跨越迷信经历、崇拜经验的初学阶段,让自己的写作具有虚构生活、同化生活的能力,进而逼视存在的意义和价值,这样的写作就不单是回忆、感受和体验,它也是思考、探寻和发现。并不是所有作家都有这种"为自己辩解"、为写作找寻理由的自省意识的,尤其是在青年时代,多数作家都仰赖个人经历而写作,写的也多是"半自传体"小说。这种小说往往都有一个特点,貌似从个人经验出发,但所处理的经验大同小异,正如很多人都强调身体写作,用的像是同一具身体一样。经验、欲望、身体一旦戴上了面具,或为同一种写作观念所支配,自我重复也就不足为奇了。

中国当代文学作品常遭冷嘲,与此有关。如何让自己的写作和别人不同、和过去的自己不同,并通过独特而不可代替的艺术差异使自己从写作人群中被识别出来,这是任何一个有抱负的作家都无法回避的难题。徐则臣对此有清醒的认识:"那么多人在做同一种工作,那么多人和你面对的是同一个世界,过的是同一种生活,平面和趋同的生活又培养了大家趋同的看法,写出来很可能就是同一篇小说,我就不得不怀疑这个小说的意义和价值。"他本身是杂志编辑,每年要读大量这种小说,他甚至感受到了一种"绝望":

> 大部分都是对生活平庸烦琐的摹写,"低到了尘埃里";另有一些,安于对日常美德简单、肤浅地肯定,把小温暖当大境界,尽其所能地卑微、安详和桃花源记;还有一些,显见的重复,重复自己和他人、重复前人和前人的前人,用陈旧的修辞、故事讲述一个陈旧的正大庄

---

① 徐则臣:《老屋记》,《光明日报》2012年8月24日,第16版。
② 徐则臣:《一意孤行:徐则臣散文自选集》,北京联合出版公司2018年版,第178页。

严的道理。在这些写作中,你看不见作家内在的焦虑和彷徨,看不到他对这个世界怀有困惑和疑问,他像转述佛经一样写小说,看似熙熙攘攘满篇的人间烟火,实则两眼空洞,什么都没有"看见"。如果把"不平则鸣"作为文学的定义之一,那你就会明白他对这个世界其实无话可说。①

无话可说而仍在说,是聒噪,是制造话语泡沫;没感觉了仍在写,那是在挥洒伪感觉,是感觉的荒漠化,也是对感觉的消灭;对耳熟能详的价值观的简单复述,其实是另一种毫无冒险精神的价值迷信,文学写作如果只深信一种价值,那就意味着把自己的灵魂交出去;艺术上如果只有"陈旧的修辞、故事",那就是在惯性、惰性中坐享其成,已失去创造的激情。韩少功说:"中国文学当下最重要的危机是价值真空,以及由此引起的创造力消退。要解决这个问题,仅靠二十世纪八十年代的'个人主义'和'感觉主义'可能已经不够了,仅靠西方文化的输血也不够了。"②社会和文学需要重新确定一个方向,"一个重建精神价值的方向",而这种价值省悟,就是要在这个"灵光消逝的时代"发现、聚拢残存的"灵光",在创造力衰退的时代里,以理性、思辨和"教化"③重塑创造力的方向。现代作家理应有这种自我省悟,并背负这个艺术重担。

徐则臣把这称之为"问题意识"。"问题意识确实是我个人写作的初衷,如果没有问题,我不会去写东西,不管最后能否解决某个问题,它的确是我写作的动力所在。我不会因为一个故事很好就去讲它,只有当它包含了我的某种困惑,或者可能提供解决困惑的某种路径,我才有兴趣去讲

---

① 徐则臣:《零距离想象世界》,《青年报》2016 年 6 月 12 日,第 A04 版。
② 韩少功、罗莎:《一个棋盘,多种棋子——关于中国文学和文化的对话》,《花城》2009 年第 3 期。
③ 韩少功:《扁平时代的写作》,《扬子江评论》2009 年第 6 期。

它。"①"必须有了问题意识才动笔,这也是我现在越写越少的原因。……每部小说都在努力,总觉得身后有条名叫意义的狗在穷追猛打。每一部小说都有它要解决的问题。"②他较早的长篇小说《午夜之门》写了一个传奇,且在写作技艺上做了不少探索;《耶路撒冷》写一代人的遭遇与心事、希望和悲伤,以及这代人独有的倔强的生存意志;《北上》写一条河流的历史,以此预示个体和民族的精神流变;而《王城如海》和《北京西郊故事集》诸篇,都有强烈的现实感,"充满着生命与文化的探寻,他已经不满足于写一个人、一群人乃至一代人,他更是试图写出当代中国精神迁徙中的文化寓言,并循此探向无远弗届的未来图景"③。有足够深沉的问题意识,才能为作品打开宽阔的空间;带着问题上路,才能去思考如何逼近这些问题、解决这些问题。我猜测,这也是徐则臣一边写小说、一边写各种读书笔记的原因——他想通过研读萨拉马戈、卡尔维诺、菲利普·罗斯、卡佛等作家,了解他们写作的优长与局限,据此整理和丰富自己的写作思路,"以汲取、警醒、反思和照亮"④。他不断呼唤作家要多一点思想和理论修养,多一些思辨能力和抽象能力,认为作家学者化、学院化是大势所趋,唯有如此,作家才能在生活的表象下面发现本质,才能常中见奇、化常为异。正是这种问题意识和思想自觉,使徐则臣比较早就告别了青春写作的局限,进入真正的以实写虚、以现实反照历史、以形象预示抽象的想象世界,他希望自己站在高处把世界看清楚,"尝试开掘小说意蕴的无限可能性"⑤,并明确说小说的形式可以是古典的,但"意蕴"必须趋于"现代"。

---

① 徐则臣、吕楠芳:《永远带着问题意识去写作》,《羊城晚报》2019年9月8日,第A06版。
② 樊迎春、徐则臣:《信与爱的乌托邦——徐则臣访谈录》,《写作》2021年第5期。
③ 曾攀:《时代的精神状况——徐则臣论》,《小说评论》2021年第1期。
④ 徐则臣:《把大师挂在嘴上》,上海文艺出版社2011年版,第41页。
⑤ 傅小平、徐则臣:《区别,然后确立》,《黄河文学》2007年第6期。

对小说现代意蕴的强调,正是徐则臣小说区别于很多同代作家之处。很多人以为,小说为了避免理念性太强而带来的负面效应,就要刻意轻视理性、逃避思想,跟着感觉走,结果很可能是做了趣味和故事的囚徒。其实,只有向理性开放的感觉才是有穿透力的感觉,而感觉对理性的浸润,又能消解理性的单一和独断,所谓"意蕴的无限可能性",不是对一种意义的肯定,而是不断地发现意义、不断地攀缘新的精神高度。让思想处于矛盾和冲突之中,让小说获得哲学深度,这不是刻意让小说负载小说之外的重量,而是为了让小说更像现代小说。现代小说从诞生之日开始,就有了灵魂追问和形而上的关切。

三

问题意识的形成、小说意蕴的建构,首先是自我的确立。徐则臣这一代作家,多数是经过专业学习和学院训练的,普遍通晓小说的各种技法和艺术流变,对翻译作家的熟悉,也使得他们有更强烈的与国际接轨的渴望。他们的起点较高,但也容易躲在文学大师的阴影下写作,从自己师法的作家中找到适合自己的写作类型。很多作家之所以面目模糊,就是因为大家读的书都类似,仿照的写作类型也大致相同,尤其是掌握了一种通行的写作技术和叙事方法之后,很多作品更像是统一生产的产品。"这一代作家中有众多保有才华者,正沉迷于一些所谓的'通约'的、'少长咸宜'的文学款式,在从事一种跟自己无关、跟这一代人无关,甚至跟当下的这个世界无关的写作。这样的写作里没有'我',没有'我'的切肤的情感、思想和艺术的参与。此类拼贴和组装他人经验、思想和艺术的作品,的确可以更有效地获取鲜花与掌声,但与文学的真义、与一个人眼中的时代南辕北辙。我把这样的作品称为完美的赝品(如果足以完美的话),我把这样的写作称为假声写作。"[①]这样的警觉是切中要害的。现代写作不

---

① 徐则臣:《别用假嗓子说话》,《长江文艺》2018年第10期。

在于创造了多少故事,而在于创造了一个又一个独特的"我"。这些具有内在深度的、不可替代的"我",是现代主体的核心。鲁迅写《狂人日记》,前面故意写一文言小序,强调"余"(我)对此日记的识记,正文的叙述者(狂人)也用"我"的口吻,两个"我"构成对话,形成了现代小说才有的张力;所谓"吃人",就不再是周围的人"吃人","我"也"吃人"("我未必无意之中,不吃了我妹子的几片肉"),这里既有对历史的审判,也有对自我的审判。"我"的这种反思、批判精神,以及与四千年历史彻底决裂的勇气,是中国古代小说中从未出现过的。鲁迅第一次以小说的方式诠释了"现代"二字。[①]

郁达夫在回顾五四运动时说:"五四运动的最大的成功,第一要算'个人'的发现。从前的人,是为君而存在,为道而存在,为父母而存在的,现在的人才晓得为自我而存在了。"[②]个人、自我的发现,是五四精神最醒目的路标之一,一旦文学写作被集体话语和公共思想所劫持,变成一种毫无个性的合唱,首先要重申的正是"五四"对自我的发现和内在个人的建构。没有了个人和自我,就没有了现代文学的主体性。当下的中国文学,尽管作家可以尽情展示个人经验和自我私语,但也要警惕一种更为隐蔽的对自我的消隐,那就是受相似的写作观念和写作方法影响的"通约"式的写作。这种"假声写作",徐则臣称之为"虚伪和无效的写作",他

[①] 对于《狂人日记》被称为第一篇现代白话文小说,学界一直有人质疑。有人认为,李劼人1915年发表于《四川公报·娱闲录》的《游园会》《儿时影》、陈衡哲1917年发表于《留美学生季报》的《一日》,甚至晚清时用法文写的《黄衫客传奇》,写作时间都早于《狂人日记》,应该重新认定中国现代小说的起点。但我认为,先不说李劼人、陈衡哲等人的小说其时读者很少,没有实质性影响现代小说的写作方向,不能和《狂人日记》发表后产生的巨大影响同日而语;只说在对"现代"精神的诠释上,别的小说或许有些朦胧的意识,但鲁迅是全面的觉醒、孤勇的反抗,尤其是"我"那决绝的自审意识,堪称长夜里的一声精神长啸,因此,这个中国现代小说的精神原点是无可置疑的。

[②] 郁达夫:《〈中国新文学大系·散文二集〉导言》,俞元桂编:《中国现代散文理论》,广西人民出版社1984年版,第445页。

告诫写作者,"没自己的声音可以慢慢找,别老用假嗓子说话"①,"我希望能找到自己真实的声音,不用假嗓子说话"②。古人说"修辞立其诚","诚"不仅是指真实,也指思想诚正,唯个人独有的思想才最具真和诚的品格,而不是"假嗓子"。

找寻、识别出自己的声音,是写作者最为艰难的工作,也是一个作家自我确立的前提。其实就是强化写作的陌生感和区隔感。把自己和别的写作者区分开来,甚至也把自己和文学史上的经典作家区隔开来,用自己的眼睛看、自己的耳朵听,用自己的心去体验,也用自己的嗓音发声,让自己的感官全面参与写作。"小说没那么复杂,也没那么高深,只要你盯紧这个世界和你自己,然后真诚而不是虚伪地、纯粹而不是功利地、艺术而不是懈怠地表达出来,我以为,就是好的小说。"③盯紧自己这样的写作认知,很多作家都有,但徐则臣可能是盯得最紧的:"我一直在告诫自己,要对这个巨变中的世界敞开自己的所有感觉,寻找那一些可能是'变'和'新'的蛛丝马迹,然后尽力把感受到的、可能的变与新呈现出来。这并非刻意标新立异,而是要时刻提醒自己,有那么一根弦必须绷紧了,不要因循守旧,别闭目塞听,更不能做一个艺术上'装睡'的人,在某个'正确'的惯性里一直写下去。"④克服守旧、惯性,除了打开自己的感觉,也要借由检索自己的写作盲区来规避可能有的陷阱,并找到新的发力点。徐则臣在《我的文学十年》一文中,就回顾了个人写作史上的一些重要时刻,其中说到写作《耶路撒冷》之前的焦虑,一是找不到合适的结构,二是想对20世纪70年代出生的这代人的生活做一个彻底的清理。但这谈何容

---

① 徐则臣:《别用假嗓子说话》,《长江文艺》2018年第10期。
② 李沛芳、徐则臣:《徐则臣:"现实感"写作中的工匠精神——徐则臣访谈》,《长江文艺评论》2021年第3期。
③ 徐则臣:《回到最基本、最朴素的小说立场》,《当代文坛》2007年第6期。
④ 徐则臣:《寻找一种新的结构时代的文学方式》,《文艺报》2019年1月16日,第3版。

易,想要表达的东西太多,现成的人物和故事未必承载得下;直到他突破之前的想法,不再非得从自己读过的既有长篇小说里找结构的启示,而是大胆创造一个对自己而言最有效的结构方式,即奇数章节讲述故事,偶数章节以专栏的形式呈现。这貌似不太像小说的结构了,但由于它的自由和合适,反而激发了作者的写作热情。包括徐则臣后来写的《北上》,也是从《耶路撒冷》延展而来——《耶路撒冷》写到的运河,被独立出来作为另一部小说的主角,用徐则臣自己的话说,"过去我只是在用望远镜看运河,大致轮廓起伏有致就以为自己看清楚了,现在要写它,需用的是显微镜和放大镜"①。

由个体关怀到清理一代人的生活,由用望远镜看事物到用显微镜放大事物,徐则臣巧妙地处理和平衡了自我与他者、微小与广大之间的关系。这其实是两组最重要的写作关系。自我确立如果只周旋于"我",这个"我"就会狭窄、贫薄、脆弱、孤立,许多作家越写越小、越写越孤寒,就是因为没有很好地在写作中处置"我"。写作固然是在建构一个"我",但好的文学既是有"我"的文学,也是无"我"的文学,如庄子说"吾丧我",既是对自由精神的张扬,也是把这种自由精神变成普遍性的精神平等。懂得这个关于"我"的写作辩证法,才能实现从"我"到"吾丧我"的存在性跳跃。好的写作,一开始是要"找到自己真实的声音",接着是要让这个声音传得更远,使其成为时代的声音、人类的声音。这样,此时的"我"、个别的"我"才能跨越到永恒的"我"、普遍的"我"。这就是写作者的抱负,也是对写作之"我"的深刻理解:

> 小说……得是艺术的、发现的、创造的,是对这个世界的肯定、保持和补济。它要关乎美、恒常和久远,关乎一个人面对世界的独特的方式,关乎对人心中那些躲在阴影里的幽暗角落的照亮。它是平实

---

① 徐则臣:《我的文学十年》,《天涯》2020 年第 3 期。

的,也是超越和飞翔的。①

看到世界、恒常、超越,就意味着建立起了"我"之外的他者视角,同时也是对过小、过实、匍匐在地、超拔不起来的写作趣味的纠偏;自我要共情于他人,微小要能通向广大,这才是创造性的、理想的写作。

四

自我确立之后,为了使自我不走向狭窄、贫薄、脆弱、孤立,变成细小而自怜的形象,需要一个更大的视野来平衡自我、扩大自我。写作要走得远,"我"就要足够大,同时不能让"我"过于放纵、恣肆,而是要时刻意识到,"我"是时代里的"我"、世界里的"我"。直接写时代和世界,容易空洞和虚假,通过"我"来讲述时代和世界,才有真实的根基。很多作家一生都无法摆脱青春写作那种自恋和激情,或者中年写作那种困顿和怨气,症结就在于他不知道把"我"放逐于更大的视野里去平衡;坐标小了,"我"也就小了,写作就成了自我呢喃、窃窃私语,慢慢地也就变得可有可无了。

徐则臣让自己的声音变得越来越响亮,重要的秘诀,正是他懂得在写作中如何平衡"我"的感受、扩展"我"的体验。概括起来说,徐则臣用以平衡和扩展"我"的感受、体验的三种方式是:写同时代人,"到世界去",艺术自律。

作家们普遍是拒绝代际标签的,徐则臣却直言,"我试图尽可能地呈现生于20世纪70年代的同龄人的经验"②,这也是他写《耶路撒冷》的重要原因。他想证明,这代人并没那么不堪,且正在成为社会的中坚力量。"我强调代际只是想要把宏观史变成微观史,拿着望远镜的同时要想着

---

① 徐则臣:《回到最基本、最朴素的小说立场》,《当代文坛》2007年第6期。
② 徐则臣:《孤绝的火焰:在世界文学的坐标中写作》,四川文艺出版社2018年版,第241页。

还有放大镜和显微镜,盯着一代人,可以看得更仔细。"①徐则臣把自己放置于"70后"的代际中,并非想做代言人,而是他认同代际观察所具有的合理性。"就精神背景论,'70后'更接近'60后',与'80后'的差异相对更大些。我基本认可'70后'的说法。代际划分一直不招人待见,理由是把历史拉长了看,别说坑坑洼洼和小丘陵,就算一座大山,放得足够远去看,也是一片平地。话是这么说,但面对历史,除了望远镜,我们有时候还需要放大镜和显微镜。"②为说明这个问题,徐则臣举了李白和杜甫的例子,他们都是唐代诗人,相差十一岁,后世的研究者不会太过强调他们的年龄差距。相较于一千多年的历史,十一岁的代际差异确实可以忽略不计,但我们把这个差异放大后就会发现,这点差距却让杜甫赶上了"安史之乱",进而成就了今天这个杜甫。"正是在这个意义上,正视和重视个别时间段的差异,给予某些代际划分足够的合理性,也许对理解历史和我们自身的处境更具建设意义。对'70后'也是如此,设身处地地将这一群体放进'代际'中来打量,同样会别有一番发现。"③应该说,"70后"作家在文坛也活跃了二十多年时间了,比徐则臣更早出道的作家也不少,但对于同代人的观察、理解、认知、反省,徐则臣最为直接,他既不躲闪,也不拔高:

> 我不敢妄言生在20世纪70年代的一代人就如何独特和重要,但你也许必须承认,他们的出生、成长乃至长成的这四十年,的确是当代中国和世界风云际会与动荡变幻的四十年。人创造历史,历史同样也创造人;如果这一代人真的看了,真的看见了,真的仔细观察了,那么,我可以大言不惭地说,这一代人一定是有看头的,他们的精神深处照应了他们身处的时代之复杂性:时代和历史的复杂性与他

---

① 樊迎春、徐则臣:《信与爱的乌托邦——徐则臣访谈录》,《写作》2021年第5期。
② 李沛芳、徐则臣:《徐则臣:"现实感"写作中的工匠精神——徐则臣访谈》,《长江文艺评论》2021年第3期。
③ 徐则臣:《别用假嗓子说话》,《长江文艺》2018年第10期。

们自身的复杂性,成正比。如果你想把这个时代看清楚,你就得把他们看清楚;如果你承认这个时代足够复杂,那你也得充分正视他们的复杂。①

孟庆澍说,"70后"不仅要面对一个驳杂而庞大的文学传统,还要面对一个口味挑剔的读者群,"'影响的焦虑'使他们的文学生涯从一开始就承载着巨大的压力。然而,从另一角度来看,这种压力恰恰也是'70后'作家进行突围的动力"②。徐则臣对代际的主动确认,其实包含着他对同代人的省思,他的内心希望通过对同代人的辨析,以实现这代作家的写作突围。他以代际来观察个体,个体的生活就不但有了现实感,还有了历史感。这种对同代人的精神担当,恰恰是徐则臣的文学智慧。

除了代际观察这个时间坐标,徐则臣还在他的写作中建立起了"到世界去"的空间坐标。"'到世界去'一直是我写作非常重要的主题。我的小说中经常出现河流、火车、飞机等意象,它们是我寄寓'到世界去'的载体。"徐则臣笔下的很多人物,都向往一个辽阔远大的世界,《耶路撒冷》中的初平阳在北大读完博士,后来要去耶路撒冷;《北京西郊故事集》里的木鱼、行健、米箩等人,要去北京;《王城如海》里的余松坡,先在北京读书,后去了美国学习戏剧;"在这个全球化的时代,'到世界去'是我们共同的境遇"③。而为了在这个世界境遇里确证"我"所处的方位,徐则臣又在小说里建立起了好几个观察维度。他先是看到广阔的现实主义"是我们根本的处境","你生活在一个属于你的具体的世界和时代里,你应该看见它,从脚底下出发,所以,我力求细节落实,在日常生活里寻找小说

---

① 徐则臣:《孤绝的火焰:在世界文学的坐标中写作》,四川文艺出版社2018年版,第242页。
② 孟庆澍:《小说、批评与学院经验——论徐则臣兼及"70后"作家的中年转型》,《文学评论》2013年第2期。
③ 徐则臣:《翻越群峰,接近梦想之书——访徐则臣》,《瞭望》2020年第47期。

的入口"①,他写了很多小人物,生活在现实的边缘角落,卑微、真实而又坚韧;接着,他把自己的视域缩小到"北京","面对和思考这个世界时,北京是我的出发点和根据地"②,他写了很多"京漂",也写了关于这座巨大城市的想象与幻象;然后是"运河","运河是我写作的一个根据地,也是一面我用来反思历史、观察和理解世界的镜子"③,《北上》是最集中的一部;由运河延伸到"水","水绵延不绝的流动,湿润的气息,曲折宛转的形态与韧性,通往远方世界所代表的无限可能性,都不断地给我启发"④,水是徐则臣小说的日常背景,他甚至希望自己的小说叙事也有水到渠成之美;当然还有故乡和小镇。它们共同构成了徐则臣小说的精神基座。

　　书写同代人,"到世界去",建立这两个重要的时空坐标,就是要"把自己放进时代和现实里"⑤,把个体细微幽深的存在感和时代宏大的价值洪流置放在一起,重构人与世界的关系,也确证一代人、一座城、一条河流、一个人("我"、敦煌、旷山、初平阳、余松坡等人)的精神创伤和生命价值。而为了完成对自我的确立、对小说意蕴的营造,徐则臣还尤重艺术自律,他深知艺术自律是一个作家抵达自己写作目标的根本保证。他强调节制、准确、虚实相济,认为好的小说要有日常生活的烟火气,要及物,小说中有意味的细节相互勾连会产生意义;他读黑塞的时候,觉得"我看不到一个人在通往未知的征程中必将面对的无数的偶然性,也看不到他在众多偶然性面前的彷徨、疑难、否定和否定之否定,那些现实的复杂性被提前过滤掉了,生命的过程因此缺少了足够的驳杂和可能性"⑥;他读卡

---

① 徐则臣:《零距离想象世界》,《青年报》2016年6月12日,第A04版。
② 徐则臣:《王城如海》,人民文学出版社2017年版,第258页。
③ 徐则臣:《翻越群峰,接近梦想之书——访徐则臣》,《瞭望》2020年第47期。
④ 李沛芳、徐则臣:《徐则臣:"现实感"写作中的工匠精神——徐则臣访谈》,《长江文艺评论》2021年第3期。
⑤ 李徽昭:《文学、世界与我们的未来——徐则臣访谈录》,《创作与评论》2012年第1期。
⑥ 徐则臣:《孤绝的火焰——重读黑塞》,《光明日报》2013年5月3日,第16版。

佛时,觉得卡佛删减得太厉害了,"小说该有的枝蔓和丰沛,该有的模糊性,文字该有的毛边和艺术感,以及在更高精确度上需要呈现的小说和故事的基本元素,是忍受不了如此残酷的删刈的。卡佛的做法固然可以创造出巨大的空白和值得尊敬的沉默,不过稍不留心,也有可能把小说简化为单薄的故事片段乃至细节,那样不仅出不了空白,反倒弄成了闭合的结构,死死地封住了意蕴的出路"[①]。这些艺术方法论的探讨,也是徐则臣写作观的重要方面。

  他严实、均衡、诚正的小说美学,兼具意趣和学识、实感和哲思,既有鲜明的自我确证意识,又能在现实、时代和世界的参照中把自我引向更广阔的视野里进行审视。徐则臣的写作,是对自我和世界的双重确证,也代表了"70后"作家对小说艺术的跋涉和守护。

(原文刊载于《中国文学批评》2022年第3期)

(谢有顺:著名评论家、中山大学中文系教授)

[①] 徐则臣:《如果我说,卡佛没那么好》,《贵州日报》2016年4月22日,第13版。

小说格式塔与一代人的精神分析
——评徐则臣长篇小说《耶路撒冷》

王春林

一

在刚刚过去的2013年,一批"70后"作家在长篇小说写作上取得了非常突出的成就:"我们发现,新锐作家此前的长篇小说写作所普遍存在着的'历史感'明显不足的局限,在2013年这批'70后'作家的写作中,已然得到了极有效的克服。关于历史感,批评家张艳梅曾经有过很好的解释:'历史感到底是什么?写历史,不一定有历史感;写现实,也不一定没有历史感。历史感是看待生活的角度,是思考生活的人文立场,是细碎的生活表象背后的本质探求。'一句话,要想使自己的长篇小说显得雄浑博大,拥有突出的'历史感',就不能仅仅停留在事物的表象层次做浮光掠影浅尝辄止的扫描,就必须以足够犀利尖锐的思想能力穿越表象,径直刺进现实和历史的纵深处方可。所幸的是,这一点,在2013年这批创作积累已经相对深厚的'70后'作家的长篇小说写作中,已经体现得非常明显了。"[①]其中,无论如何都不容忽略的作品之一,就是徐则臣的《耶路撒冷》。但由于期刊与出版社发表、出版的时间与方式均判然有别的缘故,徐则臣的这部《耶路撒冷》实际上有两种不同的版本。一种是删节本,发表在《当代》2013年第6期上。另一种则是足本,由北京十月文艺出版社

---

① 王春林:《向现实和历史的纵深掘进——2013年长篇小说一个侧面的审视》,《创作与评论》2014年第1期。

于2014年3月正式出版。因是之故,我曾经先后两次认真地阅读过这部长篇小说的两个不同版本。但也只有在读完小说的足本之后,我们才能够最终确认,在这部充分表现出徐则臣艺术野心的长篇小说中,作家显然有着对于艺术结构的精心营造。但,我们到底用什么样的方式才能够抓住徐则臣在小说艺术结构上真正的着力点所在呢?对此,我曾经久思却不得其门而入。忽一日,灵感的火花闪现,"格式塔"一词猛然间跃入我的脑海。对了,就是它,就是"格式塔",我们完全可以借用"格式塔"这一术语来概括理解徐则臣在《耶路撒冷》艺术结构方面的苦心经营。何谓"格式塔"?"格式塔"是一个心理学的专有名词。格式塔心理学,是20世纪30年代出现于德国的一个心理学派别。在德语中,"格式塔"一词具有两种含义。一种含义是指形状或形式,亦即物体的性质。例如,用"有角的"或"对称的"这样一些术语来表示物体的一般性质,以示三角形(在几何图形中)或时间序列(在曲调中)的一些特性。在这个意义上说,格式塔意即"形式"。另一种含义是指一个具体的实体和它具有一种特殊形状或形式的特征。例如,"有角的"或"对称的"是指具体的三角形或曲调,而非第一种含义那样意指三角形或时间序列的概念,它涉及物体本身,而不是物体的特殊形式,形式只是物体的属性之一。我们之所以要征用"格式塔"这一心理学术语来指称徐则臣《耶路撒冷》中堪称复杂的艺术结构,根本原因在于:"格式塔即任何分离的整体不是用主观方法把原本存在的碎片结合起来的内容的总和,或主观随意决定的结构。它们不单纯是盲目地相加起来的、基本上是散乱的难于处理的元素般的'形质',也不仅仅是附加于已经存在的资料之上的形式的东西。相反,这里要研究的是整体,是具有特殊的内在规律的完整的历程,所考虑的是有具体的整体原则的结构。"[①]

我个人最早知道"格式塔"是在20世纪80年代中期的大学时代。那

---

① 严蔚刚、张澍军:《道德矢量及其教育启示》,《社会科学战线》2009年第9期。

个时候，我曾经囫囵吞枣、一知半解地读过被收入李泽厚主编的"美学译文丛书"中的《艺术与视知觉》(鲁道夫·阿恩海姆著)一书。正是通过那本书，我最早知道了"格式塔"这一专有名词。除了知道这一心理学术语曾经被用来探讨音乐、美术等艺术领域的问题之外，对于这一概念的其他更多情况，我其实一无所知。但就我个人有限的关注视野，此前似乎还真的没有人征用过格式塔这一概念来讨论过小说创作问题。我们之所以一定要把格式塔一词与徐则臣《耶路撒冷》的艺术结构联系在一起，根本原因在于徐则臣的确在小说结构的营造方面做出过极大的努力。正因为徐则臣进行过煞费苦心的结构设计，所以，《耶路撒冷》的结构就无论如何都不能够被看作"是用主观方法把原本存在的碎片结合起来的内容的总和，或主观随意决定的结构。它们不单纯是盲目地相加起来的、基本上是散乱的难于处理的元素般的'形质'，也不仅仅是附加于已经存在的资料之上的形式的东西"，而只应该被视为"是具有特殊的内在规律的完整的历程，所考虑的是有具体的整体原则的结构"。

　　对于徐则臣《耶路撒冷》这样一种具有格式塔意味的艺术结构，我们应该从以下几个层面加以理解。首先一个层面，是足本中已经由两种不同的字体明确标示出的两条小说结构线索。一条是以初平阳、舒袖、杨杰、易长安、秦福小、景天赐这几位主要人物的名字标出的主体故事部分。另一条则是写作者初平阳应邀在《京华晚报》开设的"我们这一代"专栏部分文章的选辑。具体来说，"我们这一代"指的就是通常所谓"70后"这一代人："他的专栏主题是'我们这一代'，就写'70后'这一代人。你觉得什么好玩什么值得写，你就写什么，想怎么写就怎么写。半个月一篇，小白说……一晃一年多写下来了，不是个小数目。他给自己的要求是，好玩固然要写得好玩，但必须找到真问题。"前一条结构线索，自然是《耶路撒冷》的主体叙事部分，然后展开详述，这里且先来看一下初平阳的专栏这一条结构线索。尽管初平阳实际完成的专栏文章数目很大，但最后被选辑进入小说叙事流程的却只有十篇专栏文章。这十篇文章，或叙事,或议论,或演讲,或调查报告,总归有一点,都是在围绕"70后"一代人说事。就设定主旨而言,徐则臣之所以要把这些专栏文章穿插编织到小说文本之中,显然是要进一步扩大主体叙事部分的外延。外延之一,就是把关注视野由主体叙事部分那个有限的人物群体拓宽到更为广大的"70后"人群。比如"我看见的脸"这一专栏文章,就借助于一位人脸收藏者所收藏着的众多人脸,选择描述了其中十五张"70后"人的脸。表面上看是十五张人脸,实际上却是对于十五种不同人生的巧妙展示。唯其如此,初平阳才会在文末特别强调:"与此同时,我,正在写这个专栏的人,在这些脸上也发现了自己的生活。我在为他们回忆和想象时,也是在为自己回忆和想象:他们是我,我是他们。当初我为存储这些脸的文件夹取名'我们',意在'他们'就是'我们',现在才明白,不仅是'我们',还是'我',是我。"尽管只是一种对于人脸被拍摄那一瞬间的描述,但有了这十五张人脸之后,作家叙述"70后"一代人命运遭际的基础就显然厚实了许多。外延之二,假若说小说的主体叙事部分带有感性描写的特质,那么,初平阳的这些专栏文章则更多地带有一种理性提升的意味。能够把理性的思考有机地融入小说叙事进程之中,正是现代长篇小说这一文体的必然要求之一。而徐则臣,则很好地借助专栏文章的设定做到了这一点。比如"到世界去"这一专栏文章,就对于傻子铜钱以及花街人的"世界"想象和"世界"理解进行了相当到位的理性解说。曾几何时,在花街人的观念中,"世界"只是一个无足轻重的抽象语词。但到了当下,由于经历了数十年的沧桑巨变,"世界"已然成为一个与花街人生活息息相关的重要语词:"'世界'这个宏大的词,在今天变得前所未有地显要……不仅仅一个中国人可以随随便便地跑遍全中国,就算拿来一个地球仪,你把眼睛探上去,也会看到这个椭圆形球体的各个角落都在闪动着黑头发和黄皮肤。像天气预报上的风云流变,中国人在中国的版图和世界的版图上毫无章法地流动,呼的一波刮到这儿,呼的一波又刮到那儿。'世界'从一个名词和形容词变成了一个动词。"不仅仅是"世界"由名词和形容词变成了动词,而且对"世界"的理解,显然也意味着花街人眼界与胸怀的日渐阔大:"在花街,在我小时候,世界的尽头就是跑船的人沿运河上下五百里。一段运河的长度决定了我父辈的世界观。"但到了"70后"这一代人,"他们所到之处也大大超过了父辈们的想象;而只要他们还愿意,无穷大的世界就可以随时在他们脚底下像印花布匹一样展开"。实际上,也正因为有了对于"世界"一种新的理解与想象,也才会有花街人乃至于傻子铜钱那样一种越来越突出的"到世界去"的人生理念的形成。初平阳自己之所以要坚定不移地去耶路撒冷读书,实际上也正是拜此种"到世界去"的人生理念所赐。

  外延的两种内涵之外,同样不容忽视的,还有徐则臣那样一种把专栏文章巧妙链接到小说文本之中的文本处置方式。因为是自己开设的专栏,所以通过初平阳而进行链接,就是最自然不过的一种方式。除了初平阳之外,徐则臣的另外一种链接方式,就是让小说中的人物在不同的情境中阅读这个专栏。比如秦福小,在北京,一边开电梯一边阅读初平阳的专栏文章:"一个加班刚回的住户进电梯,问是否要帮忙,福小说谢谢,她准确地找到半个月前的那期《京华晚报》。半个月来她第四次阅读初平阳的上一个专栏:《这么早就开始回忆了》。"再比如易长安,居然在仓皇的逃亡途中也能够发现有人在阅读这个专栏:"这段话眼熟,黄青州的名字貌似也听过。易长安盯着'黄青州'三个字使劲儿想,终于记起初平阳写过一个专栏,叫《时间简史》……易长安顺着那姑娘的手指一根根看,在她小指尖处看到了文章的结尾。"当然,更值得注意的,则是舒袖对于《京华晚报》的刻意收藏:"在这个专栏里,他要谈的是像地下水一样潜伏在20世纪70年代出生的这代人灵魂深处的'广场意识';当然,他需要从20世纪80年代的最后一年谈起,从'我爱北京天安门'谈起。他把报纸拿到面前,逐张翻看。全是《京华时报》,全是副刊专栏版,全是他的'我们这一代'专栏;一共33张,有今年的,也有去年的。"这些报纸的收藏者,自然也只能是舒袖:"我敢肯定,除了袖袖,没第二个人订阅这份报纸。

她把它存在放首饰的箱子里。她以为我看不到。"尤其不能忽略的是,通过这样一种方式,徐则臣不仅巧妙地把专栏文章链接到了文本之中,而且赋予了专栏文章以相应的叙事功能。其一,舒袖之所以要坚持订阅收藏《京华晚报》,当然是源于她内心中对于初平阳的无法释怀。而这样的事实却又由她的丈夫叙述出来,一种妒恨心理的潜隐存在自然也就凸显无遗了。但更为关键的,却是初平阳此处所特别提及的,与20世纪80年代最后一年密切相关的"广场意识"。尽管徐则臣由于受制于现实文化语境,没有进一步展开,只是点到为止,但毫无疑问的一点是,正是发生在那个时期的那场重大的历史事件在这批正当年的70年代人身上打下了不可磨灭的精神烙印。一代人曾经的精神迷茫与困惑,一代人的精神最终走向成熟,显然与那一历史事件存在着无法剥离的内在联系。

其次,在第一条结构线索之中,细致地做更深一个层次的剖析,又明显地存在着四条次一级的结构线索。虽然小说中主体叙事部分陆续出场的"70后"人有十多位之多,但严格地说,这些"70后"人的故事实际上都是被其中四位主要人物形象的人生轨迹连缀在一起的。这四位主要人物形象的人生经历,顺理成章地,也就成为横贯于文本始终的四条彼此缠绕纠结在一起的次一级结构线索。具体来说,这四位人物都曾经游走于花街和北京之间(无论如何都不容忽略的一点是,如此一种情节设定,自然会让我们联想到徐则臣自打出道以来,最有影响力的两大小说系列:"花街"系列与"京漂"系列。从这个意义上说,他的这部《耶路撒冷》就可以被看作是把以上两个系列进行有机整合的产物)。首先是初平阳。初平阳大学毕业后曾经有过一段在淮海师范大学教授美学的短暂经历,由于实在无法忍受师范大学平庸烦琐的教学生活而"决定辞去教职到北大去考博士"。尽管由于学术兴趣转移,中文系毕业的初平阳改考社会学专业后一度受挫,但最后还是如愿以偿地成为北大的社会学博士。为了筹措博士毕业后继续前往耶路撒冷进行深造的费用,初平阳回到了自己久别的故乡花街。其次是杨杰。曾经有过一段行伍经历的杨杰,转业后进入一家濒临倒闭的碎石厂工作。很快地,碎石厂由于经营效益不佳而迅速倒闭,杨杰被迫无奈下岗。走投无路的杨杰,最终决定破釜沉舟孤注一掷,背着花街出产的水晶石跑到北京去闯市场。经过一番艰苦的努力之后,杨杰最终在北京站住脚,成为业界有一定影响的水晶石老板。接下来是易长安。天资特别聪颖的易长安,虽然也如同其他几位一样游走于花街与北京之间,但他所走上的,却是一条制假贩假的歧路。尽管因为从事非法活动,易长安很早就做好了一旦东窗事发就避走他乡的准备,但最终仍然是法网恢恢疏而不漏,习惯于易容易装的易长安在返回故乡的路途中被警方拘捕。最后是四位中唯一的女性秦福小。由于弟弟景天赐自杀身亡,秦福小"从十七岁离家出走,在中国的版图上从东走到西,从南走到北,在北京停下来,她还是秦福小"。尽管停留在北京的秦福小也只不过是一个看起来很不起眼的电梯工,但她出人意料地不仅以未婚之身领养了一个孤儿,而且给这个孤儿命名为景天送。最终,在外漂泊多年的秦福小,决定携带景天送彻底返回故乡花街。从以上的分析不难看出,这四位在花街一起长大的"70后"人尽管各自的人生故事有异,但都有一个共同点,即曾经有过在花街与北京之间漂移的经历。

  在双重的结构线索营造之外,《耶路撒冷》艺术形式上的不容忽视之处,还在于徐则臣对于小说故事时空以及一种章节对称性的特别处置。首先是时间的处理。小说的主体故事明确地发生于新世纪的 2009 年,而且,具体的故事延续着不到一个星期的时间。但徐则臣的难能可贵之处在于,他从 2009 年这个时间的关节点出发,极其睿智地打通了时间层面上的过去、现在与未来。假若我们把故事发生的 2009 年设定为现在,那么,徐则臣《耶路撒冷》的时间触觉就显然存在着一个向着过去与未来进行双向延伸的问题。就过去来说,徐则臣的小说叙事不仅追溯到了初平阳与舒袖初次相识的 2003 年,而且还追溯到了景天赐自杀的二十年前。然后,时间触觉又进一步回溯,在回溯到秦奶奶接受批斗的"文革"期间之后,还一直把故事时间推回到了更遥远的"二战"期间。就未来而言,徐则臣在小说的最后一部分明确地提出了一个十年之后"70后"人的命运变迁问题。在无意间听到了母亲与黄梅戏票友黄阿姨的一番对话之后,"初平阳想,十年后母亲会是什么样?父亲呢?四条街和运河呢?十年后的自己呢?十年后舒袖、杨杰、长安、福小、吕冬、齐苏红和铜钱呢?十年后我们分别会是什么样子?我们会把多少现在的自己带到2019年?初平阳胳膊肘一撑坐了起来,新的专栏就叫《2019》。为什么不能遥想一下我们的未来?十年后的'70后'"。就这样,以2009年为"现在",为出发点,徐则臣富有艺术智慧地把过去、现在与未来这三个时间维度交融在了《耶路撒冷》这一小说文本之中。其次是空间的设定。从这个角度来说,徐则臣的《耶路撒冷》完全可以被看作是一种现代意义上的"双城记",因为小说的主体故事全部发生在花街与北京这两个地方。但无论如何都不能忽略的,却是耶路撒冷这个地名的出现。虽然小说的故事情节本身与耶路撒冷这座坐落于遥远的中东地区的城市无关,但从徐则臣关于小说标题的命名,即可充分证明这一城市的存在对于整部小说的重要性。思想意旨的深邃表达且不说,单只就叙事空间的拓展而言,耶路撒冷这样一座一直停留在悬置状态中的城市的存在也是非常必要的。

接下来,就是章节对称性的处理。假若把初平阳的那十篇专栏文章去除,剩下的便是以小说人物名字命名的另外十一个章节。细察这十一个章节的安排,你就可以发现,徐则臣同样是煞费苦心的。具体来说,前五个章节的顺序是"初平阳、舒袖、易长安、秦福小、杨杰",第六个章节是"景天赐",后五个章节的顺序则变成了"杨杰、秦福小、易长安、舒袖、初平阳"。前五个章节与后五个章节的名称完全一致,但排列顺序则来了个大颠倒。"景天赐"虽然只出现过一次,但毫无疑问地处于整个叙事文本的中心位置。以"景天赐"为轴心,你自然会意识到前后五个章节安排上那样一种惊人对称性的存在。如此一种特别的章节安排方式,实际上已经充分凸显出了"景天赐"这一章节的重要性。同样应该注意的,是作家关于小说的开头和结尾的艺术处理。开头处,游子初平阳乘坐火车从北京返回故乡花街。结尾处,初平阳、杨杰、秦福小他们几位在火车站目送被拘捕的易长安出发去北京。始于火车,终于火车。火车,在这里显然有着突出的象征意味,可以被视为花街与包括北京在内的外部世界之间的一种连通方式。之所以要从北京归来,就肯定有过一个离开的过程。反过来说,现在离开花街,是因为将来的某一天一定还要重新回归故乡。"离去—归来—再离去",或者"归来—离去—再归来",就这样,实际上已经构成了徐则臣《耶路撒冷》一种潜在的叙事结构语法。在某种意义上,徐则臣是在以如此一种叙事结构语法向鲁迅先生遥遥致敬:"鲁迅的这些努力,体现在《呐喊》《彷徨》里,就演变为'看/被看'与'离去—归来—再离去'两大小说情节、结构模式。""'离去—归来—再离去'的模式,也称为'归乡'模式……《故乡》的叙事是从'我''回到相隔二千余里,别了二十余年的故乡'说起的,作者显然采取了横截面的写法,将完整的人生历程的第一阶段'离去'推到了后景……'我'由希望而绝望,再度远走,从而完成了'离去—归来—再离去'的人生循环(在小说的外在形式上则表现为'始于篷船,终于篷船'的圆圈)。"[①]两相对照,我们就不难发现徐则臣与鲁迅之间那样一种影响与传承关系的存在。无论如何,徐则臣的"始于火车,终于火车",也显然构成了《耶路撒冷》中首尾对应的一种叙事圆圈。

二

毫无疑问,徐则臣在《耶路撒冷》中对于小说形式格式塔的精心营造,能够让我们联想到卡尔维诺在《未来千年文学备忘录》中所强调的那样一种现代小说所应具备的"繁复"品格。但关键问题在于,徐则臣之所以要步步为营地营造这样一种充满格式塔意味的小说结构形式,根本意

[①] 钱理群、温儒敏、吴福辉:《中国现代文学三十年(修订本)》,北京大学出版社1998年版,第40、42页。

图乃是要通过如此一种艺术形式传达出内在的深刻思想含蕴来。借用克莱夫·贝尔文学乃是"有意味的形式"这一名言，除了自身一种美学价值的具备之外，形式的存在价值更体现为对于内在思想意味的传达。在我看来，徐则臣的《耶路撒冷》通过对于小说形式格式塔的精心营造，意欲达到的根本艺术目标，就是要对"70后"这一代人进行一种深度的精神分析。在一篇文章中，我曾经做出过这样一种论断："观察20世纪以来的文学发展趋势，尤其是小说创作领域，一个非常值得注意的事实，就是举凡那些真正一流的小说作品，其中肯定既具有存在主义的意味，也具有精神分析学的意味。应该注意到，虽然20世纪以来，曾经先后出现了许多种哲学思潮，产生过很多殊为不同的哲学理念，但是，真正地渗透到了文学艺术之中，并对文学艺术的发展产生着实质性影响的，恐怕却只有存在主义与精神分析学两种。究其原因，或者正是在于这两种哲学思潮与文学艺术之间，存在着过于相契的内在亲和力的缘故。"①对于我的这种看法，张志忠在他的一篇书评中也给出过一种补充性的说法："我愿意补充说，这种'过于相契的内在亲和力'，有着深刻的世纪文化语境：上帝死了，人们只有靠自己内心的强大去对抗孤独软弱的无助感；上帝死了，人们无法与上帝交流，就只能返回自己的内心，审视内心的恐惧和邪恶的深渊并且使之合理化。前者产生了存在主义，后者产生了精神分析学。两者都是为适应多灾多难的20世纪人们的生存需要而产生，也对这个产生了两次世界大战和长期冷战的苦难世纪的人们的生存发挥了重大作用。它们是人的精神世界的产物（它们无法在客观世界得到验证，弗洛伊德学说在文学中比在医学界受到更大的欢迎，与其说它是医学心理学的，不如说它是文化学的），又作用于人们的精神世界。"②有了张志忠的补充，我的说法自然显得更有说服力。之所以要讨论这个问题，原因在于徐则臣的

---

① 王春林：《乡村女性的精神谱系之一种》，《多声部的文学交响》，北岳文艺出版社2012年版，第49页。

② 张志忠：《谁为当下的文学声辩》，《文艺评论》2013年第9期。

《耶路撒冷》从根本上说正是一部关于"70后"一代人的彻头彻尾的"精神分析"之书。

具体来说,能够成为徐则臣精神分析对象的,首先是初平阳、杨杰、易长安、秦福小这四位主要人物形象。必须指出的一点是,这四位人物形象,都有着双重的精神情结。一方面是他们共同的情感记忆,另一方面却又是各自不同的精神创伤。我们且先来看看他们各自不同的精神创伤。首先自然是带有明显视角意味的书写者初平阳。初平阳的精神创伤,来自他的恋人舒袖。两人不但真心相爱,而且为了初平阳,舒袖还曾经毅然辞去教职,陪着他住到北京去复习考博。但最终的结果是有情人难成眷属,是无可奈何地劳燕分飞各西东:"上完那学年最后的二十三天课,初平阳递交了辞职信。舒袖也辞掉了实验中学的教职。八月初,两人一起去了北京。一年零四个月后,舒袖返回淮海;回到故乡,基本上意味着两人分手了。"什么样的原因导致了爱情悲剧的形成呢?首先是来自舒袖父母的压力:"已经宣布跟她断绝关系的父亲决定给她最后一次机会,就当送他亲生女儿的新年礼物:回来一起过年,还是一家人。母亲一天打十七个电话,发二十四条短信,求她,如果不回来,以后就'没年可过'了。"但更重要的,恐怕还是舒袖自身无法排除的焦虑:"初平阳初试未卜的焦虑,找不到合适工作的焦虑,无法融入初平阳的学术圈子的焦虑,低矮贫困的生活的焦虑,冬天冷得像冰窖、夏天热得如烤箱的住房的焦虑,无所事事的焦虑,焦虑本身的焦虑。"正是在这一大片焦虑中,舒袖最终选择了退缩:"她在实践中发现,'世界'不仅是'我们的',还是'他们的',而首先是'他们的',这给她的漂泊感中突然注入了无力感,她觉得生活在某种程度上正在失控,而且可能越来越失控。"此外,初平阳自己的坚持不够,也是爱情悲剧的成因之一:"他也相信,事关分手的重大,她不会轻易做出决定,而一旦决定了,那就是深思熟虑的结果,是终点。"正因为初平阳已经彻底绝望,所以自觉理亏的他才没有再坚持。舒袖事后的说法却是:"你只要给我打两个电话,跟我说想我,大年初一我也会回去。"尽管已经分手了,尽管舒袖已为人母,但他们两人内心深处还一直真心相爱着。因为相爱,才会痛苦。因为相爱,舒袖的存在,自然也就成为初平阳永远都无法解开的一种心结。

其次是杨杰。水晶石老板杨杰难以纾解的情结,与他的母亲李老师紧密联系在一起。李老师曾经是当年的插队知青。自打从出现在鹤顶的时候开始,李老师就是一副"北京人"的形象。然而,李老师尽管自称北京人,而且也坚持给北京寄信,但据知情人说,信封里装着的永远都是白纸。李老师还几次回北京探亲,但她的探亲最后都变成了周游世界。那么,李老师到底是不是北京人呢?如果不是北京人,她又会是哪里人呢?虽然关于李老师的来历小说自始至终未做明确交代,但李老师内心深处北京情结的存在,是显而易见的事情。正因为存在着这种情结,所以李老师才对自己的儿子充满希望:"从杨杰懂事开始,她就把杨杰叫到一边,说:'儿子,你叫杰出。妈靠你了,别给北京人丢脸。'"李老师本来希望杨杰能够如愿考入北京大学,但杨杰的学习成绩实在让人不敢恭维。杨杰之所以要拼命地在北京打拼,并且一定要找一个北京姑娘做媳妇,根本原因正在于此:"后来他和崔晓萱领了结婚证,从民政局出来给家里打电话,李老师在千里之外突然哭了。杨杰听出母亲克制之后的哽咽。李老师说,妈也不知道值还是不值。这句话的复杂程度,除了杨杰没人明白。'北京'是他们一家人心尖上的肿瘤,是历史遗留问题。""杨杰一直很想弄清楚,但站在民政局门口,他忽然发现了真相的无意义。或者说,假如有必要找一个真相,那真相是现在这个:他娶了一个北京姑娘,将长远地待在北京,代替母亲成为一个真正的北京人。"非常明显,杨杰之所以一定要找一个北京姑娘做媳妇,正是一种代偿心理充分发挥作用的结果。

接下来是制假贩假的易长安。易长安无法释怀的情结,与他父母之间的矛盾纠葛,存在着难以剥离的内在联系。易长安的母亲,为生计所迫,曾经一度是花街的妓女。因为自己的父亲参加"文革",在武斗中被打成重度残疾,她被迫依靠出卖自己的肉体为生:"这个家没有第三口人,他活一天,她就得侍候他一天,他是她父亲;她年轻,没有力气,缺少靠山和帮助,她的身体是她负担这个家的唯一办法。"因为实在不愿意成为女儿的负担,易长安的外公最终吃鼠药自杀。之后,他的母亲就嫁给了曾经做过自己嫖客的易培卿。虽然易培卿的选择曾经遭到过家人的反对,但易培卿自己的态度是我行我素不管不顾的:"两个哥哥反对他娶这样一个女人,大家都知道的。易培卿嫌他们庸俗,'审美'的一辈子才值得过。另外,一想到他把一个姑娘从水深火热中拯救出来,他就激动,觉得自己英雄救美,很是那么回事,充满了道义上的成就感。结了婚,独独属于自己了,易培卿开始不舒服,老婆固然是漂亮,可她的漂亮被很多人用过。"心里不舒服,易培卿就会酗酒。酒喝大了,就会翻老婆的旧账,到最后便忍不住要动手打老婆:"这个恶性循环愈演愈烈,到了长安和初平阳都能给他打酒的时候,已经成了易家日常生活的一部分。"喝酒、打人也就罢了,更严重的是,易培卿还开始乱搞女人了:"现在他要的不是'审美',是'尊严';他要把被别人'用'掉的重新'用'回来。他要把老婆的'千人骑、万人睡'转变为自己的'骑千人、睡万人'。"成长在这样一个家庭中,易长安叛逆性格的养成就是自然而然的事情:"多年来易长安像反对暴君和敌人一样反对父亲,几乎到了凡是易培卿反对的他都接受、凡是易培卿接受的他都反对的地步;他愿意做一切能让易培卿跳起来的事情。当年,易培卿让他学理,他学了文;易培卿让他到城里教书,他去了乡下;易培卿让他考公务员当国家干部,他跑到北京当了个做假证的;易培卿让他守着老婆好好过日子,他用鼻子笑了一声,说:'你也配跟我说这个!'他把经手的每一个女人的照片都寄回家给他看。"尤其是在搞女人这一点上,易长安的报复心理极其鲜明:"无须想象他也知道父亲面对一个妓女时是副多么不堪的形象。所以他坚决不找妓女,他无法像父亲那样,上来就面对一具沉默的肉体。他知道很多男人,他断定易培卿肯定在内,在女人身上耸动出入,直到排泄掉那可笑的几毫升液体像死猪一样滚到一边,这个或漫长或短暂的过程中,听见女人唯一的声音就是伪装出来的叫床。易长安不能容忍自己也是这样的男人,他要听见她们更多的声音,他要听见她们声音里的诸多层次,他也要给予她们更多的声音:对他来说,沉默是他欲望的敌人,而沉默的欲望是可耻的。""当他的高潮长途跋涉地来临时,除了性交本身带来的生理快感,他还得到了报复易培卿和父亲的那些女人的快感。"但关键问题在于,易长安是否因此就摆脱了父亲的阴影呢?答案是否定的。易长安不仅没有能够凭此摆脱父亲的阴影,而且他还不无沮丧地发现,自己越是努力挣脱就越是证明着父亲的阴魂不散:"他以为他强大了,已经摆脱了父亲,但在最隐秘的事情上,父亲其实还在对他行使着暴力。他自以为是的报复、受虐和赎罪,不过是从相反的方向上证明了父亲的暴力阴魂不散。"

最后是曾经游走全国的秦福小。秦福小的精神情结牢牢地维系在吕冬身上。秦福小十七岁时离家出走,与弟弟景天赐的自杀有直接关系。当时,和她相约一起出走的,就是吕冬:"他们是同班同学,同桌,但只在同学看不见的地方好。'好'有个隆重的名字叫'早恋'。"没想到,事到临头,生性懦弱的吕冬居然毁约,没有能够按时出现在码头。吕冬毁约,失望至极的秦福小只好一个人开始了她在中国的版图上游走打工的经历。这么多年来,因为内心有一种强烈怨恨心理的存在,秦福小以为自己早已把吕冬抛在了一边。但在重新返回花街之后,她才不无惊讶地发现,实际的情形恰好相反:"她从他的自行车上摔下来,摔折了尾椎,现在它还歪着。他抱着她的手一直在抖。那个十六年前因为胆怯迟到了的少年,和现在这个装成羊还打算放羊的男人,是同一个人,他叫吕冬;多少年前她就决定放下,多少年后她发现,还是没有放下。"不能够放下,就充分说明吕冬构成了秦福小内心中一种隐秘的精神情结。

三

在强调初平阳、杨杰、易长安、秦福小这四位"70后"人各自精神隐秘的同时,我们却更得注意到他们一种共同精神情结的存在。我们之所以认定《耶路撒冷》是一部拥有深厚历史感的长篇小说,与徐则臣对这一精神情结的设定存在着不可剥离的直接关系。这一共同的精神情结就是景天赐与秦奶奶。在前面的论述过程中,我们曾经强调过"景天赐"这一章节在小说文本中位置的特殊与重要。现在看起来,这一章节之所以显得重要,根本原因就在于,它实际上牵系着一代人共同的情感与精神记忆。最关键之处,当然还是景天赐的自杀。作为景天赐的同代朋友,他们四位都觉得自己与天赐之死存在着一定关系,自己应该为天赐之死承担某种必要的罪责。景天赐的自杀,与他遭到雷击后的精神异常关系紧密。在易长安看来,景天赐之所以会遭到雷击,与自己不遗余力地怂恿、撺掇脱不开干系。眼看着雷鸣电闪天气恶劣,景天赐还要在运河中比赛游泳,完全是因为受到伙伴易长安的嘲笑刺激:"世界上完全可以没有这场比赛,但是易长安成功地让它有了。"正是因为在电闪雷鸣的情况下坚持游泳,景天赐方才遭了雷击。但对于这一切,其他人均一无所知,只有易长安自己心知肚明:"没有人怪罪易长安,他当时正在撒尿。尽管时候不大对,但谁能算好了时间才撒尿?他还和两个伙伴把天赐从水里救上来。救人的人永远是恩人,秦家感谢他。至于撺掇比赛,谁都没有认真提及此事,天赐和两个伙伴也许都忘了。"别人可以忘记,易长安自己却无论如何都不可能忘记。无法释怀的最终结果,自然就使得景天赐之死成为易长安的一个难解心结。

杨杰之所以认定景天赐之死与自己关系密切,是因为他曾经送给景天赐一把锋利无比的手术刀。但也正是这把手术刀,最后竟然成了景天赐自杀的工具。明明知道景天赐遭到雷击后已然精神异常,明明知道自己不应该把手术刀送给景天赐,但为了兑现自己曾经的诺言,为了体现自己的男子汉风度,杨杰最终还是把手术刀送给了景天赐:"不应该给天赐的,我知道给了会有危险,但我还是给了。""给天赐的时候,平阳和长安都劝我别给了,担心有危险,我坚持要给。我说都是哥们,当然要一视同仁。其实我是憋了口气,我想让天赐知道,大哥我说到做到。没想到后来出事了……四个人里,只有天赐一直保存着那把刀。他冷嘲热讽是因为他的确很想要一把,他喜欢那把刀……这些年我都觉得是我杀死了天赐……我的一点小虚荣害了天赐。"手术刀本是用来救死扶伤的,没想到,景天赐却用它割断了自己左手的静脉。虽然说如果不使用这把手术刀,景天赐实际上也可以采用其他的手段自杀,但由于感情真切,在杨杰内心深处,却一直把自己送手术刀的行为和景天赐的自杀联系在一起,一直被一种浓得化不开的负罪感抑制着自己的身心。

相比较而言,初平阳的负罪感显然要更严重一些。关键原因在于,初平阳曾经出现在景天赐自杀的现场,目睹了天赐自杀的惨烈场景。那是一个夏天的午后,初平阳到秦家去玩,没想到居然会目睹景天赐的自杀情形。割断了左手静脉的"天赐一定把自己当成天使了,他的胳膊翻飞起舞,他对你笑,希望得到你的赞叹,或者别的,比如断喝、制止、救助,他希望你发出声音,希望你有所行动;但是你只是捂紧了自己的嘴巴,像长在了原地一动不动;你什么都没做,看着他血一直流,直到惨白的笑爬到他的嘴边,直到他的眼神像煤油灯即将熄灭,直到他将缓慢地倒在地上,你转身撒腿就跑;再回到你站立的地方,天赐已经死了,变成一个再也不会笑的冰凉的小尸体"。"你的心里充满恐惧,乱糟糟的像长满了荒草,但你依然一动不动。度秒如年,必须精确到秒来算,天赐的小身板里没有那么多血可流。现在回头想,你觉得此生从没经历过那么久的时间。"眼睁睁地看着一个从小一起长大的要好朋友自杀身亡而自己却毫无阻止的行为,自然会在初平阳的内心深处形成无法摆脱的巨大心理阴影,以致他居然总是会深陷于某种梦境中难以自拔:"你有一阵子老梦见天赐问你:想看我流血吗?你一定喜欢看我割自己,那好,我再给你演示一遍。天赐重复了那个半下午他看到的场景。刀刃明亮,血腥残暴,天赐的自杀很快就和影视、小说里的场景混为一谈,以致很多年里,直至现在,你都见不得文字和影像里的自杀场面,一看就后背发毛,觉得拿刀的那只手是自己的。"归根到底,初平阳之所以一直无法摆脱景天赐自杀场景的缠绕,正是因为他目睹了天赐自杀而无所作为。尽管说,初平阳无论怎样做,实际上根本就不可能改变景天赐必然的自戕命运。

当然了,因为存在着血缘关系,对于景天赐的自杀,最无法释怀的,无论如何都只能是身为景天赐亲姐姐的秦福小。作为亲姐弟,秦福小与景天赐之所以一个姓景,一个姓秦,只因为他们父母的婚姻是男人入赘的模式。秦福小的母亲姓秦,父亲姓景,按照婚前的约定,儿子姓景,女儿姓秦。于是,也就自然有了这样一种颇显怪异的姐弟异姓现实。由于景父一直期盼着能够有一个儿子传宗接代,一种偏心眼的存在就成了自然而然的事情:"天赐被照顾得很好,福小就越不舒服,她知道父母的心眼儿长歪了,明显偏到弟弟那边去。"尽管秦福小对此长期隐忍不发,但潜意识中一种心理不平衡的存在却毫无疑问。她的这种潜意识,在目睹景天赐自杀的过程中表现得非常突出:"天赐手持刀片,不许过来!她站住了,她突然想,也许这样更好。你伤害自己,从此知道伤害别人的痛苦;从此你可能再也不会痛苦,再也不会让别人痛苦;如果你解脱,也解脱别人,再不必半夜为你忧愁。""她也在想,让你横;让全家人围着你转;让你一个人姓景;让你把所有都占据了。那好,去死!"在这里,徐则臣对秦福小内心的阴暗面进行了可谓是淋漓尽致的尖锐揭示。虽然在日常生活中,身为姐姐的福小一直在自我压抑,在拼命扮演着好姐姐的角色,但在目睹天赐自杀的这个特定场景中,那种长期的隐忍与压抑一下子便获得了猛烈爆发的机会。秦福小面对天赐自杀时的"冷酷无情",实际上正是其精神世界长期遭受压抑后被严重扭曲的一种必然结果。此种心理爆发的结果,就是那四秒钟的时间停滞:"福小站在那里四秒钟,却像十四年那么漫长,看不见的时钟的秒针在动,每走一格都地动山摇。"仿佛心理的隐秘真的被窥破了一样,当秦福小在四秒钟的迟滞之后,终于奔向倒在血泊中的弟弟,抱起他的时候,"福小听到天赐说的最后一句话是:'姐,我把景给你。'声音断断续续。福小号啕大哭,悲痛和恐惧瞬间贯穿了全身:

原来死真的会来"。秦福小之所以要在高三的那一年离家出走，正是因为她实在难以承受由天赐之死所致的巨大犯罪感的强劲压迫："他不来她也得走。再待下去她会疯。跟功课没关系，以她的成绩，念不了好大学念个二流的大学应该没问题。但她受不了了，一看见父母脸上像皱纹一样与日俱增的忧伤，她就自责和愤恨；看见祖母踮着脚幽灵一般进进出出那座倾斜得随时都会坍塌的教堂，她也自责和愤恨。"不仅仅是离家出走，秦福小后来执意收养景天送的行为，也可以被看作是她试图实现某种精神救赎的积极努力。景天送"大眼睛里那种与生俱来的忧郁让福小的肠胃骤然扭结了一下；这疼痛只有在她想到死去的弟弟天赐的时候才会有，二十年来，只要天赐的名字和嘴角上翘的笑脸出现在她头脑里，肠胃就要扭结"。

  实际上，也只有在充分了解初平阳他们关于景天赐自杀的共同情结之后，我们也才能够明白，初平阳、杨杰与易长安他们三位为什么总是要那么小心翼翼地忍让与呵护着秦福小："只要一提起秦福小和景天赐，杨杰那沉痛和游移的眼神就让她不舒服。除了有点娴静和坚定的姿色，她就没看出这个十几年来漂泊全国各地、干过无数匪夷所思的工作的女人究竟有什么好，让杨杰、易长安和初平阳言谈举止中都小心翼翼地护卫着。"更进一步说，小说被命名为"耶路撒冷"，与初平阳他们那种共同的精神情结，与他们内心中强烈的罪感意识关系密切。这一点，最集中不过地体现在初平阳身上。身为社会学博士的初平阳，之所以在结识了犹太人教授塞缪尔之后，便执意要远赴耶路撒冷学习深造，与他和"耶路撒冷"这四个汉字之间的缘分息息相关："从来没有哪个地方像耶路撒冷一样，在我对它一无所知时就追着我不放。""耶路撒冷。作为一个音译外来词，作为四个汉字的发音，十几年前就纠缠着你。"而这一切，均是拜秦奶奶与景天赐所赐。秦奶奶本名秦环，年轻时曾经做过妓女。因为这样一段特别的经历，她在"文革"中的不断被批斗就是一种无法避免的命运："闹了'文化大革命'，上头下了硬指标，花街上必须揪出来四个人。

秦环算一个,没文化,但却是没落文化的代表,又做皮肉生意又搞洋迷信。"但同样是被批斗,与其他被批斗者的一味顺从不同,秦环却是一位坚决的抗争者:"你祖父和那一对男女都快把脑袋低到裤裆里了,秦环挺着腰杆硬邦邦地站着。她的手被绑在背后,不能指着观众,她用下巴点,下巴对着人群里一个个批她骂她的人点。"而秦环,之所以能够如此,一方面固然缘于她的生性刚烈,另一方面则显然与她和斜教堂中沙教士的交往有关:"你奶奶顶着阴阳头回来,把我叫到饭桌前,说她感谢沙教士,是因为沙教士当年跟她说过一句话:当过妓女不可怕,被人骂也不可怕,可怕的是自己不敢正视,自己放不下。沙教士跟你奶奶讲了耶稣宽恕妓女的故事。"正是因为从沙教士那里得到过充分的精神抚慰与精神支撑,秦环方才在1976年决定要把耶稣基督作为自己的精神信仰,斜教堂中那个脚穿解放鞋的耶稣雕像的出现,正是秦环努力的结果。为什么要让耶稣穿上解放鞋呢?"'他可以脱掉,但我必须让他穿。'曲木匠说,'有了这双解放鞋,我就不是在帮外国人干活儿。谁敢帮洋鬼子干活儿啊?'"一方面,斜教堂与穿解放鞋的耶稣的描写,很可能是一种现实生活的真实写照,但与此同时,我们却必须注意到这两个物象所具有的突出象征意味。教堂也罢,耶稣也罢,他们当然都是精神信仰的一种标志,但教堂是"斜"的,耶稣被穿上了"解放鞋",徐则臣如此的一种描写,明显地赋予了这两个精神信仰物象一种中国的革命的特征。从某种意义上说,置身于当代中国社会文化语境之中的教堂不可能不"斜",耶稣也只能够乖乖地被穿上"解放鞋"。这样一种具有中国特色的信仰物象在徐则臣笔端的出现,也许是当时中国革命的极端世俗化对人类精神信仰扭曲的潜在隐喻。

但不管怎么说,对于置身于历史苦难中的秦奶奶而言,能够在其人生的中途遭遇教堂和耶稣,都只能说是一种极大的幸事(徐则臣的这一情节设定,甚至在某种意义上还可以让我们联想到但丁《神曲》中关于诗人维吉尔在人生中途获得新的精神信仰的故事)。秦奶奶这一人物出现在《耶路撒冷》之中,首先意味着徐则臣对于"文革"的某种深刻反思(其实,此前我们已经提及过的易长安母亲的不幸命运，也与作家对"文革"的反思密切相关。她之所以被迫操持皮肉生涯，乃是父亲伤残在床的缘故。而她父亲的伤残在床，又是积极投身"文革"武斗的缘故。就此而追根溯源，易长安这条结构线索显然也隐隐地通向了对于"文革"的批判与反思）。其次更意味着一种依托精神信仰而最终实现人性救赎的可能。"你当然不知道，你从没在他面前祈祷过。你没有宗教信仰。但你相信，当秦奶奶的头低下来的时候，她是看不见解放鞋的，她的心里也不会有这双解放鞋，当她念诵《圣经》时，耶稣永远是光着脚的；因为她的声音和往常相同，不过是有时候分贝提高一些，吐字更清晰了。你终于听见她跪在十字架前，嘴里发出'耶路撒冷'的声音。"这里，无法回避的一个问题就是，诵读《圣经》、信仰耶稣基督的秦奶奶，居然是一个目不识丁的普通女性。徐则臣不仅特别写到了这一点，而且还生动描写了秦奶奶如何向初平阳他们求教识字的情节。求教识字情节的设定，固然切合常情常理，但我由秦奶奶的目不识丁想到的，却是宗教在原初产生的时候，众多的教民其实也一样目不识丁，但这并没有能够成为他们精神信仰的阻碍。毫无疑问，对于秦奶奶的信教，我们同样应该在这样一种层面上来加以理解。正因为有着一种足够强大的内心世界，所以秦奶奶才能够坚持一个人的宗教而不动摇："在那个时候，秦环信奉的一个人的宗教是多么的不合时宜。""她一个人的宗教在花街人看来，也许就是一个人与整个世界的抗争，但她毫无喧嚣和敌意，只有沉默与虔敬。她侍奉自己的主。她的所有信仰仅仅源于一种忠诚和淡出生活的信念，归于平常，归于平静。她戴着老花镜，从目不识丁开始，到死之前几无障碍地通读了残存的《圣经》数十次。她也许甚至都没想过要把这部书彻底弄懂，她只要安妥与笃定。"就此而言，作家特别设定的秦奶奶背负着十字架微笑辞世的场景，也是具有鲜明象征意味的。实际上，能够从"耶路撒冷"这四个字中得到灵魂安妥者，也并非秦奶奶一人。初平阳的情况同样如此："仅仅因为一个地名发出的美妙的汉语声音，和秦环女士皈依的神秘性，就能让你如此神往耶路撒冷?"初平阳自我诘问的结果,就是对景天赐的发现:"你发现,无路可走的地方坐着一个人。开始你和过去一样,以为是跪在穿解放鞋的耶稣面前的秦奶奶,走近了,原来是景天赐。"究其原因,当然在于初平阳曾经目睹了景天赐的自杀场景,在于他因为天赐自杀而无法摆脱的那种犯罪感。由此可见,初平阳的执意远赴耶路撒冷,自然也就拥有了强烈的自我精神救赎的意味:"我知道这个最贫困的大城市事实上并不太平。但对我来说:她更是一个抽象的、有着高度象征意味的精神寓所;这个城市里没有犹太人和阿拉伯人的争斗;穆斯林、基督徒和犹太教徒,以及世俗犹太人、正宗犹太人和超级正宗犹太人,还有东方犹太人和欧洲犹太人,他们对我来说没有区别;甚至没有宗教和派别;有的只是信仰、精神的出路和人之初的心安。"不能忽视的是,耶路撒冷的精神救赎功能,也同样体现在了其他几位主要人物身上。比如,秦福小。自打重新返回花街之后,秦福小就发现自己对于《圣经》、对于奶奶有了与以往截然不同的全新理解:"现在不一样,她把那本《圣经》捧在手上的时候,突然觉得她跟祖母之间有了隐秘的、甚至超过了血缘的契约,而教堂则向她提供了祖母幽深的内心旅程……教堂是祖母的见证,教堂也是祖母传给她的另外一个血统。"也正因为如此,初平阳才会对杨杰说,他们之所以要千方百计地保护斜教堂:"看上去是为了斜教堂,其实我们都明白,跟教堂没什么关系;甚至也不是为了福小和秦奶奶,而是为了天赐;甚至也不是为了天赐,是为了,我们自己。"

与秦环一样以其自身的存在有力彰显着《耶路撒冷》鲜明历史感的,还有作家关于初平阳的导师顾念章"文革"故事的设定与讲述。顾念章还只有十二岁的时候,他的父母就因为历史问题而离开了人世:"你知道,1966年,中国的'文化大革命'开始,我父母都曾在外国人的公司里做过事,被当作劣迹拿出来批斗。"结果,大冬天身穿单衣被绑在操场上,一夜之间就被冻成了冰棍。"而在1966年之前的两年,风声已经紧了,他被父母从上海送到了苏北的运河边",与外祖父一家在一起生活。尽管父母已然身遭厄运,但年幼的顾念章却对此一无所知,尚且处于懵懂状态的他,被时代风潮裹挟,不自觉地卷入到了"文革"的疾风骤雨之中。或许与他来自遥远的大城市上海有关,"顾念章被推举为'革命闯将尖刀排'排长,第一个任务是批斗数学老师,因为在任课老师里,只有张老师上课之前经常忘记了背诵一段毛主席语录"。尽管批斗当天顾念章不在现场,但身为排长的他却一样无法逃脱要为张老师被斗瞎眼睛而承担的罪责。在遭到外祖父的严厉斥责之后,顾念章终于明白了"批斗"意味着什么:"这顿骂立竿见影,一下子让十五岁的顾念章理解了'批斗'最终可能意味着什么。苦难、离散、死亡、失去。"也正是在顾念章意识到自己的过错而幡然悔悟之后,也才会有他对曾经给苏联专家做过翻译的老姜那样一种保护行为的产生:"顾念章此后时刻想着爸妈。他没有辞掉'革命闯将尖刀排'排长职务,为的是不让下面的人找老姜麻烦。"就这样,由于有了顾念章对俄语专家老姜的别样呵护,才最终成就了"文革"期间的一种特殊"文明"因缘:"如果塞缪尔夫妇把罗生特先生视为'贵人',那毫无疑问老姜也是顾念章的'贵人'。他在他学业荒疏的时候及时地喂养了他一门外语;重要的固然在于早早地掌握了一门语言,更在于修习俄语的过程中获得了一种类似'专业'的学习习惯和精神;他把他迅速地从乡村初级中学的同伴中区别了出来,成了一个潜在的知识分子。顾念章逐渐静了下来,读书和思考慢慢成了他的日常生活。"顾念章后来之所以能够成为北大知名教授,显然是拜这段"文革"奇遇所赐。细细想来,顾念章的这番"文革"奇遇实在耐人寻味。"文革"本来是一个灭绝文明、摧毁文化的时代,但顾念章与老姜之间教与学的特别关系,显然是在以一种特别低调的方式默默但却决绝地对抗着"文革"这个不合理的时期。一方面是闹闹腾腾的对于人类文明的高调灭绝,另一方面却又是默默无闻的文明传承与薪火相继。在这个意义上,顾念章与老姜之间的故事,显然堪比秦奶奶在被批斗时那样一种不屈不挠的反抗行为。把这两个方面联系在一起,我们便不难发现,作为一位"70后"作家,徐则臣的"文革"想象与"文革"书写其实有着自己的思想艺术个性。那就是,在充分正视"文革"这段血淋淋的苦难历史的同时,却也在竭尽一切可能地彰显着来自人性深处的那样一种文明的对抗力量。

说到小说历史感的充分表达,《耶路撒冷》的另一不容忽略之处,就是徐则臣对于"二战"期间犹太人苦难命运的透视表现。这一点,自然再集中不过地体现在塞缪尔教授的父母在上海避难的故事之中。1939年,希特勒的排犹反犹行为已经达到了疯狂的程度:"反犹狂潮如日中天,纳粹当局发出指令,只要这些犹太人能够离开奥地利,即可释放。听上去如同福音,可当时的英美等国借口移民名额已满,拒绝他们入境,正在这危难的时候,中国驻维也纳的总领事何凤山先生向犹太难民敞开了中国的大门,向申请入境上海的奥地利犹太人发出了 2000 份签证。"这哪里只是简单的 2000 份签证,这简直就意味着 2000 个乃至更多犹太人的生命。面对着希特勒灭绝人性的疯狂杀戮,何凤山的行为自然就是一种极大的生命体恤与悲悯:"'你一定听说过何凤山先生的大名,'塞缪尔教授在火车上说,'在我父母那一辈奥地利犹太人看来,何先生就是中国的辛德勒。1939 年 8 月,我父母从意大利乘船,漂洋过海抵达上海。同船的部分人中转取道新加坡、马来西亚或者印度,我父母留在上海。何先生与上海,让他们活了下来。'"但是,让爱德华与艾格尼丝夫妇无论如何都想象不到的是,他们与中国、与上海的渊源还会更进一步地凝结体现在顾念章教授的父亲身上:"六十多年前一个黄昏,犹太姑娘艾格尼丝做晚饭,菜刀从案板滑落,掉在脚上,割破了血管,血瞬间灌满了拖鞋。护士出身的艾格尼丝撕了一件衣服简单地做了包扎,男友爱德华背上她就往外跑。弄堂口一辆黄包车都没有。一个中国小伙子刚好停下车,他打开车门,招呼让两个外国人上车。"就这样,这位不知名的中国小伙子再次成为爱德华与艾格尼丝夫妇的救命恩人。真的是无巧不成书,多年之后,塞缪尔教授方才搞清楚,当年的这位中国小伙子,居然就是社会学同道顾念章教授的父亲。徐则臣的难能可贵之处,在于他很奇妙地把"二战"中的纳粹屠杀犹太人与中国的"文革"编织到了一起："塞缪尔教授再次道歉。在他看来,中国的'文革'和纳粹屠杀犹太人差不多是一回事。此类比较并不新鲜,但当一个犹太人下此断语,你就知道他说出的每一个字都具有石头般的力量。"尤其值得注意的是,许多年之后,当年这位曾经拯救过犹太人的本性善良的小伙子,居然会惨死在中国那场史无前例的"文革"之中："而这个中国恩人,后来遭遇了与他们何其相似的灾难。"能够把"二战"期间的犹太人受难故事有机地纳入到自己的《耶路撒冷》之中,一方面固然意味着徐则臣叙事视野的分外开阔,但在另一方面,也正是依托着犹太人故事的讲述,作家非常有效地把小说文本拉向了更遥远的历史纵深处。

无论如何,我们都不能够忽略秦奶奶、顾念章他们的"文革"故事以及犹太人塞缪尔教授的父母的"二战"故事在小说文本中出现的重要性。从根本上说,有了这样一些时空遥远的历史故事的介入,方才使得徐则臣的《耶路撒冷》这部旨在对"70后"一代人进行深入透辟的精神分析,充分展示表现"70后"一代人心灵史、生命史的长篇小说格外地拥有了一种深厚的历史感。我们应该注意到作家对于初平阳所学专业的特别设定。徐则臣之所以一定要让初平阳由文学专业转向社会学专业,其实突出地象征隐喻着作家自己那样一种特别强烈的以小说形式介入到广阔的社会生活中的真切愿望。实际上,也正是凭借着这一部《耶路撒冷》,徐则臣真正地摆脱了"成长小说"的长期困扰,最终走向了思想艺术境界更高远的社会小说的创作。我想,对于徐则臣的这部满溢着现代人道主义悲悯情怀的长篇小说,我们恐怕也只能够以《圣经》中与"耶路撒冷"相关的一些话语段落来为我的这篇批评文字作结:

"耶路撒冷啊,我若忘记你,情愿我的右手忘记技巧。我若不纪念你,若不看耶路撒冷过于我所最喜乐的,情愿我的舌头贴于上膛。""我必因耶路撒冷而欢喜。""母亲怎样安慰儿子,我就照样安慰你们,你们也必因耶路撒冷得安慰。""你们要为耶路撒冷求平安。""耶路撒冷啊,谁可怜你呢?谁为你悲伤呢?"

(原文刊载于《新文学评论》2015年第4期)

(王春林:著名评论家、山西大学文学院教授)

徐步向前
——徐则臣小说简论
邵燕君

自从 2004 年以短篇《花街》(《当代》2004 年第 2 期)和中篇《啊,北京》(《人民文学》2004 年第 4 期)在文坛冒出头来,徐则臣这几年的发展可谓扎实而迅猛。不但每年都有十几篇力作推出、作品数度进入年度排行榜、作家本人也几次获得文坛重要的文学奖项或提名,而且,其创作不断地在几个向度上顽强推进,逐渐建立起自己的文学世界。

《鸭子是怎样飞上天的》(作家出版社 2006 年 1 月,入选"21 世纪文学之星"丛书)是徐则臣出版的第一部中短篇小说集。小说被分为三种类型:"京漂""故乡"和"谜团"。在回答《文学报》记者提问时,徐则臣说,这样的"三分法""比较直接准确地概括了我目前写作的几个方向"[①]。这也为我们进入徐则臣的文学世界提供了有效的指向。

"京漂"

"京漂"系列是徐则臣创作中最引人注目的作品。从《啊,北京》到《三人行》(《当代》2005 年第 2 期)到《我们在北京相遇》(《大家》2006 年第 5 期)、《跑步穿过中关村》(《收获》2006 年第 6 期),及至最近的《把脸拉下》(《十月》2007 年第 3 期),徐则臣笔下的"京漂人物"一个个成长起来,"漂泊"的风景一片片连接起来。在中国当下文坛中,有关"京漂"题

---

① 徐则臣:《区别,然后确立——答〈文学报〉傅小平兄十七问》,《黄河文学》2007 年第 6 期。

材领域的创作,徐则臣是被公认的"领军人物";而在当代都市漂泊题材的写作者中,徐则臣也称得上是最具有代表性的作家之一。

"漂泊"是文学创作的一个母题,不同时代、不同地域、不同际遇的人群永远会依据自己的心灵体验反复书写。与20世纪80年代开启的中国学子狂热的出国潮相比,90年代以来,中国中小城镇各种学历、背景的"知识青年"向大都市的进军,其规模更加庞大,影响面也更加宽广。然而,相对于"北京人在纽约的故事","外地人在北京的故事"显然缺乏传奇性,理想与现实的冲突、认同与疏离的挣扎,被淹没在日常化的生活场景中,幻梦和卑微都那么切近,需要更敏感的心灵来捕捉、更坚实的笔力来表现。近年来,关注这一题材的作家不乏其人,但作品大都浮光掠影,局限于对生活表层状态的描摹;有的甚至关注点不在"京漂",而在于"北京"——透过"京漂"好奇、艳羡的眼睛,赞叹快速成长的现代化都市的炫目场景。而徐则臣的写作之所以脱颖而出,就在于他不仅切近地描写了这一人群的生活状态,而且更具穿透性地勘探着他们的生存处境,正像作家自己所说的,在这类作品中他关注的其实并不是北京本身,而是身处北京和故乡这一背景下的人物的焦虑、精神困境和出路。"我的兴趣所在是人,是人和环境之间可能存在的张力。"[①]

最早点评徐则臣作品的魏冬峰博士曾用"边红旗下"四个字概括其笔下"京漂"人物的生存处境和精神特征。"边红旗"是徐则臣成名作《啊,北京》中主人公的名字,他本是苏北小镇上的一名中学语文教师——一个典型的来自"小地方"的"小人物"。和所有的"外地人"一样,他生在新社会,长在红旗下。对他来说,北京不仅是一个现代化大都市,更是国旗升起、理想飘扬的地方;北京既是亲爱的首都,又是生活的远方。他满怀憧憬地来到北京,然而,热切的梦想立刻被严峻的现实击得粉

[①] 徐则臣:《区别,然后确立——答〈文学报〉傅小平兄十七问》,《黄河文学》2007年第6期。

碎。他先拉过板车，后以贩卖假证为生。在卖假证的同时，还坚持写诗，参加诗歌活动，自称"绝对的民间诗人"。对诗歌的痴迷又灌注了20世纪80年代的理想主义情怀，它和对北京的一往情深合在一起，成为边红旗心中的爱与痛，撕扯着这个没有工作、没有户口（甚至没有暂住证）、没有未来的"京漂"的身心——这就是"边红旗下"——尽管处边居下，心中仍飘扬着红旗。

《啊，北京》在总体氛围上有一种强烈的抒情气息，一如小说的题目，其中不乏具有学生气的文人情怀，这在某种程度上显示了一位初出茅庐作家的青涩。但难得的是，年轻的作家没有以一种"愤青"式的笔调叙述故事，而是在痴情不改中饱含了苍凉无奈，而这正契合了边红旗已婚男子的年龄与身份，显示了徐则臣一起笔就具备的老到功力。当然，小说最有价值的部分是对"京漂"心态拿捏得细致到位。作家在边红旗身边设置了妻子和情人两个女性形象，她们在一定程度上成了家乡和北京的代名词。边红旗在这两个女人间无奈地辗转，这跟他对北京的热爱和惶惶无着的生活纠缠在一起，使整个故事框架坚实，且充满了情感的激荡。同时，边红旗在妻子和情人之间的难以取舍和欲罢不能隐喻了他对家乡和北京的复杂态度，也体现了都市漂泊者对自我身份认同的犹疑，从而提供了另一种意义上的"边缘人"形象，小说因此实现了对一般"京漂"生活表象的穿越，向"文学母题"的方向挺进。从技术上看，这篇小说写得很扎实，层层推进，一些场景细节非常生动，比如，诗歌朗诵会的氛围、制造假证的内幕、"非典"时期骑自行车回苏北的旅程，尤其是作为北京大都市多元生活象征的川菜水煮鱼——它不但吊引着边红旗的肠胃，也每每勾起读者强烈的食欲。而妻子对于边红旗吃水煮鱼其实是专拣豆芽菜的发现，不但入微地刻画了人物，也在不经意间埋入了丰富的寓意，成为有意味的细节。

《啊，北京》算是起步，经过《三人行》《我们在北京相遇》《西夏》等作品多方位、多角度的拓展，到《跑步穿过中关村》（以下简称《跑步》），徐则臣"京漂系列"的写作已经基本达到了成熟。这篇小说可以说是作者目前该系列小说中最为出色、功力最为坚实的一部。

《跑步》的主人公敦煌像是边红旗的弟弟,先因办假证被抓进去,一出来又卖上盗版光碟。他不做诗,也不感慨"啊,北京",却透着一股不知道打哪儿来的精气神儿,一定要在北京扎下来、活下去,并且活出个人样儿来。与《啊,北京》相比,《跑步》中的人物更加本色,容纳的质素也更复杂。作家尽量压住了人物想要呐喊的部分,从而传达出"原生态"生活的斑驳面目和内在的漂泊感。"跑步"是这篇小说的"主旋律",它打通了现实与艺术之间的密道。在北京,中关村是一个著名的交通拥挤的地方,法拉利跑车不如自行车快捷。敦煌的"跑步"并非浪漫的一闪念,而是"穿过中关村"给顾客送货上门的一种最为经济实在的选择。如此的"跑步"肩荷着生活的重压,步履坚定的背后是小人物求温求饱的辗转之痛,而敦煌于跑步中洋溢出来的"朝气"则是"京漂"们挣扎向上的"元气"。敦煌从交叉拥堵的车队与人群中寻找道路"跑步前行"的场景,也对"京漂"的生存状态构成了一个绝妙的隐喻:对他们来说,眼前的出路是暂时的,长远的目标是含混的,"北京的生活"是他们不能真正进入的,而"跑步"既是当下全部的人生,又通向晃动着希望的未来。这样,"跑步"的动作有力地置换了"啊,北京"的呼告,成为"京漂"身上新的关键词。

像《啊,北京》中的"水煮鱼"一样,"沙尘暴"构成《跑步》中一个颇具现实性和象征性的场景意象。沙尘暴是最具"北京标识"的天气,而真正领教沙尘暴的,不是居有定所的北京人,而是生活在街上的"京漂"。沙尘暴是严酷的,漫天黄沙的景象又不乏浪漫色彩。作家对沙尘暴景象的反复书写、渲染,使这篇小说渗透着一种内在的忧伤气质。

徐则臣"京漂"系列的发表,正值"底层文学"兴起并形成热潮的时期。虽然"京漂"也属于"底层",但徐则臣似乎有意与这一潮流拉开距离。在他看来,目前的"底层文学"基本停留在社会问题小说层面,更有大批因"题材热"而追风赶潮者。按照他的文学观念,小说存在的理由不是探讨问题,而是探讨"问题中的人"。如果有所谓"底层小说",那么小说该关注的不是"底层的问题",而是"底层人的处境"。因此,在徐则臣的小说中,我们既看不到时下流行的"控诉",也看不到对社会愤怒的追问,在城市边缘小人物的颠沛流离与挣扎奋斗之中,装点着他们面对困境的安之若素与自得其乐。或许这才是"底层"的常态,他们来不及感伤,也不知该冲谁抱怨,一点小小的幸福便让他们陶醉而忘掉了明天的没着没落。坚韧的浪漫与苦中作乐的幽默为本该苦闷的乐曲汇入了明亮的色调,使小说充满了饱满的张力。

"故乡"

如果说"京漂"系列更贴近现实经验,"故乡"系列则更偏重于记忆和想象。徐则臣这方面的创作又分为两个部分:"花街"传奇和成长记忆。

"花街"是徐则臣在他的文学版图上搭建的一条街道,它坐落在"文学传统"中的一个"典型的"南方小镇,恍惚朦胧,水汽氤氲,光影昏黄中的青石板路上,作为花街标志之一的妓女的小红灯笼,时而暧昧地亮起,时而无声地灭掉。《古代的黄昏》《石码头》《紫米》《花街》《花街上的女房东》《失声》《逃跑的鞋子》《大水》《大雷雨》《过家家》等小说都是"花街的故事",它们大都时代背景模糊,作家关注的是对人性的逼近、氛围的营造、叙述的把握,更重要的,它是一个纯粹的想象力的操练场,相信这对所有的作家都具有极大的吸引力。

徐则臣很看重这部分创作,认为"花街"系列小说给他提供了"心安的背景",而"京漂"小说,则承载了更多的现实焦虑。前者是写在"人生边上",后者则是写在"生活边上",一个是"远虑",一个是"近忧"。[①]

"花街"系列的创作得到了不少评论者、读者的喜爱和称道。不过,就笔者的个人阅读感受而言,老实说,这部分小说是最难让人提起阅读兴

---

① 徐则臣:《答师力斌十三问》,《文学界》2006年第2期。

趣的。一个总的感觉是旧——不是故事氛围的古旧,而是艺术感觉的陈旧。那些故事、那些场景、那些意象,似乎在苏童、叶兆言等先锋作家的笔下已晃动多年,徐则臣即使在叙述上有所推进、意象上有所更新,这些"新"仍然会被淹没在大面积的"旧"的感觉里,难以构成文学创新意义上的新质。这里涉及对先锋遗产的继承和"影响的焦虑"的问题,不过,更核心的问题是经验与想象的关系问题。先锋作家曾特别强调以想象超越经验,然而,即使在最早倡导虚构的马原那里,其实也特别强调虚构要以扎实可信的细节为基础。① 随着想象与经验的逐渐脱离,一些相对虚构的作品越来越走向贫乏、重复,人们也不得不考虑想象的边界和想象力的生长土壤问题。特别是在全球化的今天,人们的阅读资源越来越趋同,在作家是"天马行空",在读者却很可能是似曾相识。因此,要获得个人化的想象,必须要穿透个人化的经验,或者说,原创性的想象需要原创性的经验作为土壤。徐则臣的"京漂"系列所描写的生活虽然没有经过时间更充分的沉淀,但布满毛细血管的原生态生活,不但在内容上有新质的拓展,在艺术上也提炼出如"水煮鱼""沙尘暴"这样既有现实感又充满寓意的意象。我个人认为徐则臣应该走将想象与深切经验相结合的路子,而把"花街"系列作为一种练笔。

事实上,在"故乡"系列中,徐则臣一旦把想象和他的童年经历相结合,立刻呈现出不同的风光。《鸭子是怎样飞上天的》《弃婴》《奔马》《天堂里飘香》《鬼火》《伞兵与卖油郎》《苍声》都属于这类作品。这些小说中有一个共同的主题是成长,关注的是少年在长大成人过程中的心理蜕变,其中力道最强的是中篇《苍声》(《收获》2007年第3期),小说以一种生猛、冷峻、凌厉、残酷的姿态书写成长主题。少年木鱼在善与恶的交锋中完成了自己的"成人礼"——他"变声"了,从奶声奶气的男孩一夜变成了男人。而促使他蜕变的催化剂,不是善,而是恶。小说因倾斜而具有了

---

① 马原:《小说》,《文学自由谈》1989年第1期。

一种力度,语言和细节也都很"瓷实",一个个落在地上,"像生铁一样发出坚硬的光"。

从写作风格上看,《苍声》是徐则臣这类创作中的"异类",或许是转型。此前有关成长记忆的小说都写得很温情也很细腻,特别是《弃婴》《奔马》(《上海文学》2005年第1期)两篇,精致漂亮,很能体现徐则臣的写作追求和功力。

这两篇小说都有很强的画面感。《弃婴》的开头句"一只田鸡就是一条路",仿佛预示了一种空间上的无限可能性。小说以"叉田鸡""目睹弃婴""坟地插秧"三幅画面连缀跨越三年的故事。开篇的田园画面充满泥土的芬芳,读者的感觉细胞也逐渐"张开"。这时,突现弃婴残肢遍野的画面,惊恐之感顿生。难得的是,作者避开对惊悚惨状的描摹,转而写叙述者"我"的身体反应,由于前文细致的感觉铺垫,"我"强烈的身体反应在读者这里也恰似感同身受。最后的插秧画面里,人物的身份和情感又得到了现实的还原:当日忍痛弃婴的少女如玉如今成了嘻嘻哈哈的农妇,敏感的"我"成了见怪不怪的农人们嘲笑的对象。小说的最后一笔处理得非常好,既把"我"的悲悯、惊惧传达得深切到位,又不夸张偏执,很好地把握了分寸感和平衡感。

如果说《弃婴》如油画般鲜亮,《奔马》则如水墨画般素淡。从技术上讲,《奔马》比《弃婴》更难写,因为它处理的不是"生命"这样重大而普遍的命题,而是深藏在儿童心中的一个既卑微又难以把握的愿望。瘦弱的黄豆芽生下来的世界就只有瓜田这么大,他最大的愿望就是骑一回马,在沙路上奔腾。为此,他不惜挨父亲一顿毒打,用自家的西瓜向牧马的伙伴换一次骑马的机会。但他不会骑,只能牵着马走。小说中,黄豆芽牵着马激动而又满足地走在火烧云下的这一段写得最为精彩。"奔马"的题目一开始就让人想起徐悲鸿的名画,选择这样的题目在作者是自我挑战,小说完成了这样的挑战:极具动感地写出了人物内心的奔腾感和现实束缚感之间的张力,虚实浓淡处理得恰到好处,流畅自然。结尾也是点睛之笔,一句"我不会骑",让一个乡村少年羞涩而又无奈的面影跃然纸上,余味深长。

这两篇小说都非常短,骨骼坚实匀称。作家的处理上,《弃婴》举重若轻,《奔马》举轻如重,生动地实现了徐则臣的小说理想:当故事的最后一句话停下的时候,小说飞了起来。①

"谜团"

在"京漂"和"故乡"之外,徐则臣还有一类小说似乎无法归类。从题材上看,它们或属于"京漂",或属于"故乡",但又似乎都心不在焉。于是,在小说集《鸭子是怎样飞上天的》中,它们被称为"谜团"。这一类的小说其实是徐则臣最为用力的,就像他在访谈中所言:"'谜团'类的小说,是我多少年来的隐秘的方向,就是尝试开掘小说意蕴的无限可能性。我以为好小说在意蕴上应该是趋于现代的,是多解的、凡墙都是门的、一千个读者就有一千个哈姆雷特的,而我力求在比较古典的形式下实现这个意蕴的无限可能性的经营。"②

最能代表徐则臣"谜团"风格的小说是《西夏》(《山花》2005 年第 5 期)。《西夏》写的是一件不可思议的奇事:"天上掉下个林妹妹"——不能说话的漂亮女孩西夏带着谜样的身世突然闯入了"我"(一个以开小书店为生的"京漂")的生活,怎么也不能被"我"推开。小说一上来三言两语就将素不相识的男女主人公推至一个特定的情境中,二人关系由不可能到可能一步步地推进:"我"由开始的莫名其妙、尴尬、烦恼、无可奈何到最终对爱投降。"妹妹"是一瞬间"掉"下来的,爱情却是一点点"长"起来的;你可以质疑西夏的来历,但是你没有理由质疑"我"和西夏的爱情。小说结尾处,当手机响起,"我"得知能医治西夏哑疾的胡教授已从

---

① 徐则臣:《答〈朔方〉杂志问:我以我的方式》,《朔方》2005 年第 9 期。
② 徐则臣:《区别,然后确立——答〈文学报〉傅小平兄十七问》,《黄河文学》2007 年第 6 期。

美国讲学回来时,竟脱口而出"你打错了";铃声第二次响起时,"我"才"一手握着手机,一手抚摸她(西夏)的脸,开始说话"。"我"面对真相时本能的脆弱、怕与爱的胶着、情不自禁和感情与理智的交锋全在这短短几行字中。

《西夏》是一次有野心的写作,是一场化虚为实的叙述实验。表面上看,《西夏》写的是"京漂"的生活,但西夏却不是从生活中来的,而是"从天上掉下来的"。作家的目的就是要把"从天上掉下来的"西夏合理地安置到琐碎的日常生活中,把不可能变为可能。创造某种独特的情境并在此之中探讨一种人与人之间的特殊关系,这本是小说家的一种特权,甚至是艺术对人类的独特贡献。但必须考虑的是,小说创造的特殊情境和现实世界之间有一道不容忽视的沟壑。如何成功地弥合、跳跃这道沟壑,是小说家面临的真正考验。从《西夏》的写作效果来看,徐则臣丰厚的"京漂"生活经验和扎实的写实功力支持了小说基本面的成功,但一些细节仍有生硬之处,需要更精细的打磨。不过,小说更内在的裂隙不是在技术层面,而是在小说的艺术理念和承载它的生活经验之间的距离。西夏到底从哪儿来?为什么"丢不掉"?这个问题,作家故意不说,读者却偏偏要问。虽然,纯文学意义上的"谜团"和侦探小说的不同,允许"悬置",以蕴含多种可能性。但是,小说中那种柴米油盐的生活经验恰恰使读者离不开地面,并且特别在意地追究一些现实问题。在老百姓居家过日子的那套实打实的生活逻辑中,可以忍受无法解决的困境僵局,却很难容忍游戏性的"悬置"。如何在自己追求的小说理念和熟悉的生活经验间找到最好的融合点,可能是徐则臣需要进一步思考的问题。

在小说理念的实现和推进上,徐则臣常表现出一种理想主义者的执拗,这在近作《伞兵和卖油郎》(《收获》2007年第4期)里表现得最为明显。这是一个关于梦想的故事。范小兵的父亲老范在卖酱油之前是一名光荣的战斗英雄,由于负伤失去了性功能,以致自己的老婆跟着辛庄一个卖豆油的大胡子跑掉了。年少的范小兵和"我们"当年的理想正是"成为英勇的解放军战士,戴军帽,穿军装,头上一颗红五星闪闪发光"。偏偏老范最恨的就是这一点,每次范小兵一提到当兵就要挨骂。可是当兵,尤其是当一名伞兵的愿望却在范小兵的心里扎了根。一次又一次狂热莽撞的跳伞实验,终于让小兵付出了残肢的代价。随着范小兵的梦想不断由幻灭走向幻灭,小说的悲剧意味也越来越浓。结尾,出现了戏剧性的角色互换,悲剧忽然从范小兵的身上划开去,尖锐地指向了多年后的"我"。当"我"大学毕业,"东飘西荡"只知"跟着风乱跑"时,"卖油郎"怀揣着的梦想却仍由他那腰杆挺直、"每一步都把脚尖踢起来"的五岁的儿子大兵身上跳了出来。变成"卖油郎"的"伞兵"仍有骄傲,而偶然回到故乡的"我",却只会"站在院子里看着墙边的桑树发呆"。经过几重的轮回,最终我们明白,原来,"伞兵"是所有人的梦想,悲哀的不只是卖油郎。

  这也是一篇有雄心的小说,试图通过一个小孩的悲剧,抵达人类共通的悲哀。小说写得很悲壮,作家似乎和他笔下的范小兵一样,为了那个飞起来的目标不惜粉身碎骨。其实,范小兵想飞的愿望和《奔马》中豆芽菜想骑一回马的愿望是相似的,都是卑微而又执着。但豆芽菜的愿望是从土地上升起来的,范小兵的愿望和"天上掉下来的"西夏一样是空降的,为此,作家要一步步地搭设云梯。徐则臣一向是压得住叙述的,这篇更是内容紧密,环环相扣,正面描写和侧面描写、限制性叙述与非限制性叙述切换自如。然而,或许是飞起来的愿望太强烈了,一些细节被抽离了地面,呈现出面向主题的单向性,一些情节的设置也从一开始就让人看出是伏笔,使整个推进过程在步步为营的严整中,仍显出带有急躁和偏执。

  尽管存在着这样的问题,《伞兵和卖油郎》仍可称是徐则臣创作历程中最重要的作品之一,其重要性绝不低于《奔马》。《奔马》和谐熨帖,然终究是小品;《伞兵》偏执急促,却立意深、负载重,故难以驾驭。有雄心的作家总是不贪小和谐,不避大冲突,总是不断地挑战自己,让飞翔一次比一次更有难度。

  徐则臣近来的创作中,还显示出一种努力,就是要走出个人化的视角,让作品进入具体的历史时代。以往的"花街"系列中,历史基本是"空景",作家试图展现的是如《清明上河图》一般"亘古如常"的不变景观。这实际是20世纪90年代以来宏大叙事解体后"去政治化"的历史观在作家笔下无意识地显现。而在最近的《苍声》《伞兵与卖油郎》等作品中,作家有意把故事的背景放在抗美援朝、"文革"等历史时期。但是,从目前的作品来看,这些具体历史的深层动力还没有真正有效地进入小说的叙述中。无论是《苍声》中让木鱼长大成人的"恶",还是《伞兵与卖油郎》中父亲对当兵的厌恶和恐惧,基本上还是从个人的角度,表现一种"人类"的"恒常"的痛苦。作为一个极具潜力的新锐作家,徐则臣精于感觉,长于叙述,敏于求新,如果能在历史文化上有更深刻有力的把握,并与对现实的经验和思考贯通,将会有一个更大的气象。

　　在当下文坛中论及新锐作家,徐则臣已经是一个不可忽视的存在。还值得特别一提的是,徐则臣的存在是"一个人"的——在当下以出生年代划分作家群落的潮流里,徐则臣不属于任何一代。按出生时间(1978年出生),他该是"70后",但在"70后"叱咤风云的20世纪90年代,他还没有摸到文坛的门。当他发表作品的时候,正是"80后"雄霸文学市场的时期,而"青春文学",他更挨不上边。他走的是一条传统的老路,先在边缘小刊发表作品,逐渐进军主流期刊。在千千万万自由投稿的文学青年中,他是一只普普通通的鸭子,扎扎实实地走路,徐步,但始终向前。他心中一直有一个梦想,那个梦想是什么?如果我没有猜错的话,应该是写出一部具有"古典形式和现代意蕴"的"伟大的中国小说"。

(原文刊载于《当代文坛》2007年第6期)

(邵燕君:著名评论家、北京大学中文系教授)

他让沉默者言说
——我读徐则臣小说

张 莉

一

通往徐则臣小说世界的路主要有两条：一条通向北京，中关村。这里有一群以卖假证和盗版光碟者为代表的生活在北京的"边缘人"。他们奔跑在西苑、圆明园、北大东门西门、清华西门、人大天桥等以地名命名为主的大街上。另一条通向以"花街"为指代的故乡，那里有流动着的江北之水，有野鸭成群，有一群面容平静的苏北人。

如果我把徐则臣小说中的人物们称为沉默者，一定会有人反对——那些卖假证者怎么会是沉默者呢，他们常常欺骗和说服别人。但是，相信我，他们依然是沉默者——你很少会在以电视为代表的传媒里听到他们的声音，你也不可能在以报纸杂志为代表的纸质媒体中看到他们的身影。他们被世界遗忘。尽管我们在北京的天桥上总能看到他们，但他们依然陌生。他们，没有人关注。

他们是"底层"。但是，在这些人物身上，你闻不到当下文学期刊"底层"题材里那股子熟悉的公共气息：怜悯，自我怜悯，对贫穷生活和困窘处境的炫耀和对社会的诅咒。他们不是想当然的"底层"——除了从事职业的不同，他们和我们没区别。他们和我们一起站在天桥上看车来车往。他们和我们一样渴望活得像个人样。不是通常的"底层"题材小说，但的确写的是"底层"人的情状，这是徐则臣小说的独特气质——从边红旗、敦煌、子午、周子平身上，你将认识到他们首先是人，他们的性格有如我们身在的世界一样,有着人应该有的复杂、暧昧与矛盾。

在当代文学的书写领域,卖假证和盗版光碟者的生活借助徐则臣的书写被慢慢"发现"。这是徐则臣的贡献——读者的经验得以拓展,得以感受到这些无言者的生活与爱恨。从《天上人间》开始,小说家的眼界变得开阔,他令人惊讶地挖掘出这群人内心世界的百转千回。也是从这部小说里,我看到徐则臣的小说日益显露出的气象——他远离当下小说中对凡俗生活的镜像式与庸俗式书写,他以坦然的态度面对我们的时代,我甚至认为这是他"强攻"时代的努力——不是通常意义上属于文艺青年的表象愤怒与咒骂,也不是以荒诞的方式夸张与变形,而是忠直无欺地书写。从子午身上,我体味到时代的气息,那是以北京为表征的与全球化、文明、现代有关的指代所给予我们的馈赠:张狂,不择手段,急功近利,焦灼不安,对物质和欲望的无限度的拼命索取与掠夺不自知。要知道,"天上人间"是多么美的梦啊,我们每个人都依凭它"画饼充饥"。在这个"充饥"过程中,在浩大的北京城里,有许许多多的子午被染成"灰色"和"黑色",他们"天上人间"、逍遥自在;但是,也有无数的子午,应验着千万别伸手,伸手便被捉的"老理"——只要卷进名利场,我们每个人都有可能像赌徒一样,遇到子午这样或那样的结局。

从《啊,北京》《跑步穿过中关村》里,作为读者的你也许惊讶于小说家对这一题材书写的深入,你以为这题材可能再不会淘出新东西,但《天上人间》却让你饮到清冽——小说家在一步一步地精进,他以其特有的执拗和耐心,悄然进入当下文坛新晋优秀书写者行列。当然,在这部优秀的小说背后,我能理解他为此所付出的种种努力和探索——从小说的第一句到最后一句,从子午初来北京就张皇无助这个巨大的隐喻开始,文本渗透了小说家的细密心思和敬业精神,这一题材的挖掘也就此变得更为开阔。

二

　　花街是迷人的街道。花街里的人们生活平缓,表情平静,你很难想象这些人身上会有故事。但是,会的。如果你有一双敏锐的眼睛和触觉强大的心灵,你眼中的世界将变得宽阔、丰富、充盈。难以忘记《人间烟火》,苏绣遇到背叛,苦难,丧子,但依然要活下去。隐忍、心意难平但最终又得说服自己活下去——作为故乡的花街生活不是对琐屑生活的摹写。不为了写实而写实,他最终书写的是普通人的某种情怀。在他的小说中,花街的世界从来就不是一个人的世界。他心思体贴地倾听每个人物的生活方向和生活逻辑,这使他的小说与自上而下的充满优越感的俯瞰式书写姿态保持距离。

　　花街世界声音复杂——没有整齐划一的音准,也没有整齐的出发点和道德判断标准。人们的声音交织在一起,但不杂乱无章。是的,我想说,徐则臣小说中往往有一种隐匿的声音。它们来自沉默者、弱小者和女性。借用斯皮瓦克的话来说,那是"贱民"的声音。这声音不响亮,却有力量和价值,它需要读者和小说家一起耐心地倾听。在我眼里,这声音至为宝贵,至为迷人,我愿意真诚地为此鼓掌。《露天电影》复杂而简单。多年前的露天电影放映员、今天的大学教授秦山原回到了当年的乡村。在关注他的人群中,有一些已近中年的女人。她们问真的是你呀——他能回忆起电影放映完后自己与村里年轻女人在黑暗中的野合,却已记不起她们的面容和名字,他只有她们年轻的乳房和屁股的记忆。整部小说以陌生化的路向推进着,让你不能停下来,孙伯让——当年迷恋秦山原的女人的丈夫,愤怒地告诉秦,他的老婆林秀秀对秦念念不忘,最终却与另一位电影放映员私奔。孙在自己的放映室里把秦绑起来,要他回忆当年的点滴。最意味深长的多声部也从这里开始:在孙伯让的讲述中,林秀秀对丈夫坦承过秦山原对她的"好",她能清晰地记得秦的身体的细节,这成了她永远的思念。可是,秦山原却根本忆不起林秀秀到底是哪一个,长什么样儿。女人们没有表达过自己，一个也没有。私奔的林秀秀更没有。可是，小说字里行间却分明浮动着女人的声音与面容。它们是地层之下的火山，沉默、隐匿、强大——这声音附着在被遗弃的、天天沉迷在电影中的丈夫孙伯让的愤怒里。当丈夫转述妻子长年来无望的思念，当丈夫表达对这一思念的嫉妒，那里就住着林秀秀——男人的声音中夹杂着女人的声音，男人的愤怒里夹杂着女人的痛楚，这是《露天电影》的"多声"处理。

多声是小说家给予每个人物，尤其是失去话语权人物的尊严——他不是以自己的头脑理解这些人物及其际遇，他试图用心灵和情感去理解。当这些人物发声，你也会深刻了解到，徐则臣不曾为他的人物代言，他不是他们的代言者，他不越俎代庖。他的努力在于给予足够多的小说空间使他们说话——他以对他们深切的理解和对他们生活细节的招招落实的讲述，使他们自己说了话，进而使他们成为我们。隐匿的声音成为有力量的背景，这是小说值得阅读的丰厚土壤。

多声成就了多解。在《露天电影》里，你会意识到这是一个关于痴情女与薄情男的故事，但另一个大的启示也随之而来。是什么误了那些年轻的姑娘？她们是迷恋那个放电影的男人，还是迷恋他手中的"放电影"的权力和与之相伴的各种幻觉？如果你能意识到电影与幻象、与想象、与现代文明和浪漫情爱方式的追求有关时，你会理解年轻姑娘们行为的"合理性"——那样的献身何尝不是穷乡僻壤的花季女子在拼命抓住另一种身外的美好？

《伞兵与卖油郎》的含量远远超过了它的篇幅。男孩子范小兵希冀成为能在天上飞翔的伞兵，为此，他寻找可以飞翔的降落伞，寻找可以助力的风，以及成为伞兵的军装。为此他把腿摔断了。成年后，孩子成了卖油郎。小说中摔断了腿当然不只是字面上的，也意味着一个乡间孩子梦想的折翼。小说也是一位退伍军人的故事。父亲老范在战斗中受伤，失去了性能力。战斗英雄成了卖油郎，也失去了作为男人与丈夫的幸福。

这失去的何止是一个男人的幸福,不也是女人的幸福吗?妻子不断地从家里逃跑,跟着一个大胡子男人。她被殴打和看守,最后,还是丢弃了丈夫和孩子远去。小说里有属于人的心酸和疼痛。仔细地进入小说肌理,你将会触摸到作为最深的、最里面的也最丰饶的小说"地层"——我们听到老范和他的女人双声的隐匿呼喊——你能理解叙述人对他笔下所有人物的理解,尤其是对那个失语的女人的善意。小说弥漫着风的流动和自由,文字如在猎猎风中飞翔,内容与形式成为不可分离的整体。《伞兵与卖油郎》是徐则臣小说中最美的收获,它有独特的、丰富的、多彩的能量。

三

2006 年以来的徐则臣达到了一位优秀小说家在他青年时代所能达到的高度和对生活的理解。他不把人物当作抒情对象,他不猎奇,不以之为风景,他努力捕捉到每一个沉默者的声音,他传达出那地表之下的光和普通人身上的隐秘,作为读者的你愿意和这个叙述人一起进入另一个世界,你愿意和他们生活在一起,听他们说话。

那么,是什么使我们相信他?我想,是自然而然的诚恳和那富有质感的细节,是"扎根"的小说能量——有品质的小说是一棵能接地气的葱郁蓬勃的参天大树,它的每个枝干、每片叶子都是有生命的,正如小说中每个人物哪怕是小人物也是有生命、有情感和生活逻辑一样。从徐则臣小说中,我能感受到他渴望使自己的大树扎根于泥土的梦想与追求。

他在努力实践中。从《天上人间》《伞兵与卖油郎》《露天电影》《夜歌》《人间烟火》开始,徐则臣以日益完善的写作技术使自己的创作发生渐变:他逐渐远离普通青年写作者身上常有的"就事论事"的写作倾向,在精确地描绘和表现生活之外,他尽力对笔下的世界做尽可能宽广的生发、推广以及深入,人物不再只是人物本身,际遇不再只是际遇本身,卖假证也不再是卖假证本身,从小说提供的世界和角度望去,你能感到某种说不清道不明的东西在浮动:《天上人间》不只是子午和子平的生活,还有着城与人的含混情感，那是对北京既爱又恨的复杂情怀；《伞兵和卖油郎》不只是范小兵的故事，它还是关于梦想、关于疼痛、关于沉重的肉身和轻盈的飞翔的书写；《夜歌》则关于情谊——男女、母女、女性情谊。我想说，徐则臣的小说世界在日益打开维度，它们将逐渐闪现出好小说应该有的光泽。

当然，我也愿意坦率地写下我遇到过的阅读障碍。比如在读到《跑步穿过中关村》结尾时，那过于戏剧性和偶然的巧合在我看来消解了小说的说服力——小说家自然而然的小说讲述在遇到人物际遇转折时常常会"转"得有些生硬。而在《露天电影》里，我对身在乡下的孙伯让是否能看到《夜歌》那样的电影也表示怀疑。但是，这些丝毫不影响我对徐则臣小说的喜爱，你知道，这位年轻的小说家的一切都在路上，有足够多的理由让我们对他保持热烈的期待。

读徐则臣小说，我常想到另一位20世纪70年代的小说家魏微。倒不是因为他们的创作风格有何相似，而是他们身上某种共同的与时代急剧旋转的车轮不相适应的气质——不张扬，不做作，朴素，没有惊世骇俗的企图——有定力，坦然。就徐则臣小说而言，你看不到小说家的用力。但这并不意味着小说没有力量。那力量是水，它们存在于小说家明晰、清朗、精确的语言里，不疾不徐的叙述推进里，和仿佛波澜不惊的人物命运中。属于徐则臣的小说气质正悄然生成：是令人敬佩的"忠直无欺"之气；是对沉默者的尊重、诚实、理解与诚恳——这是与时代的焦灼气息保持距离的"先锋精神"。其实，无论是诚实还是忠直，也都是我们每个人都该有的常识和良知，但是，因为对巨大的浮华的时代风潮不由自主地跟进，这些品质在当下的文学作品里难以寻到。所以，它们宝贵。所以，在我眼里，徐则臣是"70后"作家的光荣。

（原文刊载于《大家》2008年第4期）

（张莉：著名评论家、北京师范大学文学院教授、鲁迅文学奖获得者）

永恒的暂时
——徐则臣、郊区故事与流动性生存
刘大先

一

在一篇讨论北京叙述与想象的文章中,我曾经分析过,前现代时期乡村与城市、城市与人之间相濡以沫的关系,伴随着工业化、市场化和技术迭代更新对于城市定位和功能的改造,以及社会流动机制的改变,逐渐发生了断裂,既有的共同体形态在现代性政治经济变革中失去了合法性,城市成了陌生人集合的契约性空间,所带来的是伦理道德与情感结构的重新组合。流动性人口及其携带与创生的经验,全面地改变了北京的文化地图,从20世纪90年代中后期,"漂泊"定义了北京这座城市在文学叙述中的面目。异乡人与北京的隔膜,在新兴的商业进程中逐渐消解,北京在他们的心中、眼中、手中成了璀璨光华的应许之地。21世纪的头一个十年,北京经历了有史以来最为迅猛的野蛮生长,"人们在这个拼搏的城市中迁徙游荡,被划分为成功人士和失败者。愈加四通八达的地铁像北京的腹肠,将从北到天通苑,南至天宫院,西达苹果园,东抵土桥的远郊连接附着在'紫圈圈'的周围,似乎通过城市的流体与运动打破了原先地理上结构性的等级与距离,然而在地铁广播中时时响起的'共同抵制乞讨卖艺等活动'的播音,提醒了一种公共话语绑架常人情感的残酷现实——它以冰冷的理性呼吁人们拒绝良心的捐赠,教导着阴谋论与厚黑学。只有在最难被商业化的文学中才能略微窥见蚁族们的惨淡经营。我们看到荆永鸣笔下那些'北京候鸟'(2003年)在资本铁蹄下的挣扎:城市发放给民工们的避孕套无处可施,最终成为贴在他们心头创伤的创可贴,貌似有用,却止不住流出的鲜血,阻碍了生产的可能。徐则臣那些《跑步穿过中关村》(2008年)的假证操办者,从苏北的小镇走出来,梦想着不一样的北京,然而北京只是让这些边缘人一次一次进入到城市严酷的手腕之中。所以西单女孩纯净的《天使的翅膀》、旭日阳刚沧桑的《春天里》才会引起慰藉与共感。"①

写那篇文章的时候,我在北京已经生活了七八年,虽然知道自己可能从未进入过这个城市的内心,却逐渐对它产生了一种细密而微妙的感情。这是一种因为与故乡慢慢疏远所滋生出来的无依无靠中的慰藉——最初懵懵懂懂地到来,充满了机遇性和偶然性,并无明确的规划与想象,只是为了生存的随波逐流和随遇而安,日后漫长的岁月则将偶然的漂泊变成了一种难以摆脱的牵绊。我相信这种状态在绝大多数普通的北漂那里是一种常态,他们起初并没有雄心勃勃地做好准备,就一头扎进了自己的命运之中,只能在与日常生活不断的碰撞中踽踽前行。所以当我看到徐则臣的《北京西郊故事集》的时候,便有种心有戚戚的共通感。徐则臣与我同龄,比我早来北京一年,我不知道他具体经历过什么,但是他笔下的那些北京西郊边缘人物让我想起自己身边的许多北京东郊边缘人物——他们都只是站在城乡接合部郊区的简陋屋顶上眺望着北京中心影影绰绰的灿烂与恢宏。

徐则臣的创作涉及的题材与体裁、数量与质量已经形成了颇为可观的体量,并且也得到了主流文学界的普遍认可。较之于《耶路撒冷》或者《北上》这样的长篇小说,《北京西郊故事集》并非他最具影响力或者代表性的作品,但是郊区故事一直是贯穿于他作品始终的题材。我感兴趣的是它所牵涉到的经验性事实与对于那种特定时空中经验的叙述;当然话又说回来,"影响力"与"代表性"也不过是我们时代媒体曝光率和读者关

---

① 刘大先:《看得见与看不见的城市》,《艺术广角》2012年第6期。

注度的不可靠与不稳定呈现。作为一位成名多年的作家,徐则臣的相关评论已经非常多,我初步浏览了一下,最多的是就他的某些作品做鉴赏式的评论,或者就作品的主题进行分析,或者将他置入北京文学的谱系之中,讨论文学北京与北京文学的新变。其中,关于"北漂"尤其是以边缘人物的生活与经历为题材的小说颇引发诸如"底层"问题的思考。也有人认为,如果他对贴近现实的"现象"书写转化为对"文明"的书写,则境界可能更有所提升。我并不认同这样的观点,反倒觉得他的关注"现象"的作品其实隐含着我们时代最为重要的议题之一,但在此前的相关评论中似乎并没有萃取出理论性的命题。这里涉及徐则臣的写作观念与表述的风格与技法问题。

如果从印象上概括,我可以把写作分为两大类:一种是情感与心灵式,写作者也许有一个朦胧而含混的意图,但对于将要创作的作品并无明确的主旨,只是凭借本能、冲动或者天赋的神秘才能,呈现出气象混沌、泥沙俱下的文本;一种是理性与头脑式,写作者受过严格的训练,或者个性就偏于冷静与逻辑思维,在着手创作时会做出严格而精密的规划,并且有着强大的自我阐释能力。一般来说,第一种写作容易被加上浪漫主义的天才滤镜,并且那种文本因为充满了歧义和开放空间,特别令批评家与读者津津乐道;第二种写作则往往让人无话可说,因为作者足够聪明,将自己的观念传递无误,技法与语言也控制得恰到好处,很少留下破绽与缝隙,这容易让专业鉴赏者感到不满,但对于普通大众或者类型文学接受者来说则是理所当然之事,他们并不喜欢漫漶迷蒙、旁逸斜出。当然,这种分类也只是一种便于言说的概述,不同写作者很难在具体的写作中判然二分,我也并不认为不同类型的写作在价值上有高低之分。不过,徐则臣的小说,尤其是长篇小说显然更像是那种"头脑式"写作,即非常清楚自己要表达什么,并且对自己的表述掌控得也很好,主题明确、手法娴熟,经得起学院式批评的庖丁解牛,也清通流畅,易于读者接受。他的问题只是在于缺少恣肆蔓延、横无际涯的文本表现上的铺张扬厉,但那也未必是小说的必需,也不能证明一个写作者内在没有隐秘的激情。

《北京西郊故事集》可能就属于那种隐秘激情的产物,延续了他最初创作的母题,书写了一批从"花街"到北京的漂泊者,因为是经验的产物,所以携带着中立视角所无法遮蔽的情感。如果放眼中国当代文艺,会发现一个有意思的现象,即随着20世纪90年代开始的市场经济改革、城乡二元结构的松懈,人们原先的社会身份与角色发生了潜移默化的变化,下岗工人、进城农民、商人成为"时代形象",出现了一批嗅觉敏锐的观察式文艺作品,将漂泊与流浪作为主题。比如被称为中国最早的独立纪录片的《流浪北京》(吴文光,1990年),讲述保姆遭遇的《远在北京的家》(陈晓卿,1993年),讲述人力车夫故事的《城乡结合部》(张战庆,2001年),记录物业工人生活的《高楼下面》(杜海滨,2002年),还有反映东莞"三资企业"中的农民工的《厚街》(周浩、吉江红,2002年)之类。而这个阶段的文学则甚少有这方面的题材,更多沉溺在"新写实主义"中的城市日常生活或者稀释改制痛苦的"分享艰难"式作品,以及以"中产阶级美学"和"小资情调"为时尚的流行文化想象中。与蓬勃发展、尚未建立规范秩序的城市化进程相呼应,彼时的城市题材文学昂扬着一种类似资本主义上升期的个人奋斗与财富梦想的激情。

到了21世纪之后的贫富分化与阶层割裂现实,才促发了对于所谓"底层"与边缘的明确关注,这个时期正是徐则臣开始在北京生活与写作的时候。如果说2008年北京奥运会的举办彰显了中国整体性综合国力的跃升,那么2009年诞生的两个堪称现象级的作品则显示了北京在高歌猛进的发展背后的另一面:一个是《蜗居》,一个是《蚁族》。这两个作品的标题一度成为后来通行的热词,后者甚至让北京西北郊的小月河、唐家岭,与早先流浪画家聚集的圆明园、摇滚乐手聚集的树村一样成为某种地标性的意象。只是不同的是,小月河与唐家岭的居民已经完全褪去了浪漫与叛逆的人文色彩,而成为普通打工仔、下岗职工、大学毕业生挣扎的处所。他们是这个城市话语中的隐形存在,一只"房间里的大象"。

《北京西郊故事集》中的作品就是从 2010 年开始,这个时间节点颇具象征意味,暗示了繁华景象之后被遗忘的族群。这些作品不是讲述一群农民工"进城"的故事,而是一群青年欲进城而不得的故事——他们压根没有进入这个城市的地理与文化核心,甚至还是这个城市要排斥的对象;他们与主流北京想象是格格不入的,同时也与早年带有文艺气息的《流浪北京》不一样,不仅叙述的主体与对象发生了位移,同时时代背景在十几二十年间发生了堪称巨变的转型。在这个经济体制与社会结构流转的过程中,我们可以看到同属于"北京"组成部分的边缘人在文学中的身影,比如荆永鸣的"北京候鸟",刘庆邦的"保姆"系列,石一枫的"陈金芳",诸如此类,他们构成了世纪交叠之际高速发展的社会的另一面。因为其所具备的普遍性和社会议题性质,所以,可以说这些故事不仅发生在北京,同样也发生在上海、广州、深圳乃至其他的二线或者是三线城市,不同的是个体际遇,相同的是总体结构,它们共同指向一个流动性生存中的状态:永恒的暂时状态。

二

　　无论主动出走还是被动接受,流动都无可避免地构成了现代生存的一个基本模式。这一情形出现的原因在于社会整体性的时间、空间、生产生活与感觉方式的变化,用齐格蒙特·鲍曼(Zygmunt Bauman)的话来说,整个现代性文化就是一种流动的文化。这种包含着人口、资本、技术、信息的流动是全方位的,并且前所未有地成为社会的结构方式。作为主导性的生活方式,所有人都身陷其中,但绝大多数流动者只是被迫的流浪者。前现代社会当然不乏因为致仕、战争、商贸、天灾而产生的移民、流民、游士、游侠、游民之类,但他们会被视为稳固的宗法与家族社会体系中的"脱序"分子。他们的生活混乱、盲目,充满艰辛与苦难,并且随时可能转化为颠覆性的危险力量①——作为异端的存在,他们反倒在文艺作品中获得了一种奇异的美学展现。但是现代流动性意味着秩序本身的改变,"庙堂——江湖"的二元想象如今失效了,变成了资本的弥散性空间,而主动或被动的流浪者则是这个弥散性空间中做布朗运动的分子——他们可以作为问题与现象成为社会治理的观照对象,却绝缘于资本主义主导的美学市场。

如果结合 2015 年到 2016 年间在网络上引发轩然大波的"垃圾人口"或者"低端人口"的争论来看,底层流动者确乎被某种基于清洁、整饬、有序的逻辑试图驱逐出现代性的理想国。"他们也许有理由感到被拒绝、被激怒和愤慨,他们也有理由充满仇恨并心怀报复——尽管他们知道抵抗是无用的,也承认了他们的地位低人一等,他们却找不到把这些情绪转化为有效行动的道路。无论是根据明确的宣判,还是根据间接暗示但却从未公开宣布的定论,他们都是多余的、不必要的、不被需要的、没人想要的,他们的反应要么是不正确的,要么便处于缺席状态,这使得那种关于多余的指责成为最终实现的预言。"②某种意义上来说,这些人在主流话语看来是一种现代性的冗余,但这种多余证明了他们与现代性之间的并生关系,他们就是要排斥与摒除他们的事物的产物。

如果说《北京西郊故事集》有什么意义,我觉得首先是这种题材试图将流浪者美学化的努力——让那些无名之辈不再仅仅是统计学意义上的数字,而获得自己的形象。它们集中体现为人与空间之间的紧张与冲突,而矛盾只有靠时间与流动加以化解。耐人寻味的是,叙述者"我"作为一个神经衰弱的失眠症患者,始终贯穿在这些小说之中,以个体参与者、记录者的面目出现,偶尔扮演一下评论者,也就是说,叙述对象并没有被当

---

① 王学泰曾经对中国前现代社会的流散群体做过详细分析,见《游民文化与中国社会》,学苑出版社 1999 年版,第 69—105 页。

② [英]鲍曼:《废弃的生命》,谷蕾、胡欣译,江苏人民出版社 2006 年版,第 35—36 页。

作社会病象——如同我们时常在"批判现实主义"式描写与分析中所常见的——而是叙述者承认自身与流浪者同调的局限性。

"失眠者"形象无疑是这些小说中最为显著的形象。乔纳森·克拉里（Jonathan Crary）借用列维纳斯（Emmanuel Levinas）的观点指出，"失眠对应的是保持警醒的必要，是拒绝对遍布全世界的恐怖与不公视而不见。这是一种不安，努力不让自己无视他人的痛苦。但这不安，同时也是因为保持清醒也无济于事，徒然睁着双眼，这个单调的行为就完全成了度过漫漫长夜和灾难的煎熬。失眠既不是公共的也不是完全私人的。对列维纳斯来说，失眠总是徘徊在专注自我和否定自我之间。它没有排除对他人的关心，但它又没有为他人的在场提供意义明确的空间。正是在它这里，我们看到，我们几乎不可能无动于衷地活着。失眠必须与无比清醒的状态相区别，因为失眠对于苦难及其所施加的责任感的关注是让人难以承受的"①。《北京西郊故事集》的叙事者"我"睁着无眠的眼睛，发现了在不为人知的夜晚中奔忙的人，发现了西郊拐角里的另类生存，发现了北京乃至世界的另一面。这个时候，他叠加了作者的形象，因为作者曾经是他们的邻居、友人、兄弟，他们的故事作者目睹、感同身受并且介入其中——"他们"的故事也就是"我"的故事。

包含着"我"的这些西郊人物，主要是一群打零工的年轻人，核心部分是四个为办理假证的老板四处贴小广告的青年。他们分散在各篇小说之中，以同乡、朋友、偶遇的关系串联着建筑工、汽车修理工、摆地摊者、小饭店业主、流浪歌手、养鸽子的人等在各种城市边缘角落隐藏着的人。徐则臣用散淡的情节将他们的群像勾勒出来：他们各有其背景与技能、梦想与情感，但并不构成某种宏大叙事的复调，毋宁说他们的行状显示了21世纪初年流动性人口豕突狼奔的生活常态。这种常态中暗含着一个时代

---

① ［美］乔纳森·克拉里：《24/7：晚期资本主义与睡眠的终结》，许多、沈清译，中信出版社2015年版，第23—24页。

隐藏的机密：日常生活的时间被侵蚀与殖民化，人们被迫只能不停地行动。

  这一点在《屋顶上》中表现得尤为突出，它实际上构成了此后一系列小说的架构原型。贴小广告的我们只能在夜间行动，因为此种行为本身带有非法的性质，北京的日与夜于是形成两个截然不同的场域：白天的热闹与喧嚣是不属于我们的，而"后半夜北京安静，尘埃也落下来，马路如同静止的河床，北京变大了。夜间的北京前所未有地空旷，在柔和的路灯下像一个巨大的梦境。自从神经衰弱了以后，我的梦浅尝辄止，像北京白天的交通一样拥挤，支离破碎，如果能做一个宽阔安宁的梦，我怀疑我能乐醒了"①。对于这些人来说，夜晚才是劳作、谋生、心灵获得安宁、情绪得以舒展的时间。这一切同"我"的失眠病症倒是相得益彰。个体的非常态病症在其中如鱼得水，暗示了一个迥然有别的非常态北京时空。

  而在这个时空中，"跑步是治疗神经衰弱的唯一方法"。"跑步"是徐则臣钟爱的一个意象，从《跑步穿过中关村》里卖盗版光碟的敦煌、《啊，北京》里办假证的边红旗、《西夏》里经营小书店的王一丁开始，"跑步"一直是这些边缘人的标志性动作，而这个动作其实也包含着更为广阔的隐喻，与市场经济暴走式的发展相平行。这些原本处于宁静乡镇的青年也跑步着进入了都市，在都市里为了生计而奔忙，为了躲避规训而奔跑。"我"的跑步治疗则更进一步强化了通过行动拒绝思考的意味。因为，"北京太大，走丢的人很多"，而"他们依然不明白自己的事业是什么，不过是一个抽象的宏大愿望和一腔'干大事'的豪情"。这其实是一种盲目，但对于这些完全没有任何资本与资源的外乡底层青年来说，也只能如此得过且过、苟延残喘。"我们的生活单调乏味，除了警察、钱、抽象的奋斗和野心以及逐渐加剧的乡愁"，似乎没有任何具体可预期的目标。一

---

  ① 本文涉及徐则臣各个短篇小说的引文均出自《北京西郊故事集》，北京十月文艺出版社 2020 年版，后不再一一标注出处。

旦试图抓住什么，哪怕是虚幻的目标，最终也可能只是招来灾祸——像宝来这样忠厚可靠的人，就因为对一个咖啡馆中女孩的单相思酿成自身的悲剧，而那女孩甚至对此毫无知晓。

他们并非一无是处之人，只是因为不适应城市的运行法则而显得格格不入。《轮子是圆的》就是他们在城市生活的寓言。咸明亮有着惊人的巧思与毅力，用修理厂的破旧零件生生造出了一辆马力强劲的敞篷车，不能不让人联想到电影《钢的琴》（张猛，2010 年）中心灵手巧的工人们。他从垃圾中锻造机车的智慧，具有炼金术士般的魔力，却不得不受制于修理厂老板的压榨；而他的奋起抗争乃至不惜鱼死网破则透露出卑微梦想被扼杀后的绝望。《六耳猕猴》中的冯年在电脑城做销售，也是一个睡眠不好的人。"他的梦也诡异，老是梦见自己变成一只六耳猕猴，穿西装打领带被耍猴人牵着去表演。要做的项目很多：翻跟斗，骑自行车，钻火圈，踩高跷，同时接抛三只绿色网球，还有骑马，等等；尽管每一样都很累，但这些他都无所谓，要命的是表演结束了，他被耍猴的往脊梁上一甩，背着就走了。在梦里他是一只清楚地知道自己名叫冯年的六耳猕猴，他的脖子上一年到头缠着一根雪亮的银白色链子，可能是不锈钢的；他的整个身体都悬在那根链子上，整个人像只褡裢被吊在耍猴人身上，链子往毛里勒、往皮里勒、往肉里勒，他觉得自己的喉管被越勒越细，几乎要窒息，实际上已经在窒息，他觉得喘不过来气，脸憋得和屁股一样红。"显然，这是对弗洛伊德理论的显豁挪用，小说取名为六耳猕猴，则通过互文形成一个换喻：与孙悟空有同样本事的人，却不可能大闹天宫式地叛逆，也没有最终取得真经的机会。无聊、没有出路、时间被压榨，甚至连睡眠这种最私密的空间都要都被剥夺和扭曲，穷途末路中只会产生向外或者向内的暴力。

《看不见的城市》中的无辜死亡事件，是曾经怀有梦想之人的无意义死亡。《狗叫了一天》中人对狗的残忍，折射的不仅是无知，同时也是对他人苦难缺乏体恤。《摩洛哥王子》中流浪歌手王枫解救被乞讨团伙拐骗的小花，最终只是得到了来自乡民的恶意，一举击碎了对于乡土中国的淳朴宽厚的想象。这些底层互戕、菜鸟互啄的故事，证明了"我们的生活里永远不可能出现奇迹"，但它们也并没有滑向常见的对于人性恶的揭露，徐则臣在这里显示出了作为"我们"的同情与理解——"他们/我们"只是无知，但并非愚蠢，会在伤害他人之后感到愧疚与懊悔，这就为自我的刷新提供了一个契机。近二十年来，我们的文学书写中对于所谓"底层"往往存在着两极分化的想象：要么赋予其天然的道德优势，要么呈现出颓废的精神状态。这两者都是片面与扭曲的，凸显出来的是写作者纡尊降贵的姿态与悲天悯人的优越感，而如今的现实已然证明一个作家与打工者之间并无根本的阶层差异，写实的力量存在于体贴与理解当中，写作者是泯然混同于他的书写对象之中的。他不是在书写"他们"的故事，而是在书写"我们"的故事。

三

2014年11月，民谣歌手赵雷发行了自己的专辑《吉姆餐厅》，其中有一首歌叫《理想》，这样唱道：

> 一个人住在这城市，为了填饱肚子就已筋疲力尽
> 还谈什么理想
> 那是我们的美梦
> 梦醒后，还是依然奔波在风雨的街头
> 有时候想哭，就把泪咽进一腔热血的胸口
> 公车上我睡过了车站，一路上我望着霓虹的北京
> 我的理想把我丢在这个拥挤的人潮
> 车窗外已经是一片白雪茫茫
> 又一个四季在轮回
> 而我一无所获地坐在街头

这代表了一种大众媒体中小资式的想象和表达，透露出一种对于理想的无奈与不信任，是一种时代情绪。关于理想的命题与人生的定位与遭际密不可分，是涉及青春题材的文艺中经久不衰的主题。整个现代文化与现代文学某种意义上都可以视作一种关于"青春"的诉说和"青春文化"的建构。这种青春文化历经20世纪革命与社会变迁的数次转折，在21世纪初年呈现出某种分化。主流话语中不断张扬某种热血沸腾的奋斗精神，但随着社会流动一定程度上的固化态势，曾经的理想言说褪去了其令人激动的色彩，尤其是近年来在青年亚文化中出现的"宅""丧""下流社会"①的思潮，并且成为"文化研究"中颇为热门的议题。这已经不仅仅是城市新兴小资的问题，而是延及为一代人的"时代情绪/精神"。就像网络上有人以日本为例，戏谑地称之为从"昭和热血"到"平成废物"的转型，中国青年中也有类似的情形。日本NHK电视台在深圳郊外的龙华新区取材的纪录片《三和人才市场》(2018年)就是首先引发中国大众关注的话题。2016年有一篇自媒体公众号10万+文章《残酷底层物语：一个视频软件的中国农村》同样掀起了大众热议的高潮，底层被描述为信仰迷失、道德沦丧、遵循丛林法则的修罗地狱式的存在。这些议论很有意思，但其实是一种在某种媒体所限定和剪裁的信息茧房中观察得出的，难免失焦。绝大部分基层青少年是在六安毛坦厂中学里、东莞虎门服装流水线上、苏州工业园区的电子车间中、西成客专隧道的盾构机中、克孜勒苏州阿合奇牧场的马背上、无数建筑工地的打桩队里辛苦挣扎却也未失对美好生活向往的人。很多人在物质上经过一些年打拼也并不差，只是很多知识分子有可能不愿意真的沉到生活现场进行观察，也不关注媒体聚焦之外的青年，或者因为道德虚荣心的需要刻意注目于"底层"中绝望

---

① [日]三浦展：《下流社会：一个新社会阶层的出现》，陆求实、戴铮译，文汇出版社2007年版。

的一面。他们其实是地火,不停在运行,毁灭有之,爆发有之。实际上,因视频软件而诞生的最为新兴的产业之一,无疑就是由基层青年组成的主播与各类"情感劳工"。徐则臣的《北京西郊故事集》中还没有涉及新兴媒介对人们的影响,但他描写的同样是社会结构底部的青年。他们不乏迷惘、混乱、嘈杂,尽管对于理想也并没有明确的规划,却始终没有丧失内蕴着的勃勃欲动的生命力。

徐则臣在一篇类似创作谈的文章中写道,有朋友读了《北京西郊故事集》中的篇章,感慨于他们的离开与失败,但他并不认同:"我确实不认为这是失败,离开不过是战略转移。打得赢就打,打不赢就走,人生无非如此。可以心无挂碍地来,为什么不能心无挂碍地走?"[1]这里有一个不易察觉的冲突,即关于何谓"成功"的认知。在那个朋友看来,似乎留在北京、扎根北京就是"成功"了,我们时代很多文学作品中的"失败者"叙事,往往也不经意间采用了这种逻辑。但这种逻辑是被资本与权力话语规训了的逻辑,屏蔽了世界与人生的多样性,农民工劳动体制是制度的产物,他们"不是一级劳动力市场的外溢人口,而是被一级劳动力市场排斥在外"[2]。乡/镇—城之间临时迁徙状态,并非所有人都希望"进城"定居,进城与否取决于利益最大化的考量,也就是说哪怕是再卑微的个人,也有其自身的主动性。

西郊这些青年的意义恰恰在于他们无法被规训。《如果大雪封门》里的南方人林慧聪只想到北京看一场雪,《兄弟》中到北京寻找另一个自己的戴山川,那种执拗与不可理喻,就是无法被磨灭的激情。这样的故事已经不再是写实的,而是理想的。如果要比较,近期的一个纪录片《小镇微光》(固力果,2019年)倒是颇有相似之处,那些在苏州代管、靠近上海的昆山打工的各类青年,并非全然懵懂浑噩,在形同吃语的表述中闪烁着

---

[1] 徐则臣:《菊花须插满头归》,《文艺报》2020年6月3日。
[2] [美]范芝芬(Fan C. Cindy):《流动中国:迁徙、国家和家庭》,邱幼云、黄河译,社会科学文献出版社2013年版,第6页。

难以磨灭的向往与理想——他们实际上也就是这个时代的"微光"。

之所以这些"微光"是隐形的、失语的,是因为他们缺乏故事将自身组织起来。面对这种困境,我觉得徐则臣尝试了一种有效的方式:用情义将他们统摄在了一起。在既有的社会关系被打破和重组的过程中,故乡以及故乡所携带的那一整套维系社会凝聚力的血缘结构失效了,朋友之间的互助和友爱就变得愈加重要。所以,我们可以看到西郊青年之间的邻里相帮、患难相助,哪怕平日不乏龃龉与冲突,但是基于共同命运与遭际的共同情感将他们联系在了一起。这种对于情义的书写在当下文学写作中难能可贵,因为敏锐的批评家都注意到了我们时代小说中存在"情义危机"①。我也曾在一篇文章中写道:"整体性社会文化生态折射在文学中,我们可以看到官场小说的尔虞我诈,学界小说的钩心斗角,家庭与情感故事的蝇营狗苟,他们都没有提供救赎和道德支撑点。在叙事伦理和视角上是去道德化的冷漠甚至追求零度叙事并以此沾沾自喜。这些纠结于现实的作品往往沉溺于苦难宣泄的仇恨、怨毒和各类庸俗生存智慧。与之形成对应的另一方面,则是逃避沉重现实的小清新、小确幸的轻奢美学,以及由二次元与大众文化带来的猥琐美学。相形之下,一些'70后'作家倒难得地保留了救赎和情义的品质,在'小时代'的纸醉金迷和冷酷霸权中,竭力维持'大时代'的'地球之眼'和道德救赎。"②

情义就体现在梦想与友爱之上。《成人礼》可以说是整个《北京西郊故事集》中比较弱的一篇,情节设置比较刻意、语体风格也带有江湖浪漫式的矫情,但那种刻意与矫情中却显示了一种流浪者的生存况味与爱的慰藉。虽然篇幅短小,但融合了亲情、爱情、婚姻、家庭诸多元素,让这个露水姻缘式的情感故事几乎带有了圣洁的意味。十八岁的少年行健爱上了经常去吃驴肉火烧店的女老板,那种情感中可能夹杂着青少年的荷尔

---

① 吴丽艳、孟繁华:《短篇小说中的"情义"危机——2015年短篇小说情感讲述的同一性》,《文艺争鸣》2016年第1期。

② 刘大先:《70后的情义》,《雨花·中国作家研究》2016年第10期。

蒙、漂泊中的寂寞、对于美好事物的向往等各种复杂的因素，但情感本身是单纯的。二十八岁的女老板也曾经有一份教师工作，因为爱情失败而流落在异乡打工。她在安慰了孤独少年的身心之后悄然而去，甚至连姓名都没有留下。这段相互取暖又无疾而终的故事，一定发生在无数漂泊者的经历之中。我们在纪录片《客村街》（符新华，2003 年）中也曾看到过类似的情形。值得一提的是，小说中的女人对行健说的话："出来和回去都不是较劲儿，只是顺其自然。"这实际上打破了背井离乡的悲情想象，更主要的是，它在无意中揭示了我们这个流动性时代的生存实况。

　　流浪者由于目的的匮乏——事实上如同鲍曼所说流动的现代性中长远的目标对于任何人都不可能——使得他们的生活成为稍纵即逝的暂时生活，只是一个一个类似日子的叠加，也就不可能形成持续性和带有永久倾向的观念，而只有形成了这种观念，生活才能从梦游的状态中回归到坚实的大地。路内不久前有一部长篇小说，写的也是世纪交叠时代的底层青年，他给予他们一个命名"雾行者"。流动性生存者无法对自己的处境做出清晰判断，他们既被快速的发展甩出主流轨道之外，但又无法不被裹挟前行，这种行走是暗夜行走，如同"雾行者"[1]。西郊青年的职业和意识都是过渡性的，很显然，刷小广告、建筑零工、地铁卖唱、放养信鸽、手机贴膜都不是长久之计，而他们也没有长久的打算，或者说空有梦想，却丝毫没有规划与实践的能力。他们的工作缺乏技术训练与文化积淀，也不会在失去实用性之后成为"非物质文化遗产"，甚至在智能手机、移动通讯便捷之后，他们的职业就从根本上消失了。这是一个真正意义上日新月异的时代，在这个时代中生存的人必须要认识并适应这种状态。

　　所以，就着《北京西郊故事集》，我想发展一下我的观点。即，流动性生存中的人不仅仅是雾行者，他们的行动也永远是暂时的。我们总是习惯于用"过渡时代"或者"转型期"来对某个剧烈变动的社会阶段进行概

---

[1] 刘大先：《流动的时代、身份与文学》，《上海文化》2020 年第 7 期。

括,这种概括可能在前现代时期向现代社会转变过程中是适用的,但是全面进入现代社会之后,可能就无效了,因为变化始终进行,"过渡"可能永无止息,唯一的连续性就是变化性,唯一不变的是暂时性。在这种暂时性中把握住一点点时代的印痕,也许就是日渐退出大众传媒视野中的文学所具有的不可磨灭的微光。

(原文刊载于《小说评论》2021年第1期)

(刘大先:著名评论家、中国社会科学院文学研究所研究员、《民族文学研究》副主编)

"京漂者"及其故乡

何志云

如果把徐则臣的作品从题材上加以分类,那么,人们看到的大抵有如下两个方向:其一,以一个外地来京者的视角,观察和描摹活跃在北京不同角落的外地人的境遇和心态,收在这里的有《啊,北京》《三人行》《西夏》;其二,是对故乡印象的俯拾与整理。这里说的"印象",相信既有徐则臣的亲历也有儿时的听闻乃至想象,一概以他的感受和体验为底子,比如《花街》《鸭子是怎样飞上天的》等多数篇什。此外,在末尾留了《我们的老海》《养蜂场旅馆》,用李敬泽兄在"推荐辞"中的话说:"体现了强烈的怀疑精神和对形而上的兴趣,这类作品致力于小说意蕴的模糊性的开掘,也体现了徐则臣对小说艺术性的追求。"对这类作品的评价很可能会见仁见智,留作读者欣赏则不失为有意义的事。

对"京漂者"生存境遇的关注,而今算不得是独特的艺术发现了。不过能像徐则臣那样锐利地切入"京漂者"的生活,同时又锐利地提炼出激烈的思想和心理冲突的,却并不多见。《啊,北京》里的边红旗,拿起笔是个诗人,放下笔是个办假证的贩子。作为一个不折不扣的"京漂者",边红旗从"踏在冰凉的水泥地上,看见了火热的北京"那一天起,他所挚爱的首都北京就给了他从未想象过的磨砺,那是生存的艰辛奔波,是永无尽头的无望挣扎,直到最后不得不流着眼泪离开北京。《三人行》里在北大读博的康博斯、北大食堂的厨师班小号,偶然和在北京谋生的姑娘佳丽租住在同一个四合院,在某种意义上说,他们也都属于"京漂者",各有各的人生遭际。然而,面对在京八年,"时时刻刻都在精神和身体上感受到生活的不容易"的佳丽,康博斯和班小号遭遇的种种波折,最终都不再属于一己的悲欢,而折射出来"居京民生之多艰"的慨叹。有意思的是,和《啊,北京》一样,《三人行》也结束于佳丽离开北京。佳丽流着泪登上火车之际,康博斯想到了沈从文先生在《边城》里写的最后一句话:"这个人也许永远不回来了,也许'明天'回来!"曲尽难致中,寄寓了他们对北京爱恨交加的情愫。

这几乎是所有"京漂者"所面临的尖锐冲突!一方面,"北京是我们伟大的首都,我们爱北京",从懂事时就被教育被熏陶的这份认识和感情,早已融入每一个"京漂者"的血液。在他们的心目中,北京不仅意味着无尽的发展机会,更像母亲的怀抱温暖而亲切地等待着他们;但在另一方面,一旦他们踏上北京的土地,融进北京的茫茫人流,立即感受到生存的艰辛,同时,失去依靠的恐惧也很快就包围了他们。问题的实质就这样被锐利地揭开并推向前台:计划体制下接受的意识形态信念以及情感归宿,与市场体制状态下严酷的生存现实,这一巨大的反差把"京漂者"推入的,既是迷惘的深谷,更是炼狱般的心理煎熬,这就是"京漂者"生存境遇的实质。少有人能断然选择离开,一方面固然由于北京的巨大魅力和吸引力,另一方面——也是更为重要的——离开不仅意味着人生的重大失败,还意味着他们信念与情感的就此割断。这一点,有心人从小说中读出的,恐怕还有这几十年来改革开放的风云变幻。

在我看来,徐则臣就是因了这种"京漂者"的体验,来频频回顾故乡的,这时,故乡旧日的风物人情那依然的狭窄猥琐,竟显现出来别样的亲切与缠绵。《花街》里的修鞋老默与开豆腐店的蓝麻子一家,庸常无为的几十年后面,是如此让人肝肠寸断的那一份情意;《失声》中的姚丹,为了守候入狱的丈夫,拖着女儿度过艰窘的岁月,留给我们的是传统所谓"恩爱夫妻"的全部广阔与博大;《鸭子是怎样飞上天的》中有个后爸的小艾,和失去了父亲的"我",相濡以沫中的童真毕竟敌不过成人世界的规则,那规则又由于"鸭子上天"的谎言透出浓浓的虚伪和荒诞,读来令人扼腕；《弃婴》里被时光抚平了的人生惨痛，《奔马》中孩子那深知无望却不折不挠的向往，《逃跑的鞋子》里疯婆子六豁老太坚韧的一生……"对人性的处理宽容而节制，对苦难的审视放达而隐忍，对现实的质疑深入而开阔"，仍然是李敬泽兄"推荐辞"中的评价，照抄下来不仅因为深以为然，也在于它的准确中肯无从置换。中国底层就是以这样坚韧阔大的人性之美，几千年支撑起一个民间世界，从而赓续着民族的血脉。这么看来，它们今天一定也会支撑起"京漂者"的一番天地，从而把希望铺展向明天。

（原文刊载于《光明日报》2006年4月7日）

（何志云：著名作家、评论家）

小说背后站着什么
——徐则臣的小说解读
李尚财

徐则臣的小说语言好、技巧精妙,这个在业内外是广为认可的。正因为徐则臣的作品"面上"这样光滑,所以读之往往令人更加念及其背后到底站着什么东西,这些"东西"具不具有价值,有没有它的"面上"那样好看?这一点十分重要,如果一个小说背后没有站着一个比它的外壳更深远的东西,那么这个小说外表再"好看",也不过是一个精美的花瓶。纵观世界文学史我们会发现,凡能流传的名著其背后大都站着一种独立的、普适的价值理念。因此,可以说真正能够传世并跨越国度的著作,大都是有其独特性的"精神活化石"。换一句话说,小说的外壳,诸如语言、技巧,或者从更广义上说,人物、故事、环境等等,外在的一切说到底也不过是作家表达"理念"的一种修辞,作家通过这种修辞来实现"表达"的愿望。徐则臣对小说的理解大约也是这样的,在答记者问关于历史小说缘何"不扯具体历史"时,他说,"我想说的是人,不过是把他们放到那个我喜欢的感觉里……真要扯上历史观,那我可能会从某些具体历史事件入手,这是小说之外的兴趣……"[①]我们由此看到,"小说"在徐则臣眼里是很纯粹的,形而上是什么东西,只要与自我"理念"无关,便无所谓扯进小说。由此,我们说虽然徐则臣的小说"面上"做得很好,但事实上他更看重的还是小说"背后"的东西。有了这样一个前提,我们来谈徐则臣小说

---

① 徐则臣:《区别,然后确立——答〈文学报〉傅小平兄十七问》,《黄河文学》2007年第6期。

背后到底站着什么东西,便不再是一个空谈,甚至显得尤为有意义。

  从徐则臣发表的一百多万字小说来看,他的小说题材可谓错综复杂,这位青年作家也由此给了我们"宽阔复杂"的印象。但是只要我们细心看,还是能够从他的小说里找到与他人生经历"合辙"的一条线。徐则臣1978年生于江苏东海,他的童年和少年时光是在乡村度过的,大学时光则分别在淮安和南京度过,毕业后回到淮安师院教书,两年后又考入北大读研究生,毕业后到《人民文学》杂志社当编辑。从大处着眼,这基本上就是徐则臣至今的"人生履历"。这一份"人生履历"则成了徐则臣小说中的"生活底板",他的小说大多数是从这份人生履历中拓展出去的,于是有了故乡石码头和花街的生活演绎,又有了"京漂"的生存图景,人物越来越多,故事越来越复杂,直到形成了今天我们看到的"宽阔博大"的徐则臣。就徐则臣小说特色而言,用他自己的一句话概括便是"形式上回归古典,意蕴上趋于现代"[①]。的确,承袭了古典文体的美学特色,徐则臣的小说大都十分端庄典雅,叫人越看越觉得美。徐则臣的小说产量高,作品却大都在一定的水准之上,尤其见功夫的是中短篇小说。他的中短篇小说,不论在"形"和"神"上,大都拿捏得十分恰当,真可谓做到了要几分掐几分,不单形体精致且十分传神。当然因为盛产,还因为精神传递过程中难免打上一个盹,徐则臣的一部分作品在结构上或理念上,也有重复之处,有的几近于自我模仿。这一点要指出来。不过,这并不影响徐则臣的"博大",因为徐则臣的创作走势总体上是呈"挺进"式的。能够在"迂回"中不断挺进,这恰恰印证了徐则臣的精神世界之丰盈。正是这样阔大的精神世界,支持着徐则臣稳健地行走在国内文坛,使他成为国内当前最富创造力的一位青年作家。这基本上就是徐则臣和他的小说属性。下面,我们来看徐则臣的小说。

  《啊,北京》(《人民文学》2004年第4期),这是徐则臣发表在名刊上

[①] 徐则臣:《小说的可能性》,《文学港》2005年第3期。

的第一部中篇,这个近五万字的中篇堪称他的成名作。《啊,北京》这个题目,乍一看,颇有几分幽默,跟"啊,大海""啊,故乡""啊,祖国"一样,像一句假大空的诗。十分难得的是,这个小说并不空旷,故事丰满,细节生动,着实是一篇大气、沉实的作品,对得上这个大气而开阔的题目。因为内容与题目相衬得体,故这篇小说给人的最直接印象便是"大气"。小说讲述的是一个辞职乡村教师的"京漂"故事。边红旗是一个半吊子诗人,"啊,北京"便是他到北京后创作的一句诗。从这个视角看,徐则臣以"啊,北京"为题更显趣味横生,"他(边红旗)经常站在北京的立交桥上看下面永远也停不下来的马路,好,真好,每次都有作诗的欲望,但总是作不完整,第一句无一例外都是腻歪得让人寒毛倒竖的喊叫:'啊,北京!'"一声感叹,道出了边红旗对北京的爱恨情仇,也令读者生发起"人在北京"的感慨。边红旗来到北京,本来是想轰轰烈烈地干一番事业的,最起码找个记者、编辑之类的活儿干干,不想现实却尽是与自己的理想背道而驰,先后干起了蹬三轮车、贩假证这样不体面的工作。此外,小说还穿插了一场三角恋,边红旗与房东女儿沈丹的恋情,这场婚外恋使他的漂泊一下子失去了重心——一时不知北京更重还是老婆更重,老婆更重还是情人更重,最终他还是咬定了北京。因为北京是离"梦想"最近的地方,咬住了北京就等于咬住了梦想。边红旗的"梦想",正是这篇小说的"核",小说的一切情节都是围绕着这个"梦想"而演绎的。也正是这样一个顽固的"梦想"贯穿在小说中,使这个小说通篇激情澎湃,酷似一笔到底。小说读完了,除了生猛的北漂生活给我们带来的巨大的冲击,边红旗与梦想不竭抗争的信念更是令我们久久感念,不觉中给了人一种精神上的感染。大约觉得这是一个长篇的"种子",在此基础上,徐则臣又续了一个中篇《我们在北京相遇》(《大家》2006 年第 5 期),小说对人在现实环境中呈现的复杂性有了新的一番拓展;但是总的来看被越写越小了,这也是令人耿耿于怀的地方。

《西夏》(《山花》2005 年第 5 期),就文本"品相"来说,算得上徐则臣中篇小说里最好的一篇。两万五千字的中篇,文字一个一个像珍珠滑过丝绸,轻盈而空灵,清晰且流畅,故事一环扣一环不见一丝裂缝。通篇读下来,没有一处"硌人"。这样的文本不要说在徐则臣作品里算佳品,即便放在几年来国内中篇收获中也是一例范本。与"外形"一样唯美的是故事,《西夏》讲述的是一个名叫西夏的哑巴姑娘凭着一张纸条走进王一丁的生活,像对待丈夫一样对待他,可是他不知道她是谁,问不出来又推不开——最终由"抗拒"发展到"接受"这样一个奇幻的爱情故事。小说的开头极富悬念,王一丁被叫到派出所,警察将一个陌生的大姑娘交给他。王一丁虽然十分纳闷,但是凭着姑娘手上一张找他的纸条,却又不得不领走这个美丽而又陌生的姑娘,而后便跌入了上述的一种情境之中。小说的耐看之处是,直到最后也没有交代出姑娘是从哪里来的。然而,事实上编织这样一个奇幻的爱情故事并不是小说的目的,其真正目的在于通过这样一个故事设置——即由"抗拒"到"接受"这样一个历程,高举一种女性之美。在这样一个空间里,作家徐则臣大约将自我对"美丽女性"的所有向往和想象,全都融汇到西夏身上了。正是因为西夏的善良和美丽,王一丁最终被爱折服。小说的题目叫《西夏》,以女主人公的名字为题,故而塑造一种女性形象才是作家的目的。当然,小说也通过警察、房东、报社员工、同事等人看西夏的不同眼光,折射出社会的人性之复杂。但是,这些不过是小说的一重维度,而不是核心,塑造一种美丽的女性形象才是目的。想来,徐则臣塑造这样一个女性也是对当下日益趋于复杂的人性之一种感慨,它唤起了人们对美丽女性的一种向往。他复原的"西夏"有一种中国女性的传统之美——大方、温柔、贤惠,还有几分俏皮,可谓是一个人见人爱的女性形象。正是因为作家写出了一个梦一样的女人,故而《西夏》几乎会是一个人见人爱的作品。

  以上提到的是徐则臣"京漂"系列中的作品,此外也还有《三人行》《跑步穿过中关村》《把脸拉下》《天上人间》等篇目,这些作品也都十分生动地反映了当下都市的底层生活。而《啊,北京》的出手,实际上也标志着徐则臣成功地完成了一个新的精神地盘的转移——即由"故乡"到"北京"的转移,他的创作也由此劈开了另一面广阔天地。如果说《啊,北京》是一种开拓的发现,那么《三人行》《跑步穿过中关村》《把脸拉下》《天上人间》等一系列随之跟上的作品,则是又一次的继承与再造。值得注意的是,"京漂"系列在徐则臣创作中也就是占了五分之一,但它却是最受读者关注的部分。较之"京漂"的"闪亮",徐则臣的创作主体——故乡题材倒显得"暗淡"了许多。而就艺术性上来说,"乡村"不见得比"京漂"逊色。关于这一点,徐则臣在《我写中篇,因为我有疑难》中说,有关北京的小说一律写成中篇,是因为自己找不到"与这个城市的复杂、暧昧关系究竟在哪里。如果想清楚了,我可以挑出针尖和麦芒,那些锋利的地方,用最锋利的短篇来迅速解决掉"①。同样,他在答《南方都市报》记者问时也说道:"一回到这条街(花街)上,我觉得'文学'就在眼前,对小说的信心和把握一下子就来了。比如《午夜之门》《人间烟火》,写到哪个程度我很清楚。"②显然,较之"京漂"写作,徐则臣对"故乡"的把握更自信。的确,这里面有他自信的道理,那就是回到自己被沉淀了的生活中,他清楚哪个地方"是这样","不是那样",哪个地方"要这样","不要那样"——故而,我们看徐则臣的"故乡"小说,会发现不论是长篇、中篇还是短篇,不论"形式"还是"内容",收缩与伸张尽在他的掌控之中。

　　我们来看他"故乡"系列的一个短篇《忆秦娥》(《春风》2002 年第 9 期),就结构与文字方面来说,跟徐则臣后来大批量见诸大刊的短篇相比,算不得最精致漂亮的一篇;但是,这篇小说背后站着的"东西"却非同凡响。仅凭这一点,我们就能够看到徐则臣的写作基础之好与成熟之早。写这篇小说时徐则臣 23 岁,强调徐则臣写这篇小说时的年龄,除了说明他天分之高,还因为他经营的是一位老人的"爱情信念"。这一老(人物)

---

① 徐则臣:《我写中篇,因为我有疑难》,https:// blog. Sina. com. cn/xuzechen.
② 徐则臣:《好小说要形式上回归古典,意蕴上趋于现代》,《南方都市报》2008 年 4 月 14 日。

一嫩(作者)的反差,实在耐人寻味。小说以回忆的手法讲述了七奶奶秦娥的爱情故事。七奶奶是一位百岁寡妇,为了光棍汝方喊一声自己的名字,她用了自己的一生来等待。早在二十年前她得了一场大病,嘴里念叨着"不能死,不能死",果然没死,就又活到了二十年后的今天。二十年后的今天,当出门在外的"我"回到七奶奶房间看她时,她已经记不起"我"了。于是祖母接了"我"的话茬,与七奶奶聊起了最近的几桩丧事,当祖母讲到老光棍酒鬼汝方的死,以及临死前喊了几声"秦娥"(七奶奶还是姑娘时的名字)时,七奶奶眼睛一亮随后晕厥了过去。这一天七奶奶走了。她躺到那口为自己准备了二十年的棺材里,对着前来送饭的女儿幽幽地说:"我等了七十一年,他终于肯叫我的名字了。"然后就死了。小说至此结束,然而七奶奶的"爱情信念"牵出的思索,却令我们回味悠长。老人的这个"爱情信念",正是小说的"核"。作家正是围绕着这一疙瘩"信念"来经营这篇小说的。以这样的一个疙瘩"信念"来经营一篇爱情小说,足见徐则臣的匠心之独到。这也是徐则臣"理念"最为清晰的作品之一,而他最优秀的作品也恰恰是属于"理念"清晰的那样一类。在《忆秦娥》中,他清清楚楚地知道自己要什么不要什么,一心用于对小说背后那一疙瘩"理念"的经营,最终完成了这篇独具韵味的爱情小说。由此,我们说《忆秦娥》是徐则臣最成功的小说之一。

《伞兵与卖油郎》(《收获》2007年第4期)就以背后站着的"东西"之大而言,它堪称徐则臣的代表作。这篇小说讲述的是一个现实与梦想的故事。小说的题目叫《伞兵与卖油郎》,"伞兵"与"卖油郎",梦想与现实的反差——一头是"飞"的,一头是"着地"的,分别象征着梦想与现实。一个叫范小兵的少年,第一眼看见伞兵在空中滑翔之后,"要当一名伞兵"便成了他的梦想。为了这个"梦想",范小兵不惧用自制的"降落伞",爬到树上、山坡的坟头上一次次往下跳,摔得头破血流,最终以"残肢"的代价付诸这一梦想之中。悲哀的是,他的"一根筋"精神,并没有成就他当伞兵的梦想,最终还是继承了父亲的行当成为一个卖油郎。范小兵的

"伞兵"梦想,便是这个小说的"核",小说通篇追着这个梦想一路小跑。令人感到意外的是,到了最后叙事者"我"竟然跨到了小说之外,并以当今的眼光来看范小兵过去的"那一桩梦想"。如今的"我"是一个"跟着风乱跑"的浪子。这样一个结尾看似"蛇足",然而当"我"今天的"无主"的意象与前面范小兵的"坚定"信念对接时,小说一下形成了强烈的反差,更加鲜明地凸显了范小兵追梦的执着,同时起到了"点题"作用。范小兵是失败的,然而他追求"想飞"的那种精神,却是一个能够得到普遍认可的价值理念。故而,我们说这个短篇小说有"大信念"。正是这样的一个"大信念"置放在这个短篇小说中,使其较之徐则臣的其他任何一篇小说都更具力量。

——以上是徐则臣"故乡"和"京漂"两个系列中的部分篇目。要说明一下的是,像徐则臣这样一位高产且水准稳定的作家,用几篇小说来评述他无疑挂一漏万,远不能体现他创作上的复杂性。但是本文目的不是晾晒徐则臣作品的宽阔度,而是以他的"两个系列",以及其中的部分篇目为例,来阐述本文的中心论点,即——小说背后站着什么?掰开上面的一篇篇小说,我们可以看到一个个"核";而这个"核",正是我们所说的小说背后站着的东西。那么这个"核"究竟是一种什么东西呢?其实,说到底也就是作家的一个"信仰",即作家对世界的一种体认,并由这种体认提升出来的一种"价值理念"。作家将自我信奉的这种"价值理念",寄寓在小说人物身上,用人物的言行去完成这种表达。由此,我们说一部小说背后的天地之大小、境界之高低,实际上取决于这个"核",是一个什么样的"核"。是的,信仰是有"正负"之分的,低俗、狭隘的价值观念自然被人们所排斥,而正面的价值观念是得以弘扬并为人们所接受的前提。信仰还有"大"与"小"之分,一个"信仰"之大可以大到被全人类所认同,一个"信仰"之小可能小到作家一个人的认同。我们由此看到,一个"信仰"唯其正大方才可能被最广大的人群所接受。同样,一部小说亦是如此,唯其背后站着的"信仰"之正大,方可能引起超越肤色、超越文化的心灵共鸣,获得最广泛的价值认同。我们说作家小仲马的《茶花女》之所以是名著，就是因为它背后站着一种对"真爱"的信仰，阿尔芒那种"死了都要爱"（为女主人公迁坟，只为再见她一眼）的行为，令人潸然泪下，小说也由此获得了穿越时空的生命力。而国内作家余华的《活着》之所以受到读者推崇，也正是因为小说背后站着一种对"活着"的强大信仰，主人公福贵那种"天塌下来我也不能死"的信念，将"活着"举到了至高无上的境界，捍卫了一个生命个体最基本的尊严——活着。"活着"无疑是一种能够得到普遍认可的价值理念。而我们之所以说徐则臣的《伞兵与卖油郎》是一个不能被轻看的作品，就是因为小说背后站着的那个"梦想"之正大。这些作品，正是依靠一个好的"信仰"而成立。反过来说，一个作家的"价值观念"能不能被人们认同，被多少人所认同，实际上也是检验一部作品"魂眼"之大小的试金石。

我们说一个"信仰"因其正大而被广泛接受，而负面也恰恰因其正大具有强大的覆盖性。我们都知道，"大道理"往往早已被前辈说了个全。也就是说，今天的作家往往走不出前辈的大伞之下，这是相当致命的问题。基于此，我们还应该在"小说背后站着'正大信仰'"[①]的基础上递进一个新的概念，即小说背后站着的作家的这个"信仰"，必须是一种独立的、与前人区别开来的"信仰"。反之，如果今天的作家只是用了前人的一个"观念"在写作，那么不论换了什么题材，人物换了什么衣服，写了十篇还是一百篇，实际上等于没写出一篇。这是一种悲哀却不乏其例，美国文学评论家哈罗德·布鲁姆将这种现象概括为"影响的焦虑"[②]，这是值得每一个写作者反思并高度警惕的问题。在探讨这样一个重大的文学问题上，我们引徐则臣为例，就是因为他的创造力受人垂青，在"影响的焦虑"这个问题上，他具有非常自觉的思考意识与实践行为，他的践行方式

---

① 徐则臣：《一个悲观的理想主义者》，《大家》2008年第4期。
② [美]哈罗德·布鲁姆：《影响的焦虑》，徐文博译，北京三联书店1989年版，第1页。

有可借鉴之处。我们看徐则臣的总体创作,会发现他的小说大都以"花街"和"北京"为背景,他始终沿着这两个地盘往前写,甚至有的人物名字也不换了,今天这个是配角,明天可能就是主人公——指出这一点,就是为了进行一个比较,即从小说背景上来讲,徐则臣的小说的确给了我们大面积重复的印象。但是,他小说中的每一个人物"精神理念"却是不一样的,每一个人背后都是一个世界。因此,徐则臣的小说"面目"看似熟悉,实际上有着"质"的区别。与许多不停换领域写作以图实现"面上"区别的作家不同,徐则臣以"精神内核"的更新来区别每一篇小说的独立性。而在徐则臣看来,"那些到处攻城略地纵横驰骋的作家,恰恰是在逃避写作的难度,缺少对某一个和某几个领域的深度掘进。对摆脱不掉局限性的个体来说,存在无边界的写作吗?"[1]的确,试图从"面上"更新来"遮人眼目"的行为,恰恰是作家为了掩饰自己精神世界之贫乏的行为。而徐则臣在小说背景和写作形式上的"守旧",也正是因为退守到熟悉的地方,才摸得准路子前进。一回到了这个熟悉的地方,"写到哪个程度我很清楚",有了参照才可能区别。而我们所说徐则臣的部分小说有重复之嫌,实际上也正是从小说背后的"理念"重复这样一种意义上来说的。以徐则臣的三篇作品《纸马》《刑具制造者》《最后一个猎人》为例,三个主人公一个叫老高,一个叫老班,一个叫老枪,一个喜欢吹唢呐,一个喜欢制造刑具,一个喜欢玩猎枪,他们有一个共同的"目的",就是除了把自己的"爱好"当成生存手段,更重要的是当成人生的理想来追求,却皆因为沉迷于自己的一种理想追求之中,最终三个人都酿成了巨大的悲剧。应该说,这三篇作品从单篇看每一篇都十分精致,题材也有古有今,但是人物的"世界观"是一样的。故而,将这三篇放在一起读时,就给了我们重复之感。可见,只有当一种"观念"同别人以及自己过去的写作区别开来

---

[1] 徐则臣:《区别,然后确立——答〈文学报〉傅小平兄十七问》,《黄河文学》2007年第6期。

时，一篇作品才具有真正的独立品质。而长中短篇小说的区分，也恰恰是因这个"精神内核"的需要而采用的一种服务形式，它的过程必须在这一"理念"中获得身份，才有其存在的意义。

最后，我们希望徐则臣的创作能够在"区别"与"速度"上找到平衡，确实以更多不一样的作品来开拓自己的"博大"性。徐则臣今天呈现出来的势头，令我们感到他有这个能力。

（原文刊载于《艺术广角》2009 年第 1 期）

（李尚财：著名评论家、福建省东南文化发展促进会副会长）

徐则臣小说简评

吴　俊

　　徐则臣的小说在近年文坛上的频频出现,并且如今又是如此广泛和坚定地被业已懒惰了的批评家们普遍看好,似乎使一代曾经作为概念而后又几乎已被遗忘得差不多了的作家重新回到了文学批评的视野里。大概就是从"80后"开始的,我们看一个作家的写作时,养成了一个新的习惯,总要绕到作家的背后,看看他(她)的出生年龄。于是,徐则臣理所当然地成了"70后"作家的代表和骄傲。仿佛记得七八年前,"70后"作家开始都是由"美女作家"为形象代言的。可是后来,由于所谓的"80后"来势凶猛,"70后"不由自主地陷入了一种文学/作家的代际尴尬,文学的整体性生存——这是个生造的虚假的概念——变得模糊而可疑,并且后果之一就是牵累到了作家个人,仿佛一个没有共性背景标识的作家无法获得得体的个人命名似的。所以,就在"80后"的潮涨潮落之间,也就在自己所属的一代人被整体边缘化的近十年间,徐则臣终于渐渐走上前台,走到你不能不绕开"美女作家"们而一眼看到他的地方,其中的辛苦可想而知。特别是,徐则臣的写作和文学姿态一向是如此的低调,与这个媒体的时代性格几乎毫无相通之处。所以,等到你和我都认认真真看到他的时候,他其实已经坚强到不需要特别在乎我们的眼光了。眼下的事实就是,他的小说甚至已经说服了出版商,能否赚钱我不知道,但出版市场的青睐无疑是在他这边的。

　　作为一个年轻的小说家,而且并非畅销书作家,徐则臣在最近三年间的作品出版量实在是相当可观的。成书的出版大致可以列举如下:《鸭子是怎样飞上天的》(作家出版社,2006年1月),《午夜之门》(山东文艺出版社,2007年12月),《跑步穿过中关村》(重庆出版社,2008年9月),《天上人间》(新星出版社,2009年1月)。此外还有新书待出预告:《新北京Ⅱ:把脸拉下》即将推出。据《午夜之门》书后辑录的主要作品目录,自2002年至2007年,徐则臣已发表中短篇小说56篇,另有长篇小说《夜火车》等;2008年迄今发表的小说尚未计入在内。仅仅从这个作品数量来说,徐则臣就已经是个职业小说家了。而且,他的成功还获得了文学界的专业认可。除了渐渐进入了文学批评家的主要关注视线外,2005年至2008年间,徐则臣连续获得了多个文学奖项,几成不可绕过的奖项候选作家。如第四届春天文学奖、21世纪文学之星(2005年)、滇池文学奖、西湖—中国新锐文学奖(2006年)、第六届华语文学传媒大奖—最具潜力新人奖、上海文学奖、上海文艺人才基金奖(2008年)。特别要提到的是,在这些奖项的背后,我们并没有看到有关于他个人或利益圈子的炒作痕迹。迄今为止,徐则臣是以他个人的顽强的写作韧劲和文学实力显示了自己的存在。或许从现在开始,他会渐渐成为出版商、制片商猎取或合作的对象,未来也就将以另外一种方式展开吧。

　　徐则臣小说里最为人称道的是所谓"京漂"系列。批评家们已经对此有过相当充分的评价。概括而言,徐则臣的"京漂"小说和他笔下的"京漂"们,不仅写出了一个时代特定社会人群的生态、命运和人性的诸色相,而且还能够在最卑微、最无助的灵魂里生发出坚韧、超拔的人道勇气和精神关怀。徐则臣的"京漂"小说在许多方面都足以让人格外看重。"京漂"的人生和命运恰逢其时地接榫了一种叫作"底层"写作的文学流向和评论舆情——不过这并不意味着徐则臣的小说就是一种迎合或策略,尤其是"京漂",这种身份不仅是个人或一般的社会标记,而且还应该含有特别的政治潜台词——一种在首善之区政治中心漂泊挣扎谋生的人数庞大的流民群,这是必然会引起冲击性想象的一个概念。徐则臣的独到之处和高明之处在于,他用脉脉温情的低姿态化解了这类小说中常见的愤怒、残酷、怨毒、攻击等等相关的表面的坚硬情绪,他的忍耐和幽默过滤、积淀同时也是压抑了生活与人性中的悲苦,那些流民更像是我们社会中的最大的良民,他们都在用生命的最后的一点智慧和可能方式艰难却又不失期待地生活在人间,徐则臣自己也带着我们进到了他们的世界里和他们的情感中。几乎所有的"京漂"小说,都是由一个身份同样是"京漂"的主人公叙述的。我宁愿把这个"京漂"就当作是徐则臣。这个主人公专注在自己的生活和情感里,对自己的同道怀有并释放出本能的,也是巨大的同情。这种叙事设计赋予了小说阅读的亲和力,坚韧的温情力量由此渗透进每一个人的心里。为什么要对他有抵触呢?徐则臣的小说写法和情感基调显示出了文学的真正力量感。

　　同时甚至之前也有人写过"京漂",为什么只有徐则臣(小说)成为"京漂"(小说)的标志?最重要的一个原因我想就是作家采用了与"京漂"平行且认同其情感方式的温情而平实的叙述笔调,并且持之以恒,始终不变。善良和善意,应该会比邪恶和邪念更有力量,更受人心良知的欢迎。在此,是否具备一种特定的个人审美经验取向和价值观立场,对一个作家来说是极其关键的。不管自觉还是无意识,徐则臣在相当程度上有了点老舍、沈从文的取法。

　　徐则臣小说令人看重的另一个特殊方面是他的小说语言。大凡以社会底层人物为主人公的作品,在叙述语言上难免粗鄙俗陋。甚至为了显示人物的性格,作家还会有意夸张或放大。徐则臣小说的文学语言性格显然没有走向张扬恣肆的极端路子。与小说的整体温情语调相比,徐则臣小说使用的是较为平稳的日常书面语,即在一般普通话的表达中调和进了一些市井俚俗之语。看似特征并不彰显,实则耐人玩味,具有非常舒适的阅读感受。徐则臣出身于江苏东海小城,但长年在北京读书和就职,他的语言背景倾向于北方却又有一点南方的因子,因此语言的地域性不会很强,必须借助普通话书面语为主要的表达方式,他的成功与否,关键就要看他的文学语言因素如何配伍融合了。从现有的作品来看,徐则臣小说的语言风格选择非常成功。这倒并不意味着完全是他有意为之。徐则臣更令人惊异的是他的小说语言的成熟度。

20世纪90年代以来，特别是网络写作大行其道之后，文学语言的精细化和精致性就不再被写作者充分重视了。文学写作应该含有的对于语言的敬重和追求，很少再会是年轻作家的自觉目标。文学阅读习惯和审美的经验性标准正在发生着巨大的改变。这时，徐则臣的出现，他的比其年龄还显成熟的小说语言表达方式的出现，无疑大大提升了他的作品的文学品位。不同于那些时尚流行作品的写作者，徐则臣的小说可以说是气象不凡，自成高格。与他的"京漂"系列小说相比，"花街"系列小说的语言成熟特色更为鲜明。文字间的雾气水色弥漫、浸透在他的作品中，阅读的情绪会长久地滞留在"花街"的世俗男女氛围里。徐则臣的小说语言是一点点地从细微处慢慢织成了一张大网，决不松懈，用柔软的功夫将你包裹起来，从你的心里将你收拾、引诱得服服帖帖。看得出，他在小说语言上绝对下过大功夫的。我想，从小说语言的精致美感所达到的成熟度方面而言，当今很少会有年轻一辈的作家能够与徐则臣相比了吧。

不过，读徐则臣的小说多了，也会有一些明显的不满足和挑剔。不管是写"京漂"还是"花街"，渐渐地都会写尽的吧。重复写作的趋向已经在徐则臣的笔下开始出现。就像一个画家，没有一个相同风格的作品系列就不足以显示创作的个性特色和艺术标志，但是，如果没有自觉地转型发展，创作也就会停滞，艺术的阶段性高峰就会成为发展的瓶颈；而一味大同小异的复制，实际宣告的就是创作生命的枯竭。作家写作就是在消耗自己的精神生命。如果没有新的精神滋养的接续，这种生命也就难以为继了。我以为这已经是徐则臣现在需要警惕的重要问题。

其次是有关长篇小说的写作。徐则臣迄今最擅长的文体无疑是中短篇小说。虽然他也有长篇之作，但相较起来，长篇文体的结构和叙事目前好像还不是徐则臣可以自如拿得起来的。《天上人间》主要是由四个中篇连缀而成的，或许是赶着出版了，它的结构和叙事的连缀部分显得相当地粗糙,很难说是一部完整的长篇小说。另一部《午夜之门》,开局非常出色,甚至已经有了杰作的气象,然而,毕竟气韵不足,行笔至中部,不由显得犹豫彷徨起来,感觉上不知如何推进情节,不知何处落笔为好,纰漏和勉强之处着实不少。而后部直到结尾则是在取巧之中显出软弱,小说的收场其实已经显得有些随意了。徐则臣的写作自信想来还不能完整地贯穿在他的长篇写作过程之中。长篇预告小说《新北京Ⅱ:把脸拉下》即将推出。2007年作者有同题的中篇发表,那即将问世的这部新长篇究竟是中篇的扩充还是连缀?长篇的创作当然是一个小说家的合理目标,但小说家的软肋也正是在长篇中才暴露得最无法遮拦。我很希望作者还能保持些耐心。

(原文刊载于《小说评论》2009年第4期)

(吴俊:著名评论家、上海交通大学人文学院讲席教授)

像蝙蝠一样穿过夜及夜的黑
——徐则臣夜系列小说解读

张英芳

在徐则臣的小说系列中，从长篇《午夜之门》到《夜火车》到中篇《夜歌》，作者近乎偏执地表达着对夜的偏爱和喜好。作为读者，我们无从得知作者这种对夜的迷恋和痴迷是出于一种信仰，还是出于一种对缠绕生命和生活的许多让自身困惑问题的追问。但是当我们走入这几个以夜为主题的系列小说的文本中，作为阅读者，那种由于夜意象引起的阅读兴奋像被点燃的鞭炮噼里啪啦地回响在热切的阅读欲望中。徐则臣在创作这些作品的时候，是蝙蝠的飞翔姿态，还是夜莺的歌唱状态，抑或是夜行者的贴地匍匐状态，都成为让读者既迷恋其中又企图穿越的一个谜团。无论谜底能否被破解，作者带给阅读者关于生命，关于幽暗的生命，关于渗透了灌注了历史激情和现实宿命的生命的存在状态，犹如深埋地下的突突燃烧的岩浆，迸发着作者乌托邦的理想之火。在徐则臣的审美世界中，"夜"之于时间，之于生命，意味着什么，又指向哪里，在对夜的不停追述中展示着作者什么样的内心图景？当我们随着作者穿越夜及夜的黑也许这些问题已经有了答案。

《午夜之门》由《石码头》《紫米》《午夜之门》《水边书》四个部分组成。"我"——木鱼，是整个故事的亲历者、见证者和体验者，从《石码头》中的"花街"，《紫米》中的"蓝塘"，到《午夜之门》中的"左山"，再到《水边书》中故事重回"花街"，随着木鱼的成长，他所处的环境和地点随着时间的流逝在转换，木鱼像一架转动的摄像机不断拍摄着生活的变化，岁月的变迁，人事的消长，同时记录着作为一个历史个体在历史空间跌宕起伏的命运,通过木鱼的出走、流浪到回归完成了个体的成长史,木鱼的成长不仅代表着个体心灵的磨难、心智的成熟,更是身处其中的历史变化的一个缩影,这种个体的成长带有深厚的历史胎记,由此个人的成长具有了民族变化的历史意味。

在第一篇章《石码头》里,作者讲述了少年的"我"——木鱼,在运河的花街张望着生活,故事从"我"夜晚爬上院落里的一棵大槐树,然后看到了很多白天无法看到的秘密,从此开始了个体的成长之旅。当他用孩子的眼光打量熟悉而又陌生的生活时,他碰到了一系列无法解决的难题,成人的世界对于一个少年来说犹如幽暗的黑夜,让他困惑,又让他着迷,有一种探索的冲动。所以后来他经常在夜里爬上那棵大槐树,眺望成人世界。夜在此成为一个少年探索生活的起点。夜,夜的黑,夜的故事已不单单是作者所要表达的一个明确的主题,而且成为一个丰富的意象。透过夜这样一个意象,作者将可见的以及不可见的生活真相暴露出来,而这些真相是作为现实的人在阳光下无法面对的,也无法承受的,由此小说通过夜这样一个复杂的意象将生活的阴暗面晾晒出来,也由此挖掘出人性的最深处。当你读到木鱼爬到高耸的大树,阅览着白天无法看到的另一面时,夜突然显得如此可爱,而不是害怕和紧张。当木鱼看到堂叔和继女花椒之间的乱伦以及婶婶白皮跟酸六之间的偷情,他对成人的偷窥带给他最初的刺激和兴奋变得如此沉重。而当堂叔的另一个继女茴香试图与"我"尝试禁果,由此遭到了"我"的拒绝,这种拒绝既是一种无法面对的害怕,更是一个少年的无所适从,在一个人无法掌控一件事的时候,逃避成了最好的选择。也许这是作者选择将夜作为小说主题的一个耐人寻味的借口,面对无法解决的却又必须面对的生活,夜成为无能为力的一个光鲜的遮挡,更显示出作者对于生活的一种态度。直视生活,却未必要抵抗,因为有些抵抗对于复杂的生活是无效的,甚至一败涂地。与其强硬地对待生活的粗暴和戏谑,不如真实挥洒个体对生活的软弱无力,这种真实的投降比抵抗更能显示内心的强大。就像我们面对昆德拉的《生命无法承受之轻》,就像我们面对库切的《耻》,面对福克纳的《喧哗与骚动》,面对梭罗的《瓦尔登湖》,这未必不是一种明智的选择。

第二篇章《紫米》讲述的则是"我"离开花街到他乡漂泊的故事。当院落中的那棵大槐树再也无法引起"我"去攀缘的冲动的时候,到外面的世界寻找更精彩的生活成了漂泊的理由。在漂泊的旅程中,"我"不再需要夜的掩护,可以直面一些故事,因为"我"已经开始长大。"我"看到了大水因与他人争一个妓女而被杀死的生命的陨落,对死的恐惧成为心灵的另一个黑夜,而这只是开始。"我"后来跟随大水生前的朋友——沉禾一起去看守大户人家蓝老爷的紫米库。在这庭院深深的大宅里,下人沉禾与蓝老爷三太太之间"偷情",老得不行的蓝老爷把自己关在一个铁笼子里与白猫生活,这些溢出了生活正常轨道的事件在"我"眼里已经显得不是那么刺眼和别扭,"我"在寻找生活逻辑的过程中发现了很多的悖论,这些悖论就像白天与黑夜的对峙,自然地存在着,本身就是生活的一种真实情状。在《紫米》中,蓝家少爷与当兵的熊步云的"同性恋"关系更是超越了我们原本对于生活的设定,在浩瀚的生活原野上,驰骋着美丽的白马,也有顽皮的四不像,他们拥有同样的生存权利,谁也无法蔑视生命的这些真相,也无法驱除人心的黑暗,这些人性的深处放射着我们生命内部的"夜之光"。在《紫米》里,夜褪下了黑色的外衣,直接潜伏到人性的深处,同性恋、乱伦这些"见光死"的情感注定了一种悲剧的宿命。

第三篇章《午夜之门》讲述了"我"在逃离左山的途中意外地救了青年马图,从此开始了"战争、死亡、爱情"之旅。作为切近生命本真的战争、死亡、爱情,"我"在《午夜之门》描述的历史潮流中已经成年。这种成年仪式的开启是以爱情之门的打开和性的觉醒为标志的。在《午夜之门》中"我"混沌的"夜"的生命状态因为爱情的到来和性的体验被打破了,在此,"夜"的意象的意味已经压倒了夜的主题,超越了《石码头》和《紫米》中夜主题的具象,而升华到生命的"夜"与"光",也就是"我"的成长已经脱离了蒙昧的"夜"状态,个体在生活的磨炼中日益成熟。当"我"

在与水竹肌肤之亲后完成了一个男性的成人礼,这个时候个体的成长已经不是一个人的战争,而成了两性的一场决斗。而当水竹倒下之后也意味着"我"的成人礼仪式的结束,"我"的生命将随着仪式的结束开始真正的行动之旅。作为标记着个体成长的《午夜之门》,"我"在生活的考验中似乎已经穿越了生命的"夜",对生活的理解达到了一个理性的高度。作者为何要选择"午夜",这个最黑暗的时分来标记故事的进展,是一种跨越还是一种阻挡,是一种冲破还是一种还原?突然间"夜"的意象倒显得暧昧不清。当迟子建在《世界上所有的夜晚》里去寻找自己的魔术师丈夫,去寻找属于每个人隐藏在夜里的痛苦时,也许《午夜之门》的意象也在于此。表达一种生命的磨难,一种面对磨难的执着的寻找,寻找一个信念,寻找一种力量,这大概是午夜里最强大的舞蹈者赐予心灵的魔力。

小说的最后篇章《水边书》,讲述的是"我"返乡的故事。"我"在经历了五光十色的漂泊后,企图回到原初的状态,然而这已经成为一个美好的愿望,过去再也回不到过去了,当"我"在返乡的运河船上,与已经成了妓女的堂姐茴香相逢,一起回到故乡花街时,过去的花街变成了曾经,曾经的花街已经弥散了,而"我"少年时对茴香的拒绝也转变成了一起结伴过一种庸常的烟火生活。那个让"我"悸动,让"我"兴奋地攀上大槐树的对夜的迷恋破灭了,剩下的只有实实在在、真真切切的黑夜。即使还有太多关于黑夜的故事,而这些故事之于老了的"我"而言,已经不再是故事,这个被夜揉碎的故事,暴露出它生活的本真。夜未变,夜的黑一如既往,只是那个在夜里攀缘,在夜里进行"成人礼",活动在夜里的人没了,已经被淹没在琐碎的生活里。一个人的夜晚变成了所有人的夜晚,这也许就是成长,对夜里一个人的故事、一个人的秘密、一个人的生活视而不见,却也能做到心平气和,这种生命的穿越是一种成熟还是一种悲剧,答案就凝聚在丰富的"夜"的意象里了。长篇《午夜之门》将夜作为一个个体探索生命的起点,在穿越夜及夜的黑的生命体验里来凸显个体的成长和历史的成长之间的关系。由此夜不仅仅是小说所要表达的一个主题,作者更是将夜作为一个丰富的意象，支撑起一种特殊的生命体验和情怀。

《午夜之门》通过一个个体流动的历史叙述了一个人的江湖，《夜歌》和《夜火车》则抽取了一个横断面来深入解剖生命的情态。《夜歌》从书宝和布阳藏于夜里的爱情开始，通过对二人从爱恋到结婚到变故到陌生到渐远串起了整个故事，但这并不是小说叙述的中心，深夜里吟唱的动听的歌声才是小说所聚焦的关键。书宝多才多艺，而布阳热情、美丽、活泼，因而书宝与布阳的相爱可以说是郎才女貌，但是他们的恋爱却遭到了书宝母亲的强烈反对，原因在于布阳的妈妈曾经在花街做过妓女。另一个原因就是布阳的身份，布阳是一介戏子，而书宝的母亲曾经也是一个戏子，她对布阳的鄙视到底是对自己过去的鄙视和告别，还是对布阳夺走她儿子的嫉妒？似乎都有吧。在布阳的母亲因病即将辞世的时刻，书宝和布阳偷偷领证成了夫妻，因此也造成了书宝与母亲母子关系的断绝。后来书宝被迫加入齐云社，他和布阳在一次演出结束后的夜里遭到了戴着白面具的对手的暗算，布阳流产，而且神志不清。为了唤醒布阳，书宝的母亲想尽了各种办法，尤其是在书宝与齐云社的王玉南相好之后，她对布阳的怨恨变成了同情，代替儿子来照顾儿媳妇，两个女人在历经同样的命运之后，惺惺相惜，尤其是书宝的母亲发现唱歌能唤醒布阳的意识之后，她坚持不懈地唱呀唱，在寂静又寂寞的夜里通过歌声倾诉自己的哀愁，传达自己的爱意。当布阳在歌声中被唤醒，两个女人在深夜里仍在吟唱，吟唱她们的不幸、她们的哀愁，吟唱属于她们自己的那首《水上船》。

《夜火车》，以陈木年晚上由于饱受楼上画家金小异的凉拖鞋声音的折磨开始，展开了陈木年烦恼的生活。很久以来陈木年有一个出逃的梦想，乘坐火车到很远的地方走走看看。大学快毕业的时候，为了从父亲那里骗到出逃的费用，他不惜虚构了一个杀人事件，利用父亲对儿子的亲情骗到了出逃的钱，开始了第一次流浪。这成为整个悲剧的开始。由于虚构杀人，他被审问，并且毕业证被扣押，而才华横溢、本来能被保研的他成了一个临时工，因此他被鄙视，被周围的人嘲笑，自己也丧失了主动追求青梅竹马的秦可的勇气。但是在这种夹缝和难堪中，陈木年内心涌动的那个乘坐夜火车流浪的梦想一直都在燃烧着，而陈木年所在的城市即将通火车的消息犹如一根火柴重新将他出走的欲望点燃。当小城市的火车试运营的时候，他用尽所有的力气放肆地奔跑，追逐着呼啸而过的火车，他在漆黑的夜里追逐着梦想的亮光，他像失重了一样，扒火车，从小城市到南京，再从南京扒火车回到小城市，代价就是被发配花房做苦力。陈木年放逐了自己的梦想，生活却放逐了他的命运，更令他不可捉摸的是他的精神导师原来也是个伪道士，遭受精神困境的陈木年在失手杀死自己的情敌后再次出逃。这一次的出逃终于从形而上的精神需要变成了形而下的亡命之旅。《夜火车》以夜为起点，以夜为终点，生命似乎画了一个圈又回到了原点，这种玩笑和戏谑似的对命运的挤兑和捉弄，是在借夜来嘲笑生活本身的无意义，还是生活本来就是一个黑色的幽默，注定要将理想的光芒遮挡住，将一切交出去，交给混沌的夜来主宰，让驰骋在夜里的夜火车将生命带向不可知的未来？在这里，夜既是意象，是要表现的主题，又是为表现而表现的本身。

　　如果说《午夜之门》中夜的意象还只是作为一种成长的背景，《夜歌》和《夜火车》中的夜则直接作为人物和故事推进的一个加速器。夜歌是婆婆为了唤醒与她同病相怜的儿媳妇的记忆，夜火车则是陈木年逃跑的一个直接的证据，也就是说从 2005 年的《石码头》对夜的狂热的书写开始，徐则臣自己也在不断穿越意识的黑夜。到 2009 年，四年之后，他用两个长篇、一个中篇回答了自己对夜的提问，而且通过这三个文本完成了对"在故乡"的回望。不知道徐则臣在回望的过程中是否感到疲倦或者懈怠，感到惊喜或者狂热。作为读者，我们透过这三个厚重的文本，看到了复活的花街、醒来的运河，听到了木鱼的惆怅，看到了布阳的淡淡的哀愁，还聆听到了陈木年奔涌着英雄主义的呼喊。在徐则臣的夜主题系列文本的引领下，读者和作者一起得到了"故乡在哪里""我从哪里来"这个深奥的问题的答案，这是这三部小说给我们的最大收获和财富。

当徐则臣将夜作为一个武器横扫生活的真相和生命本身情状的时候，同时扣动了历史的扳机，无论是夜系列的《午夜之门》《夜歌》还是《夜火车》，当个体在浓重的夜里舞蹈自己生活的时候，他已经变成了历史的一分子。木鱼是一个具象的回忆人物，还是一个民族历史的代表，布阳是现实的存在还是虚构的设定，陈木年是个体还是他者，已经不再重要，重要的是他们构成了作者回忆中的故乡，他们生活在花街的历史中，见证着花街的斗转星移，见证着运河起起落落的真实的个体。在这三部作品里，当夜作为主题浮现的时候，在此背后历史的幕布也逐次拉开。

历史与现实究竟是为何而共存，现实是历史的虚构，还是历史是现实的倒影，在它们之间是一种历时态，还是共时态？《午夜之门》依托个体的成长来展开对历史全景式的陈述，《夜歌》和《夜火车》则是一个横断面，但是无论是全景式还是断面式的，徐则臣在处理这些文本和故事的时候，只是赋予了人物性格的真实、细节的真实，但是时间是不详的。在阅读的过程中经常有一种恍惚之感，这些故事到底发生在哪个年代？读者之所以有这种恍惚感，在于作者对时间的虚化和离间化处理。这种叙事常常让读者在现实与历史中迷茫，这些故事是已经发生了，还是正在发生，是已经过去还是就在此刻。当然也许会有人质疑徐则臣是在故弄玄虚，故意在历史与现实之间制造一种混淆，但是当我们在这些文本中获得了对生命的真实感悟，对人性的深刻理解，那么作者设下的叙述圈套已经不再是难题，当作为读者的你、我随着历史一起共舞的时候，我们感受到的是文本带来的另一种生命体验。

2008年徐则臣因《午夜之门》获得华语文学传媒大奖，在获奖演说时他有一段话，可以很好地诠释作者对于历史和现实的态度："一个作家的写作，就是在呈现一部与他有关的'历史'。因为写作是回忆，正在发生的'当下'，可能发生的'将来'，都需要转化为'过去'才能进入小说。小说在本质上是一个完成的时态。"作为一个作家，在徐则臣的历史中，历史不是冰冷的过往，而是有体温的、鲜活的，历史的体温还在，那么依靠历史存在,并借助历史发言的现实与历史之间有着怎样的勾连,历史到底是想象的、虚构的,还是被记忆风干,然后经由真空包装,再进入我们的消费呢?在《夜歌》中,当婆婆推着已经神志不清的布阳穿过石码头,吟唱《水上船》,当书宝将萨克斯引入传统的二胡中并且获得新的感受的时候,历史与现实突然联通了、汇合了,他们依靠一种秘密的通道,在被过滤和被筛选中实现了历史与现实的对话,实现了历史与现实的"共时态"。这就是作家叙述的力量。现实能否穿越历史,历史能否抵达现实的深处,二者之间是否存在隐秘的通道,可以无隔阂、无障碍地穿梭,实现历史与现实的对接呢?在《午夜之门》中当木鱼穿行于战争、死亡、爱情,人伦、道德这些关乎人类普遍情感的高地时,历史与现实通了电流,成了接通的导体。当《夜火车》穿过陈木年浪漫的想象、压抑的激情,携带着他奔跑,再奔跑,历史与现实已经重合。历史是过去的现实,现实是即将过去的历史,现实在与历史的共舞中,找到了自己的位置。《午夜之门》的木鱼在历史的漫游中,从历史出发,最后回到故乡,终于将历史与现实串联在一起。历史不再是任意的拼贴,而是曾经真实的存在,而现实作为历史的对应,一直在延续着历史。而在历史与现实的连缀中,夜不仅仅是作为一个叙事的空间背景而存在,夜是历史的另一面,也是现实的面影,当历史与现实遇合的时候,夜成为寓意含蓄的一个原点,使得现实与历史实现了感应。

《午夜之门》《夜歌》《夜火车》这三个对建构作者的文学世界具有重大影响的文本不约而同地将叙述的节点安置在"夜",是一种叙事的策略,还是作者内心的一种情怀?当这些故事不同的文本被并置在一起进行对照的时候,"花街""运河""人家""码头""成长"这些镌刻了作者生命和生活印记的词汇勾连起作者"在故乡"的一种叙事图景,并由此构建起属于"唯一的那一个"的故乡书写。在徐则臣的创作序列中,前期创作主要从故乡出发,通过对故乡的运河、故乡的花街、故乡的人事的追忆,定格凝聚对生命原初的追问——"我从哪里来",并以此问题为出发点,反复地追问着历史与现实之间是否存在着秘密的连接通道,历史与现实之于个体又意味着什么,个人在历史和现实中又处于一个什么样的位置,徐则臣的故乡系列完成了对这些问题的叩问。而以"夜"为主题的《午夜之门》《夜火车》《夜歌》在作者的故乡系列中,在对历史的再现中重现了生活的真相。由此可以看出,"夜"在作者的前期故乡叙事中是主线,起着点睛的作用。而当作者远离故乡,在北京流浪漂泊,构筑"在他乡"的《啊,北京》《跑步穿过中关村》《伪证制造者》《我们在北京相遇》《三人行》《天上人间》等文本的时候,"在故乡"不仅是叙事的背景,也是"在他乡"的起点,这也就意味着即使后来徐则臣孜孜描述的"在他乡"并没有走出"故乡",故乡是他乡的影子,他乡是故乡的投射。当作者在故乡中透视历史、透视生命的时候,他寻找到了"夜"作为透视点,通过黑暗中肆意奔放的原野,幽暗的夜里心灵的搏动,拨动着命运的琴弦。而当作者视线远离故乡,依然执拗地书写一个特殊的群体在大都市的生存状态,但是似乎作者的透视点已经虚化了,至少从目前的文本来看,作者在后期并没有找到一个聚焦的透视点。当然这只是个人的阅读感受,也许只是一种阅读偏好,无论是哪种情结在作怪,徐则臣的这三部小说都让作为阅读者的我流连忘返,忘却归路。

(原文刊载于《创作与评论》2012年第1期)

(张英芳:著名评论家、西安建筑科技大学文学院副教授)

小说、批评与学院经验

——论徐则臣兼及"70后"作家的中年转型

孟庆澍

以十年为单位,对当代作家进行代际划分与讨论,在受到颇多质疑的同时,也难以遏止地流行起来,这或许恰恰表明此种分类法的某种便利与合理。在一些评论家的眼中,"70后"作家"缺乏个性"成为他们的集体个性,"难以区分"恰恰将他们与其他作家区分开来,这不能不说颇具几分讽刺的意味。在此,我无意也无力推翻人们对"70后"作家的整体判断。但或许正是由于缺少对"70后"作家的严肃切实的个体研究,以及由此导致的"70后"作家经典化进程的停滞,才助长了这种貌似合理、实则粗疏的看法的流行。本文的目的,即在于从个案出发,对"70后"作家徐则臣进行传统的作家论研究,试图借助这种古老的批评方法,结合作家身份的多重性,把握其写作活动的独特与复杂,并以此透视"70后"作家所面临的中年转型问题,从而对"70后写作的可能性"[1]问题做出自己的回应。

一、小说

在整体上"不成功"的"70后"小说家当中,徐则臣是相对成功的一位。从1997年开始写作,十余年间,徐则臣已经发表《夜火车》等四部长篇小说,出版五部中短篇小说集,斩获多个文学奖项,作品也被译为多国文字。无论作品数量还是影响,徐则臣都堪称"70后"小说家的代表。正

---

[1] 徐则臣:《"70后"的写作及可能性之一》,《山花》2009年第5期。

因为如此,他也受到媒体和批评界更多的关注。由于文风质朴,解读起来并不算困难,人们很快总结出徐则臣小说的三类题材:"京漂""故乡"和"谜团"①。此后接踵而至的各种评论也多围绕这三类题材展开。《跑步穿过中关村》问世后,徐则臣声名鹊起,同时也逐渐被视为一个带有"题材决定论"倾向的作家——他的小说被贴上了"京漂小说""底层文学""边缘写作"等时髦标签,在日渐走红的同时,他也成为"70后"一代中辨识度最高的作家之一。

然而,这对徐则臣而言或许并非幸事。尽管确实有部分小说涉及北京,但因此将他认定为"京漂作家",则无异于将他等同于一个因偶然触及社会热点问题而走红的文坛幸运儿,一个有意无意的机会主义写作者。至于那种认为徐则臣的"京漂"小说是表达了对"居京民生之多艰"的感叹,以及反映了"这几十年来改革开放的风云变幻"的观点②,则似乎又将之等同于摹写现实的报告文学。我以为,小说题材的相对集中并不等于主题的单调、显豁。徐则臣的小说确实较多涉及"北京"和"故乡",但他无意对之做司汤达所说的"行走在大街上的镜子"式地再现。他并非不关心底层、边缘和城市,但这些并不是他小说写作的真正目的。③在琐碎生活细节的表现之下,徐则臣所思考的是一些更为超验、更具思辨性的主题。他坦承自己患有"意义焦虑症",总想追问"意义的意义"——"我更喜欢想象自己一步一步走到足够高的地方,直到把这个世界看清楚"④。

"出走",是徐则臣小说最容易被辨认的主题。徐则臣曾在《夜火车》前言中提到,"出走"是自己一种强烈的冲动,不仅许多小说在题目中有着"出走"的意象,"还有躲在题目后面的更多的'出走'"⑤。因此,"出

---

① 徐则臣:《鸭子是怎样飞上天的》,作家出版社2006年版,目录页。
② 徐则臣:《鸭子是怎样飞上天的》,作家出版社2006年版,第1页。
③ 徐则臣曾表示:"我从来没有刻意要去写'底层',也不认同'底层文学'这一说法。"见徐则臣、黄长怡:《作家应该小于其作品》,《朔方》2009年第8期。
④ 徐则臣:《老屋记》,《光明日报》2012年8月24日。
⑤ 徐则臣:《夜火车》,花城出版社2009年版,第1页。

走"成为一些评论者借以发挥的关键词。然而,如果我们将徐则臣的小说按照时间顺序排列,就可以发现其中隐藏着一个比"出走"更重要、更具有涵摄意味的母题:"寻求"。在徐则臣的绝大多数小说中,"执着地寻求"几乎成为人物的规定性动作,这也使小说充满着戏剧感。在早期创作的《花街》(2004年)中,修鞋的老默因为有负于麻婆,竟用半生岁月痴守,至死方休。老班不断试验,为的是制造出最完美的枷锁(《刑具制造者》,2004年);诗人边红旗一边卖假证,一边苦苦寻求摆脱婚姻困境的方法(《啊,北京》,2004年);王一丁对西夏身世的追问与西夏对王一丁的依恋同样执着(《西夏》,2005年);成名作《跑步穿过中关村》(2006年)中,在与旷夏和夏小容的两段感情间隙,敦煌近乎偏执地寻找着七宝,仅仅因为七宝是保定的女人,而"寻人"也就成为小说一条隐而不彰的线索;范小兵被父亲用鞋底打得皮开肉绽,依然不愿放弃当伞兵的理想,直到从放水闸顶跳下,摔断左腿(《伞兵与卖油郎》,2007年);六豁老太从被卖到海陵的时候就想逃走,但直到老死也未能如愿,离开的愿望终于如腐朽的绑腿和绣花鞋一同化为尘土(《六豁老太》,2007年);老周不顾周围人的白眼,近乎迂腐地追求与邻居建立和谐、自然的人际关系(《我的朋友堂吉诃德》,2008年);居延虽然感受到唐妥深沉的爱,但直到最后才摆脱对情人胡方域几乎病态的寻找和心理依赖,长大成人(《居延》,2009年)。在近期的写作中,"寻求"依然是徐则臣小说重要的叙事元素。在长篇小说《水边书》(2010年)里,郑辛如的痒病使陈医生痴迷于其中,他苦寻治疗的方法,以至于自己最后也得上了这种意念导致的心病;在女儿郑青蓝出走之后,郑辛如每年都要到运河与淮河沿线的城镇寻找,找回女儿成为她生活的唯一信念。失意的咸明亮最大的梦想是有辆车,他搜集废弃汽车零件,终于拼凑出了一辆丑陋无比的"汽车",并不惜以制造车祸的方式保护自己的梦想(《轮子是圆的》,2011年)。"寻求"主题以变奏的形式反复出现在小说中,以致徐则臣小说中出现了引人瞩目的"痴人"系列。

对于小说的这一倾向，徐则臣曾多次以"理想主义"来概括。但我以为，这一朴素的命名并不足以穷尽小说的主题意蕴。"出走"和"寻求"如同两支彼此呼应的旋律，共同构成了小说的复调式结构，而其主要功能则在于思考人与环境、世界的关系问题。事实上，在小说中，人物执着寻求的行为总是将他们与身边的日常生活对立起来，使他们成为环境的不协调者，而"出走"的潜在心理动因也正是来自与环境的持续冲突。因此，对于徐则臣而言，他笔下的主人公就化约为二："困境"以及"困境中的人"，它们构成了一对富有张力、彼此生发的矛盾。这一矛盾的存在决定着徐则臣小说的深层语法，小说内在的形而上意蕴也正源于此。我们可以看到，在人与环境这一主要矛盾之下，衍生出一系列次要矛盾，构成了徐则臣小说中常见的叙事元素：理想与现实、北京与老家、漂泊异乡与固守小城、丰富的精神生活与匮乏的物质生活……他的许多重要文本，基本上都是表现这些连绵不断的矛盾冲突，以及人物在其中的辗转挣扎。

值得注意的是，小说家并不寻求解决这些矛盾，而是有意识地保留了开放性的结局。特别是在那些"京漂"小说中，无论是留在北京或回到故乡都有着充分的理由，而人物也就永远处于难以抉择的纠结状态之中——一个戛然而止的结尾，这几乎成为徐则臣小说的标志。套用他的说法，就是"当故事的最后一句话停下的时候，小说飞了起来"①。这并非小说家在炫技，而是与他的生存思考有关。在他看来，困境中的人需要有所行动，但行动的结果——"寻求何物"与"走到何处"其实并不重要，因为"寻求"本身就是存在的意义。

理解这一点其实并不困难，早在一篇发表于2001年的小说中，徐则臣已经暗示了自己的简朴却并不简单的人生哲学。在这篇充满挫败感的小说当中，主人公穆鱼不在宿舍附近的小店买烟，而偏要去更远的地方买，因为"这样就可以让他产生一种类似于追求感的东西，他希望不断有

---

① 徐则臣：《小说的可能性》，《文学港》2005年第3期。

新的目标在前面召唤自己,因为生活需要我们不懈地奋斗下去,做成一件事,再去接手另一件事"①。这里所提到的"追求感",或隐或现,贯穿于徐则臣此后的小说,成为文本的精神底色。在《我们在北京相遇》中,作者又写了下面一段充满隐喻的对白:

"他们都挤到北京来干什么?"沙袖重复了一遍。
"找条路呗,"我说,"就像我,还有边红旗那样的。"
"北京有什么好,那么大,出一趟远门回来都找不着家。"
"那是你方向感不好,"一明说,"方向感好的人,到了地狱也能摸回到家门口。"②

所谓"找条路""方向感"和"回家",无不与"追求感"有着某种或正或反的呼应关系,从而使这篇看似写实的"京漂"小说具有了某种出人意料的含蓄蕴藉的效果。又如《啊,北京》里,边红旗骑车回苏北老家,途中感慨:

越来越觉得做人真他妈荒诞,就这么跑,像西绪福斯,累得都想死在路上了,但是没办法,还得跑,上了路就回不了头了。③

在这里,所谓的"追求感"不仅是人物能动的愿望,在他行动之后,更变成不可摆脱的宿命,从而产生了强烈的荒诞感和悲剧感。只是这种存在之思常常隐藏在徐则臣对生活实相的描写中,不易被读者所察觉,有时还会使读者产生小说家"只关注写实",如同狄更斯笔下的格拉德葛莱恩

---

① 徐则臣:《二〇〇一年一月一日的生活》,《厦门文学》2001年第8期。文中及以下引文中着重号均为笔者所加。
② 徐则臣:《人间烟火》,春风文艺出版社2009年版,第164页。
③ 徐则臣:《跑步穿过中关村》,重庆出版集团2008年版,第89页。

一样的错觉①,并据此将他的日常写实插上"底层""边缘"等标签。在了解徐则臣小说中所隐含的朴素的存在论哲思之后,重读那些"京漂"小说,我们当对所谓"写实"有新的认识。

除了卖假证、出售盗版光碟、租房等"京漂"们的日常活动之外,徐则臣小说中表现较多的便是食色等"人之大欲"。带有存在论色彩的思想底蕴,使小说对食色欲望的处理迥异于泛滥着恶趣的鄙俗描写。例如,"下馆子"是徐则臣的北漂叙事中不可或缺的叙事场景②。有时,它作为结构性元素,起到交代背景、推动故事发展的作用。如《三人行》(2005年)开篇便写康博斯与班小号以吃火锅为赌注,引出女主角宋佳丽,其后又在康博斯为宋佳丽做晚饭打下手的过程中交代两人经历。在接下来大大小小的饭局中,人物关系逐步深入,情节也随之峰回路转。直到故事的结尾,班小号赶到车站为宋佳丽送行,手里提的也是"满满的一袋五香鸡胗"③。在《把脸拉下》(2007年)中,"我"本是假古董贩子魏千万的受害者,但在几次小酌之后,竟鬼使神差地被魏说服,成为魏的同伙。在《啊,北京》里,边红旗和"我"初次见面,就到北大西门外的小酒馆"喝一顿";当边红旗搬进"我"和朋友合租的套房之后,又请大家吃水煮鱼。此后"吃水煮鱼"的情节在小说中频繁出现,而这道菜也俨然成为北京的象征:

> 那顿饭我们就水煮鱼聊了不少,边红旗说,他去过成都,在那儿也吃过水煮鱼,感觉味道也不错,但不知怎么的,就是放不下北京的

---

① 在《艰难时世》里,格拉德葛莱恩宣称只要事实,"其他什么都不必去理会",因而被狄更斯称为"现实的人"。见[美]彼得·盖伊:《历史学家的三堂小说课》,刘森尧译,北京大学出版社 2006 年版,第 12 页。

② 在徐则臣以北京为背景的小说里,频繁出现"下馆子"的场景,如《三人行》里,前后共写到 15 次吃饭;在系列小说《啊,北京》《我们在北京相遇》中,"下馆子"也多次出现。

③ 徐则臣:《鸭子是怎样飞上天的》,作家出版社 2006 年版,第 140 页。

水煮鱼。小唐说,不是放不下北京的水煮鱼吧,是放不下别的吧?沈丹就隔着边红旗去打小唐。边红旗就笑,不说话。后来,有一次边红旗做成了一桩大买卖又请我们吃饭,他解释说,其实不是因为沈丹,为什么他目前也想不明白,就是觉得北京好……①

显然,徐则臣如此偏爱表现"下馆子",不仅是因为对于"京漂"族而言,下馆子是日常生活中不可缺少的交往活动,更因为在聚餐过程中,人物可以展现丰富的精神活动。正如他在小说里所说:"馆子是个好地方,几杯酒下去了人就放开了,一下子就亲密了,一下子就无所谓了。所以我一见别人不高兴,我就想办法让他进馆子,让他在饭桌上坦坦荡荡,变得透明。"②在这里,饮食不仅是写实性的,更是写意性的;不仅是出于形而下的食欲的满足,更是人物精神活动的需要。

对"性爱",徐则臣也有着类似的处理。他经常写到男女之情,然而即使是直接描写性行为,我们看到的也更多是温暖、洁净而非赤裸的肉欲。性诚然是生理欲望的满足,更是精神的交流。在《跑步穿过中关村》中,敦煌和旷夏做爱之后忽然产生了奇妙的心理体验:

敦煌从旷夏身上滚下来,身心一派澄明,无端地觉得天是高的云是白的风是蓝的,无端地认为现在已是惠风和畅,仿佛屋顶已经不存在,沙尘暴也从来没有光临过北京。③

又如《西夏》里一段堪称精彩的性爱描写:

四周一片漆黑,我看见眼前两个黑亮的点,我感觉到了西夏温热

---

① 徐则臣:《跑步穿过中关村》,重庆出版集团 2008 年版,第 56—57 页。
② 徐则臣:《人间烟火》,春风文艺出版社 2009 年版,第 177 页。
③ 徐则臣:《跑步穿过中关村》,重庆出版集团 2008 年版,第 131—132 页。

的呼吸,是她的眼睛。她在盯着我看。她在我怀里,手插在我的衣服里,我的手也插进她的衣服里,她的身体细腻滚烫。我们的眼越来越近,呼吸声音越来越大,像两列夜行的火车喘息着驶向对方。黑夜浩大简洁,满天地都是火车的呼啸声,急迫,焦躁,执着,永远也不会错过的两列火车重合了,你找到了我,我找到了你,黑夜没有了,火车也没有了,只剩下同一节奏的呼啸声。①

阅读这样的文字,读者不仅丝毫没有不洁之感,相反却会触摸到灵魂的悸动。而将做爱之人比作"夜火车",则无意中暗示徐则臣对于性爱的描写绝非"写实主义",而是指向更为深邃高远的内心世界。因为在徐则臣的词典里,"夜火车"是一个精神层面甚至是人生哲学层面的意象,是非常个人化的、对"人的存在"的文学隐喻。换言之,在小说家看来,肉体的结合也是灵魂彼此发现的过程,这同样是"寻求"主题的延续。

不能否认,描摹变化万千的世相是徐则臣最擅长的技艺。在他笔下,红尘万丈、纷乱繁华,皆扑面而来。然而,在及物的写作之外,徐则臣或许更在意那些沉默抽象、可以被隐微感知而难以被确切洞察的观念,那些"一切跟'人'的灵魂、内心困境和怀疑、追问息息相关的东西"②。正是对这些观念性的东西的思索与追问,使小说变得厚实、丰沛、深沉,具有了某种内在的超越性和复杂性。或许我们可以将之理解为一种对于表象的穿越——在浮世绘的技法之下,对"物"的经验和书写渐变成精神层面的沉思与探问,其中蕴含着此在与彼在的辩证,使小说在穷尽世相的同时,亦具有了向上飞升的可能。

---

① 徐则臣:《跑步穿过中关村》,重庆出版集团 2008 年版,第 35—36 页。
② 徐则臣认为,这才是真正文学意义上的"现实"。见徐则臣:《把大师挂在嘴上》,上海文艺出版社 2011 年版,第 42 页。

二、批评

在徐则臣的文学世界里,除了作为文本深层语法而存在的"人与环境"之间的二元对立,还有另一层富于张力而不为人知的对比关系在发挥作用,这就是小说家与批评家身份的共存。在通读他的各类文本之后,我惊讶地发现,除了人所共知的小说家身份之外,徐则臣还堪称一位本色当行的批评家。除了 2011 年出版的批评随笔集《把大师挂在嘴上》之外,徐则臣还发表了相当多的评论、笔谈、会议发言,接受过数十次访谈,其中既包括对国外经典作家和国内同辈作家的评论,也包括深入的自我剖析和批评。事实上,如果同意将这些访谈和发言也视为宽泛意义上的文学批评,那么人们将会发现,徐则臣的批评文字数量之多,在"70 后"小说家中几乎绝无仅有。同时,作为北大中国当代文学专业的硕士毕业生,徐则臣受过严格的文学批评的科班训练。毕业后,他又多年担任《人民文学》的职业编辑(在我看来,筛选稿件本身便是一种持久、枯燥而严厉的日常批评行为)。借用蒂博代的说法,徐则臣所从事的正是"专业工作者的批评"①。从生计的角度,甚至可以说徐则臣首先是一位职业批评家,然后才是一位小说家。在他的文学实践中,批评的重要性或许并不亚于小说。

这一事实如此显而易见,却又如此被人忽视,不由得使我产生了一些疑问:在小说之外,徐则臣为何如此勤于批评?其虚构写作与理论写作之间是怎样的关系?小说家、批评家身份的二重性于他有何种意味?其旺盛的批评欲与批评能力与学院背景是否有关?如果将他的批评实践视为"学院化"的一种表征和结果,这对他及其他有相似背景的一些"70 后"作家又意味着什么?

在我看来,对于徐则臣而言,文学批评之所以不可或缺,首先在于它

---

① [法]蒂博代:《六说文学批评》,赵坚译,三联书店 2002 年版,第 46 页。

是小说写作的重要资源。通过职业化的阅读和批评,通过持续的比较和参照,他思索、酝酿并确立了对小说的基本理解。通过对中外作家作品的不断阅读、分析和批评,他认为所谓好的小说,是"在形式上回归古典,在意蕴上趋于现代"[1],也就是要求小说不仅具有现实感,而且能够获得精神和哲学的深度,能够指向人的内在世界。他在评论同代作家李浩时,反复提到优秀小说应该是"既有沉实的内容,又有飞扬的意趣;既有形而下的落实的叙述,又有足够的形而上腾飞的力量"[2]。他在论及福克纳的时候,又忍不住借题发挥,再次强调缺乏精神高度是当前中国文学存在的严重问题。正是通过文学批评,通过对文学时代病症的诊断,他对"好的小说"的理解逐渐浮出水面。

不仅如此,对于如何写出"好的小说",如何在写作中具体把握写实与写意的关系,如何处理生活细节与抽象理念的平衡,徐则臣也通过批评进行了更为深入的思考。他比较了菲利普·罗斯的《凡人》与黑塞的《悉达多》,认为自己更喜欢前者。原因在于前者中有着"小说应有的丰沛的人间烟火和日常细节",而后者"只是一个人在往一个抽象的真理狂奔",人物的历程早已被作家预设好:

> 黑塞在小说里给了形而上充分的空间,形而下的世界则寥寥几笔,我看不到一个人在通往未知的征程中必将面对的无数的偶然性,也看不到他在众多偶然性面前的彷徨、疑难、否定和否定之否定,那些现实的复杂性被提前过滤掉了,生命的过程因此缺少了足够的驳杂和可能性。[3]

徐则臣对《悉达多》的缺陷——过于偏重理念而忽视日常生活——

---

[1] 徐则臣:《小说的可能性》,《文学港》2005年第3期。
[2] 徐则臣:《把大师挂在嘴上》,上海文艺出版社2011年版,第126页。
[3] 同上书,第7页。

有着深刻的认识,这显然得益于切身的创作经验。当然,通过批评将创作经验上升为自觉的理论认识,也有助于他在自己的写作中避免此类陷阱。在这里,批评与小说创作构成了互为生发的共生关系。通过批评,徐则臣确立了"最朴素、最基本的小说立场"[1]——他对简约与丰厚、节制与准确之间关系的判断[2],对作家与作品之间关系的思考,对作家世界观的重视,对方法论的有效性和有限性的认识,无不是通过对卡佛、麦克尤恩、帕慕克等当代经典作家的批评,通过与参访者的对谈而表述出来,并反躬自省,凝结为自己写作的重要法则。他的批评所体现的感受能力与所抵达的深度,非多年的写作实践不能及此;反之,他也不断通过批评,反思、修正自己的文学写作。因此,无论是评点经典作家或是创作访谈,徐则臣的文学评论皆可视为一种指向自我的作家型批评。换言之,在他的批评过程中,小说家的身份始终在场并发挥着作用,他对经典作家的阅读与批评"不等于取消自己,而是用以汲取、警醒、反思和照亮"[3]。他要以批评与自己的写作为参照和比较,进而更准确地衡量自己在当代中国文学版图乃至世界文学图景中的位置——对于一个小说家而言,批评在此时此刻变得异常重要。抽象艰深的文学理论与讲究逻辑的批评不再是想象力的敌人,而变为可以令他获得更宽广的文学视界的重要写作资源。

在我看来,这一现象背后所隐含的意义值得认真探讨。对于徐则臣来说,批评不仅是自我教育的一种手段,追根溯源,它首先是文学教育的产物。时至今日,职业化的文学批评往往意味着一整套文学知识的习得——文学史的繁复脉络、审美感受力的激发、理论的操练与多元批评模式的应用,而这往往依赖于学院系统的熏陶与教化。徐则臣曾经自述,进入注重学术、理论的北大之后,面对严格的学院训练,自己一度倍感"煎熬焦虑",因为大部分时间都用于写小说,"显得特别没有学问"。然而在

---

[1] 徐则臣:《把大师挂在嘴上》,上海文艺出版社2011年版,第213—214页。
[2] 同上书,第15页。
[3] 同上书,第41页。

导师的指引下,他很快便找到使学术训练与文学写作彼此兼容的方法。尽管徐则臣轻描淡写地将学术阅读称为"翻翻新理论",其效果好像也只是让自己"不自卑",但实际上,他对理论的认识从此大为改观:"相对系统的理论训练对写作大有裨益,两者其实一点都不矛盾,不仅不矛盾还相辅相成相长,它们共同修炼你的心智和感知,让你可以站在一个更高、更开阔的视野里审视世界和文学。"①直到现在,他仍旧对理论兴趣甚浓,认为理论的重要性不仅在于告诉你怎样把小说写得更好,"最重要的是,教给你如何观察和理解这个世界,从而更好地建立文学和世界的联系","只要善于转化,理论知道得越多越好"②。显而易见,徐则臣的批评实践能力与学院经历有着密不可分的联系。

更重要的是,学院背景使徐则臣在从事小说写作时具有了一些特殊的素质。首先,相对完整的学院教育使他具有了更为开阔舒展的文学视野,从而具有了在"世界文学的坐标系"中写作的自觉意识。小说家与批评家的双重身份,使徐则臣在写作中不断检视自我及同代作家在世界文学体系中的位置,不仅是在当代中国,更在跨国界文学版图中确认自己的方位,进而寻找变化、创新、突破的路径。因此,如果说"五四"作家有着强烈的进化论支配下的文学史意识,以至于在 20 世纪 30 年代便早早制造出《中国新文学大系》,进行自我经典化和历史化,那么徐则臣更多拥有的可能是空间意识,亦即在共时性的全球文学空间中对自身进行考量和定位。

其次,系统的文学阅读和批评经历,使他对自身写作既有足够的期待,也有充分的自省。换言之,学院背景的意义在于使徐则臣可以借助对经典的分析与参照,实现对自我的深刻认知和不断超越。他对自我的认识,从自发的、经验的、朦胧的、粗浅的感受,上升为自觉的、理论的、系统

---

① 徐则臣:《每部小说里我都要解决自己的一个问题》,《青春》2009 年第 5 期。
② 《听徐则臣谈写作》,http://blog.sina.com.cn/s/blog_4c8783el0100lfee.html.

的、深入的思考与表述,变得逐渐清晰。这种思考和表述是持续性的,并自觉地转化为写作实践,学术训练使他的文本隐含了写作者与自我表达、批评者与自我反省之间的张力。例如,他对自己小说写作的题材、模式类型及其局限有着清醒的认识。他认同批评界对其小说三种题材类型(北京、故乡、谜团)的划分,但与众不同的是,在这三种类型中,他对评论家较少关注的"谜团"类小说相当看重。这并非出于敝帚自珍,而是因为这一类型"是我多少年来的隐秘的方向,就是尝试开掘小说意蕴的无限可能性。我以为好小说在意蕴上应该是趋于现代的,是多解的、凡墙都是门的、一千个读者就有一千个哈姆雷特的,而我力求在比较古典的形式下实现这个意蕴的无限可能性的经营"①。事实上,近年来徐则臣已经很少涉及"北漂"题材,因为此类小说的潜力已尽,再写下去只能是重复自己;"故乡"类小说的创造空间更大,但由于是"主打产品",在形式层面不宜过于另类,而且也面临着与其他作家的"故乡书写"相区别的困难。因此,探索小说写作的可能性、寻求艺术创新和突围的重任实际上是由"谜团"类小说承担的。徐则臣并不否认这类张扬想象力的"谜团"小说与20世纪80年代的先锋小说有某种血缘关系。然而,在先锋小说备受嘲弄和冷落的今天,他对这类小说的坚持毋宁说更是突破小说极限的一种尝试与实验。他并不愿意固守某种获得市场青睐的小说类型,而是不断在中短篇小说的写作中实验各种写法,提防自己的写作滑入轻松惬意、名利双收的惯性模式,这其实意味着一种开放的理论思维与小说写作实践之间彼此激励的理想写作状态。他曾在一次访谈中说:

  在我的想象里,好小说是开放的,关于好小说的理论也是开放的,我希望我的思考也是开放的,这就意味着,当我的努力事与愿违

---

① 傅小平、徐则臣:《区别,然后确立——答〈文学报〉傅小平兄十七问》,《黄河文学》2007年第6期。

时,我能够及时地反省和调整。不是最终非此即彼地服从哪一个,而是尽力找到最合理的那一条路。所以,事与愿违不可怕,并行不悖也不可怕,恰恰是一帆风顺可能更糟糕,它会让你忘记反思这回事。①

可以说,学院经历带给徐则臣最突出的知识分子气质便是他的反思能力,这使他对自己以及当代小说存在的不足有着特殊的敏感与批判能力。他从同代作家那里不仅看到了值得学习的长处,更看到了需要自己警醒的问题。②他虽然注重日常生活细节的呈现,但又非常警惕那种匍匐在现实上的、"小而温暖的精神抚摸式文学"。他笔下虽多是小人物,但并不认同所谓的"底层文学",对某些题材凭借"道德"的优势制造巨大的意识形态力量,以及其中的裹挟力和利益造成的文学投机的风气更是深恶痛绝。③更重要的是,他对于作为一种成熟文体的小说在今天的困境有着深刻的认识:"你想在别人已经到达的终点上再往前走半步都很难,你想在自己的极限处再往前走半步更难——这个终点和极限既是题材意义上的,也是艺术和思想意义上的。"④这既使他对写作的限度有冷静的估计,又使他对如何突破这一限度有清醒而理性的认识,即放弃对潮流的追逐,回到小说的基本面,讲究"语言、故事、结构、意蕴,以及真诚的艺术表达"⑤。

三、学院的意义:兼及"70后"作家的中年转型

值得注意的是,学院背景不仅对徐则臣意义深远,对于不少"70后"作家,如冯唐、金仁顺、李浩、计文君、梁鸿、葛亮、李师江、柴春芽、阿乙乃

---

① 傅小平、徐则臣:《区别,然后确立——答〈文学报〉傅小平兄十七问》,《黄河文学》2007年第6期。
② 徐则臣:《把大师挂在嘴上》,上海文艺出版社2011年版,第130页。
③ 同上书,第42页。
④ 徐则臣:《局限与创造》,《创作与评论》2012年第1期。
⑤ 徐则臣:《把大师挂在嘴上》,上海文艺出版社2011年版,第214页。

至备受争议的卫慧而言,都是一个无法绕过的关键词①。成长于政治平稳、经济快速发展的20世纪八九十年代,大多数"70后"作家都受到了相对于上一代作家更为完整规范的学校教育。正如冯唐所说,"70后"依靠学习改变命运,"成群成队地进入北大清华而不是在街头锻炼成流氓"②。看起来,比起有着"文革"体验的"60后"和过于商业化的"80后","70后"作家或许是书卷气最浓的一代。问题在于,对这些"70后"作家来说,学院教育除了使履历看起来更加完整之外,究竟意味着什么?

在回答这一问题之前,我想先转开一笔,陈述一下自己对于徐则臣以及部分"70后"作家的一个基本判断:他们都通过不断的写作逐渐形成了自己的特色,初步找到属于个人的表达生活经验的方式,并在文坛占有了一席之地。但是,在他们逐渐告别青年时代的时候,也都面临着如何突破自我、实现蜕变的任务,或者功利一些说,如何从"50后""60后"和"80后"作家的重重夹缝中突围,获得文学史的认可。由于在生理意义上,"70后"作家普遍向"不惑之年"逼近,因此我试图将这一过程概括为"中年转型"。这是一个与20世纪90年代诗学领域提出的"中年写作"既有联系又有区别的概念,它意味着写作立场、写作方式的深刻转变——在写作立场上,既要保持对自我的忠实表达,又要直面社会人生,"把自己放进时代和现实里"③;在写作方式上,不再单纯依赖自身经历写作,而是可以借重经验、想象、虚构和同化生活的能力④,对人与生活的复杂关系进行更深刻的理解与更丰富的表现;与此同时,从矜才使气的类型化的青春

---

① 我这里所说的"学院经历"指的是受过普通本科而非研究生教育。当然,也有一些"70后"作家并非出身学院。

② 《惟楚有才,于文惟盛》,http://blog.sina.com.cn/s/blog_670c01470100knu9.html。

③ 李徽昭:《文学、世界与我们的未来——徐则臣访谈录》,《创作与评论》2012年第1期。

④ 傅小平、徐则臣:《区别,然后确立——答〈文学报〉傅小平兄十七问》,《黄河文学》2007年第6期。

写作,转换为沉静内敛的更多元化的中年写作,从而打开具有无限可能性的写作空间。当然,作家的情况千差万别,并非所有人都需经历"中年转型"——有些在写作生涯早期就少年老成、世事洞明,也有一些终生跳不出"青春写作"的窠臼。然而,对于大多数从青少年时代开始起步,并有可以预期的漫长文学生涯的"70后"作家来说,写作风格随着步入中年而逐渐成熟,并非一个伪命题。

徐则臣虽未明确提到过"中年转型",但他显然注意到并承认写作与年龄之间的某种关联[①]。随着年龄渐增,他开始越来越多地谈及自己以及同代作家面临的困境以及突围的可能。在他看来,"70后是没有'故事'和'历史'的一代人"[②],依赖自身经历写作、人生经验的同质化、盲目地追随潮流,等等,都是损害"70后"作家创造力的重要原因。因此,必须摆脱对个人经历的透支消耗,转而获得更丰富、复杂的人生经验:

> 我不是依靠自身经历写作的那类人,我需要的是经验、想象、虚构和同化生活的能力。经验在经历之上,可以直接也可以间接,别人的事、前朝的事都可以转化为你的经验,只要你把它吃透了。包括想象和虚构,都一样,你得吃透。而"吃透"在我看来,就是具备同化生活的能力,把别人的生活变成自己的,把不存在的转变为可能存在的和必然存在的,你把它们拉进你的经验范围内,然后打上你的记号。[③]

当然,徐则臣或可被归入"早慧"的那一类作家。他很早就摆脱了单纯"写经历"的初级模式,自觉地借助"经验的同化",写出了《刑具制造

[①] 傅小平、徐则臣:《区别,然后确立——答〈文学报〉傅小平兄十七问》,《黄河文学》2007年第6期。

[②] 徐则臣:《"70后"的写作及可能性之一》,《山花》2009年第5期。

[③] 傅小平、徐则臣:《区别,然后确立——答〈文学报〉傅小平兄十七问》,《黄河文学》2007年第6期。

者》《养蜂场旅馆》《花街》《雪夜访戴》等一系列以想象、虚构见长的小说。他也很早就意识到青春写作的挥洒才情、一泻千里并不可靠,好的小说需要"慢"的写作。① 尽管如此,他仍然感觉到自我重复的危险正在悄然逼近。他在最近一次访谈中承认,随着对同一个地域、同类题材的书写渐多,必然会有雷同与重复,"对很多问题的思考也很难持续地深入下去","那么,你就得警惕,就要停下来,一边等待一边寻找新的可能性。我现在是边写边等待,隐隐地我又看到了全新的可能性"②。近年发表的《去波恩》和《古斯特城堡》两篇域外题材的小说,或可以被视为徐则臣尝试自我更新的一个信号。这两篇小说虽然与徐则臣本人的海外经历有关,其实对作者的想象能力要求更高,而且写得是否成功也还有待于探讨。但徐则臣之所以如此甘冒风险、涉足陌生题材,正是因为想有所突破和创新:"在原有的写作疆土上,我开辟了新的海岸线,多了一个观察和思考世界的向度。和过去的写作相比,这个题材给了我全新的体验。"③在写作方式上,尽管要面对新的写作困难,他也"越写越慢",但同时"也越写越有底"④。可见,在步入中年之际,徐则臣已在尝试写作的转变。

在"70后"作家中,徐则臣的变化并非个例。正如朱文颖所说,对于那些不甘平庸的"70后"作家而言,现在已然到了写作生涯的关键时刻——"真正意义上的中年写作已经开始"⑤。而在此时,我们忽然发现"70后"作家的学院经验显得格外重要。相对于"50后""60后"作家,"70后"作家的幸运在于科班出身、视野宏阔、见多识广,而他们的不幸也正在于此——他们面临的是人数渐少但同样怀揣大学文凭、见多识广的

---

① 徐则臣:《创作谈:吞吞吐吐》,《西湖》2004年第10期。
② 《答〈人民日报〉胡妍妍问:创作与生活》,http://blog.sina.com.cn/s/blog_4c8783el01014thk.html。
③ 徐则臣:《局限与创造》,《创作与评论》2012年第1期。
④ 舒晋瑜:《中国"70后"作家现状调查》,《中华读书报》2009年12月4日。
⑤ 《苏周刊》对朱文颖的专访,http://blog.sina.com.cn/s/blog_4d864be5010127lm.html。

读者。他们必须面对由中外古典文学、当代中西方小说以及训练有素、口味挑剔的读者共同构成的庞大文学传统,他们必须在这个传统中写作并且受到认可。"影响的焦虑"使他们的文学生涯从一开始就承受着巨大的压力。然而,从另一角度来看,这种压力恰恰也是"70后"作家进行突围的动力。

首先,学院背景使徐则臣们经历了完整的文学祛魅的过程。借用传染病学的术语,通过学院和继续教育,"70后"小说家实现了文学的"接种"和"免疫"。广泛系统的文学阅读使他们对小说有自己的理解,对形式问题有了纯粹由衷的关注;他们不再对宏大的现实主义史诗顶礼膜拜,同时避免了20世纪80年代先锋作家的食"洋"不化,对于后现代小说的炫目戏法也有足够的判断力;他们将自己与不同代际、不同国别的作家进行比较,力图在更广袤的文学谱系中确立自己的位置,因而有着清醒的自我认识和批判意识。他们一方面对文学经典保持应有的温情与敬意,保持着学习的愿望与能力,另一方面又有足够的见识和坚强的自信对现存文学秩序进行反思和质疑。他们甚至有能力推进对一些根本性理论命题的思考,比如如何处理文学与生活、虚构与写实的关系,如何平衡民族传统与域外资源,如何实现"真正的中国式写作"①,等等。

因此,对于"70后"作家而言,学院背景是"中年转型"相当有利的条件。在技术层面,学院经历使他们对各种时新创作手法、文体类型、叙事技巧并不陌生,而不断的模仿练习也使他们拥有扎实的写作基本功,正如徐则臣所言:"经过了现代艺术训练之后,谁也没法给自己的粗糙和不及物找到借口。"②而写作技术的娴熟全面,正是获得"综合的写作才能"以通向中年写作的保证。③

---

① 徐则臣:《"70后"的写作及可能性之一》,《山花》2009年第5期。
② 李云雷:《徐则臣:闷头干活的七〇后》,《北京青年报》2011年10月19日。
③ 赵汀阳、贺照田主编:《学术思想评论》第1辑,辽宁大学出版社1997年版,第226页。

在形式层面的问题解决之后,所谓"中年转型"更多意味着写作方式和观念的转变。简言之,就是从自动、自发的写作转换为自觉、"力构"的写作,以解决个人经历的有限性、相似性所带来的经验匮乏与透支。系统的文学阅读不仅可以使"70后"作家习得更多"经验同化"的方法,更重要的是,学院理论训练可以使他们获得更多的反省和自觉,进而有意识地追求"有难度的写作",更早地与写作青春期告别。如果将这一点与"80后"作家相比较,就更加明显。因此,对于这群有学院经历的"70后"作家来说,习得的理论和观念变得格外重要。我甚至愿意将之称为理念先于写作的一群——由于事先胸中已有无数成功或失败的样本,因此他们的写作更像是有备而来、按图索骥,往往带有明显的人工设计和自我规划的痕迹。[①] 这也使这些"70后"作家对理论预设与文学写作的关系问题的思考,与前辈作家有显著的差异。例如,对于声名不佳的"主题先行",徐则臣便有着逆向思维:"我倒是很赞成主题先行,你能主题先行说明你起码还有点想法,很多作品里你根本看不到主题在哪里,更别说像有意义、有价值的想法,小说写完了他都不知道自己要说什么。"[②]这显然是针对文坛太多的盲目自发写作的有的放矢。

正是出于对理论的天然亲切,这群"70后"作家对于"作家学者化"大加揄扬,将之视为今后文学写作的一种必然趋势,因为这无异于一种自我褒扬与肯定。徐则臣在评论《罗坎村》时提到,小说发展到今天,"故事和细节必须来一剂思想的强心针"。当下的世界与生活无比复杂,这就需要作家具备"丰厚的学识、深致敏微的思辨以及高屋建瓴的概括和抽象能力",因此作家的学者化已是小说文体发展的迫切需要,是"当下小

[①] 葛亮在访谈中便承认,他对创作格局的掌控能力,从叙事到谋篇布局,有相当一部分得益于他的学术研究,"在写作过程中,做到心中有谱,不会是很困难的事情"。见张昭兵:《葛亮:创作的可能》,《青春》2009年第11期。

[②] 《听徐则臣谈写作》,http://blog.sina.com.cn/s/blog_4c8783el0100lfee.html.

说需要认真思考的真问题之一"①。在另一场合,徐则臣又对作家"学院化"作了更为通透的阐释:

> 这只是个简洁的称谓而已,并非一定要有多高的学历,要在学院里修炼多少年,而是说,有系统的教育,能够通过充分的阅读、思考和训练,逐渐形成自己独特的感受、理解和分析世界的能力。你要找到你一个人的进入和表达世界的文学路径。②

他强调,在当今瞬息万变的世界中,要想获取真正有价值的素材,并且能够透过现实表象发现"真相和本质",必须具备学者式的眼光:"你得有能力化腐朽为神奇,要在平中见奇,化常为异;这仅靠过去作家通用的直觉是不可靠的,你得有实打实地分析研究和发现问题的能力,还得有别致的、独特的表达方式。和别人区别开来,然后确立自己,都需要你具有充分的思考和发现的能力,'学院化'势在必行。"③同为"70后"作家的李浩也提到,克服对日常生活经验的依赖,需要思想力作为后盾,"未来的写作,作家学者化是一个重要的命题,至少要能贯穿到他小说的每一部分,包括对语言、对母语的扩展和冒险,包括对流行思想的反思、思考和抵抗,包括对一些惯有的习惯的冒犯,这可能是小说需要提供的诸多可能性的存在的理由"④。对于这群有着学院经历的"70后"作家来说,所谓"学院化"既是一种应然的理想,也是一种已然的现实;既是写作的趋向,也是再出发的根基。同时,"学院化"也隐然成为这些"70后"作家的某种代际特征。尽管从长时段的文学史来看,任何整体性的代际划分都是可

---

① 徐则臣:《把大师挂在嘴上》,上海文艺出版社2011年版,第86页。
② 李徽昭:《文学、世界与我们的未来——徐则臣访谈录》,《创作与评论》2012年第1期。
③ 同上文。
④ 舒晋瑜:《"70后"作家的反抗》,《中华读书报》2012年6月27日。

疑的，但对于徐则臣以及有类似背景的"70后"作家而言，"学院"不仅是一个隐秘的入口，更将是一个有效的命名。他们不断自我克服、充满潜力的写作将会印证这一判断，对此我并不怀疑。

（原文刊载于《文学评论》2013年第2期）

（孟庆澍：著名评论家、首都师范大学文学院教授）

写小说的徐则臣和写经典的徐则臣

付艳霞

一、从《耶路撒冷》谈起

知道徐则臣比较早,但那时候他在我眼中是如过江之鲫的年轻作家之一。而真正地认识徐则臣,是2004年他的《跑步穿过中关村》发表。时至今日,这已经成了徐则臣的中篇代表作。2005年,他获得第四届"春天文学奖",然后,他一路扎扎实实在写作的路上精耕细作,也一路边耕耘边收获。如今他已经是有大气象的作家,也是中国纯文学接力棒中的佼佼者。

打开徐则臣的小说,扎实和精细是最直观的感受。这在他的长篇新作《耶路撒冷》中体现得最充分。这部小说他酝酿了很多年,作为见证者,我知道他对结构、人物的推敲,也知道他对叙事节奏的掌控,更知道,他在写作之中,会思考如今小说阅读环境的新变化,思考纯文学的变化。他想写一代人的精神史,想写一部戳得住的大作品。他做到了。

耶路撒冷是三大宗教的圣地,是"和平之城",这是人尽皆知的,而中国作家写下这样的书名,一定是冲着"信仰"去的。根据真人真事改编的南非电影《耶路撒冷》则从一开始就说:"有金钱的地方,总是难免伴随着贪婪与罪恶。"有了这样的"文化积淀",再看这部小说,尽可以明了作家的追求。只是,这些都具象到了花街两代人身上。从小说整体看,这个洋派的名字并没有如有些读者担心的那样"水土不服",而是很好地与中国现实、中国文化融合在了一起——花街某种程度上就是整个中国城镇化进程的缩影,而花街两代人,则正好见证了经济飞速发展过程中价值观的崩毁和重建,在宗法伦理被打乱、金钱诱惑之下的新伦理未建立的时候,花街人在寻求立足点,重建秩序——无论对个体还是对群体,徐则臣从未忘记反思道德伦理秩序。更有意义的是,在这部小说里,徐则臣努力克服"70后"作家历史感不足的弊病,将笔触勇敢地伸向了历史深处。可以说,《耶路撒冷》是徐则臣创作的一次厚积薄发,而通过这一部长篇足可以看到徐则臣创作的来龙去脉。

从题材上说,徐则臣有"京漂""故乡""谜团"三个创作谱系,这已经是评论界的共识。其中的"谜团"谱系,采取的写作策略是抛开生活经验而对抽象的人性存在进行"正面强攻",完全可以看作他为了实现前二者的技艺精进而进行的想象操练。从目前的情况看,文学界和评论界对徐则臣的认可,主要是因为他的"京漂"系列。一是,这是一个更容易惹人注目的现实题材;二是,此类的写作非常少。此前有邱华栋的"城市马群"系列,有王刚的《月亮背面》。然而,"拉斯蒂涅"式的狂徒精神所折射的问题都有时代的局限。而徐则臣切入"京漂"的角度,他的冷静笔法和现实关怀,尤其是他对漂泊者精神心理的把握和拿捏,既能够引起广泛的共鸣,又能够让人看到升华的潜力和拓展的空间。而实际上,徐则臣的"故乡"系列也具有相当的实力。无论生活的截取还是艺术的把握,都足以构成他在当下文学版图中行走的另外一条腿。二者的扎实和挺拔难分伯仲,只是因为故乡题材的泛滥而在评价上被打了折扣。

漂泊体验和回望故乡,是徐则臣的两大创作支脉,也是整个文学创作的两大谱系。而且,二者往往相互印证,相互激发:漂泊是怀乡主题的外延,而怀乡只不过是另一种漂泊。精神的出走和灵魂的躁动难安,以及由此而生发出来的孤独体验,是这一类写作的共通之处。而写作个性,只不过是各自的不同生活和不同情态。那么,在沈从文、萧红这些现代文学大师之后,在莫言、迟子建这些成熟的当代作家之后,在地域化特征颇为相似的毕飞宇的成功之后,徐则臣的漂泊和故乡有何特异之处呢?或者说,在缺乏历史变迁支撑的时代,在流浪已然被现代交通工具和通讯工具逼迫到只属于诗歌和想象、只属于体验和行为艺术的年代,徐则臣拿什么样的写作姿态拯救自己的流浪梦想?而他早在捧出《耶路撒冷》之前,就思考了这个问题的方方面面。

二、"在路上"的伦常与世情

《在路上》是美国作家杰克·凯鲁亚克为"垮掉的一代"画像的经典作品,一句"我还年轻,我渴望上路"唤醒了无数年轻人心中有关流浪与自由的梦想。徐则臣的小说整体上为这种气质所统摄。只是与"垮掉的一代"在路上挥洒叛逆和愤怒、反伦常的做派不同,徐则臣让一群草根人物背负着世俗伦常上路。他甚至很少在小说中写到自己熟悉的"象牙塔"生活,也很少塑造知识分子形象,因而"在路上"不再是一个豪迈的精神宣言,而变成了一种隐忍的生存姿态。人物在主动与被动、顺从与抗争、盲目与理性之间的摇摆直接构成了小说的内核。而理想与现实这一宏大的矛盾主题,也前所未有地落到卑微者蝼蚁般的生活之间。换句话说,无论是写北京大街上的漂泊者,还是写花街上的居民,徐则臣都力图把自己"在路上"的写作理念和生活判断,冷静地具象为尘烟袅袅的生活、有血有肉的人物。

身为蝼蚁而有困兽之志,尘土衣冠而有江湖心量是徐则臣把握京漂题材的重要切入点。《跑步穿过中关村》是这一题材的代表作。这部小说融合了此前的《啊,北京》《三人行》《西夏》等的各种要素:或者是人物格局,或者是精神脉络,或者是情感状态,进行了一次成熟而稳健的写作。

尤其是与其姊妹篇《啊,北京》相比,徐则臣的目光更为冷峻,写作手法也更为老辣。如果说那个叫边红旗的外省教师的经历非常个人化的话,那么由敦煌、旷山、七宝等共同构成的外省人群像则将"京漂"的话题演绎得更为彻底和富有深意。《啊,北京》里面的边红旗是教师,是诗人,因而他对融入北京的向往,他被北京认可的理想,都有了一定的心理和文化支撑。而且，生活在边红旗身边的人，包括他的北京情人沈丹，与他合租的人，都只构成了他的一个生活环境，没有显出足够的延展作用。然而，到了《跑步穿过中关村》，敦煌、旷山和夏小容的来历和背景被刻意忽视了，只是展示了他们生龙活虎地为生存奔跑的生活原生态。他们办假证，卖盗版光碟，与城管打游击战，同时，他们恋爱，并承担与所有人一样的爱情烦恼；他们敬业，也与所有人一样有职业信义和职业烦恼；他们有生活理想，并和所有人一样为了理想打拼。小说采用了完全写实主义的创作立场，让这些卑贱的生命，这些打着活下去的旗号屡屡冒犯法律和道德的生命，在白领和金领云集的中关村，蓬勃而坚韧地张扬梦想和自尊，张扬卑微者的善良和义气。

在鱼龙混杂、藏污纳垢的城市，这样一群"可萌绿，亦可枯黄"的草根人物跃入文学的视线，被一种纯粹的小说道德来尊重和关注，在当代文坛当属首例。在有"英雄情结"和"三突出情结"的文学写作传统之后，在先锋小说为了矫枉过正而宣扬丑、恶的审美刻意之后，徐则臣实现了经验姿态和审美姿态的双重矫正。而且，与老舍先生曾经的幽默表达和历史纵深不同，徐则臣牢牢站在当下，写这群人物身上的正剧，写他们亦悲亦喜的人生，写一种足以贯穿所有年代的生活滋味。

"故乡"系列也不例外。他的"故乡"系列，每篇写作水准都不在同辈作家之下。花街上的人们，有萧红笔下那"忙着生，忙着死"的蝼蚁气质，又有迟子建笔下那温暖而体恤的人格特征。甚至，可以这样说，在面对雄性气质的北京城的时候，徐则臣的困兽心态是无比阳刚和雄健的，他的"京漂"系列中也是男性角色更为成功；而面对有母性气质和妻性气质的故乡的时候，徐则臣的笔触又是阴柔和温煦的，他常写少年的生活和老人的生活，他的"故乡"系列中的女性形象更为引人注目。

蝼蚁自有繁华世界，是这一类题材的重要切入点。而这种繁华多是指爱情的绽放和少年然诺的坚守。单纯的物质困境也曾进入徐则臣的写作视线，比如《无限透明的生活》《把脸拉下》，但明显不是他所擅长的。

反而是花街人的精神生活和情感世界，他们掩藏在粗糙外表下的岁月沉淀和世情累积，他们在裸露的生活状态下的内心隐秘，能够让徐则臣游刃有余地表现。

《花街》和《忆秦娥》两个可以并称为"姊妹篇"的短篇堪称代表。两篇小说都从已经定格的生活被一个普通的死亡事件打断开始写起，仿佛尘封在老照片背后的故事猛然被人忆起一样，打开沉默隐忍的生存背后那曾经灿烂喧嚣的生活。从讲故事的技法上而言，《花街》更为成功，它像一把被岁月和日常不断张满的弓，随着麻婆一门心思地追随老默而去的死亡而轰然断弦。从塑造人物的角度而言，《忆秦娥》更为成功，老而不死的七奶奶和侄子的"乱伦"爱情，等待了七十一年，才迎来再一次的确证和安顿。前有《菊豆》的著名，后有若过于戏剧化就会失真的风险，《忆秦娥》还是完成了一次让人捏了一把汗的冒险，而且完成得漂亮！像亲情一般沉默涌动的爱情并没有因为年代久远而枯竭，反而升华出同生共死的誓言。从某种意义上说，七奶奶安静的等待和莫言《红高粱》中"我奶奶"张扬的追求一样，都应该被铭记。而徐则臣以年轻的笔触对人生和人性所做的颇具沧桑感的跨越，功力不俗。

徐则臣是一个拘谨的批判者，一个中规中矩的叛逆者。因而，无论在北京的柏油路上还是在故乡的土路之上，他都孜孜于"自然的伦理道德"，比如人性善、道义、承诺、自然心性。人物大多保持着隐忍的沉默，甚至不惜自我伤害来换取平和与安稳，这些与他们如蝼蚁般难以自保的身份形成对照和反差。而这种书写效果的形成得益于徐则臣的冷眼旁观，得益于他情感上贴近、立场上远离的写作姿态。只是，这样的姿态同时也容易造成读者和小说之间的"隔"：因为人物经历和性格的似曾相识而吸引人的阅读，但却总是难以获得更为切近和热烈的感同身受或者同情悲悯。不知道这是否与徐则臣多次阅读"学者小说"《围城》有关。

三、在经验与想象的虚实之间

想象力问题、故事与生活的关系问题、虚实有度问题等等,都是小说文体本身的题中之意,而整个文学发展史,也不过是在或此或彼的偏重中摇摆。1985年前后的先锋小说,是技法操练和想象性经验的极端体验,是彻底让文学远离经验生活的"嘉年华"。很快,所有的作家都发现那只"创新的狗"只是作家自作多情的幻影,攥着他们的从来都是活生生的生活。于是,此后的写作,尤其是接着而来的"新写实",又开始了慢慢向生活的回落。经历了这样的辗转,经验与想象的关系,在所有的作家那里都应该有螺旋式上升的理解和把握,写作实际上变得起点更高,也更加艰难了。

总体上,20世纪90年代中期以来的写作,还没有突破"先锋小说+新写实小说"的格局。徐则臣也在这个格局之内,但是与很多作家将新写实变成欲望展览,把先锋技法变成华丽外衣的静止写作状态不同,徐则臣无论是生活格局还是技法格局,都在有意识地寻求动态的、开放的状态。这一点,只需按照线性时间顺序看看他的写作就可以一目了然。徐则臣稳健的写作势头和越写越好的状态,绝非简单的才气能够解释。

中篇小说《苍声》是一个非常显著的证明。这篇以第一人称叙述的少年视角小说,延续了此前他的"故乡"系列的少年生活支脉,比如《鸭子是怎样飞上天的》《弃婴·奔马》《鬼火》《石码头》等等,反复提到的生活和主题,甚至人物都有重合。不同的是,他将成长历程与历史现实严丝合缝地胶合在一起。这在不太擅长具体的历史叙事的徐则臣看来,显然是有益的尝试。小说以少年在变声期与人性恶的极端体验遭遇为主线,将第一次认识到人性的复杂性的心理体验和少年重要的生理变化相结合,既写出了少年心性,又折射出成人世界的魅惑多变。这种多变有属于人性本身的,也有历史异化出来的。对长大成人的明丽向往与成长真的降临时的黑色和血腥,交错到来,共同构成了小说五味杂陈的韵味空间。即使是相较于同样以声音命名的水准较高的《失声》《苍声》的成熟也非常明显。

与徐则臣把握经验与想象的尺度相关，他常用第一人称叙事，无论是"故乡"系列还是"京漂"系列，常有一个见证者和亲历者"我"的存在。这一方面是叙述的便捷，另一方面也体现了生活经验的底盘根基和不可超越。同时，在虚实之间，徐则臣也很注重将生活场景升腾为艺术色彩，这种色彩不是具体的颜色，而是整个小说的色彩气质，它往往来源于作家的无意识。比如，莫言的《透明的红萝卜》宛如浑然天成，完全没有有意识的意象和色彩追求。而此后有意识的强化，则失却了几分自然的味道。

徐则臣笔下的花街，正如老默死后的麻婆和蓝麻子一样，"像雪地里的两棵老树"，是黑白照片的颜色，瞬间凝固的是年代久远的生活，虽色彩单调但韵味悠长；他笔下的"京漂"世界，是灰黄色的，暗藏着理想的阔大与壮烈，力不从心的暗淡与沧桑；而他的"谜团"系列，色彩最为动人，仿佛他在《石码头》里写到的浸透了油纸的幽蓝，闪着鬼魅的光。《我们的老海》里那下雨的大海和涌动在情敌鼻子底下的情欲，《养蜂场旅馆》里雨夜的懵懂绽放和八年之后的情境重演，都仿佛沾染了似明还暗的黎明的颜色，透着幽蓝和冷气，让人性和命运闪着难以捉摸的光芒。还有《逃跑的鞋子》《鬼火》等等，都沾染了这种神秘的色彩。与毕飞宇笔下江南老屋的阴森和黑暗不同，徐则臣调和了亮色和光明的隐约闪现。于是，他笔下所有的色彩，都在光亮的时刻闪着幽暗，在定格的同时流布着变迁，暗合小说的整体格调和人物的主导性格。岁月和日常，都在徐则臣笔下增添了几分沧桑感，确如吴玄所说，徐则臣把小说写"旧"了。

徐则臣在散文《生活在楼上》中曾经写到自己耽于冥想的生活。这种处于白日梦状态下的对人与事的探测，与其说是观察，毋宁说是揣度，是不断由旁观者的立场来探人生的底，而无论出发点和结论是何等悲观、何等无望，都是充满了诗意的。思考徐则臣的写作，时常会想起西班牙诗人洛尔迦在著名的《低着头》里写到的寻求爱情的主人公："思想在高飞，我低着头,在慢慢地走,慢慢地走,在时间的进程上,我的生命向一个希望寻求。"在这样的寻求中,发现灰色路旁的蔷薇,发现在光明和生命中悄然滋长的酸辛,发现芬芳和娇柔下的浓郁的乡愁。

四、文学史上的徐则臣

米兰·昆德拉在著名的《小说的艺术》中说出那句著名的"人类一思考,上帝就发笑"之后,进一步强调了小说的智慧:"人之成为个体,恰恰在于他失去对真理的肯定和别人的一致同意。小说,是个体想象的天堂。在这块土地上,没有人是真理的占有者……但所有人在那里都有权被理解……"

徐则臣在小说写作上已然成为"个体",这毫无疑问。学院化的知识背景、严谨稳重的个性,都让他对小说的"吞吞吐吐""凡墙都是门""开放和敞开""有我"的状态孜孜以求。而同时,他又秉承着特殊的理想主义,在小长篇《夜火车》创作谈里面,他谈道:让他萦怀的"'理想主义'是凉的,是压低了声音降下了重心的出走,是悲壮的一去不回头,是无望之望,是向死而生"。

正因为如此,徐则臣才日益形成了"敬畏复杂"的创作哲学。无论是世界的、人的还是小说的复杂,都是徐则臣虔敬的对象。因了这样的创作哲学,徐则臣体现出了写作上的"三不主义",即"不草率、不简化、不急切"。他的写作有妄想而无妄断,有拘谨而无拘泥,有开放而无狂放。因而他给所有身份的人物以小说的尊重,他以在路上的姿态观察所有的伦常与世情,他把握虚实之间的尺度,他力图看透生活和小说的沧桑,他严肃而卖力地写作而且态度谦和,他使用情感零度的立场去隐藏判断。以至于有评价说他在才情、虔诚之外,缺乏三分"胆气"。

实际上,胆气的缺乏,在当下毋宁说是一种创作个性,也可以算作一种新的写作生长点。很多同时代的作家,守着一孔之见的生活而大书特书,胆气变成了蛮勇。对于徐则臣而言,"缺乏胆气"的写作姿态是他的优长,而如何挖掘"复杂"的深广内涵,则是他需要进一步斟酌的。优秀的作家无不敬畏复杂,优秀的作品无不表现复杂的值得敬畏,然而,复杂程度、复杂侧面却各自不同。陀思妥耶夫斯基敬畏人性的复杂,博尔赫斯敬畏文字记录的复杂,米兰·昆德拉敬畏人性与意识形态的关系的复杂,卡尔维诺敬畏抽象世界与具体世界关系的复杂,等等。对于徐则臣而言,他还在尝试,寻觅这种复杂的侧重点,城市与人的关系,故乡与人的关系,人与岁月的关系,理想与现实的关系,等等,都是他左冲右突的表现。在寻觅的过程中,哪一方面更清晰,更能把握,更容易体现个性,更能够构筑个体想象的天堂,当是属于他自己的复杂问题。

作为"70后"作家在当代文坛的实力派代表人物,徐则臣的写作刚刚开始,而且,他的开始注定不是快餐,不会速朽,反而处处显示了进入文学史的迹象。而且,他在努力寻求突破,突破"70后"作家历史感不足的局限,突破中短篇小说作家厚重感不足的局限,他的写作足可以成为"70后"新实力派的代表。尤其是《耶路撒冷》的出版,更让人看到了"70后"作家驾驭大题材、把握大结构的能力。通过这一部小说,写小说的徐则臣也向着写经典的徐则臣迈进了一大步。只是,接下来的路,可能会像他自己在散文《沿铁路向前走》中写到的一样:"没有纯粹形式上的实现和胜利,只剩下甩开臂膀向前冲的动作。"

写作,一直都是如此,一切都在路上。

(原文刊载于《百家评论》2013年第6期)

(付艳霞:著名评论家、人民文学出版社编审)

没有结局的小说与"漂泊者"的命运及状态
——读徐则臣中短篇小说记
傅逸尘

一、吊诡的结局

与徐则臣相识,进而成为好友,甚至于哥们儿,始于哪一年似乎有些模糊。像我们这样一些人,时间与空间观念都很差,白天与黑夜也经常是一种混沌状态,所以,即便是这样重大的事情居然没记得住也就不足为奇。记得住的是一种感觉与状态,比如喝酒谈天几乎成了我们交往的一种不可或缺的方式,酒足饭饱后也可以搂肩搭背,海侃神聊。有汉尚知,但诺贝尔何许人也已然淡忘。

想起五年前是因为那时我还不怎么喝酒,我最为经典的一张肖像应该是坐在军艺图书馆二楼靠窗的那个几乎成为我的专座的位置上,长时间地埋头于书桌后,也会突然抬起头来,扭转头久久地注视着窗外。窗外是我叫不上名字的松柏、泡桐和白杨一类的树木,庞大而茂盛,掩映着几条笔直的柏油路。其实并不知道在看什么,目光中有一种迷离与茫然。那一天其实是无数天中极其普通的一天,但那一天却因为我偶然间翻开了那本黑色封面的名曰《跑步穿过中关村》的小册子而变得意义重大起来。可能是午后,阳光穿过婆娑的枝叶将阴影斑驳地印在长长的书桌上,还有我的身上与脸上;还有一种可能则是在晚饭后,那时,寂静的校园里各种灯光一齐点亮,树木被灯光剪出幽暗的轮廓。我已经埋头很久,这时抬起头来再次地扭转向窗外。仿佛《西夏》中的王一丁和西夏、《啊,北京》中的边红旗、《跑步穿过中关村》中的敦煌和夏小容、七宝他们就隐匿在婆娑的枝叶后边,我甚至于听到了他们窃窃私语的声音。同样是"漂泊者",我知道自己跟他们不一样,与他们比,我要幸福得多。那时我正在读研,正匍匐在文学前沿,关注着各种现象与作家作品,意气风发地在各种报刊上发表颇令自己有些得意的见解;但五年多的漂泊时光还是让我在那一时刻里,说不清哪些地方与他们似是而非地连接与沟通着,我关注他们的命运,我想知道他们未来的生活。那时尽管我还不知道徐则臣是何许人也,但我根本顾不及我的孤陋寡闻,我只知道我被他们震撼了,感动了,感染了。随后,在更长久的时光里,一种绵延无尽的哀婉与忧伤一直在我的内心回荡。

查看我当时的笔记,"没有结局的结局"是关键词。那个时候我肯定是很惊讶,惊讶那个我不知道是何许人也的徐则臣何以拧着读者的阅读趣味,偏偏不给出人物的未来,他就那么武断决绝地在人物的某一个转折的时刻让小说戛然而止。从小说的结构角度论之,就是没有结局,或按西方现代小说观言之:开放的结局。后来我读了徐则臣大部分中短篇,这才知道,他几乎千篇一律采用这种方式结局。即便是有的作品有个结局,那也是相当模糊与暧昧。我当然知道,这是徐则臣对小说结构的一种理解与爱好,也可以说是他对人的生活与命运的一种认知与判断;但这仍然无法阻止我在某一个时段里,产生了一种徐则臣似乎有些偏执与狭隘之感,我甚至于把徐则臣想象成了以办假证谋生的诗人边红旗,这种方式很像边红旗所为。

二、"自叙传"说仍然成立

批评家李敬泽称,由作品到作者或者由作者到作品都是正当的解读方向。读徐则臣的小说应该选择从哪儿到哪儿是五年前曾经困扰过我的问题,那时候我还不能完全做到从鸡和鸡蛋的悖论中挣脱出来。当然,那时候我还不认识徐则臣,现在我想,如果那时候我认识了徐则臣,我肯定会选择由作者到作品的研究路径。不是说徐则臣的小说写的就是他自己的生活,像黄永玉老先生的《无愁河上的浪荡汉子》;但徐则臣的小说中所写的人物与生活又确实跟他有关,很多的细节、感觉,他都曾经耳闻目睹过,甚至于经历过,只不过他把那些东西统统地装进了北京的"漂泊者"那个筐里了而已。人物的命运当然与徐则臣截然不同,但他们的生命和生活中的诸多感觉与情绪却与徐则臣息息相通,从这个意义上讲,"自叙传"说仍然成立。问题是写作这篇东西的时候,我已经不是五年前那个意气风发的在读研究生了,所以,我不再可能把关注点放在小说与作者之间的关系上,现在,我更关注的是作品本身。因此,我不断地回想和追问自己,《跑步穿过中关村》中的那三个中篇让我震撼、感动,或者说感染我的是什么?当然会是人物的惨淡的命运与困厄的生活境况,仅此而已吗?这是很重要的一方面,还有呢?那又是什么呢?徐则臣自己就说"小说不仅是故事,更是故事之外你真正想表达的东西,这个才决定一部作品的优劣"。徐则臣还说,"小说是向着未来的,向着区别于当下的一种可能性"。徐则臣进而又说,"当下,现在进行时,漂泊,焦虑,面向未知的命运和困境,城市与人的关系,这些都表明我在探寻、发掘、质疑和求证"。我对徐则臣这些话不敢掉以轻心,更不敢当耳旁风,因为我已经体味出那些小说表层背后的,或者说,小说更深层的内蕴,才是徐则臣的小说本身,抑或本质。也就是说,只有解读出小说表层背后,或者小说更深层的内蕴,方显批评家本色。

差一点儿就"80后"了的徐则臣一点都不"先锋",相反,很现实主义,他甚至都不想有些微的掩饰。现实主义方法的选择跟他所写的人物的命运及生存状态有关,面对那些北京的"漂泊者"的生活的艰难困境与命运的多舛无奈,徐则臣充满了悲悯与温情,那种几近于肌肤的体恤,他甚至于顾不及小说的诸多技巧,更遑论"先锋"耳?读徐则臣小说的时候,我似乎能感觉到他写作时的那种情境,那些让他刻骨铭心的细节足以摧毁有关小说的结构啊、语言啊、思想意蕴啊什么的,他只是要求自己把那些碎片般的原生态生活写好,他觉得足够啦,他自信地认为所谓"探寻、发掘和求证"自在其中。相较于那种刻意经营结构与主题的小说，我更认同徐则臣这种小说观，它去小说化，不去间离小说与读者的关系，而是让读者置身于小说之中，忘情于人物的悲欢离合与阴晴圆缺，恨不得自己也是那些人的哥们儿。徐则臣无意于彰显小说技巧一类的东西，他已经进入无技之境。

三、"漂泊者"的命运与状态

A

这一次我也想像边红旗那样所为一般，从徐则臣小说的结局入手，以求证徐则臣小说的结局与人物命运及生存状态之关系。我知道这样做会很复杂，我尽可能地将其简单化，这才更符合我的"读记"之文体。一张纸条，还有一个电话号码便莫名其妙地将哑女西夏推入了王一丁的怀抱。王一丁只是一个跟别人合伙开一家小书店的普通人，他不想接受这么一个不明不白的女人，他采用种种办法想把她赶走，却终于没能够。王一丁的善良，以及逐渐培养起来的对西夏的情感，还有三十岁独身男人本能的欲望，让他最终接受了西夏。小说似乎可以结束了，但小说家徐则臣却让王一丁获得了幸福感之后产生了对西夏身份不明的焦虑，尤其是在得知西夏的病完全可以治愈之后，他担心能重新说话的西夏不得不说明关于她的真相会导致他失去西夏。两难选择折磨着王一丁，而当医生打来电话通知他们去接受治疗的时候，王一丁却否认了他们曾经的预言与期待。在医生最后的求证中，王一丁虽然说话了，但却不知道自己说了些什么。徐则臣何以要弄出一个这样的暧昧结局？我以为他是在暗示，王一丁已经无法离开西夏了，他甚至想放弃让她重新说话这样重要的机会。

西夏能否治好哑疾不得而知；但徐则臣让北京的"漂泊者"王一丁与西夏在相互抚慰中获得了底层人难得的温暖，这显然与徐则臣自身的经历与情感有关，他不忍心让他的小说人物受到更深的伤害，他似乎只能够用这种方式来安慰那些一千多万的如同蚂蚁般的北京的"漂泊者"。同样的原因,徐则臣在《啊,北京》中,也没有让从看守所中出来的边红旗的命运过于悲惨,苏北小镇美丽贤惠的妻子把他接回了家乡。边红旗当然够不上个诗人,但他有理想和激情,他辞去教师职务只身闯荡北京显然与儿时的梦想有关,而且这种梦想让他觉得北京就是好,用他自己的话说,"北京啊,他妈的怎么就这么好呢"。但现实生活与理想毕竟不同,事实是,边红旗尽管标榜自己是个诗人,但他却是在蹬三轮不成后,以办假证谋生。这种担惊受怕、极不稳定的生活虽然没有将他的理想与意志消磨殆尽,与房东的女儿沈丹的爱情纠葛虽然让他时而有一种小小的窃喜,但最终还是让他身心俱疲。替小唐受过既是他对砍掉小唐两个手指的忏悔,也表现了他男人的豪气与担当。这一次的结局似乎已然明晰,但他在眯起眼睛看向太阳和天空的刹那,心情也一定是百感交集。随后哗哗的泪水,苦涩地向四面漫溢,蕴积着他对北京的依恋与无奈。

从命运与生存状态的角度看,边红旗还算不上怎样悲惨,敦煌、夏小容、七宝们更让我为之动容和同情,更能彰显"漂泊者"在徐则臣小说中的隐喻主题。敦煌因跟随保定办假证而被抓,三个月后出来因碰上了卖盗版光碟的女孩儿夏小容而改卖盗版光碟。敦煌尽管很聪明,也很"敬业",但仍然无法改变生存的困窘,过着流离失所、朝不保夕的生活。与夏小容的爱情既是对敦煌内心的一种抚慰,也让他对未来有了理想与憧憬;然而,夏小容的前男友旷山的出现则粉碎了他创造一种温馨小家生活的梦想。离开刚刚品尝到一点味道的生活是敦煌无奈的选择,幸好这时他在打了几百个电话后找到了保定的女友七宝,并与之发展出一种情爱,但这种情爱也因保定的出来,并发现了七宝早已当了妓女而险些崩塌。敦煌没有放弃他对爱情与家庭生活的理想追求,他与保定四处借钱将七宝捞了出来,新的生活在他面前重新展开。以对"漂泊者"的认知与生活积淀,徐则臣几近残酷地让敦煌在救出旷山之后被警察抓获。在敦煌被戴上手铐的一刻,他的手机响了,七宝冲他喊,她怀孕啦。也就是说,百般努力的敦煌还是没有摆脱困厄的命运。夏小容和七宝呢?夏小容没有边红旗、敦煌们的远大理想,她就想嫁人生子,过一种平常的普通人的生活。旷山并不是她理想的选择,跟敦煌也不可能,最终因旷山被抓而倾其积蓄。孩子成了她北京漂泊生活的最大收获。美丽的七宝的命运似乎已经没必要再细说了。

B

徐则臣的小说一点儿都不花里胡哨,不玩弄任何的所谓文学技巧;语言偶然间会有点小幽默,但那是紧紧地贴着人物和生活的,而不是出于文学性上的考虑。这些人物及他们的生活让我有一种陌生的新鲜感,我甚至疑虑,他们真的是生活在北京吗?这么多年,为什么不见其他作家描写这个群体与领域?因此,2009年的长篇小说《天上人间》的封面上就赫然地标榜着"老舍的北京是地域性的,王朔的北京是开放型的,徐则臣的北京是流动的",多少还是让我有些吃惊与疑虑。其实这种概括与比较我是不以为然的,也是不准确的,而且还有一种不伦不类的感觉;但重要的是徐则臣已经与老舍和王朔并肩了,这个评价无论怎么说都是相当高的。描写北京生活的作家作品多了,但能够写出独特之处,以至于独霸一方,还能说不重要吗?要知道,发表这些作品时,徐则臣还不到三十岁啊。但当我读完这部其实是四个中篇的连缀的所谓长篇小说的时候,我的疑虑基本上烟消云散了。凭我的文学感觉,没有相当深厚的生活积累,无论如何都写不出这样生动鲜活的作品。也就是说,对徐则臣小说中"漂泊者"及其生活的存在的疑虑完全可以打消。

《我们在北京相遇》与《啊,北京》几乎雷同,后者是写边红旗,前者写的是群体,但将沙袖突出了。小说写几个外省人对北京的向往与渴望,他们认为那就是他们理想中的天堂;其实不然,他们经过几年"炼狱"般的生活,最终还是无法跨进那道看不见的进城的"门槛",身心俱伤显然超越了他们的想象。办假证的边红旗肯定是进去了;没着没落、无所事事的沙袖,因为一明与一位女学员关系暧昧,出于报复而怀了边红旗的孩子。虽然小说最后沙袖打掉了孩子,与一明重归于好,但内心的伤痛想必也不是三五日就能够平复得了的;而"我"则被父母及女友逼迫着回了故乡小城,除了找到报社记者这么好的工作,还要迎娶女友小童。《天上人间》写乡村少年子午来北京后的成长与毁灭,聪明导致他不像"我"那样本分,而且加速了他的毁灭,令我慨叹不止。《伪证制造者》中的姑夫确实算不上个好人,但残酷的生活却耗尽了他的情感与精力,以至于失去他最看重的男人的性能力。他没有任何付出的儿子考进清华大学让他重新获得了激情,却在刚刚感觉到性能力恢复的刹那而被警察抓获。

此外,收在其他集子中的《居延》《把脸拉下》《屋顶上》等也都有可圈可点之处。执着地寻找丈夫的居延一直不能真正地接受唐妥同样执着的充满温情的爱情,她无法真正地忘记丈夫;然而,当丈夫终于出现在她面前的时候,她却转过脸专心地对给她打电话的唐妥说,"我要做一桌好菜,都是你爱吃的。咱们就在家里庆祝"。她终于说出了一直不肯说的"家"。这个结局让我一直冰凉的身体陡生暖意。因为同一个理想——买房子,让卖假古董的和报社编辑居然走到了一起,在被警察抓获的一瞬间,是卖假古董的承担起进看守所的后果。而报社编辑为了把卖假古董的捞出来,终于把脸拉了下来,翻开电话簿,给朋友打电话,"我想借点钱"。在北京漂泊的宝来不光生活上困窘,精神上也极为空虚,每天半夜出去为办假证的洪三万贴小广告的生活让他有一种没着没落的感觉。偶然的一瞥,一个女孩儿朦胧的影像不但让他为之心动,且影响了他此后的生活,最终险些为女孩儿丧命。这几部作品里的人物都有一种几近倔强的执着,人性中本来具有的,但已经在当下极为稀缺的善良与真诚。他们的执着让我看到了蕴藏在底层普通民众中的人性的光辉与力量。《我的朋友堂吉诃德》则是另类小说,徐则臣完全出乎我的意料地讲述了一个悖论的故事,由于社会的不正常,所以不能接受一个正常的人的正常言行;而一个不正常人的不正常的言行,却让正常的小偷的行为不正常了。这种极具哲学思辨色彩的小说在徐则臣的小说中鲜见,在当下中国的小说创作中也不多见,劳马是显而易见的一位。

我想,这十多个中篇小说足以确立徐则臣在当代小说家,尤其是在"70后"小说家中的地位。这种地位的确立当然与他所描绘的人物与生活的独特性有关,但认为一个作家仅凭人物与生活的独特性就能够征服读者与文学界显然只能是外行者的见识。如果你只停留于表面,会发现徐则臣的小说过于素朴无华,也不见深奥传奇之处;那我就会毫无顾虑地对你说,你肯定是不无遗憾地与小说家徐则臣失之交臂了。徐则臣不刻意于小说的主题营构与哲学象征,但不等于说没有,他是不动声色、大智若愚,是一种整体性的蕴积。也就是说,徐则臣小说经营的是一种整体性思考,对他所描写的人物存在作一种整体性判断,而无意于在每一篇作品中机巧地构思出一种什么旨意。问题在于,徐则臣小说所描写的人物的生活与命运太富感染力,往往让读者无暇欣赏,甚至于忽略了作品所蕴积的思想与精神。

四、城堡般的"门槛儿"与现代性焦虑

徐则臣小说的感染力毋庸置疑,但好像也不是什么文学性、艺术性之类可以言明的,因为我又想起五年前我读过的徐则臣在《跑步穿过中关村》那本小册子的自序中说过的一段话:"我写他们,也包括我自己,与简单是非判断无关。我感兴趣的是他们身上的那种没有被规训和秩序化的蓬勃的生命力,那种逐渐被我们忽略乃至遗忘的东西。"按说我不应该引这么多徐则臣的话,我的策略应该是尽可能不让读者知道他说的那些话,因为他说得太地道了、太有深度了,很容易让我们这些搞批评的无话可说。

想在主题层面上解读徐则臣小说显然是徒劳的,这不是徐则臣小说追求的向度;若从普遍的人性与普适的价值上去感悟小说背后所蕴含的深层意味又不免有些空泛与不着边际。我知道徐则臣的"漂泊者"小说中隐喻着一种相当宏大的思想与意味,但相当隐晦与模糊。我不得不去揣度徐则臣。在徐则臣的经历与印象中,或者认知中,北京不属于外来的

"漂泊者"，遍地都是机会与金钱的北京似乎有一道看不见的"门槛"，这道"门槛"最终无情地将"漂泊者"挡在北京之外。这让我想起了卡夫卡的《城堡》中的K。K不断地努力进入城堡是因为他在执行一道指令，但却像西绪弗斯一样一次次从山腰滚下来，始终不得而入。徐则臣小说中的"漂泊者"想进入北京虽然有生活所迫的因素，但他们是主动地想实现自己人生的理想，北京对他们而言就是天堂。但无论他们怎么样努力，最终都是撞得鼻青脸肿，头破血流。别无选择，他们只能黯然地重回故乡。

徐则臣在他有关"漂泊者"的小说里隐喻着相当的宿命论色彩，因而，他的人物在没有结局的结局中缺少一些浪漫的理想主义的亮色。从情感而论，这显然不是他的本意。他在小说的细节描写中给了他笔下的人物无数温暖、体恤与抚慰，却在人生命运的总体观照中断然地否定了他们企图改变自己的身份与生活的理想。这与主流意识形态似乎有些相左与抵牾，但他秉持的现实主义文学立场让他固执地认为，这就是中国当下的社会现实与本质。残酷的不是他自己，而是物质主义的社会现实逻辑。其实，徐则臣小说中的"漂泊者"多数都是有一定理想与精神追求的，否则他们也不会远离家乡到对他们而言其实是极其陌生的北京来打拼。但他们显然都缺乏一定的思想准备，他们青少年时代所向往和崇敬的北京已然发生了质的变化，与他们的思想精神完全隔膜，甚至相悖了。他们没有能力去思考现代性，但现代性已经渗透到了中国社会生活的方方面面，尤其是像北京这样的现代化大都市。中国人对现代性并没有多么陌生，中国自近代以来，多次遭遇现代性；但是，包括启蒙者在内，我们对现代性一直处于似懂非懂与种种矛盾，甚至疑惑之中。进入20世纪90年代以来，现代性给出的逻辑是，市场经济的合法化与迅速发展成为整个社会发展的最重要动力；但在这过程中，我们并没有看到近现代启蒙思想家所希望的人的自由与解放，我们在享受着市场经济带来物质的极大丰富的同时，也在忍受着日益破败的自然生态与人文生态，以及资本和技术对人无以复加的统治的痛苦和煎熬。于是，他们只能是在一种理性缺席的自在状态里进行属于他们这个阶层的本能的挣扎。诗人阿多尼斯在与莫言对话时说："20世纪以来我们有个错误的认识，就是把政治史视为全部的人类历史。实际上，政治只是整个社会文化的一部分。因此，一个伟大的作家不能仅仅满足于批判权势，还应该对整个社会文化进行质疑和批判。"（《文艺报》2013年8月16日）在徐则臣的小说里，北京当然是一个实在的空间与时间，但我感觉它更是一个象征，是所有现代化都市的象征。它们对"漂泊者"的拒绝与对他们理想的扼杀，显然更突出地体现在社会文化中。因此，徐则臣的小说便是通过对"漂泊者"的命运及生存状态的精细描写，对现代性进程中的中国社会文化进行质疑和批判。从这个意义上似乎还可以认定，徐则臣的小说所"探寻、发掘、质疑和求证"的东西已经超越了莫言所说的"现实政治"。

让我颇感兴趣的还有一点，就是徐则臣在他的小说里从不用既有的伦理道德臧否人物，甚至置法律于不顾，这样的写作伦理在当代作家中极为鲜见，在某种意义上也可以说颠覆了以往的文学传统与写作伦理。但这不意味着徐则臣认同和强调西方的"普世价值"，徐则臣是在用一种更加宽广的胸怀与人性包容着这些既勤苦善良又不乏猥琐丑恶，既充满浪漫理想又时常堕落自弃，既不屈不挠又命运多舛的来自乡村或县城的"漂泊者"。徐则臣或许以为，与他们困窘的生活与多舛的命运，以及理想的毁灭比较，既有的伦理道德与法律实在是缺少人性的温暖，简单的批判并不能真正意义上实现社会的和谐发展，而是应该站在更高远的哲学境界进行更为宏大的思考。这也许更接近现代性之本义。如此一来，我觉得徐则臣，以及徐则臣的小说并非如表面那样朴实无华，其实他和它有着更加崇高宏阔的理想境界，这种理想境界甚至超越了文学性，颇富老庄之意味了。

五、陈旧没落的"花街"

徐则臣的小说的另一极是乡村，或者说故乡可能更准确。那个被称为"花街"的地方在运河边上,有一个石码头。我理所当然地认为,这是一个虚构的地方,但又实实在在是徐则臣青少年时期生活的地方。故乡对任何一位作家而言都是一个巨大的文学性想象空间,在难以计数的回忆碎片里蕴积着他不尽的情感与精神资源,让他在无数次的写作中慰藉自己的灵魂。但徐则臣的这一极小说并没为他增添多少亮色,也就是说,与"漂泊者"系列比较,运河边,紧挨着石码头的"花街"的故事似乎有点鸡肋之感。我想,可能是徐则臣离开故乡已久,即便是十几年的青少年生活也没给他留下更多深刻、鲜活而持久的记忆,对于一个一直读书的孩子,尤其是读了初中和高中之后,大多都生活在县城里,与真正的故乡已然有了距离。贾平凹虽然也久居城市,但他经常要回到故乡,他一直保持着与故乡的肌肤般的联系,所以他才能不断地书写当下的故乡;再看徐则臣的"花街"故事,都是过去时态的,几乎没有当下的,因此,就总体而言,"花街"是陈旧没落的,多少还有些腐败之气。也就是说,他是凭记忆,甚至于上辈人的讲述与传说在写作,找不到文学性的感觉并不让我惊讶。也因此,他才在这个系列里重点写故事,写人物一生的命运,这个时候的徐则臣无论怎样都难以调动起他出色的文学感觉,包括语言都随之黯然失色。写"漂泊者"小说的时候,徐则臣能在每一时刻都感受到人物的情感与气息,甚至他们的表情与姿态,各自说话的方式与味道,他能真正地触摸到他们的每一根神经;到了"花街"就不同了,他也许是知道那个人,或者听谁说起过他,也还有可能与那人曾有一面之识,但仅凭这些写作显然是很不够的。尤其是对徐则臣而言,他是那种更善于描写琐碎的细节的作家,故事对他而言,多少有些隔膜。当然,并不是说"花街"系列作品里没有好的作品,但总归还是有些陌生与隔膜,论及细节就不可能信手拈来,而是要靠想象,甚至于编织。

《苍声》《镜子与刀》《夜歌》应该是徐则臣"花街"系列作品中比较好的几部。故事对徐则臣而言可能是一个阻碍,他一旦进入编织的情境,他的小说的感觉便丧失殆尽。换言之,这几部我认为在"花街"系列作品中比较好的,很重要的原因不是在编织故事。《苍声》的背景是"文革",写一群少年。围绕着批斗何校长,以大米为首的顽劣学生作恶多端,不但用各种方式参与批斗何校长,还轮奸了傻女韭菜。木鱼经历了这样一个罪恶的过程,当他听到何校长可能跳河自杀的消息后,突然就苍声了,似乎有一些寓言的味道。《镜子与刀》应该是这个系列中最好的一个作品,细腻而精致,让我想起苏童小说的味道。两个少年的相知居然是通过镜子与刀的对话,九果在穆鱼镜子的引导下,用那把刀杀了整天打骂他的母亲,以及嫖花街上女人的父亲。已经哑了三个多月的穆鱼,在目睹了这一血腥的场景后跑向运河,向着河水高喊九果,他再次发出了声音。九果让穆鱼震撼,可能还因为有一种对英雄的崇拜。《夜歌》写两个青年人的爱情遭遇传统道德伦理的阻碍,但当两人真的走到了一起后,却又在复杂的现实与欲望中迷失。倒是最大的反对者——母亲重拾人性的至柔之处,用自己已经不能唱歌的沙哑的嗓子唤醒了半植物人状态的布阳,她自己也在这一漫长的过程中恢复了曾经的歌者身份。这一寓言似乎多了种反讽的意味。

"花街"系列作品中的《露天电影》本来是一个不错的题材,写在乡村放映电影时放映员与村里的妇女偷欢的情节,如果就此展开大量的细节描写会很精彩;但徐则臣把它写成了一个报复的故事,尤其是孙伯让治理放映员秦山原的情节,让人看着不舒服。我猜测,这个报复的故事可能是这篇小说产生的最重要的因素。《人间烟火》《养蜂场旅馆》《梅雨》《我们的老海》《失声》《鬼火》等作品似乎写得很勉强,有一种硬写的感觉。这些作品一方面是编织与臆想的痕迹很重,没有真实感;另一方面还缺少一种内在的支撑,普遍缺乏"钙质",似乎站不起来。

六、小说的真理

渴望回到五年前,并不是对青春与生命的欲望与奢求,而是怀想那种纯粹的被徐则臣小说中的那些"漂泊者"的理想命运与生存状态引发的震撼、感动与感染,以及随后在更长久的时光里的那种绵延无尽的哀婉与忧伤。我记得那时的那种纯粹体现为一种感性的阅读,一种完全的情感的进入,不知道何时便会有泪水在脸上流淌,西夏、敦煌、夏小容、居延、沙袖都让我至今难忘。现在已然不同,作为一个准专业的读者,一个所谓的批评家,你很难让自己沉湎于作家所营造的文学情境,你会不时地从作品中跳出来,不光是挑剔,还要解读和阐释,在这个过程中要表现出独特的思想与观点,你的不人云亦云,你的标新立异。而读徐则臣小说的最佳状态应该是前者。在这个意义上,我以为批评家的阅读是一种非人性化的阅读,而普通大众的阅读才是真正人性化的阅读。批评家们的理论也未必就能够真正地接近小说的本质,倒是普通大众在某种意义上更有可能接近小说的肌理与真理。

(原文刊载于《南方文坛》2014年第1期)

(傅逸尘:著名评论家、中国现代文学馆客座研究员)

告别"在场的缺席者"
——略论徐则臣小说

郭 艳

徐则臣是一个真诚的叙述者,文风沉稳敦厚,气质内敛而心存高远。他静观大城小事,照亮平庸个体的精神维度。他冷眼看待文化裂变的城和人,又时时在不经意间闪耀理想主义的丝缕光亮。

他的小说秉承了批判现实主义传统,在写法上又受到现代派的浸润。徐则臣是"70后"实力派作家,《水边书》[①]中年轻生猛的成长率真纯粹,《苍生》中对于"文革"的少年视角,在青春生长的背面叙写一代人的精神苦闷与迷惘,这种生长不同于以往年代物质匮乏的苦难,却在风俗和观念的嬗变中凸显"70后"对于村镇生活的独特记忆。《天上人间》[②]《我们在北京相遇》《伪证制造者》叙述了徐则臣眼中的"新北京",以及混迹于这座巨型城市的各色人物,从而让他获得了一个更为阔大辽远的视域:从乡土社会经验直接进入北京叙事,而北京又是一个新旧杂糅、兼容并包、无所不有的时空场域。《夜火车》[③]中对当下知识分子的精神层面进行深入剖析,木年的校园成长经历凸显了前辈学者受制于权力话语的懦弱与退让,同代人受制于物质欲望的可怜与悲哀。徐则臣自身受北大文化的濡染,多方面和世界文学的亲密接触,以及身在文学现场的人生境遇,这些都在相当大的程度上让他获得了一种多声部的话语能力。由此,《到世

---

① 徐则臣:《水边书》,上海文艺出版社2010年版。
② 徐则臣:《天上人间》,新星出版社2009年版。
③ 徐则臣:《夜火车》,花城出版社2009年版。

界去》①和《把大师挂在嘴上》②表达了当代中国青年智识者对于乡土、自我和世界的现代认知,这种认识不再具有强烈的民族、地域和文化的独异性,而是以日渐成形的现代人的眼光去打量并重塑自己的中国记忆和世界经验。近期长篇《耶路撒冷》③最为突出的品质是对于世道人心宅心仁厚的摹写,大胆地以人物来结构长篇叙事。人物在当下是最难以勾勒和描写的,而徐则臣通过塑造不同类型的人物形象凸显出当代个体身份认同的复杂性,以及不同代际的人们无法认同彼此却又能够互相体恤的同情之理解。这种同情之理解在当下文化中是稀缺的,因此也凸显了"70后"作家观照自我和世界经验的当下情怀与现代性特征。

京漂的边缘人生与转型中国的主流价值

徐则臣的小说呈现出了一种更为干净、纯粹、日常的中国人当代的生存状态,一种有别于苦难和残酷人生经历的中国叙事。他在温情和平淡中凸显出近30年中国人常态的生活经验,重新打量一代中国人可能具有的精神生活和精神特征。即便是伪证制造者,徐则臣也写出了他们进入工商业社会之后"人"的意识和现代个体生命的常态欲求。如果说20世纪80年代小说试图从政治伤痕中恢复"人"的基本内涵,90年代以来小说对"人"的食色性进行了集中展现,那么徐则臣则用他的北京系列小说呈现出一个个"现代人"的自我认知。

在中国城市化的过程中,数以亿计的进城的淘金者可以会聚成一个巨大的奔跑的人。这个从乡土出走的巨人身心摇动不安,情感混乱迷惑,灵魂下沉挣扎。漂在北京的人,吸引他们的是现代城市和城市生存方式:个体的、自我的、封闭的、冷漠的,又各自相安的私人化生活。贫富差距依

---

① 徐则臣:《到世界去》,长江文艺出版社2011年版。
② 徐则臣:《把大师挂在嘴上》,上海文艺出版社2011年版。
③ 徐则臣:《耶路撒冷》,北京十月文艺出版社2014年版。

旧触目惊心,然而却被混迹于快餐店、超市、百货公司甚至于公园景点的人流冲淡,且在无数的霓虹灯和广告的暗示下,人人都觉得自己正在或将要拥有机遇与财富,成为城市的主人。边红旗、子午、姑父都是这样的拥堵在现代性时间维度上的"淘金者"。伪证制造者是独特的社会群体,但是作者笔力所在并非伪证制造者真正的江湖生活,而是着力于边红旗的追梦人生——对现代都市的迷恋,一种摆脱乡土伦理羁绊的沉溺。由此,边红旗们所呈现的都市边缘人的常态生存和西方城市迥然有别,这里没有西方现代都市的常见病——冷漠、麻木乃至变态,而是充斥着狄更斯笔下城市平民的真诚、坦率,即便是伪证制造者的犯罪行为,也在狡诈和欺骗中透着某种不加掩饰的热情与冲动。边红旗的人生其实是无数奔赴城市,冲破中国乡土伦理者的人生,有着义无反顾的背信弃义和盲目乐观。在当下的中国,很多人尽管没有制作伪证,但在商品经济消费文化的挤压中,时时也会有着和"伪证"类似的人生境遇。由此,这些伪证制造者引起周围人的同情,甚至也映照出了周围所谓守法者自身面对城市生存的虚妄和虚与委蛇。

由此,徐则臣的北京系列小说不能算作单纯意义上的"京漂"小说,他的独特之处在于以一种相对平视的现代人视角去看待个体生存和精神生活。他笔下的"京漂"一族虽然身份各异,但从个体对抗现代性庸常生存逼压的角度来说,伪证制造者、卖盗版光碟的小贩和大学生、研究生、教授是没有彼此之分的。伪证制造者边红旗、子午和姑父俨然将伪证制造当作一个挣钱养家、安身立命的职业。姑父的情人路玉离最后拿出2万元,这种行为让民生之艰和罪与罚纠缠在一起,无法用乡土伦理,也无法用城市规则解释,人性的光亮温暖处与人性之粗鄙冷漠处可以深深隐藏在同一个肉身之中。然而现代都市是最具诱惑力与欺骗性的地方,边红旗们最终无法在一个冷漠的城市找到真正的归宿。

徐则臣笔下的"京漂"系列人物看似社会边缘人群,然而"京漂"一族的边缘人生与转型中国的主流价值观同构,所谓边缘人物却承载着叙述中国转型期移民现代梦。在北京系列小说中,边红旗们的精神状态集中折射了当下中国人主流价值观念的嬗变。文本没有极度变形扭曲的身体与欲望描写,而是温和叙述了一代青年的群体性价值共识,刻画了一个个走入无法预测的未来的当代中国青年的背影。一明和沙袖,边红旗和老婆与情人,姑父的悲喜人生,"我"摇摆不定的人生路线,在一个移民城市,边缘其实就是未来的主流,我们在中关村看到伪证和盗版光碟贩卖者的时候,无疑会想起自己初来城市时的一无所有,那种站在天桥上看如潮车流时的孤独与寂寞。即便在城市拥有了一套房子,甚至于生儿育女,混迹于如潮车流中的时候,我们内心依然时时会魅影般掠过巨大的荒漠感——现代人巨大的孤独终于开始以日常的形式缠绕在"70后"一代中国人的心头。

城与人:城市生存和现代性身份焦虑

北京城与人的关系在老舍那里是城市贫民艰难的生计问题,在王朔那里是无知者无畏的心态问题,到徐则臣这里终于转换成现代个体的日常精神状态摹写。徐则臣以中关村为原点的北京叙事,重构了北京作为一座现代城市和个体之间的关系。作为政治符号的北京,被无数的笔墨建构成一座无法和个体庸常生活发生联系的存在。同时,北京作为一个现代城市,其内部肌理往往被多元文化的丰富繁盛所遮蔽。然而北京在徐则臣的笔下消解了政治符号所蕴含的微言大义,真正被还原为一座栖息现代个体的城市,而且是一座和青春成长、现代生存发生关系的城市。在一个现代都市,生存永远都是第一位的,于是北京成为一个具体可感的生活场域。北京的包容性一如她对各色人等的耐心毅力和吃苦耐劳精神的考验一样巨大,年轻的身体跑步穿过中关村,挣扎在当下生存中的灵魂则纠缠在爱欲与情感、性情与物质、理想与现实之间。对于奔赴现代城市的年轻人来说,北京具有比其他城市更多的未知性和诱惑性,于是人在北京的命运成为一种现在时的命运,北京城的精神状态终于和个体人有了直接的联系。在徐则臣笔下，一批批对现代城市充满幻想的男男女女奔赴现代城市提供的狭窄逼仄的生存空间，且乐此不疲，以自己的热忱、盲目和冲动汇聚成一幅鲜活、嘈杂、喧闹、充斥着荷尔蒙乃至堕落与犯罪的城市图景。现代个体的精神状态呈现出了一个巨型城市的喜怒哀乐，所有人物都像我们自己一样真实。在这样现在时的写作中，我们沉溺于某种偷窥的惊喜和旁观的讥讽中，在对现场人物的沉溺中，消解了我们对于当下生存的种种惶惑、躁动与厌烦。徐则臣的小说通过对当下北京城的诉说，塑造了一个个徒步的肉身与灵魂在浮世绘北京的生存，这是他的写作对于当下文学最为独特的意义。

徐则臣的小说直面日常性以及庸常生存的尴尬境遇，并在理想主义的照耀下书生气十足地讲述着自己视域内现代城市对个体的逼压。小人物的庸常人生却成为时代的绝好注脚：飞蛾扑火般涌向城市的庸常和无法遏制的生存渴望一起焦灼着年轻的心。北京系列小说之所以能够元气充沛地诉说"我们"，正是因为在城与人的关系中，"我们"已经天然地将城市作为不离不弃的第二故乡。《天上人间》中"我"和边红旗们同居一室，以平等个体的关系建立了某种友谊，这种常态生活中日渐增进的情谊消解了城市的压迫感，哪怕是一顿水煮鱼也让混迹在中关村的各色青年获得对于城市生活的满足感。然而，折磨人的依然是"我是谁"的精神性困惑：沙袖无法抓住任何东西的失重感，一明面对欲望的犹疑彷徨，边红旗跨越乡土伦理的理屈词穷，姑父浮浪人生的极度失败感，"我"夹杂在其中的种种无奈和同情……每一个人都在都市的人流中寻找着机会且追问着"自我"的意义。徐则臣的叙事并不聚焦扭曲变形的膨胀欲望，也没有乡土伦理塌陷的肉身搏斗，更非官场厚黑的模拟与教唆。在他的文本中，每一个行走在现代性旅途中的个体不再有贵贱高低之分，而是常态都市漂泊者真实到骨髓中的生存痛感，这种痛感以各种方式凌迟着现代个体的日常生存，沙袖的一无所有中的出轨，一明无法名言的无根感，边红旗旺盛生命力中透出的荒谬感，姑父一生的荒唐感……在徐则臣的小说里，即便是所谓"京漂"小人物的命运也沾染了一切时代的仓促、躁动与善变，因此，他的小人物便从庸常生存中透露出时代精神的真切回应。

徐则臣的小说呈现出了一座城市中现代性身份焦虑产生的一系列精神困境，其中最为独特的是在罗列小人物命运的同时，对城市所代表的所谓文明与知识的解读。每一个从乡土社会进入现代文明的人都会痛切地领悟到徒步过程中肉身的沉重与轻盈，灵魂的下坠与飞扬。

长篇《夜火车》呈现出了个体现代成长的疼痛，这是带着审视和自嘲的疼痛书写，成长带着青春的冲动、率性和无知，一起奔涌在通向成熟也意味着平庸生存的道路上。在后辈探究、窥视的目光中，学院知识分子连同所谓的知识、权力一起成为后辈学人无法接受的现实。在这部小说中，被扣押的两个证书无疑是一种隐喻，多少中国青年在获取证书的路途中牺牲个性与天才，走向一种被规范的生活模式。当下真正的读书人已经所剩无几了，不幸木年是个早慧而执着的读书人。学院开启了木年的现代心智，同时又让他被一系列无法解释的遭遇深深地伤害。现代知识文明带着双面利刃行走在白昼与暗夜中，那种被学院规约打压的挫败，无法表达情感的懦弱，对道德先生和道德文章的沉溺与怀疑，无法正视生活与情感之后逃离的欲望……徐则臣在呈现出种种生存逼压的同时，又描述了这种现代性身份焦虑对于现代个体心智成长的意义。木年正是在巨大的压力下一步步体验到利刃之痛，走入无法挽回的命运。他目睹前辈学人肆意操纵自己命运的现实，理想主义破灭了。木年刺向魏鸣的那一刀是现实的，又是非现实的，那一刀是如此致命：同辈庸俗却酣畅淋漓的身体被利刃穿过，前辈隐秘而伪善的精神也裂开了巨大的伤口。理想主义者木年最后搭上没有归途的夜火车，是身体更是灵魂的，小说具有相当现实的隐喻性和意指。现代文明培育出的学院派和现代知识个体之间依然充斥着巨大的张力，在错乱的现实和历史中，一代知识青年最终只能在迷惘和孤独中走入更大的虚无。

由此，他的小说中的人物获得了现代性身份，并且他写出了一座城市中现代性身份焦虑产生的一系列困境。他的人物都实实在在地生活在庸常中，又群体性地上演了对于自身焦虑的挣扎与抗争①。庸常现代个体对于自身生存困境与精神焦虑的自觉意识，以各类痛感的方式开始了"我是谁"的追问，这也是获取现代身份合法性的一种途径与方式。在徐则臣的小说世界中，中国经验不再是物质匮乏的苦难和欲望身心的坍塌，而是日渐觉醒的精神痛感和文化身份认同，这是徐则臣对北京浮世绘的洞见与创造。

《耶路撒冷》与当代英雄

在北京系列小说之后，《耶路撒冷》是徐则臣重新思考现代性、传统乡土、文化与个体生命经验的精神炼狱。小说诚实而不虚妄，宽厚而不妥协，直面一代人的精神困境。作者试图找到消解现代性精神焦虑的方式，返乡作为最经典的方式又一次出现在小说叙事中。在一个文化格局发生重大变化的语境中，作者敢于面对内心的真实，勇于站在被质疑的知识分子立场上来观照时代的精神气质和特征。这部长篇小说写出了命运感，这种命运感不是个体人物一生的遭际与经历，而是大时代中无数平庸个体的命运感。现代人生存的碎片化、无方向感和伦理价值判断的混乱等等，是个体被抛入现实生存无法回避的宿命。易长安、舒袖、吕冬、杨杰……这些生活在我们身边的人物，在《耶路撒冷》到世界去的大情境中袒露着时代青年忙乱而琐屑的物质主义生存和无所作为的苦闷，这些人物就是当下"70后"一代自我生存的写照，由此，这部长篇小说中的人物可以被当作一代人的文化标本。小说中的初平阳是一个具有文化身份自觉的知识分子形象，在知识分子被嘲弄的当下，初平阳是独异的，而徐则臣

---

① ［美］丹尼尔·贝尔：《资本主义文化矛盾》，严蓓雯译，江苏人民出版社2007年版。

也改变了内敛低调的写作个性,终于以"记忆是一种责任"①的心态来建构自己的文本和风格。如果说一直以来徐则臣的文风以质朴内敛取胜,那么《耶路撒冷》则无疑带着落拓江湖君莫问的飘逸和旷达,一路为中国青年智识者正名——庙堂家国与市井江湖都在一代人冷眼热心的胸襟里荡气回肠。

小说主人公初平阳显然不是一般意义上所谓的典型人物,他具备当下接受高等教育的莘莘学子的诸多特征:读完本科,读硕士,读博或者找钱出国,这原本是一个非常平面化的毫无戏剧冲突的非典型化人物,然而徐则臣又一次从常态生存入手,剖析个体在时代中肉身与灵魂的挣扎与苦痛。就像无数个我们曾经做过的一样,初平阳的返乡是对水乡风物人情的彻底破坏,意味着初平阳与之决裂——因为他要卖掉祖屋,攒钱去朝拜自己心中的"耶路撒冷"——象征着所谓现代知识与文明的一所大学。

因为太急于到达自己心中的"耶路撒冷",于是初平阳就以出卖大和堂为代价,和姐姐一起以亲情的名义让自己的父辈彻底斩断和故土的精神联系。初医生夫妇是具有中国传统文化素养、善良有礼的中国人。溺爱孩子的父母最后给自己的解释是:就是两间破屋……同意出售大和堂,只要能够和孩子生活在一起,哪里不一样?家人和家的观念已经在无形中取代了传统社会中的伦理文化秩序,这集中体现出父辈在日益逼仄的传统文化处境中的退让,这种退让从容而哀伤。父辈既善良、无奈,又带着盲目信任,将未来寄托在子女"到世界去"的行动和信念上。这种事情时刻发生在转型期的中国社会。在无声的土崩瓦解中,在现代线性时间维度里奔跑的中国和中国青年从未停下脚步。

然而,"70后"一代最为突出的特征是骑墙或者说瞻前顾后的文化姿态,因此才会有初平阳深入骨髓的痛苦。初平阳们了解父辈的忧伤与担

---

① [法]雅克·德里达:《多义的记忆——为保罗·德曼而作》,蒋梓骅译,中央编译出版社 1999 年版。

心,但他们依然义无反顾地前行,带着肉身和灵魂的重负,刻意地制造着与最亲密的乡土和家人的离别。汪曾祺笔下的水乡意境在其小说的前半部中有着小提琴般悠扬的旋律,运河及其两岸飘荡着乡土风俗画的余韵。作为一个阅读者,潜意识里我当然更希望作者能够提供更多的运河故事,无关乎当下的边城叙事和难得浮生半日的白日梦,展示水乡审美的过去。然而时代毕竟是迅猛的,甚至是具有破坏性的,小说的后半部也无法坐稳大和堂的气场。在这一点上,作者无疑是残酷的。因为在温暖宽厚又逼仄压抑的乡土上,即便是日日家乡鲈鱼莼菜,也无法掩盖一种不能和世界同步的失败感,这种根深蒂固的失败感来自环境、体制、文化、生活方式和个人兴趣爱好等从宏观到微观的复杂精神体验。

由此,初平阳的返乡之旅实质上是一次论证自己的文化身份的过程,通过与乡土现实的再次正面遭遇,凸显出了自身与乡土精神的同构与断裂。其同构性在于他对乡土无限的理解与回忆,那种对大和堂药味的回味、对父母和运河的体恤,同时也直击了乡土被伪古典化的尴尬与黑色幽默。初平阳返回大和堂的时候,是清醒的,因而也是所有人中最为痛苦的一个。返乡其实是为了告别最后的乡愁,彻底以一个无故乡的姿态进入真正的现代生存困境——无根的精神漂泊与流浪。大和堂和老何鱼汤已然逝去,乡愁本身已经伪乡愁化了,所以初平阳大声告诉自己和乡土:自己要去"耶路撒冷"。初平阳有着明确的现代性思路,尽管带着犹疑和无限怅惘却依然要"到世界去"。在这样一个目标的支撑下,初平阳具备了当代英雄的悲壮色彩。

在物质主义盛行的当下,大众文化在欲望话语的裹挟下走向平庸媚俗。现代个体被欲望所诱惑,同时又群体性地激起了更大的消费欲望。消费文化杀死了古典主义与浪漫抒情,同时也冰冻了人性的柔软温润,使人们日渐走入世俗化娱乐至死的狂欢。在如此平庸化的时代,什么样的人才能算得上当代英雄？一如司马迁所言："千人之诺诺,不如一士之谔谔。"①直言胸臆在这个时代是匮乏的,坦陈自身精神困境和价值抉择也是弥足珍贵的。《马太福音》第10章中,耶稣说："那杀身体不能杀灵魂的,不要怕他们！惟能把身体和灵魂都灭在地狱里的,正要怕他们。"初平阳是个始终进行灵魂追问的个体,且在返乡之旅中将这种追问延展至一代青年,通过文化标本式的人物抵达时代文化精神实质。那"杀灵魂"的消费与欲望尽管无处不在,小说在展现出欲望泛滥和人性冷漠的同时,却赋予初平阳反省自我、他者和世界的心胸和能力,他的当代英雄身份便随之产生。《耶路撒冷》试图勾勒出一个中国青年智识者的代言人,摹写时代巨变中一代新人的价值选择和天下情怀。初平阳在精神困境和灵肉迷惘中依然坚定前行,告别乡土,却在巨大的悲悯中与乡野芸芸众生异质而同构,清醒而坚定地向着现代性的利刃之尖走去。从这个意义来说,初平阳丝毫不亚于文学史上的任何一个当代英雄,在虚无与黑暗中闪耀着这个世纪最后的理想主义光芒。

告别"在场的缺席者"

　　徐则臣的文学表达真诚而朴素,在一个常识经常阙如的时代,回归常识意味着智识的健全,朴素表达则更体现文学的勇气。在一个快节奏的时空中,他的小说提供了徒步的风景和人物。小说中的火车具有双重隐喻:对于乡土来说,火车意味着到世界去;对于世界来说,乡土依然属于到世界去的一部分。在这样互文的小说意境中,一个个徒步的肉身和灵魂在城市生存中庸常而无奈,人物在灵魂下坠的过程中,却能够在精神焦虑中叩问"我是谁",并且在日益坍塌的伦理文化困境中艰难地重构自身现代个体的文化身份与其合法性。

　　徐则臣的小说和当下写作有着一定的距离,显示出独特的品质。一、

---

① 司马迁:《史记·商君列传》,中华书局2007年版。

给当代文学提供了记录时代精神气质的人物。在碎片化、同质化的当下生存中,初平阳们是"70后"一代的文化标本。《耶路撒冷》的意蕴和题旨表明:写作不仅仅和私密情感、身体欲望、世俗权力有关,而且和一代人切肤的精神痛感有关。我们从未放弃过对自我、他者和世界精神维度的审视,同时以现代人的平等视角重构东西方文化经验。当代英雄初平阳们仍然踟蹰而行,如西西弗斯般抱石而上,努力重构自身现代性身份。二、徐则臣描述现代个体的精神状态和焦虑,但并非仅仅是个人化写作和个人经验的记录。相反,他的写作始终关注一代人的现实生存。从某种意义来说,他的写作有着批判现实主义的锐利的光亮,行文却温厚平实,以现代公民意识来观照当代中国经验,平民意识和平等意识让他的人物卓然不群。三、徐则臣描写正常人生与庸常人生的搏斗,且让他们始终保持着"人"的尊严。无论是男人和男人之间,还是男人和女人之间,大多以最常态的方式建立情感或其他联系,在情感摹写中凸显人物的心灵世界。四、《耶路撒冷》坦陈智识者的现代文化身份认同,明确表达自己对世界的认知和看法。当下写作消平深度以至价值混乱,作者往往除却强化混乱的现实,没有任何意义可以表达。在现实生活流的叙写中,大多"70后"在犹疑和内省的精神状态中遮蔽了自我成长的真实声音,由此在沉默的夹缝中难以抵达真正的自我。徐则臣因为袒露一代青年真实的精神困境,表达同质化个体的时代命运感,从而将写作和自身的价值观、世界观表达贯通,由此他的写作在多声部话语中凸显作家自身强悍的精神力量。这种精神力量照亮复杂的经验世界,也让"70后"作家告别"在场的缺席者"的尴尬,重新展现和表达属于时代新人的中国经验和中国叙事。

(原文刊载于《中国现代文学研究丛刊》2014年第5期)

(郭艳:著名评论家,鲁迅文学院教研部主任、研究员)

沉默的闪电，或"70后"的有限性
——论《耶路撒冷》

桫 椤

新书《耶路撒冷》里夹着一张小书签，印着一句话："上帝或许不在，但上帝的眼必定在。"这句话听起来有点"扯"，有种"皮之不存，毛将焉附"的怪异感。但谁又说它没有道理呢？将宗教归结为怪力乱神似乎是大不敬，但无论本土的"人在做天在看"，还是这句附会《圣经》教义的话，又有多少差别呢？天帝或上帝谁都没见过，但它们无时无处不在。倘若刨根问底，则人世间只有两种东西可以成为它们的具象：时间和历史。除了霍金那样的物理学家，其实在普通人看来，这两样东西是一回事：没有人，就无所谓时间，时间是由人来定义的；没有人，也就更没有历史，历史或者时代，都是有了人之后时间的历史。照这个角度再看书签上的那句话，或者读《耶路撒冷》，就很有意思了。

一

现在网络上流行一种"架空"小说，一个故事可以发生在任何时代，像碑帖里的"烂石花"，漫漶了背景，出现"宋人唐装"或"夷人汉服"的现象。这不能不说是对历史的不尊重，或者在他们看来是另一种处理方式也未可知。我没有做过调查，写"架空"小说的是哪类作者，是否具有代际特征，但是，"架空"应当不是"70后"作者的首选。徐则臣和他的《耶路撒冷》直接揭示了两种原因：一种是，"70后"作家是自负有历史感的，因为他们从懂事起就浸淫在历史的严肃中而不是娱乐的轻浮中；另一种是，"70后"作家认识到了自身的有限性，他们在面对当下时，缺乏脱离公共历史和个人经验的自由飞翔的勇气,他们身上或缀满来自历史的铅块,或被心理和性格上同型号的镣铐所牵绊,这是他们的局限性。

　　看过《耶路撒冷》的文本,就知道这个题目很文学化,很有人生性和信仰性;但也会发现,徐则臣并不是要兜售什么耶路撒冷的文化地理学,他念兹在兹的是运河边上的花街诗学;同时也会发现,小说并不是在进行人生和信仰的教化,更不适宜套用当下流行的"张三李四的奋斗史"这样的句式,将其简化为"初平阳"或"易长安"的奋斗史。它到处充满年代感,初平阳、易长安、秦福小、舒袖、天赐、铜钱等等,他们的出生和出身,他们的成长与死亡,他们的过去和现在,他们的出走与回归,他们看待和处理问题的方式,都带有鲜明的年代烙印。他们是不是"时代"的产物也存疑,因为"时代"这个词总归是一个用来对时间进行限制的术语,无法将初平阳"每天都在琢磨三十到四十岁之间的这拨同龄人"限制在哪个时代。固然霍布斯鲍姆对时代有精确的提炼和命名,但跨度太大了也就失去了准确性。能说是"集权时代"还是"启蒙时代"造就了他们?都不好说,只能说他们是"跨时代"的。

　　一牵涉时间问题,就容易给作家造成麻烦,因为时间的保鲜期很短,转瞬就是历史,写当下往往就会变成写历史。而一旦牵涉历史,就不是"教化"和"奋斗"那样简单了,它就要有纪传表志,就要有礼乐仪制,也就要有庙堂与江湖,那就将是庞大的、驳杂的、丰厚的叙事。这对任何作家都是一种考验,因为假如不选择"架空",那么你就不可以忽略历史的要素,更不能露怯,就不能出现丢人现眼的硬伤。《耶路撒冷》的叙事有一个显著的特征,就是它将个人成长与历史经验很好地结合在了一起。应当说,小说的虚拟性很差,它做的是一个重述历史的活儿。或许花街、运河的史志或大事记中,不会出现杨杰和他的水晶,不会出现翠宝宝纪念馆的开馆仪式及那个隆重而热闹的研讨会,甚至也不会出现初平阳、杨杰、齐苏红、吕冬他们的名字。但是,作为读者,我不敢断言在那个年代里从花街上走过,或者当下正在花街上走着的人中就一定没有叫这些名字的;

或者,也不敢说徐则臣不是把那些人换了名字写到了小说里。

二

没有办法把《耶路撒冷》概括成一个故事,也很难说得清其中谁是主角谁是配角,它不是一个事件性的和人物性的小说;说它是一个观念性的小说吧,似乎也没有哪种明显的或者主流的观念被置于叙事之中。这就如同一段历史——哪怕那段历史是非常短的——很难用单一化的或者扁平化的人物、事件或意识形态来指代它,它必然是立体的和丰富的。毫无疑问,丰富性是《耶路撒冷》的重要叙事取向之一,而这种丰富性又显示作者站在高处,对历史以及伴随着历史成长、发育起来的人性有着理性的把握,或许可以称其为用文学方式展开的关于历史与个人经验的回忆。当然,面对文本,可以用居高临下、全知全能这样的词语对其给予某种角度的批判,但是,我相信张清华在《中国当代先锋文学思潮论》序言中的话仍然适用于徐则臣和他的《耶路撒冷》:"假如没有对于中国当代'大历史'或'历史的大逻辑'的整体思考认知,那么也就很难获得最终有效的历史建构与文学史叙事。"

初平阳是小说里的叙述者,他有时出现在文本之中以第三者的口吻讲述自己的故事,更多的时候隐藏在文字背后讲述别人的故事,他也跳出文本,通过《京华晚报》专栏文章的方式与读者展开对话,交代他们关心的事或生活观,甚至给读者揭示故事的来龙去脉。比如,在作者"引用"的第一篇专栏文章里,初平阳说:"为了免掉各位读者的猜谜之苦,需要告诉大家的是,此番回故乡我是为了卖房子。我将去耶路撒冷念书,那个有石头、圣殿和耶稣的地方。我不信教,只是去念书。耶路撒冷,多好的名字,去不了我会坐立不安。"他是一位"70后"北大博士,出生在花街,成长在运河边,故乡产水晶;在北京有一帮同龄乡党,其中一个叫易长安,是个做假证的;"凤凰男",乐于助人,有情有义,能写能说——我没有考据癖好,但也不能不在初平阳身上看到作者自己的影子。其实这也难怪,与那些架空的、纯然虚构的、隔山打牛似的写作不同,《耶路撒冷》这样的作品必然不是单纯靠想象能写得出的。作者不能置身事外,他必然要从中寻找一个代言人来完成并升华叙事,也正如此,小说才得以保持鲜活性和丰富性,而作者的个人经验以及处理经验的能力则是叙事成功的基本保证。

《耶路撒冷》是丰富的,也是复杂的,复杂的另一个说法就是丰富。在小说中,文明的变迁、精神的断裂、心灵的回归纷至沓来,人物千姿百态,也千变万化,他们身上都具备了那个年代的特征,显得饱满而沉重,纷繁却又孤独。对这些人可以有这样一种分类方法:走出花街的人、留在花街的人以及走出之后又回归的人。前者是初平阳、杨杰、易长安、秦福小、舒袖;中间是天赐、铜钱、吕冬、齐苏红;回归者则是舒袖、福小。他们一同在运河边上的花街长大,有着近乎相同的童年经历和青春记忆:关于"文革",关于知青,关于生产队,关于穿解放鞋的耶稣,关于大和堂的初三针,关于秦环和她的斜教堂,等等;他们无论男女,都是童年的玩伴,"三个朋友去寻找一个女孩"的经历直到三四十岁还是时时引起他们剧烈的心跳。他们甚至有着相同的理想追求——走出花街,到世界去。初平阳、杨杰、易长安相对地、暂时地成功了,但是铜钱、景天赐、吕冬失败了,铜钱只得固守一个残缺的梦,景天赐杀死自己失去了生命,吕冬就在和齐苏红的争吵中一遍遍想福小跌坏的尾椎骨。秦福小和舒袖之中途退却,前者缘于内心对景天赐的愧疚和怀念,而后者则是面对生存的艰难不能掌控自己。他们身上带有那个时代的诚实和坚韧,非常好地坚守着一种东西,我们得允许有这样的人物出现,因为他们就真实地存在着。

三

《耶路撒冷》一直在诱使我产生这样的阅读期待:揭开初平阳和耶路撒冷之间的关系,或者这个问题用另外一个方法表述,即揭开花街和大和堂与耶路撒冷之间存在的叙事联系。同时,我也在给自己设疑,对于这个

"70后"的人物群像,是否可以像海登·怀特那样问一句"究竟发生了什么",以便揭开他们的行为为何是这样的,而不是那样的。"究竟发生了什么"并不难回答,尽管徐则臣的叙述使用了较多的修辞,搅乱了事件和时间的连续性,但并不难总结出发生在这些人物身上的事。但我想要知道的,不是这些事情本身,而是隐藏在背后的发生机理,如此才有助于理解历史、时间与人物的关系,以及作者在作品中所秉持的伦理立场。

"70后"的童年时期,生活没有现在这样丰富,留存的经验是有限的,处处可见的规则和不能超越的想象规定了这一代人的"出身"和成长。"70后"的抱负,很大程度上是本能的对现实的反抗,就如同小说里的这些人。看看初平阳专栏文章《恐惧》中的调查就明白了,没有一个人肯对外在的制约表达恐惧,他们只恐惧那些与自己内心有关的东西。易长安是个典型的例子,对父亲易培基的逆反从小持续到大,甚至这种逆反成为他成长的动力:"他的数学一向很好,但高二分班选了文科,原因很简单:他爸让他学理科,他只好选文科。"他爸说,他学文科也行,但"只要别当老师就行。臭老九最没出息"。高考填志愿时,从头到尾他填的都是师范院校。毕业后他爸希望他在市里找个好学校,但毕业前夕他找到学生处主管分配的副处长,主动要求去最困难的乡下中学教书,被误以为真要献身祖国的教育事业。校长在大会上公开表扬他,还授予他"优秀毕业生"称号,但易长安自己明白,"他没有那么高的觉悟,他只想让易培基不舒服"。教了几年书,他辞职不干,"他爸让他考公务员或研究生,他辞职去了北京,成了个办假证的"。

无独有偶,吕冬也一样,只不过他的逆反对象是母亲,那个钢铁厂党委书记兼厂长,在家里说一不二,无论吕冬身在何处,"都能听到十七年来一直让他肝颤的声音",小时候他还被当女孩养,以至于练就了一手好女红。而杨杰出改名杨杰,秦福小计划与吕冬私奔,舒袖辞职跟着初平阳到北京,都出自青春期对父母"管教"的逆反。"70后"的父母在政治运动中度过他们最辉煌的人生,家国不分的习惯让他们对子女有着先天的控制欲。"哪里有压迫,哪里就有反抗",父子、母子关系也遵从这个规律。"70后"的家庭关系是社会的微缩,同样充满斗争性,有弑父情结的人屡见不鲜。"破"是第一步,接下来就是"立"的问题。挖知了猴,看《水浒传》连环画,藏猫猫,这些"70后"熟悉的童年生活不算一种人生态度,充其量只是一种游戏,他们还需要找到工具性的理想,来当作刺破现实铁幕的武器。这些人在跟现实打游击战,打得过就打,比如初平阳他们,打不过就跑,比如秦福小、舒袖,还有些人有点儿犬儒。这些人有力使力,无力使智,但有些人则不行。被猪踢伤了脑袋,又被雷电惊吓了的铜钱最坚韧,一心"想坐火车到世界去"。六岁还在吃奶,恐惧于汽笛一类声响的景天赐不具备与世界对话的勇气,因此他只能选择杀死自己。铜钱、景天赐是另外一类人物,他们的精神和心理水平是低于正常人的,但并不一定低于那个时代,他们残缺的人生就是社会的一个缺口,他们是作为反讽的形象出现的。他们非常符合现实,相信每个在农村长大的"70后"都会记得村子里那一两个"疯子",他们仿佛是那个时代的疤痕,偶然形成,不能消除。

《耶路撒冷》定义为是"70后"一代人的心灵史、成长史(不是简单的奋斗史),写的是一代人的乡愁。既然写心灵、写乡愁,他们内心之"灵"在哪里?所"愁"之乡又在哪里?小说也告诉我,引发乡愁的不是一个具体的所指,它可以是时间,也可以是地域,或者不是这样单薄,而是那个时代的那个地域,被记忆之手摩挲出包浆来的地域和时间。在《耶路撒冷》中,引发乡愁的是他们企图从心理上杀掉的父母,是他们企图离开又渴望回归的花街,抑或是被秦环一个人的宗教支撑着的斜教堂,也是教堂里那个穿解放鞋的耶稣。"70后"是一群理想主义者,他们都是易长安,没有多么崇高,只是想用理想跟这个世界对抗。初平阳也是,一个通过高考走出去的"凤凰男",他向往耶路撒冷,想舍掉花街,但并不那么容易。我是否可以这样看花街和耶路撒冷:后者是前者的延伸,它们统一于深潜在"70后"心底,时不时伸出手来拉拽或者撩拨一下他们的理想主义。

四

或因为上述种种，这个人物群像所呈现的"70后"的性格心理特征里面，有理想主义和道德感的一面，也有他们由父辈的威严而引起的对历史和乡愁的敬畏，后者或成为某种性格弱势，这几乎成为"70后"的某种集体无意识。所以初平阳也好，易长安也好，三四十岁时也不狂妄，他们有所为有所不为，在有可能的情况下，他们会主动寻求自身行为的合法性。易长安的选择性造假和在"业界"的良好口碑，杨杰生意上的条理性和规范性，初平阳作为知识分子的责任感，等等，或都可作此解。他们不是张扬的一代，内在和表象完全在两个方向上呈现，内敛或许也是他们的另一个特征。他们仿佛一个隐喻，就像作者在叙事中始终牵挂着的运河上空的闪电，只有雷声响过，黑暗的天空才有刺目的光出现，那光就是他们的内心世界，黑暗只是他们的表象，他们是一团沉默的闪电。

这个隐喻同时还来自《耶路撒冷》所体现的乡土叙事和城市叙事的对立与统一。这群"70后"是乡土中国所养育的最后一代人，在他们之后，运河风光带被开发，翠宝宝纪念馆落成，划船的人穿着像太监服一样的衣裳，大和堂和斜教堂面临被拆的厄运，乡土在经济大潮下变得面目全非，传统消失殆尽。费孝通说："乡土中国，并不是具体的中国社会的素描，而是包含在具体的中国基层传统社会里的一种特殊的体系，支配着社会生活的各个方面。"花街的生活曾经饱含这种传统体系，春风十里，船帆渔棹，猪鸡猫狗，甚至那带有魔幻现实性的占筮用卜，等等。《耶路撒冷》中作者一再强调这些人物"到世界去"的理想，这只不过更加显示出他们对乡土中国的偏爱，因此他要写乡愁，写对乡土的回归。乡土也在变，但与城市相比，她是稳定的，是相对真诚和温暖的，是宽阔和宁静的。作者的城市叙事则带有深深的"异乡人"的感觉，花街的人到城里，北京也罢，淮海也罢，是寄居，是暂住，所谓"此心安处是吾乡"只存在于乡村，而不会是城市里，所以秦福小和舒袖要回乡，易长安要劳苦奔波，杨杰也要在运河边上发展他的水晶事业。可见,《耶路撒冷》里写城市,写乡土,写耶路撒冷,是为了写花街,这样顺理成章地对照,普通也特殊,作者在用城市的陌生性诠释乡土的熟悉性。

对于作者和花街上的这些人,尽管曾经的乡土回不去了,城镇成了他们的脸,但乡土才是他们的心。乡愁真的会让他们望乡发愁,王德威说:"'想象的乡愁'特色之一是时间的错置。作家以现在为基准来重构过去,他们在此刻当下的现在看到了过去的余留。另一方面,'想象的乡愁'的底层也隐藏着空间错置,指的不仅是作家本身远离了家乡后才能思乡,也指向他的社会地位和知识/情感能力的重新定位。"初平阳、易长安、杨杰、吕冬,包括作者本人,甚至整个"70后"这一代人,时间变了,生活也变了,但他们的乡愁似乎还没有变,那里面有他们童年的基因,有他们从记事起就得到的自由和不自由,有他们情窦初开时的心跳,这是他们之所以是他们而不是别人的遗传密码,应该永远不会变。

除了乡土叙事和城市叙事,《耶路撒冷》中不能忽视的身体叙事,也从生理和心理的角度阐释着"70后"独特的生命体验。荷尔蒙和多巴胺与生俱来,但社会规定了"70后"的青春期不能谈论爱情和性。表面上他们违背了弗洛伊德的力比多规律,但在内心和行动的纯粹性上,"70后"从来就不是表里如一的人。所以,在《耶路撒冷》中,身体是情绪的直接载体,身体或者可以成为寄托情绪之物,甚至扩大化到成为乡愁的寓寄之物。姑且不论初平阳的耳朵、秦福小的尾椎骨、景天赐能控制的体温以及割破血管时喷薄的血液,只那些不断出现的男女之爱,或者伦常之爱,或者不伦之爱,各种各样的场合,各种各样的姿势和体位,就足以将身体抬升至叙事策略的核心。在初平阳、易长安们看来,"伦"这个规定性的词语,只存在于规定性之中,它像父亲一样,也像他们童年时所见识的社会规则一样,但他们从来只是强调压抑之后的反抗,宁肯顺从水占的法术,也不肯顺从来自社会,或父母所给予的哪怕一句忠告,所以他们就不会在意他们的身体是否遵守情感伦理法则了。初平阳与已为人妻的舒袖,易长安与各种不同的女人,身体的使用在他们眼里没有善恶,没有对错,甚至没有责任与担当的考虑,他们完全不是冲动,只是用身体表达对世界、对时间、对历史的淡然或敬畏,以及对规则可能的蔑视,甚至表达对逃离、对回归、对乡愁的体验和纪念。《耶路撒冷》用身体叙事将个体的人转变成一个主体的人,通过人对身体的操控变成人对时间和空间的把握,殊为奇异。

关于《耶路撒冷》,我有一个疑问,初平阳为什么要卖掉大和堂？这一行为是叙事逻辑的必然需要,还是要用这个做法表示对耶路撒冷破釜沉舟的向往？但作者是否考虑过它的另外一个副作用,即失去大和堂,初平阳就将失去花街,他的乡愁又寄托在哪里？他是要孤注一掷吗？这样的写法有些残忍了。

"70后"是一个标签,当这个标签被牢牢地贴在这代人身上时,就表示他们成了历史。"70后"成长到2013年,最小的34岁,已过而立,最大的43岁,也已不惑,都不算什么年轻了。但他们本身就是多重矛盾的构成体,假如叛逆是青春期的重要特征的话,他们仍然在青春期,初平阳还要去耶路撒冷,吕冬还在想念秦福小的尾椎骨；假如沉稳、疏淡是成熟的标志的话,他们已经成熟,铜钱很早就怀揣到世界去的梦想,景天赐小小年纪就有了自杀的举动,易长安淡定地将财富化整为零躲避风险。

由此,《耶路撒冷》告诉我们,所谓的"70后",一生都将是青春期,一生也都在少年老成中度过。他们看到了自身的有限性,他们只好做一道沉默的闪电。

（原文刊载于《新文学评论》2015年第1期）

（桫椤：著名评论家、河北省作家协会研究员）

"70后"徐则臣:"理想主义者"的"现实主义"写作

魏冬峰

何谓"70后"?

认识徐则臣多年,读他的小说也多年了。但很长时间里,除了出生年代这一硬件,我都无法把"70后"与则臣的小说联系起来。这源于我个人的两个根深蒂固的"偏见":文坛的"70后"最初多为图书市场的营销策略,则臣最初的小说少有所谓的"70后"特征。

这里需要说明的是:何谓"70后"?生物学层面上的"70后"自然指:"公历1970年1月1日(农历己酉年十月二十二日)0:00至1979年12月31日(农历己未年十一月十四日)24:00(在注重农历生日的人群中,也泛指农历庚戌年正月初一0:00至己未年腊月三十24:00)期间出生的人。"①社会学层面上的"70后"则指:"伴随着中国社会体制转型而成长起来的一代人","受传统文化和革命传统教育以及无产阶级'文化大革命'的影响,大部分人注重理想,思想比较保守,并经历过贫穷时期,能以自己的实际行动不断改善生活状况、改变社会。他们属于比较务实、创造的群体。"

而文艺一些的"70后"的所指可能更为复杂:

> 经历过大时代的"60后"是理想主义者,经历过动荡和过渡时期

---

① "70后"(出生年代),https://baike.so.com/doc/237708.html.

的"70后"是拥有理想主义情怀的现实主义者,在今天和新经济同步成长的"80后"是彻头彻尾的现实主义者。①

"70后"横跨两个时空非但没有使他们边缘化,反而使他们融会贯通;身处时代巨大变革的潮流非但没有使他们分裂,反而使他保持头脑清醒;从小受到的传统教育非但没有使他们保守,反而使他们更懂得随机应变;年少时拥有过的理想和情怀的丧失非但没有使他们不知所措,反而使他们更懂得珍惜和坚守。从不越界和底线清晰使他们时时刻刻都透露出超越年龄的成熟与大度。②

"70后"是典型的AB型血双子座的人,他们同时拥有双重性格与好奇心,开拓精神与传统意识,外向和自闭,现实主义和乐观主义,争强好胜和低调内敛,思维跳跃和循序渐进、按部就班。"70后"的好孩子们就这样长大成人,他们表现出来的乖巧、顺从和善解人意的性格特质掩盖了他们敏感、锐利、丰富和深刻的内心世界。③

在写此文时,看到上述这些文字,我怦然心动:它几乎与则臣的写作一一吻合,尤其是那句"拥有理想主义情怀的现实主义者"若略改动为"理想主义者的现实主义写作",基本就是则臣小说的写照了。虽然这里所言的"70后"是指1965—1975年生人,但其实如果考虑到改革开放前后中国社会不同地域的巨大差异,我们大可不必拘泥于出生年代这一硬性条件,而将"70后"理解为一种精神气质,它尤其体现在文艺创作上。在这个意义上,"70后"既包括生物学意义上的1970—1979年生人,也捎带了20世纪60年代末的一些艺术探索者。

而则臣迄今为止的写作,恰好基本完整地体现了20世纪80年代的

---

① 沙蕙:《七十年代生人成长史:北大虫子们的少年往事》,中国青年出版社2008年版,第24页。
② 同上书,第32页。
③ 同上书,第33、34页。

"理想主义"和20世纪90年代以来的"现实主义"交织杂糅并日渐清晰强大的写作脉络。他的写作表达了"70后"在历史和时代的坐标系中充分的复杂性、丰富性和矛盾性。

写作初期:"理想主义"的致敬抑或练笔？

为了表述的便利,我们姑且以他的成名作《啊,北京》(《人民文学》2004年第4期)为标志,把此前则臣发表在文学期刊上的小说称为初期创作①。它们大体包括《生活还缺少什么》(《当代小说》2002年第1期)、《酒神》(《青年文学家》2002年第3期)、《一个侏儒的死》(《飞天》2002年第3期)、《忆秦娥》(《春风》2002年第9期)、《生活如此美好》(《厦门文学》2002年第10期)、《你在跟谁说话》(《短篇小说》2002年第12期)、《像做梦一样》(《短篇小说》2003年第2期)、《鸭子是怎样飞上天的》(《青春》2003年第7期)、《逃跑的鞋子》(《雨花》2003年第8期)、《蝶儿飞》(《春风》2003年第7期)、《大风歌》《罗拉快跑》(均刊于《朔方》2003年第10期)、《春暖花开》(《春风》2004年第1期)、《花街》(《当代》2004年第2期)等。

作为从1997年便自觉地选定了文学之路的写作者,则臣显然为此做了充分准备。通过对20世纪80年代成名的小说家及西方文学资源的广泛阅读和吸收,结合自己的生活环境和经验,他书写了一系列"花街"故事,其中尤以《忆秦娥》《鸭子是怎样飞上天的》《花街》等为此时期代表作,它们奠定了"花街"系列的基调:克制,内敛,水乡情调。《忆秦娥》是一个旧时代的苦恋故事:婶侄间长达七十年彼此爱慕却又无法公开的不伦之恋,在婶子得知侄子去世的消息后才被小说家抽丝剥茧地娓娓道来。一个毫不新鲜的故事,却在小说家精心的讲述中令人唏嘘不已。《花街》

---

① 徐则臣曾述及自己的写作生涯始于20岁之前的1997年,在《啊,北京》刊发之后,他所发表和出版的小说也多有1997—2004年的"存货"。

基本也是同样的路子,故事情节老套,少悬念,不惊心,胜在稳扎稳打,也许要的就是那股子老实劲儿。《鸭子是怎样飞上天的》书写乡村小儿女的情谊和稚嫩,他们经历的家庭变故,很容易触动尚有乡村和童年记忆的人们心底最柔软的地方。

在这些初期乃至后来的"花街"系列小说中,我们不难嗅出20世纪80年代成名的作家如苏童、叶兆言的气息:水汽氤氲的地理环境、细致婉约的笔触描摹、挑战人伦道德直击人生百态的旧时代人情冷暖……因此,作者虽然写得用心、精致、古典,但并未真正引起文坛和读者的更多关注。但这样的起步和准备之于写作者的小说写作却是必不可少的,它让写作者在相对不受干扰的环境中更耐心、更专注地打磨自己的笔锋。

"北京"系列:"以实写实"的"现实主义"?

从2002年起,则臣开始到北京读书、工作,往来于新世纪以来日新月异的北京大学、中关村、万柳、西苑等地,则臣"不仅在对文学精神的理解,还在为人处世、人生的态度和观念方面,受到了很多积极的影响,受益终身。而且一个全新的环境,更有利于写作的深入和创新",凭着"人与人相处过程中的真诚、兴趣和观察。人心相近,将心比心,我们不能以一种知识分子居高临下的姿态,而是要换位思考,学会体贴、理解这一类人"。作家迅速地突入"京漂"的心里,"将他人的生活素材生动细致地加工为文字表现出来"①,发表了《啊,北京》《西夏》《我们在北京相遇》《跑步穿过中关村》《天上人间》等作品,塑造了伪证制造者、卖盗版光碟者等此前文坛少有的北京"流动人口"群像,一举成名,每每成为年度文坛总结中不可忽略的一位年轻作者。

则臣的"北京"系列时代感强、题材新鲜、细节真实、情感切肤,引起

---

① 《徐则臣:我并非〈耶路撒冷〉中初平阳的模板》,http://culture.china.com/zx/11160018/20141020/18874119_all.html。

了在大城市谋生者的共鸣,但随着此类题材越写越多,也在人物形象、情节设置、审美模式上趋向雷同,"北京"系列的"现实主义写作"似乎进入了一个瓶颈期。

在此时期,学院的训练和突破自身写作局限的需求也让则臣在另一向度上对写作本身进行深入思考,代表则臣在写作上进入了一个更自觉的时期。

> 这几年我写了几个关于北京的小说,进入的路径相似,从日常生活开始,务求细节鲜活真实;我积累了丰沛的北京细节,足以让小说像装甲车一样攻无不克,充分表达出我的意思。……我检点这些小说,发现一个渐趋明显的走向:小说的意蕴开始落实,越飞越低,渐渐向日常和现实的结论靠拢。而我理想的小说是,意蕴复杂多解,能够张开形而上的翅膀飞起来。也就是说,我希望自己的小说最后能够指向和解决某个"虚"的东西。可是,翅膀越来越沉重。我继而怀疑自己的思考力和发现能力,那些洞穿现实、照亮幽暗的精神世界的光到哪去了?①

意识到问题,或许正是改变和"创造"的开始,这也是则臣这名"70后"更有"后劲儿"的关键所在。

"儿童视角"系列:艺术之魅?

"花街"系列稍显老旧,"北京"系列让则臣成名却有些喧嚣,但则臣的艺术探索之路从未停止。在我看来,它主要体现在其不那么引人注目的"儿童视角"系列里,它既指叙事学层面上的"儿童视角",也指那些以成长为主题的作品。其佳作如《伞兵与卖油郎》《苍声》《奔马》《镜子与

---

① 徐则臣:《我的现实主义危险——〈居延〉创作谈之一》,《收获》2009 年第 5 期。

刀》《如果大雪封门》等。

《伞兵与卖油郎》是一部意蕴丰富的小说,它在梦想、命运和反思等多个层面上显示了好小说大致的可能性。小说讲的是20世纪七八十年代苏北小镇上一个名叫范小兵的孩子追逐伞兵之梦的故事。小兵不顾退伍军人、伤残老兵的父亲老范的反对,竭尽所能,偷偷攒钱购置军装,做种种飞行实验,挨打、伤人、伤己;因此致残的小兵不得不接过老范的担子成为一名卖油郎,梦想看似已破灭,却又在自己儿子大兵身上死灰复燃,仿若命运在轮回;如此前后涉及三代人——老范(夫妇)、范小兵、范大兵命运的故事很难不在更深的层面上引起反思,只是,它事关历史、战争还是人性?整篇小说读来平实内敛,骨肉均匀,有着适当的留白和张力,是一部很见功力的作品。

《苍声》中的少年叙事者在目睹了"文革"这一特殊时期里人性恶的膨胀后,被迫成长("苍声"即变声);《奔马》则如水墨画般素淡,"极具动感地写出了人物内心的奔腾感和现实束缚感之间的张力,虚实浓淡处理得恰到好处,流畅自然"[①];《镜子与刀》致力于对语言之外的交流方式的探索,突然失声的穆鱼和船上少年九果借助镜子与刀无声地游戏、交流、分享秘密并推动情节发展;《如果大雪封门》大概是则臣"北京"系列里最好的一篇,没有其他"北京"系列里的漂浮之感,这篇小说因主人公愿望的单纯微小而有了一种笃定和从容,使得小说的其他意蕴层面得以错落有致地展开。

或许多为中短篇的缘故,则臣这些在艺术上更讲究更精致的小说充分显示出他在中短篇小说写作上达到的高度。

《耶路撒冷》:"理想主义"与"现实主义"的"握手"?

则臣小说的集大成者《耶路撒冷》把他的写作带到了一个新的高度。

---

① 刘晓南:《读徐则臣〈弃婴〉、〈奔马〉》,《文学报》2005年4月5日。

在结构上,《耶路撒冷》打破了传统长篇小说线性结构的惯例,"以它鲜明的形式特点……五组人物以每个人物为重心,讲述这个世界,五组人物就像五个建筑,建筑与建筑之间有回廊、走廊进行勾连。……这五组人物每个人物讲到一半先放下,讲到第五个的时候形成了一个锯齿状,然后从中心开始,又形成了两个锯齿状进行咬合的一个场景"。此外,"这部小说还有一个重要的线路,就是它还有一个溢出的结构",即初平阳的 10 篇专栏文章,它们"和整个齿轮状的小说内容形成了一种对位,形成了一种跳出……和他小说所描述的世界是一个对话性质的,也就是说小说不仅仅是在讲故事,它也在评论这个世界"(宁肯语)[①]。

在作家自己的写作序列里,《耶路撒冷》汇合了则臣此前小说写作的两个重镇:"故乡"花街和"异乡"北京。同时,在超越花街和北京的意义上,增加了叙事主人公初平阳即将前往求学的异域城市耶路撒冷——这一叙述者寄予厚望但到结尾也仍存在于向往和规划中的地域空间和精神空间。

而在更广阔的可预见的未来,耶路撒冷未始不是一个新的"异乡"(物质的或精神的),与之前的花街和北京有着千丝万缕的纠葛,既难以彻底离开,也无法真正归属。也许,生命的意义,不在于达其所愿,就像"故乡"花街上的几位发小们因天赐之死而四处奔突"到世界去",再也不能真正聚拢。花街虽是他们现实和记忆中的慰藉之所,却无法让他们停下"到世界去"的脚步和灵魂,无论那"世界"是北京、耶路撒冷还是其他。这既是小说中这些"70 后"的现实,也是这个世界上、每个时代里锐于探索的人们的命运。述及此,不禁心生困惑:何谓来路?如何归宿?是以将旧居大和堂托付给儿时伙伴的方式将故乡情结延续下去?还是在多年之后将定居的他乡作为故乡移植自己的一生向往?抑或寄望于超越"故

---

① 《从"花街"到"耶路撒冷"》,http://book.ifeng.com/dushuhui/salon172/index.shtml.

乡/他乡"模式、类似于"耶路撒冷"般的精神原乡？就这个层面来说，《耶路撒冷》书写的是一种独属于"70后"的乡愁：

> 我总觉得我们这代人的乡愁，跟别的年代真不太一样。"50后""60后"的故乡也在发生变化，但是占据他们内心深处的那种根的东西，不会变。而对我们来说，与故乡的那片土地的信任尚未充分建立，它就被摧毁了。我经常觉得自己在故乡是个异乡人、局外人。"50后""60后"返乡，往街坊邻居的门口一坐，抓着根线头就能拉起家常。哪怕故乡已是废墟，他们仍认得。我们认不得，废墟等同于消失，等同于我们被抛弃，我们融不进一个面目全非的故乡，缺少那种深刻的、终老一方的能力。①

而在"理想"的写作层面上，《耶路撒冷》更像是"70后"作家徐则臣"理想主义"和"现实主义"的一次"握手"。

《耶路撒冷》"现实主义"的特点显而易见，也部分体现了作家对长篇小说"宽阔""复杂""本色"的期许。其"理想主义"则主要体现在"作家轻而易举地绕过了时下大部分小说都会浓墨重彩的经济困境，让他们直面一代人的精神世界或者信仰问题"②。小说中的人物基本都脱离了为生计所迫的"屌丝"状态：到耶路撒冷求学的北大博士、专栏作家初平阳，"伪证制造"的"托拉斯"易长安，水晶商人杨杰，嫁给房地产商人的初平阳前女友舒袖，精神抑郁却有"女强人"般母亲和妻子的吕冬，即使是"打工妹"秦福小，似乎也没有了生计之虞，都只为"心安"而聚拢到"故乡"花街；并在买卖祖屋这一焦点上再次辐射：把大和堂"卖"给了大家共同的

---

① 《徐则臣〈耶路撒冷〉访谈：有些问题确实从"70后"开始》，《北京晚报·北晚新视觉》2014年7月12日。

② 项静：《这么早就开始回忆了——读徐则臣〈耶路撒冷〉》，《上海文化》2014年第3期。

"创伤"之源景天赐的姐姐福小,并在大和堂里保留了初平阳的房间。虽然作家在一个深夜突如其来地获得灵感,以10篇关于"70后"的专栏写作的方式在小说结构上对前述"抽空"的情节做出重大平衡和弥补,但如此冒着认同主流价值观的嫌疑,当然免不了这样的疑问。

作家在"70后"的人生上覆盖了厚重的政治、经济、文化、信仰等等云层,但其实落实到小说中的部分只是涉及心安和创伤的精神层面,而且创伤又是以一个单薄的同龄人早亡事件带来的。生活在友谊乌托邦之中,没有经济压力的他们,能否回应起或者拔高到略显沉重的关涉一代人的诸多带着生命热情的社会学问题,就像初平阳在花街停留的日子写作中的困惑:无法在花街的生活里直接跳到困扰"70后"一代的景观和问题中去。①

这样的疑问也许过于求全责备,毕竟,能够担负起"'70后'的成长史,一代人的心灵史"如许重担的当然得是较为强力的人物,但不能忽略的是:真正活在现实和文学里的却大多是远不那么"成功"的"小人物",无论他们是否"70后"。

当然,我们也赞同则臣关于长篇小说无法完美②、"每一部小说里我都要解决自己的一个问题"③的说法。或许,唯其如此,才会有更多样的好小说出现。

(原文刊载于《南京师范大学文学院学报》2015年第1期)

(魏冬峰:著名评论家、北京大学出版社副编审)

---

① 项静:《这么早就开始回忆了——读徐则臣〈耶路撒冷〉》,《上海文化》2014年第3期。
② 徐则臣:《宽阔、复杂与本色》,《长篇小说选刊》2014年第5期。
③ 《每个小说里我都要解决自己的一个问题——徐则臣访谈》,《青春》2009年第5期。

通往乌托邦的旅程
——徐则臣论

游迎亚

　　若单以作家群体而论,"70后"作家似乎是地位略显尴尬的一群,徐则臣就曾言,"把我们和'60后'作家比,比的是质量和成就;但和'80后'比,比的却是市场。于是我们全都是败军"。[①]此种评价标准当然有失公允,事实上,与前后两者相比,"70后"作家并非相形失色的一群,只不过因为处于"历史中间物"的特殊境地,在受关注度上似乎总是略逊一筹。但无论外界评价如何,作家仍会笃守"自己的园地",偏安一隅笔耕不辍。作为一名"70后"作家,徐则臣致力于表达的是他们这一代人的生命感受,用他自己的话说是,"我是想写我们这一代人的经验、理想、困惑和焦虑"[②],其最新的长篇《耶路撒冷》即写了一代人的心灵史,力图梳理他们的生命经验和精神脉络。

　　《耶路撒冷》以"奇数章写故事主体,偶数章穿插形式各异的专栏文章"的形式结构小说,小说文本也因此获得了更多的阐释空间和解读维度。不过,此作仍然延续了之前作品的"出走"主题,这一主题在徐则臣的小说创作中是一以贯之的,无论是他的"京漂"小说,还是他的"花街"系列,都或多或少地涉及这一主题。事实上,徐则臣在创作之初就显露出了对"出走"主题的情有独钟,他"十八岁写过一个小东西叫《出走》,二十

[①] 《徐则臣回应"鸡肋质疑":"70后"作家不是"矮子"》,http://cul.qq.com/a/20140521/042569.html.

[②] 同上文。

岁左右写《走在路上》，二十三岁写《沿铁路向前走》"[1]，而这些"仅仅是能够从题目里看见'出走'的小说，还有躲在题目后面的更多的'出走'"[2]——后来的《午夜之门》《夜火车》《水边书》和《耶路撒冷》即印证了这一点。对于出走情节的一再设置，徐则臣如此解释："有评论者问我，为什么你的人物总在出走，我说可能是我想出走。事实上我在各种学校里一直待到二十七岁，没有意外，没有旁逸斜出，大概就因为长期规规矩矩地憋着，我才让人物一个个代我焦虑，替我跑。"[3]作品是作家的"白日梦"，徐则臣借对象世界来感受自我的生命，在真实与虚构之间安放个体的想象，搁置现实的失落。

在诸多出走故事的背后，徐则臣试图表达生命历程中的欲望、迷惘与疼痛，并以此投射他对个体归属感和自我安全感的追寻。如果不同类型的出走故事建构的是出走的题中之意，那么"石码头"和"慢火车"作为人物出走的外在意象也一并丰富着这一主题的内涵，同时它们所反映出的人物内心世界又共同印证了"70后"一代的矛盾与困厄，徐则臣正是通过对这些矛盾和疑难的追问与探寻建构了他个人的文学乌托邦。

一

虽然"出走"在徐则臣的创作中是一以贯之的主题，出走的故事却不尽相同，《午夜之门》和《水边书》里的出走有关成长，《夜火车》里的出走隐含着世界的荒诞，《耶路撒冷》里的出走则反映了一代人的焦虑，其中既有少年时期的骚动，也有成人世界的困惑，而这些人物的个人遭际，他们面对世界的复杂感受以及由此带来的内心冲撞共同构成了"出走"的题中之意。

---

[1] 徐则臣：《夜火车》，花城出版社 2009 年版，前言第 1 页。
[2] 同上书。
[3] 同上书。

如果说《水边书》中陈千帆和郑青蓝的出走是及物的,指向的是现实生活,那么《夜火车》里陈木年的出走则是不及物的,它指向的是世界的荒诞。陈木年因为一次虚拟杀人事件失去了保研资格,并被学校暂扣了毕业证和学位证。为了等待两证的发放以便考取研究生,他沦为学校的临时工,而这一等就是四年。若是引用一个隐喻来说明,小说描绘的其实是"一个蛋面对一座高墙时的图景"——陈木年正是那颗"蛋",而他所面对的世界即那座高墙。高墙没有门窗,无路可穿行,倘若这颗"蛋"不能过去,就会陷入绝境,而若是义无反顾地撞过去,又只能悲壮地接受毁灭。陈木年只能立在原地等待希望,而这等待又因为时间的漫长消磨而显得意义不明。每当他问及证件的发放问题,校领导便开始打太极,不是说"还要再观察观察",就是说"需要跟其他领导商量",陈木年遭遇了西绪弗斯般的困境,问题没有答案,只有绝望的等待。对于生活,他束手无策,所以在火车通车的欢迎仪式上,他扒上火车,只因为"想出去走走"。陈木年的出走是对生活的逃遁,在周而复始的等待里,惟余出走可以解忧。但他又终究不能一直停留在火车上,这种"在路上"的状态不过是对现世困境的暂时悬置,并不能解决根本的生活问题。

《夜火车》写出了世界的荒诞,陈木年的生活一直按部就班,但不知何时就出现了旁逸斜出的部分,让他措手不及。世界驳杂而未知,充满了无数可能性,而他微如蝼蚁,既无法控制生活,又无法左右自己,即便想从他人,譬如许如竹、沈镜白、秦可等人身上寻求慰藉,最后却发现要么是他人的消逝,要么是无法被理解,甚至是被欺骗,总之是徒劳无功。在一系列的失望之后,陈木年只好躲回自己的世界,却又偏偏掉进了生活的陷阱里。生活的陷阱不可逃脱,世界的荒诞亦是无解——故事最后,陈木年惊讶地发现一直阻挡他的"墙"并非学校的领导们,而是他一直敬畏有加的沈镜白,而与此同时,他失手杀了魏鸣,虚语变为谶言,他开始了真正的逃亡之路。

与《夜火车》里"绝望地向死而生"不同,《耶路撒冷》中的出走虽也有疼痛的部分,但最终指向的是"自我安妥和从容放松",是"精神和生活的返璞归真"。《耶路撒冷》刻画了一代人的"出走"故事——初平阳、秦福小、易长安、杨杰,他们曾共儿时明月,又各自奔向不同风景。出走,意味着偏离既定的生活轨道,到世界去,徐则臣把故乡之外的地方统称为世界,而"所谓到世界去,指的正是,眼睛盯着故乡人却越走越远。在这渐行渐远的一路上,腿脚不停,大脑和心思也不停,空间与内心的双重变迁构成了完整的'到世界去'"。① 对于初平阳等人来说,从故乡到他城,改变的不只是地理位置,还有心灵坐标,但无论如何改变,选择漂泊还是停驻,都是为了寻找个体的归属感。

作为《耶路撒冷》的核心人物,初平阳"从十二岁时出门,读书,工作,再读书,又工作,一晃二十三年",时间把他变成了故乡的局外人,而他依然在继续着"到世界去"的路途。与徐则臣之前的小说人物相比,初平阳的"出走"指向了更远的地域——耶路撒冷。为什么选择耶路撒冷,其中当然有作家的私心,徐则臣从不讳言他对于这座城市的偏爱:"很多年里我都在想,我一定要写一部题为《耶路撒冷》的小说,因为我对这座城市、对这城市名字的汉语字形和发音十分喜欢,很小的时候就着迷"②,所以就有了小说里初平阳对耶路撒冷的执念和追寻。不过有意思的是,整篇小说直至终章也未出现初平阳到达耶路撒冷的情节,换言之,小说的叙述进程始终停留在其准备去耶路撒冷的"路上"。于是,小说里的耶路撒冷成了一个将要达到而尚未到达的地方,它暂时还只存在于初平阳午夜梦回的场景里——"沿着沙漠里生出的第一条石头小路进入耶路撒冷,云在天上堆积,层层叠叠的白云遮住阳光,石头变幻着形状逐渐长大,像庄严的阴影大军开进了城市"③。初平阳对耶路撒冷的追逐寄托着作家对一种理想之境的向往,它"意味着自我安妥和从容放松,意味着精神和生

---

① 徐则臣:《〈耶路撒冷〉的四条创作笔记》,《鸭绿江(上半月版)》2014 年第 5 期。
② 同上文。
③ 徐则臣:《耶路撒冷》,北京十月文艺出版社 2014 年版,第 193 页。

活的返璞归真"①。

与初平阳的一路远走不同，小说的另一主角秦福小在历经漂泊之后选择回到故乡。十七岁远走他城，秦福小为的是扔掉回忆与乡愁——弟弟天赐的死是她不能承受的生命之重。事实上，对于《耶路撒冷》里的多个人物而言——无论是初平阳、易长安，还是杨杰和吕东，天赐都是他们不能忘却的记忆之痛，每个人都把天赐的死归咎于自己，也因而生出"我不杀伯仁，伯仁因我而死"的负罪感，而其中又以福小的负罪感最为强烈。一方面，她试图抽离原有的生活以忘却往日之殇；另一方面，她又领养了一个酷似天赐的男孩并取名为天送。不论是天赐还是故乡，于福小而言都如同蜗牛背上的壳，是不能丢弃的生命存在。当福小带着天送回到花街，打算长居于斯时，她已经找到了自我救赎的最好方式——把丢掉的重新捡起来。所以，即便大和堂可能面临拆除的变故，她的语气里也只有豁达和坦然："能住一天就让天送看一天运河，能住两天就让天送看两天运河"。出走和停驻都只是生命的不同形式，历经漫长的十六年漂泊之后，福小已然找到了心灵的栖息之地，"相对于焦虑、茫然、孤独和恐惧，相对于阴影、噩梦、黑暗和不安"②，宁静与安妥才是她所希冀的最终归属。

二

人物的出走故事建构了"出走"主题的个中含义，而"慢火车"和"石码头"作为"出走"主题的外在意象同样丰富着这一主题的内涵。石码头是故乡的象征物，火车则是故乡与世界之间的连接物。对于徐则臣笔下的出走人物序列而言，故乡是他们"进入世界的起点"，是他们"身心动荡的最恒久的参照和坐标"。

---

① 徐则臣：《〈耶路撒冷〉的四条创作笔记》，《鸭绿江（上半月版）》2014 年第 5 期。
② 徐则臣：《把大师挂在嘴上》，上海文艺出版社 2011 年版，第 149 页。

徐则臣在诸多小说中都写到了一个名为"花街"的地方,它是作家为其笔下人物所设置的故乡,而石码头作为"花街"的标识之一,是这个故乡的重要象征物。早在《午夜之门》里,徐则臣就以陈木鱼的视角对石码头有过诸多描述——"北边就是石码头,和我所站的这棵槐树很近。偶尔的几条夜航船从运河里经过,船桨搅动黑蓝色的水面,能看清船夫的两条赤裸的粗壮胳膊,也闪着油亮的蓝光。他们和漆黑的船舱里的人一样,一声不吭。码头的水淋淋的台阶整整齐齐,还没有早起的人站在上面,一会儿就该出现了。每天都有人在石码头上上下下各种船只,不明白他们忙忙活活的到底有什么事要在运河上跑来跑去。"①小说里的少年木鱼经常爬上槐树张望石码头,运河、航船以及来来往往的人群构成了他想象世界的起点。从这个意义上,石码头不再是故乡的自在之物,而构成了故乡之外的"世界"的一部分。值得注意的一点是,石码头在徐则臣的笔下并非一成不变的,以早期的《午夜之门》和最新的《耶路撒冷》作比,《午夜之门》里的花街充满了人间烟火气,不见田园牧歌式的勾勒,也难有奇风异俗的描摹。也正因为如此,小说中的石码头不是作为故事的背景或幕布,而是人物生活的日常,它具体可感,赋形有声,譬如其中木鱼对石码头的一番描述就极具生活气息——"我喜欢夏天,夏天的石码头才是真正的石码头。我可以去运河里洗澡,晚上去石阶上吹风,或者拿一领破席子铺到石阶上睡到半夜,等石头的清凉浸透骨头再迷迷糊糊地拎着席子回家。石码头上风势浩大,风从北岸空旷的野地里刮来,像一匹匹连绵不绝的灰色绸布,耳朵里灌满了风吹过水的声音。码头上聚满了人,说说笑笑一直到回家或者睡着"②。而到《耶路撒冷》里,石码头则少了些野性蓬勃的自在之感,多了人工斧凿的痕迹——"城市的万家灯火次第点亮,从河北岸大兵压境而来,正在跨越运河;运河被两岸的灯火照耀,水面犹如一张起

---

① 徐则臣:《午夜之门》,山东文艺出版社 2007 年版,第 5 页。
② 同上书,第 60 页。

伏荡漾的画布,泼满了细碎癫狂的油彩;石码头上有人走动,影子被路灯从一边拉到另一边,胖瘦不等,忽短忽长"①。此番刻画已不见石码头的天然情态,而有了都市风景的意味。

从最初的创作至今,石码头的变化暗合了花街的变迁,花街正在向世界靠近,又或者是正在成为世界——它已经从一开始的只有"几十米长,十来户人家"到而今的"什么铺子都有,现代化的、时髦的、高雅的、堕落的一应俱全",并且在徐则臣的预设里,"它还会变,越来越长,越来越复杂,越来越包罗万象,直到容纳整个世界,实现'文学的世界旅行'"。②徐则臣并不想通过花街的变迁来渲染乡土中国的感伤主义,又或是表达文化保守主义的立场,相反,他倒是对于一成不变带有疑虑,因为毫无变化就意味着贫瘠、落后和封闭,他所写的变化正是对现实中"不变"的反观与弥合,"小城市正跑步奔向小康,大都市早已在筹划小资和中产阶级生活,而乡村,多少年来依然没有多少起色"③。田园牧歌在现实的泥地之中是不具审美性的,所以《耶路撒冷》中的西哥才会说,"那些田园牧歌的美誉,那些关于大自然的最矫情的想象,加在乡村干瘦的脑袋上是多么的大而无当"。④当故乡已游离于西哥们的审美视线之外,甚至无法成为他们的安栖之所时,出走的焦虑便代替了留守的静美,他们开始马不停蹄地赶火车,踌躇满志地奔向世界。

火车作为故乡与世界之间的连接物,在人物的"出走"历程里添上了浓墨重彩的一笔。徐则臣喜欢写火车,而且是慢火车,即那种"大人物的列车经过得停,给快车让道得停,有时候错个车还得诡异地停一下"⑤的火车,这类火车常年不准点,"它与天气预报一样,一旦准确无误那多半

---

① 徐则臣:《耶路撒冷》,北京十月文艺出版社 2014 年版,第 24 页。
② 徐则臣、张艳梅:《我们对自身的疑虑如此凶猛》,《创作与评论》2014 年第 6 期。
③ 徐则臣:《耶路撒冷》,北京十月文艺出版社 2014 年版,第 105 页。
④ 同上书,第 106 页。
⑤ 同上书,第 2 页。

是巧合"①。慢火车在徐则臣笔下出现的频次之高,不可胜记,譬如《夜火车》即以火车作为小说篇名,《耶路撒冷》的开头也写的是初平阳坐火车返乡的情景——"从傍晚五点零三分开始,十一个小时十四分钟,黑暗,直到急刹车,火车猛然停下"②。徐则臣为什么喜欢写火车,并且尤其青睐慢火车？在速度成为现代性标志之一的当下,"慢"已然成了奢侈品,每个人都在"忙着生,忙着死",忙着追赶一切,所有人都是来不及的状态。"快"是城市的标志,"慢"则是故乡的特质,"外面的世界一天一个样,故乡却像是脱离了时光的轨道,固执地守在陈旧的记忆里,生活仿佛停滞不前,一年一年还是老面孔"。③ "慢"在一定程度上意味着原始、朴素、安宁与平和,故乡是慢的,但在现代性呼啸而来的时候,这"慢"已不能使年轻的一代获得安宁,所以初平阳等人选择用出走来安放躁动,在颠沛流离中寻找心之所向。不过,故乡之"慢"的审美性却在火车上找到了生长点,火车既是故乡和世界之间的连接物,又是暂时独立于两者之外的存在,而正是在这个意义上,慢火车成为故乡与世界之间的缓冲地带,并因其"尚在路上"的中间性质,它同时容纳了古典的审美与现代的焦虑,调和了两者的悖反状态。

　　慢火车和石码头连接着故乡和世界,而在故乡和世界的两端并立着出走的一代和留守的一群。当年轻的一代"像中子一样,在全世界无规则地快速运动"时,安土重迁的老一辈生出了疑虑——"世界究竟有多大,能让你们一年三百六十五天马不停蹄地跑？"对年轻人来说,"世界意味着机会、财富,也意味着开阔和自由",前者指向物质条件的丰厚,后者指向精神生活的丰盈,虽然他们也无时无刻不生出类似吕韦甫"北方固不是我的旧乡,但南来又只能算个客子"的夹缝之感,并且时常被无所归

---

① 徐则臣:《耶路撒冷》,北京十月文艺出版社2014年版,第2页。
② 同上书,第1页。
③ 同上书,第105页。

依的孤独所侵蚀——"一个人在这浩瀚无边的城市里待了无数年,还将再待无数年。一个人像一只蚂蚁。像沙尘暴来临时的一粒沙子"。① 他们是故乡的局外人,同时又是城市的边缘人,但即便如此,"到世界去"的念头依然在酝酿、发酵和成型,因为它不仅仅是一种物质需要,更是一种精神追求,就如"京漂"一族对北京的感受——"北京不宜人居,但它宽阔、丰富、包容,可以放得下你所有的怪念头",当他们说要出去"透透气"的时候,"谈论的对象不是两叶肺,而是大脑"。②

三

慢火车与石码头意象包含了人物出走之路的两个指向,一是"张望世界",一是"回首故乡"。这是人物的分裂,也是作家的自我矛盾,徐则臣就说他"一方面向往那种古典、安妥、静美的'故乡',一方面又不停地弃乡、逃乡、叛乡,去寻找激烈动荡的'现代'生活和思考"。他既不能让"审美"容纳"焦虑",也不能让"焦虑"变得"审美",所以"只好在这两极之间辗转纠结,边审美边焦虑"。③ 这种分裂与矛盾既是徐则臣个人的,也是他所代表的一代人的。虽然徐则臣一再强调写作是自我表达,不欲代言,但他又的确在尽力梳理一代人的生命经验和精神脉络,表达一代人对自身的疑虑,而"出走"首当其冲地成为其表达这代人的一个关键词。出走本身意味着逃离既定的生活轨道,预示着不安分与动荡,而出走的终极意义又指向自我安妥与平和,这两者的相悖相合正印证了"70后"群体的矛盾与困厄。

正如徐则臣在《耶路撒冷》中谈到的,对出生于20世纪70年代的人来说,他们"并没有可供无数次反刍的大历史",但他们又听到了"历史的袅袅余音",这就使得他们与五六十年代生的人具有一种同构的"理想主

---

① 徐则臣:《天上人间》,新星出版社2009年版,第166页。
② 徐则臣:《耶路撒冷》,北京十月文艺出版社2014年版,第30页。
③ 徐则臣、张艳梅:《我们对自身的疑虑如此凶猛》,《创作与评论》2014年第6期。

义",而"这'理想主义'是凉的,是压低了声音降下了重心的出走,是悲壮的一去不回头,是无望之望,是向死而生"。[①] 同时,与"80后""90后"相比,"70后"群体身上又缺乏那种足够的物质感和现实感。这种"历史中间物"的状态使得"70后"生出了类似于五四知识分子的那种矛盾心态,不时有"旧时代的弃儿,新时代的伴郎"之感,于是"无力地跨在两个时代之间的门槛上",举步维艰,进退失据,无论是面对新的版图,还是回望旧的疆域,似乎都找不到自己的位置。又因了这"找不到",才用"出走"来颠覆无意义和不可能,寻找个人的归属感和自我的安全感。

"70后"的这种矛盾不仅反映在其对历史和时代的感触上,也反映在他们的爱情观上。参照《耶路撒冷》里的《一半是海水,一半是火焰》一章,"70后"女性喜欢的武侠人物是杨过和乔峰一类,因为这类人物亦正亦邪又独具个性,"既满足了而立之年脚踏实地的实干期待,又鼓舞了不惑之前人生中那一部分神采飞扬的浪漫跳跃;以务实为主,济之以必要的务虚,虚实相生,宽阔、果决、柔韧、丰厚、沧桑又有弹性,人生无憾矣"[②]。"70后"们既想要切实地拥抱生活,又忍不住时时仰望星空,但大多数人不仅"缺少对某种看不见的、空虚的、虚无之物的想象和坚持",也"缺少对现有生活的持守和深入",所以"既不能很好地务虚,也不能很好地务实",于是只好成为《耶路撒冷》里的舒袖,"嫁一个人活在现世,爱一个人藏于诗意"。

"虚实相生"既可以说是"70后"理想的爱情观,也可以说是徐则臣理想的写作观,在他看来,好的作品都是以实写虚的。徐则臣惯写现实题材,但他写的虽是烟火人间,又都染了点虚无之境,即使是在务实最为强烈的"京漂"小说系列中,也有这种务虚,譬如其对假证从业群体的刻画就是如此。他写了一群城市的边缘人,却不欲作苦难叙事,相反,他感兴

---

① 徐则臣:《夜火车》,花城出版社2009年版,前言第1页。
② 徐则臣:《耶路撒冷》,北京十月文艺出版社2014年版,第69页。

趣的是"他们身上那种没有被规训和程序化的蓬勃的生命力",那种逐渐被人们"忽略乃至遗忘的'野'东西"。在徐则臣看来,这一群体在面对生活时"可能有很多不太美好的表现,但他们基本上保留了本色,在生命形态上,相对更及物一些"。所以,不论是《啊,北京》里的边红旗,《耶路撒冷》里的易长安,还是《跑步穿过中关村》里的敦煌、保定、旷山、七宝和夏小容,他们都随性惬意,活得恣肆洒脱,即使四处碰壁而屡屡受挫,也相信山重水复自有柳暗花明,他们生活在城市的底层,却有浪漫主义的情怀,可谓是"身为蝼蚁而有困兽之志,尘土衣冠而有江湖心量"。① 徐则臣的"京漂"小说以现实题材切入,而着重表达的是个体生命力的张扬,体现了其写作的"务虚"维度。但是,这种"务虚"的程度又是有限的,虽然徐则臣对人物的生命原色颇多赞誉,但并未给他们以善终——从现实的伦理道德层面,这些人物也不可能有完满的结局。不过,这些小说的结尾又往往是于高潮处戛然而止,换言之,人物的结局处于一种悬置的状态,作者并未交代他们最终的走向。悬置打破了传统小说的完整结构,意味着不确定性和多义解读,文本也因而显示出一定的复杂性。昆德拉曾言,"小说的精神是复杂的精神。每一部小说都对它的读者说:'事情并不像你想的那样简单',这是小说的永恒真谛。不过越来越听不到了;它被淹没在信口作答的喧嚣中并遭到封锁,而后者简直来得比问题还快。在我们时代的精神中,不是安娜正确便是卡列宁正确,而塞万提斯的古老智慧——它告诉我们认识的困难和真理的难以捉摸——似乎成了累赘和无用之物。"② 徐则臣的文学创作显示了其对小说复杂性的追求,尽管这种复杂性的深广内涵还有待进一步开掘。

与明白无误地表露平易、温情和良善相比,徐则臣更愿意展现对"正大与美好的求解过程",求解的过程即追问的过程,而求解的结果则可能

---

① 付艳霞:《小说是个体想象的天堂——徐则臣论》,《当代文坛》2007年第6期。
② [法]米兰·昆德拉著:《小说的艺术》,唐晓渡译,作家出版社1993年版,第19—20页。

是多解甚至是无解。所以,徐则臣几乎不在小说中提供非此即彼的善恶观或是非观,而是将笔触深入人物内心的困惑、焦虑、动荡与不安,以此来表达"他对这个世界产生的深重的疑难",以及他对人与世界之关系的审视与思考,譬如人与故乡的关系、人与城市的关系、人与回忆的关系以及人与自我的关系,等等,其中寄托了他个人的文学乌托邦,同时也是他矛盾和困厄的所在。

　　写作是自我反观的过程,徐则臣以其笔下的出走人物序列构筑了自我的文学世界,也开启了个人通往乌托邦的旅程,正如他所言:"写作本身就是在建构我一个人意义上的乌托邦,我之所见所闻所思所感所困惑所回答,尽在其中。"然而,既为乌托邦,就意味着无法到达,如同理想主义,是心造的幻影,是"在而不属于",是可望而不可即,但他看重"那个一条道走到黑、一根筋、不见黄河不死心、对理想敬业的过程",并"希望人人有所信、有所执,然后真诚执着地往想去的地方跑"。[①] 因而,"通往乌托邦的旅程"是鲁迅式的朝着地平线走去,它是目的的虚无,是未完成的抵达,是身之所累,也是心之所向,而徐则臣正在并将一直在这条通往乌托邦的路上,因为追逐的过程即无限趋近的过程。

　　　　　　　　　　　　(原文刊载于《小说评论》2015 年第 3 期)

(游迎亚:著名评论家、武汉体育学院《体育教育学刊》编辑部主任)

---

① 徐则臣:《夜火车》,花城出版社 2009 年版,前言第 1 页。

徐则臣的前文本、潜文本以及"进城"文学

刘 琼

理论上,每个作家的写作都有前文本。或典型或不典型,每个作家在写作时都或隐或显或自觉或不自觉地展现自己的DNA,这是写作不能摆脱的宿命。即便他或她某几次想创新或打破藩篱,也大体只是衣着、修养和气质的变化,生理性特征永久潜伏在他或她的文本里,只要有机会,就会暴露。这种无法摆脱的文化DNA,使一个作家的不同的文本具有了神奇的关联,使具体的写作蕴含着丰富的个性。在这些鲜明的个性基础上,文本如果有叙事和美学的突出建设,就可能形成创作风格。

但是,与一些作家近似迷狂状态的"非自觉"写作不同,徐则臣对于前文本的继承属于高度自觉,他是新一代作家中自我宿命的表达者,他在自觉地缔造自己的"进城"文学。

徐则臣是新世纪冒出头的"70后"作家,不到二十年的时间,已经创作了一些有影响的作品,比如长篇《耶路撒冷》、中篇《跑步穿过中关村》《午夜之门》《如果大雪封门》,其中,《耶路撒冷》拿奖拿到手软,《如果大雪封门》也获得了鲁迅文学奖。这些作品,包括最近这部刊发在《收获》杂志2016第3期的十万字小长篇《王城如海》,连起来展看,仿佛是一部松散、通调的连续剧:背景墙基本不变,主要人物在不同的剧集换上不同的姓名和职业出场,出身、情趣和命运有相关性,甚至有高度相似性。

这些人物的相似性在哪儿?

首先,他们的共同身份是进城的中小知识分子。

这里有两个实词:"进城"和"中小知识分子"。"进城"说明他们的

原身份是乡村或集镇,在徐则臣的笔下更加具体,是苏中地区的乡村或集镇。至于"中小知识分子",我们应该可以找到很多学院派解释,这里就不赘述了。"中"和"小"的主要区别是,主体受教育程度高低以及蜕变程度多少,也就是知识对于个体命运的改变程度。中国现代文学自鲁迅以来,一向有把中小知识分子作为表现对象的热情。一方面,中小知识分子身上新旧特征交替掺杂,改造最不彻底,心灵最纠结,自然成为人性最有表现价值之部落。另一方面,中小知识分子是作家这个职业群体的基本构成,对于自我的剖析和无情揭露是文学写作的优良传统,这种隐伏的自我表达构成了小说文本的潜在话语体系也即潜文本。鲁迅是写中小知识分子的高手,《一件小事》《孔乙己》成为这个方面的经典作品,就不说了。现代文学史上写中小知识分子最用力的作家要数郁达夫,在郁氏的各种文本里,"我"的基本身份都是"畸零""多余""彷徨"的中小知识分子。另一个值得说的是大知识分子钱锺书,他在《围城》里极尽嘲讽和同情之能事的也是这些可怜、可恨的中小知识分子,拍成电影的《围城》由于传播影响大甚至让这个群体的面目符号化了。中小知识分子这个群体,在中华人民共和国成立后由于特殊政治原因,有很长一段时间都是"臭老九",表现在文学书写中,他们的主角位置也会让位给工农兵群体。以至于许多人产生了一种写作和阅读的错觉,认为似乎文学书写只有表现工农兵生活,才贴近生活,才是现实主义创作。这个影响如此深远,包括今天,有人一说创作要"三贴近",认为似乎只有下到村头、进入工厂才对。中国是农业大国,国民结构以农民为主体,随着产业结构调整、工业化程度加大,"工人"这个群体崛起。以农村和工厂为生活现场,以农民和工人为表现对象,镜头分配是合理的,对焦甚至是准确的。问题是,创作面向的生活无处不在,对于职业空间的体验是一种体验,对于日常化的生命体验也是一种生活体验,对于普泛意义上的"劳动"群体中的知识分子的表现,也是文学书写的题中之意。

　　具体到徐则臣的进城知识分子创作,在徐则臣的系列作品里,中小知识分子中主要是小知识分子是故事的主角,他们的共同特点是受过一定程度的文化教育,他们的"小"在于成长过程中蜕变程度小,他们虽然身份是进城了,但在精神和情感面向乡土,因而过着一种"痛并快乐"的生活。"快乐"不言而喻,因为拥有异乡的体验和新生活的福利,这是一个社会人的成长快乐。"痛"来自思虑和矛盾也即不彻底,是"知识"的痛,是念念不忘的痛。在徐则臣的笔下,小知识分子的不彻底,使他们与整个外部环境包括他人世界,容易形成一种疏离、对抗、角力,这是一种精神深层的观察和认知。如果只"向内转",容易成为心理小说或者哲学小说;如果只"向外转",通常会引进政治学和社会学的显微镜。徐则臣没有或内或外的趣味倾向,或者说这两者他都在使用。比如《王城如海》,虽然整个文本从"形式"上看——包括标题、每个章节前面节录的剧本对白以及次生人物的"底层性",似乎主要写社会性矛盾,这里有环境恶化、阶层成见和生存压力,这是当下文本。在我看来,徐则臣这部小说的最有价值的贡献,是写出一个知识分子精神内在的反省和批判,表现为道德的重负和自律。始终压迫着余松坡的道德重负是少年时期的一桩"帮凶"行为,它如影随形,束缚着余松坡此后的精神,形成了梦魇。这桩罪恶大不大?大!它可能是余佳山一生悲惨命运的落井石。小!它可能在事件中只是一个可有可无的环节。在抽丝剥茧般的解密中,我们看到了余松坡在一点一点收紧、痉挛、挣扎的灵魂。这种建立在道德反省基础上的挣扎痛苦的灵魂,以及外部环境自觉不自觉的压迫,让我想到了《悲惨世界》和其中的冉阿让。毫无疑问,《悲惨世界》一定对徐则臣写这部《王城如海》产生了潜在影响。冉阿让一生在为偷窃了一把银勺子赎罪,被警察局长驱赶,被罪恶感驱赶,最后成为一个道德圣人。"站在上帝的面前,谁能说自己无罪?我的罪既不比别人小,也不比别人大",我记得这是当年卢梭写《忏悔录》的初衷。一生被一桩罪恶追赶的余松坡,他的罪并不比在生活现场的我们中的任何一个人更大,这是不是徐则臣这部小说的潜台词?

  回到这部小说。对于新世纪以来中小知识分子经验世界的零距离深度观察和残酷挖掘,是徐则臣小说创作的重要内容。

　　小知识分子本身可能遭遇的生存压力,在现代城市残酷的外部竞争中显得更沉重。零距离,表现为创作主体的角色代入感强,这是一种写作技巧,但首先是一种经验的体现。在此,不免要对徐则臣"知人论文"。出生在江苏东海的徐则臣,翻看他的简历,不复杂——因为年纪尚轻,但也不简单——因为有一个弯道,这个弯道里的风景基本上构成了他如今的创作背景。弯道使徐则臣获得了加速度。这是什么样的弯道?徐则臣在获得最高学历北京大学中文系硕士研究生之前,在淮阴师范学院就读,后来又去南京师范学院进修。不是一帆风顺地进入最高学府,而是在二三流学校以及中小城市"逗留",这是徐则臣独一无二的生活体验和创作资源,导致他对"进城"有无比痛彻的认知和热爱。事实上,这些非一流的学校培养的学生,基本文化身份是"小知识分子"。徐则臣的这种曲折,使他必然最熟悉这个群体,对这个群体有设身处地、感同身受的理解,这是他经验世界的先天优势,所以说作家要在生活中历练。熟悉小知识分子的身心,并且认同和热爱这种身心,这是徐则臣写作的腔调。徐则臣对笔下形形色色的小知识分子,不是进行对或错的道德判断,而是借助他们的选择、焦虑和命运,记录这个变化的外部世界和丰富具体的内部精神。只有具体的,才是深刻的、有价值的,徐则臣深知此理。于是,这些人物拥有了一个具体的故乡:苏中淮阴地区。这一片是徐则臣熟悉的乡土,这里产生了淮阴侯韩信,它的地域性特征是独特和具体的。以一种体系完整的地域文化为审美对象,是作家的情感需要,也是一种叙事策略。这一点,在同时代的作家中,徐则臣属于比较自觉的沿用者。

　　徐则臣的江苏同乡苏童也是典范的文本自觉建构者。香椿街系列,是作为作家的苏童这么多年始终在不断添砖加瓦构建的空间和传奇,它早已独立存身中国当代文学。苏童的这种自觉建构,不光表现为对"香椿街"这个地理空间的书写——空间当然也有一定的暗示作用,但主要是人物精神具有相似性和传承性,简言之,在物质化的讲述里,苏童建构了一个独一无二的叙事场域，在背景板上创造了一批鲜活的人物。与苏童同时期的浙江作家余华也属于风格突出的作家，但余华的创作相对来说，文本的文化封闭性特征不明显。余华笔下的人物似乎可以生活在江浙沪，也可以放在陕甘宁，人物和空间的必然关联并不紧密。余华这个特点，跟既写《一地鸡毛》又写《我不是潘金莲》的刘震云很像。即便这样，余华依然被认为风格突出，源于他的写作的"先锋性"指向。"先锋性"是什么？今年是先锋文学三十周年，前一段时间议论已经很多，这里就不说了。同样是江苏作家，毕飞宇的系列作品有明显的新"里下河气质"。这种新，区别于老派的汪曾祺。毕飞宇的苏北特征与苏童的苏州特征各有擅长，如果一定要说出区别，大概一个要峭硬点，一个要绵柔些。

还是回到徐则臣。在《王城如海》里，徐则臣给他的进城知识分子余松坡贴上了高级的标签——美国哥伦比亚大学毕业的"海归"艺术家。这次，这个主人公，终于可以被称作"中知识分子"。看到第二章，我们发现这个叫余松坡的进了城留过洋的"中知识分子"，其实还是徐则臣小说中的苏中乡下走出来的子弟的升级版，在他的身上，文化DNA非常醒目。

扎根于这个角色的故事，在第一章里就一边打埋伏、一边作交代。表面看来，这是一个喜欢思考、不拘成法的艺术家，交代的是他的不安：对窗户玻璃被砸的不安，对话剧作品前途的不安，对立交桥上抱着塑料袋的流浪汉的不安。这三个"不安"互有关联。窗户玻璃被砸，让余松坡联想到他的作品引起不满、被年轻的"进城"者抵制。对于话剧作品的关注，最终为余松坡招惹来各种社会关系，产生了一种类阶层性对抗。在这一章里，余松坡这个角色的目标意图交代得比较清楚，写了他的不安，还写了他半夜梦游的怪癖。要写出精彩的第一章不难，设计问题也不难，难的是接下来答案怎么给出。通常的做法是，在第三章揭示答案，第二章交代揭示答案的路径——这个章节显然不能太稳定、需要不断探究。

这个故事的张力在于，作家对余松坡这个人物的处理有一股异乎寻常的狠劲。作家因为花了很多时间去写人物，对人物一定充满感情，但一个故事真正的张力是这些人物的生活过得一团糟或者命运多舛。比如余松坡，遇到了很多坏事：第一次高考落第，当兵难，精神出问题，作品不被认同，"仇家"来到身边，等等。当一切都不顺遂时，人物做出的选择才是真实的、有分量的。这时候，从叙事角度出发有两种写法，一种是人物角色能够一个接一个地解决各种小问题，最终安全着陆。致命的问题是，如果这样写，人是一节一节地从树上走下来，而不是跳下来，没有了紧张感，会削弱高潮到来的落差感。于是，徐则臣选择了另一种写法，让余松坡慢慢地被钝刀子割肉，疼痛，紧张，失去主张，因为身上背负着道德的重负，余松坡的所有的努力和进取虽然换来境遇的变化——读大学、出国、做导演，但似乎这个圆永远画不完整。他拼命地读书，第一次高考失败。他拼命地想当兵，想曲线救国，结果暗伤了远房堂兄余佳山，最终出于巨大的精神压力，主动放弃了当兵指标。第二次高考他终于成功了，毕业后为了逃避道德压力选择出国留学，却依然无法摆脱精神重负。他回国进行戏剧创作，因为《城市启示录》这部作品获得社会关注，却遇到了被他暗伤、一直在逃避的余佳山，各种机缘下发生意外事故，自己和妻子不仅身体受到伤害，精心蒙在脸上的各种身份面纱也将被剥下来，难堪甚至丑陋地裸露在世人面前。一个人万难逃脱自己的宿命，哪怕漂洋过海、乔装打扮、鸟枪换炮，一个小浪头打来，立交桥上偶尔的一瞥，就能将你打回原形。作家显然在讲一个宿命的故事。作家为什么要塑造这么一个"心事重重""来历不明"的家伙？换句话问，作家难道是对这些中小知识分子的灵魂进行无情鞭挞吗？

显然不是。对于余松坡，徐则臣的基本感情是同情，甚至还有欣赏的成分。区别于道德滑坡，道德底线和道德感使余松坡始终背负着重担，这种自我惩罚是一种自我清洁，这种反思能力也是知识分子区别于其他群体的一个典型特征。在《王城如海》里，他要通过余松坡这个角色解决一个哲学问题，《耶路撒冷》要解决的同样也是这个哲学问题：诗意的远方和现实的远方，这种选择到底有多大意义？为了这个选择，余松坡付出了

"道德"乃至一生安宁,余佳山付出了"健康"。进城,在这里其实就是不自觉地陷入了一个桎梏,即便这样,我们还在不断地"进城",因为不满、不和解,小说从而具有了冲突和张力。这是徐则臣"进城"文学的魅力。

写知识分子的精神成长,为进城中小知识分子立传,是徐则臣的自觉。在《王城如海》第二十一页里,徐则臣以余松坡的身份出场,他写道:"然后,他们就戏剧中现实问题的超现实处理作了问答与交流。既是现实问题,也是艺术问题。余松坡也在中外戏剧史的谱系上谈到《城市启示录》的创作心得,一点不避讳它的潜文本和前文本。艺术薪火相传,谁也没法像齐天大圣那样,凭空从石头缝里蹦出来。"余松坡这个人物不是从石头缝里凭空蹦出来的孙猴子。他的前传在《耶路撒冷》里。

这时候,我们需要看看徐则臣的"前文本"和"潜文本"。

够得上前文本需要两个条件,一是人物精神气质的延续性,一是腔调和立场的延续性。在这部小长篇《王城如海》之前,是那部著名的大长篇《耶路撒冷》。《耶路撒冷》写了一群从小一块儿成长的小知识分子的命运,他们有的进了城还想去更远的远方,有的进了城又开始还乡,有的进了城也犯了事,个别留在故乡的人精神出了问题。在这个前文本里,作家是在写当代小知识分子心中的一个梦想——进城,去耶路撒冷也是梦想的一个表达。进城和去耶路撒冷是哲学象征。截至目前,徐则臣也只写了两个地方:淮阴和北京。当然,这是作家熟悉的经验世界,但真正的原因,如前所述,作家在刻意地建构有限空间的文化坐标。所以在徐则臣离乡和进城的书写中,城既是具体的,又是符号化的。这个"城"可以具体到王城的"城"、北京城的"城",也可以泛指精神的围城。

潜文本是什么?为什么要潜伏?王城如海人茫茫,只是一种表面的表达,深层的深意是上下求索路漫漫。

"路漫漫其修远兮",以至于精神出了问题,这是典型的中小知识分子病。精神疾病和肺结核是中国现代文学常见的两种病,精神疾病也是徐则臣的文本中偏爱的一种病。《耶路撒冷》里的铜钱、景天赐和留守家乡的吕冬,《王城如海》里的余佳山、余松坡,比率之高令人无法忘记。这种强调,有什么特殊原因吗？这个得问徐则臣。由文本可见,在精神疾病这个"意象"层面,作家有实写的成分,但更多的是象征和隐喻。这是徐则臣文本写作的设计意义所在。

文本另一个有强烈设计感的元素是"弟弟"这个意象。《耶路撒冷》里小伙伴们集体出走家乡的一个重要由头,是秦福小的弟弟景天赐的意外死亡。《王城如海》里保姆罗冬雨的弟弟罗龙河发现余松坡的秘密后,把余佳山带到余松坡家。在这两部作品里,弟弟这个角色都是故事的转折点,与弟弟相对的是一个人见人爱的姐姐。由于姐姐对弟弟都是无条件的挚爱,弟弟或愚傻或顽劣,统统不按牌理出牌,导致事态激变,成为作家解决问题的帮手。

在《王城如海》里,与余松坡中知识分子身份相对的、同样有角色分量的是小知识分子罗冬雨。罗冬雨这个诗意的名字,作家没有给余松坡的妻子——他的妻子叫祁好,而是给了他们家的保姆,或者说有点文化修养的保姆。知识分子的行动逻辑,徐则臣是熟谙的,但是,这个小知识分子罗冬雨的行动逻辑,虽然由徐则臣亲手设计,但并不十分令人信服。我们从罗冬雨的身上能看到《耶路撒冷》里秦福小的影子:同样都受过一点教育,同样道德教养良好,同样被周围男性尤其是优秀男性无条件地喜欢,同样爱弟如命,等等,通过罗列的这几条,可以看到罗冬雨对秦福小的一脉相承。在罗冬雨、秦福小的身上,寄托了徐则臣对于一个女性的美好期许——温婉、懂事、干净、自律、善良,一句话,符合传统审美标准。这个审美标准的形成,也让我开始揣测地域文化对于徐则臣的影响。最后一章,罗冬雨在突然回家的祁好被误伤后与弟弟罗龙河仓皇出逃的行为,我以为不太符合小说在前面的章节对于这个人物书写的逻辑。罗冬雨思前想后,从逃跑路上又折回幼儿园接孩子的举动,也不具备合理性和说服力。同时,也要说到祁好。祁好专情,聪明,豁达,知识女性的优点占全。徐则臣把祁好和罗冬雨分成两个层次,前者似乎比较现代,后者似乎比较传统,但是,都写到了她们的亲情观、家庭观。以祁好为代表的要强能干的现代职业女性,家庭依然是她的重要面向。对于祁好的认可,是徐则臣对职业女性的一种价值体认。站在祁好和罗冬雨对立面的是罗龙河的女朋友鹿茜,这个姑娘轻浮、现实、虚荣、庸俗,许多关于女性的负面词语都可以用在她身上。鹿茜的存在是现实生活的一种客观再现,也是小说情节发展的需要。不过,这种对于女性截然不同的判分,开始让我怀疑徐则臣对于女性的了解。日常生活中的徐则臣说话慢条斯理,似乎顺滑、好消化,但图穷匕见,锐气潜藏,令人猝不及防,这种偏理性的气质是不是更擅长书写男性?

　　一个主文本加一个楷体字的副文本形成每个章节,这是《王城如海》与《耶路撒冷》结构上的相似之处,也提一下。《王城如海》的副文本是对余松坡的剧本《城市启示录》的摘选,《耶路撒冷》的副文本是对初平阳专栏文章的摘选。这两段楷体字可以看作主要人物的内心独白,与正在发展的情节形成了一种平行互补。两部作品如出一辙地沿用这种蒙太奇形式,可见徐则臣毫不掩饰的匠心,他在宣告自己对于前文本的传承。

(原文刊载于《东吴学术》2016 年第 5 期)

(刘　琼:著名评论家、《人民日报》文艺部副主任)

代际意识与徐则臣的小说创作

钟 媛

一

作为"70后作家"①中的后起之秀,也是"70后作家"中的集大成者,徐则臣的文学创作毫无疑问已经与"70后"的这个称谓发生关系。

回顾"70后"作家的登场、发展历程可以发现,"70后作家"在一种不尽人意或至多可称作差强人意的轨迹上滑行:因为出场方式的随意、粗糙再加上媒体制造的噱头与浮躁化的炒作,"70后作家"给人的印象一开始便掩盖在"美女作家""个人化写作""激素催生的写作"等负评重重的标签式话语背后;继而,随着诸如刘玉栋、徐则臣等扎实、坚硬的"实力派"写作者出现,"70后作家"又在一股抱怨之流中被贴上"被遮蔽的一代"这样的标签。在这场作家与评论家合作导演的大戏中,"70后"像个怨妇

---

① 代际问题,是人类发展以来必然存在的问题,而这个问题的被发觉却是最近几十年才从学术的层面来进行讨论的。玛格丽特·米德认为,现在我们已进入了一个新的阶段,即全世界的成年人都认识到,所有孩子们的经验与他们自己的经验已经不同了。她用"后象征"(postfigurative)、"互象征"(cofigurative)与"前象征"(prefigurative)来概括代际发展中的三种形态。在米德的社会调查和分析中,代际差异是现代社会发展不争的事实。(参见[美]玛格丽特·米德:《文化与承诺——一项关于代沟的研究》,周怡、周晓虹译,河北人民出版社1987年版。)在本文中,笔者承认"代际问题"的存在,但值得注意的是,"代际问题"本身与之前在文学争鸣过程中有关"70后""80后"这种分法是否成立的问题并不完全相同。在此,笔者无意探讨二者之间的差异性。笔者认为代际问题与代际意识本身是存在的,但是以何种标准、如何来呈现是值得思考的。本文只从作家徐则臣的写作中所呈现的代际意识入手,分析这种写作意识对其创作造成的影响与利弊。

一般数落着自己出身的尴尬,也控诉着文坛对于"70后作家"群体的忽略与不公。"70后"作家曹寇认为:"在早已成名的'60后'和'80后'之间,确实存在一个灰色的写作群体,说白了,他们就是'70后'……迄今没有一位'70后'能像'60后'作家那样获得广泛的文学认可,在'60后'已被誉为经典之际,'70后'仍然被视为没有让人信服的'力作的一群'。"①而批评家宗仁发、施战军、李敬泽先是在1988年6月号的《南方文坛》上发表了《关于"七十年代人"的对话》一文,文章对"70年代"人前期登场的女作家和少数几位男作家进行了分析,并且总结了"70年代"人的典型特征(诸如玩世不恭、以享乐为原则、以个性为准绳等),其后在2000年就此问题重谈,以《被遮蔽的"70年代人"》为题,集中讨论、阐发了"70后"后期被遮蔽的事实与缘由,他们三人的关于"70年代人"的探讨的变化正好暗合了"70后"作家的登场、发展轨迹,也是最早讨论"被遮蔽的70后作家"的重要批评家。其后关于被遮蔽的问题又在孟繁华、张清华、洪治纲、张丽军、张艳梅、张莉等人②的论述下进一步展开,不断证明着"70后作家"被遮蔽的事实与其不应被遮蔽的理由③。

在这个过程中,徐则臣是伴随着"70后作家"由"私人化写作""美女写作"向"被遮蔽的一代"转化而登场的,他本身已成为破除"70后"前期固有标签的一柄利剑,同时,身为"被遮蔽者",他也同样利用"被遮蔽"的话语来为"70后"作家群体、也为自身寻求着突破。2009年发表于《文艺报》上的题为《"70后"作家的尴尬与优势》一文中,徐则臣阐释了自己对于"70后"作家群体历史定位的观点与看法,他同样认同"70后"作家被

---

① 《曹寇谈"70后"作家:适逢其时的"中间代"》,《南方都市报》2012年3月30日。

② 主要论文有孟繁华、张清华的《"70后"的身份之谜》,张艳梅的《"70后"作家创作与当代中国文学》,张丽军的《未完成的审美断裂——中国"70后"作家群研究》《"70后"作家:如何成为文学"中坚代"?》,洪治纲的《代际视野中的"70后作家群"》,等等。

③ 这是一个颇具讽刺意味的事实:作家与批评家异口同声地发声,通过"70后作家"被遮蔽事实来寻求"不被遮蔽"的权利。

遮蔽的事实;这是被忽视的群体。"当批评界和媒体的注意力还在'60后'作家那里时,'80后'作家成为耀眼的文化和出版现象吸引了批评家和媒体的目光,'70后'被一略而过。若干时候以后,当大家回过神来才发现,中国文坛的代际传承是从'60后'直接到了'80后','70后'在哪儿呢?"①很显然,徐则臣在一种"影响的焦虑"中面向创作,而这种"影响的焦虑"正是来自"代际"。随着徐则臣的长篇小说《耶路撒冷》的成功面世,他又一次被绑缚在"70后"的战车上成为一面鲜明的"旗帜"。《耶路撒冷》是徐则臣对"70后"一代生存轨迹的追寻,被评论家们称为"一代人的心灵史诗",代表了他们那一代人灵魂所能达到的深度。在获得第五届老舍文学奖和鲁迅文学奖后,徐则臣母校淮阴师范学院迅速组织了一场关于他的全国性研讨会,集中讨论了徐则臣的小说创作对于"70年代作家"群体的意义。刊发于《南方文坛》2015年第1期闫海田的文坛讯息更是以《徐则臣获奖引发"70后"热潮》为题对此进行了报道。值得注意的是,与此次会议同时召开的还有"我们这一代"青年作家、批评家论坛,徐则臣在会上再次明确地表达了自己的代际观:"我认为,对20世纪70年代来说,代际划分是有意义的。因为,历史的前进不是匀速的,它的时快时慢常常使某一个时间段有特别不同的意义。'50后'与'60后'的作家在保持作家的神秘性与陌生感上还有腾挪的空间,因此,莫言的高密东北乡还有传奇色彩。但对我们这一代,当开始写作之时已进入20世纪90年代,网络已使神秘感的营造变得困难重重。因此,我们必须开掘出新的文学空间与品质,在这一点上,'70后'作家的创作与'70后'批评家所面临的困境具有相同的特征。"②在这里,徐则臣将社会学意义上的代际划分与文学层面的代际划分合二为一,通过自身身份的代入,完成了徐则臣在"社会意义"上的"70年代人"向文学代际上"70后作家"的范围转

---

① 《"70后"作家的尴尬与优势》,《文艺报》2009年7月2日。
② 闫海田:《徐则臣获奖引发"70后"热潮》,《南方文坛》2015年第1期。

换,同时,他也指出了他们这一代作家与批评家面对的共同困境。

由此可以看出,无论被动地划归还是主动地参与,徐则臣对于"70后人""70后作家"身份认同状态都是颇为微妙的。一方面,无论愿不愿意,他遭遇了"70后作家"这个群体的标签化印象给他造成的尴尬和困扰——"70后作家"意味着被悬置的状态,意味着没有文学深度和文学重力的作家群体,意味着私人化写作的群体,意味着阴盛阳衰的作家群体,这样的印象似乎从一开始就给作为"70后作家"个体的徐则臣造成了一定的压力,同时,在成长经验所构成的写作资源上,他又面临着"70后人"所面临的共同困境——没有赶上"文化大革命",却受到了其余波的影响,没有赶上20世纪80年代文化复兴的大潮,却被经济发展的消费主义、拜金主义、享乐主义所浸染,这种历史的缺失感与失重感造成了这个群体思考的困难;另一方面,个体永远不可能挣脱历史而悬空飘浮,作为70后群体中的一员,徐则臣又主动将"70后作家"这个标签设置为自我定位的一个坐标,他像其他"70后"作家与批评家一般将自身糅入群体。于外在来说,在媒体、批评家的努力下,有徐则臣出现的地方,便有"70后作家的灵魂深度""70后最优秀的作家"这样的字眼;于徐则臣自身来说,他似乎也是本着一种与"70后作家"较劲的心情在对抗着现有的文学印象,因此他将"70后人"与"70后作家"作为自己创作和出发的起点,也是其创作中着力之处。他几乎是怀着要破除固有偏见的偏执与勇气在做着这件事,可以说,在文学的代际交替里,"代际"造成的"影响的焦虑"无论对于"70后作家"群还是对于徐则臣都是不言自明的。而存在于徐则臣的代际意识中的文学的代际交替与社会的代际交替是混沌一体的,构成了他代际意识的总体并对其创作产生了毋庸置疑之影响。

二

如果说徐则臣的出场方式与"70后作家"在文坛的代际变化与文坛的更新淘汰机制有着很大的关系,以上探讨也仅限于作家个体与群际之间文学理念与创作意识的碰撞,那么,从具体的文学作品来看,上述那种代际意识在作品中也是展露无遗的。在徐则臣的小说创作中,从文学形象的角度而言,我们很容易地可以从其文学世界中析出一个群体形象——"70年代人",并且这个群体形象的饱和度与成功性远远要高于别的代际的文学形象。这些人可以是有着各种不同身份、不同职业、不同生活环境的个人,但无论具有怎样的个体身份,他们都是徐则臣有意识地、用力塑造的"70年代人"。也就是说,徐则臣在有意识地追寻着区别于其他群体的"代的记忆",而这个"代的记忆"本身已经不仅是文学代际中的"代的记忆",更意味着社会学上的"代的记忆"。

　　总体而言,刻画"代的记忆"的"70年代人"可以被分为两大形象群落:其一,"70年代人"的"此在"群落。通过透析"70年代人"的当下生活状态,徐则臣将视野扩展至社会的每一个角落,在对城市众生相的描绘中集中呈现出"70年代人"的当下生活状态。《啊,北京》中的边红旗是来自边陲小镇的"70后"青年,经过几年平淡无味的教书生涯后来到了北京,在这里成了一个办假证的边缘人物,经历了生活的辗转,在陌生的城市中遇到了同样年龄阶段,不同职业身份的"我"、孟一明、沙袖、沈丹,边缘生活中的情与难在"70年代人"的生活故事中展开;《跑步穿过中关村》中纷纷登场的敦煌、保定、七宝、夏小容、旷山大多都是二十几岁的北京漂泊者(相对于小说写作的2006年,正好是20世纪70年代人),他们都在追逐生活的繁忙中不断挣扎,又在逃城与回乡的诱惑中徘徊犹豫;《夜火车》中的陈木年是20世纪70年代出生的求学者,在学院的生活中,升学与工作都在学术权力与行政权力的代际交替中备受压制,显现出当下学术圈怪相丛生的一面。徐则臣通过对这些"70年代人"当下生活姿态的描绘来实现对"时代"的正面突围,屡次出现在小说中出现的"出走"情节,正是徐则臣反映他们这一代"一直在路上"的状态。对于"70后群体"中的个体生命书写成功地记录了这一代人在世界留下的可能印记。而徐则臣笔下的另一部分"70年代人"通过回忆的方式记录下了他们的过去，可称其为"70年代人"的历史群落。这个群落主要回顾了"70年代人"的童年和青年成长经验，大部分存在于其小说的"花街"系列中。他们是《水边书》中喜欢看金庸、古龙、梁羽生的武侠小说，希望成为当代的行走的侠客的陈小多、谈正午和周光明，给过陈小多青涩初恋味道的郑青蓝；也可能是《伞兵与卖油郎》中的范小兵、刘田田和我；更可能是《苍声》中的满桌、韭菜、我，这一个个历史群落中的人物形象追寻着"70年代人"成长的历史背景和童年记忆。他们是在革命后时代受着一点"革命"余晖成长的小孩，懂得将"文革"中武斗化作儿童游戏中的一种权力与青春期的暴力，同时又在改革开放的大潮中逐渐沾染一点金钱、物质带来的影响。

除去上述中短篇小说中对于"70年代人"的成长记忆、当下生活、情感体验的零散表述，徐则臣考察这一代人的思考集中体现在其鸿篇巨制《耶路撒冷》中。《耶路撒冷》本就是为"我们这一代"而作的，很多研究者在看到徐则臣的这部长篇小说之后，立即意识到之前的中短篇小说可以说是为这部作品而作的练习与准备。《耶路撒冷》对于"70年代人"进行了总体性的回顾，从叙事、结构、内涵方面进行了大手笔、精细化的呈现。小说采用多文体结合的方式，将主体情节与栏目笔谈相结合，布局上匠心独运地采用了回旋式结构。从整体上来看，这样的设置确实能够最大幅度也最大深度地表现、刻画出"我们这一代"的成长经历、社会背景与历史变迁。从花街出来的年轻人在探索人生和认识世界的路上，各自走着自己的路程；他们也许像初平阳一样读书、编辑、写作，从花街走向北京再走向耶路撒冷；也可以像舒袖一样，伴随初平阳从花街走向北京再回到花街；还可以像秦福小一样漂泊在中国的各个省市，最终回到大和堂；有人像易长安一般从山沟里的教书生涯逃离、逃往北京办假证最终在回乡的路上进入不可逃避的监狱（也是人生的牢笼）；有的还像杨杰一样，在商海浮沉中大起大落，伴随改革开放的路途一路前奔。故事虽是由这几个人连接起来的，但徐则臣显然是通过这些主要的、次要的人物书写、关切着"70年代人"的所有,甚至是关切着"人"的所有。徐则臣将他们这一代的生存体验、成长历程、生命信仰、出走的欲望、他们的虚无与绝望揉入虚无和无所适从的历史缺失感中,在理想主义情怀的观照下实现对现实的反思。小说中尤其值得注意的是,徐则臣在小说中借小说人物以对话和议论的形式发表的关于"70年代人"的概括和表述:"每个人都有大历史的情结……20世纪50年代出生的人有,60年代出生的人也有,到了70年代,气壮山河、山崩地裂、乾坤倒置的岁月都过去了,我们听见了历史结束的袅袅余音。如果听不见就算了,可以像'80后'、'90后'那样心无挂碍,在无历史的历史中自由地昂首阔步;问题是我们听见了,那声音参与了我们的身心建设……一个抽象的历史改变了我们,我们的过去是个无物之阵……为什么相对于'80后'和'90后',我们缺少足够的现实感和物质感?可能,我们已经是最后一代的理想主义者了。"[1]这种对于20世纪70年代整体的感受是徐则臣"70年代人"思考的一个基点与中心,也是其代际意识中复杂性的表现。

相对于"70年代人"的充沛的笔墨与立体化呈现,在书写他者时代记忆时徐则臣有时却显得漫不经心。在小说《苍声》中,相对于"我"(木鱼)这一代的充分描写,直面"文革"一代的当事者时,徐则臣的描写却显示出了一些虚浮。故事中的何老头只是作者记忆中的何老头,而"我"的父母也只是脸谱化的父母,无法形成"圆形人物"。一方面,"我"父母在"文革"中公然主动对何老头、韭菜的接济无法完全地用"人情"和"善良"来合理解释;另一方面,在这个故事里,我们也无法充分理解"我"父母(善)——村长(恶)以及小孩中"我"(不忍、良知)——村长儿子大米及其他跟随者(恶)这样二元对立的人物设置;《伞兵与卖油郎》中,范小兵对于当伞兵的执着可以让读者看到那个年代少年的青涩与对梦想的执着,看到小孩内心简单而又复杂的变化曲线;但对于上一代的范小兵的父

---

[1] 徐则臣:《耶路撒冷》,北京十月文艺出版社2014年版,第109页。

亲，徐则臣却只能通过故事的简单勾勒回顾大历史中战争对于他的精神及肉体的损伤；《耶路撒冷》中间，有一段设置，尤其显得颇具意味。徐则臣在描写一位印有自身体验的"作家回乡"情节时，将一位"80后"妻子摄入了笔下，"老婆'80后'，从小长在城市，独生子女，分不清麦苗和韭菜。他第一次见到肯德基和麦当劳时，她已经吃腻了好多年了。乡村对她来说要么是新世界，是陶渊明的桃花源，要么就是万恶的旧社会，看哪都觉得脏乱差，时刻准备哀民生之多艰"①。这样的描述实在显得有些印象化与脸谱化，同文坛对"70后作家"贴上"美女写作""私人化写作"标签的行为没有逻辑上的差别，一定程度上也是带有一种对"80后"的成见——城市、独生子女、养尊处优、五谷不分等等。笔者以为，将不同年代出生的人与"城乡差别""独生子女"等等对应起来有着非常有限的合理性，因为这势必会遮蔽个体的特质，尤其在文学形象呈现的层面。

事实上，在社会心理学上，有一个概念叫作"自我归类"②。当人们需要与某一群体产生共同联系以获得某种归属感或话语权的时候，群内个体或群体在重要的维度上会放大自身群体与别的群体之间的差异性，并且根据类别成员的共同特征知觉自己或他人，形成刻板性知觉。正是在这个层面上，"自我归类"的理论恰当地解释了徐则臣在文学形象塑造和文学创作的过程中自我代际划分的这种特征，他主动地将"70后"与"80后""50后""60后"的差异性呈现出来。这种意识本身无可厚非，但是在塑造文学形象时，与"70后"群像的饱满和立体相比，却造成了他者的群类形象书写的无力感与符号化。

三

也就是说，代际意识已经成为影响徐则臣创作的一柄"双刃剑"。在

---

① 徐则臣：《耶路撒冷》，北京十月文艺出版社2014年版，第142页。
② ［澳］约翰·特纳等：《自我归类论》，杨宜音、王兵、林含章译，中国人民大学出版社2011年版，第59—69页。

自身经验的层面,徐则臣在文学塑造中往往能够通过将自身情感体验和熟稔的生活经历投射进"70后群体"的人物塑造中,不断推进他的文学写作,形成了徐则臣自身独有的文学印记与文学领地——譬如"花街"系列、"京漂"系列小说。这些人物书写在对终极问题的追寻与思考的大问题统摄下,链接起"70后"的历史记忆,在某种程度上,超越了单纯的"故事"讲述,形成了有深度、有内涵的文学语言与文学形象;另一方面,因为过多地以自身为中心的思考,使得徐则臣在文学创作的过程中,不能很好地处理代际问题对其造成的思想局限。在"代"的思考中过多掺杂自我价值代入,不但造成了在塑造经验之外的形象时有失之真切的感觉,同时,在人物书写和故事讲述层面,也造成了自我重复。

事实上,在关注文学与时代的关系问题上,徐则臣是十分自觉的,他并非没有注意到代际意识对他造成的影响。在谈到分析文学、作家与时代的关系时,他曾说过,时代对于作家而言,是作家深度写作不可缺少的部分,一部伟大的作品必须要与他的时代发生关系,但与此同时,一个时代对于作家来说,又有着极大的不确定性,没有一定会成就作家的时代,即便是"国家不幸诗家幸"这样的论调也是存在着片面性的,因为唐朝盛世也成就了文学的盛世[1],因此,(代际现状)"造成的困境既是挑战,也是文学得以拓展和进步的唯一动力。前提是你必须深入理解和把握这个困境,然后想方设法解决掉它"[2]。从这个层面来说,徐则臣对于这个问题的思考是有着较为深刻的认识的。也是基于这样的认识,他在文学实践层面尝试过突破代际经验的书写行为。在徐则臣的小说中,《午夜之门》是值得注意的一部。这部小说的时间跨度第一次较为明确地超出了以"70年代"为坐标的上下延伸,徐则臣第一次将自己对于时代和人性的思考放入一个模糊的时间记忆中。《午夜之门》的时代背景具有相当大的

---

[1] 徐则臣:《作家和他的时代——徐则臣在淮安市民论坛微课堂的讲座》,《淮阴师范学院学报》2015年第1期。

[2] 徐则臣:《"70后"作家的尴尬与优势》,《文艺报》2009年7月2日。

不确定性，他似乎讲述的是关于清末民初的故事，但又有着作家自身成长经验的20世纪70年代的印记，但关于战火的描写又让人想起三四十年代的背景。伴随主人公木鱼的空间转换的是时间的穿梭。小说中关于石码头一段的书写与徐则臣之前的"花街"系列、"70年代人"的童年书写并无二致；但随着陈木鱼的活动空间从石码头转向紫米街，一切书写都仿佛回到了一个类似于"大观园"一样的古宅里，时间变得更加模糊；随着战争的爆发，陈木鱼所遭遇的与故事中其他人所呈现的似乎又是一个三四十年代匪寇丛生的边陲小镇。也就是说，徐则臣在努力超越代际经验给他造成的书写限制。其后，在类似于此的小说作品中（诸如《古代的黄昏》《鹅桥》《六耳猕猴》等），徐则臣不断选择从侧面与时代狭路相逢，将不语的生活书写其上。但总的来说，这种突破到目前为止还较为有限。

可以看出，代际经验很大程度上构成了徐则臣的写作资源与思考出发点，但为何代际意识在促成其书写的井喷式爆发后又成为制约他写作进一步深入的因素呢？在这个问题上，笔者认为"自我中心"式的代际思考不容忽视。"自我意识"的浓重造成了徐则臣的自省与他的实践出现了某种错驳，在书写意识上，一方面他执着于为对"70后作家"的批判并不合理而发声，因此他说过"从文学质量上，他们拿的是'60后'的文学标准来要求'70后'，从市场效应上，拿的又是'80后'的尺度来丈量'70后'，在双重标准下，'70后'当然乏善可陈"[①]。另一方面，他又清醒地知觉文学价值的永恒性和不变特点。对于徐则臣这样的作家而言，"代际"造成文学发声的困难终究不会再成为问题，因为作品本身带来的价值与意义已经发声，但是，如果过于执着"70年代人"是被遮蔽的或20世纪70年代的历史缺失感这样的代际观念，写作上新的遮蔽就会产生。事实上，"代"的划分并不是随意的，尤其在文学的代际中。现在的"50年代""60年代"与"70年代"也许在文学的历史长河中并不会如此个性鲜明地区分

---

① 徐则臣：《"70后"作家的尴尬与优势》，《文艺报》2009年7月2日。

开来,以"十年"为期的划分本是文学研究者为方便而做出的一种短期标记,不应成为文学思考和书写的一个起点。而太过于区分自己这一代的特殊性,必然会导致在经验写作的模式下"代的特质性"穷极的危险。因此,超越"代际经验"给徐则臣所带来的书写资源也就是超越经验书写本身,文学的质量和标准从来没有"60后""70后"之分,在这个问题上,我更愿意认同王安忆曾所认识的:"文学的时间和现实的时间不同,它的容量是根据思想的浓度,思想的浓度也许又根据历史的剧烈程度。总之,它除去自然的流逝,还要依凭于价值。"[1]而在以"一代"窥向整体之时,规训好"自我",是徐则臣写作超越的可能也是超越的条件。

(原文刊载于《扬子江评论》2017年第6期)

(钟媛:青年评论家、《中国当代文学研究》副主编)

---

[1] 王安忆:《在同一时代中》,http://www.chinawriter.com.cn/2013/2013-09-24/175493.html,中国作家网2013年9月24日。

徐则臣小说创作论

韩春燕　薛　冰

　　20世纪的中国社会经历着由传统农业文明向现代工业文明的过渡与嬗变,在这一过程中,现代化浪潮的涟漪不自觉地浸润着传统的乡土社会。"文学'再现''生活',而'生活'在广义上则是一种社会现实,甚至自然世界和个人的内在世界或主观世界,也从来都是文学'模仿'的对象"①。进入新世纪以来,在社会转型的大背景下,人类生产生活方式变得丰富多样,精神世界呈现出更复杂、更多元的特征。文学作为"生活"的"再现"也随之产生着互文性的变化。面对着更迭着的社会形态和环境,文学作品如何书写当下城市与乡村的碰撞中人类的生存现状,如何阐释面对急遽的变化时,人类内在心灵的困囿与怅惘,如何走出"身陷囹圄"的精神迷局,如何构建"焦躁"的当下与过去、未来的联系……都是写作者面临的普泛性的难题。而徐则臣作为"70后作家的光荣",以平视的姿态介入现实生活,深入挖掘内在的精神向度,正视一代人的文化性状,以其对当代人心灵孤绝漂泊状态的观照和对现代化的"侨寓"过程中人与城乡困境的深邃思考,以及突破困局、找寻出路的省思成为"中坚代"作家中卓尔不凡的存在。

一、"去乡"的困囿与怅惘

　　"京漂"系列被公认为是徐则臣小说中最出色的创作,也是使他收获

---

① ［美］勒内·韦勒克、奥斯汀·沃伦:《文学理论》(新修订版),刘象愚、邢培明、陈圣声、李哲明译,浙江人民出版社2017年版,第83页。

奖项与荣誉的重要创作。其中《跑步穿过中关村》《啊，北京》《我们在北京相遇》《伪证制造者》《把脸拉下》等中篇小说都是其中的上乘之作。漂泊无依的生存遭际以及精神样貌是"京漂"系列小说中揭示的普遍的现实生态。尽管出生、成长于乡村，徐则臣表示"我还是更愿意写一写城市，因为生活在其中，它是我最基本的日常生活，贴近发肤和血肉。我所遭遇的生活与精神疑难，是一个出门撞见城市的人必然面对的问题"[①]。既然要在城市书写中勘探时代问题，就需依傍于有现代品格的城市语境作为背景。北京作为中国的政治、经济和文化中心，是体现中国现代性的具象空间。它所具有的高度发达的物质文明与新鲜前卫的精神文明对于乡村人，特别是乡村的年轻人来说，具有天然的吸引力。在这种吸引力的催动下，大批蠢蠢欲动的"异乡人"蜂拥而至，"流动着的北京"成了徐则臣"京漂"小说中叙事生产的现实背景。也许是徐则臣曾经在北京无户口、无编制的主体漂泊经验，让他注意到这一群在城市"灰色"地带谋生谋爱的小人物。"京漂"系列中，徐则臣笔下的许多人物被设定为假证制造者、盗版光碟或假古董贩卖者、房产中介公司职员、自外地来北京求学的学生等等城市的边缘人物。他们飞蛾扑火般地自乡村来到城市，身体飘荡在城市与故乡之间，灵魂漂泊在理想与现实之间，祈望在大城市的罅隙中寻求安身立命的一席之地。

　　徐则臣在"京漂"系列里设置的边缘人物，几乎都已不是传统意义上面朝黄土背朝天的乡村进城者，他们大多是或多或少受过教育、在城市中从事着与文化相关工作的人物形象，譬如在书店打工的王一丁（《西夏》）、在北京大学求学的康博斯和在食堂工作的"诗人"班小号（《三人行》）、中学教师居延（《居延》）等等。在《啊，北京》和《我们在北京相遇》中，边红旗自称"绝对的民间诗人"，拿起笔时是"诗人边塞"，放下笔后，却是个假证制造者和贩卖者。边红旗原是苏北小镇的中学语文教师，在

[①] 徐则臣：《别用假嗓子说话》，河南文艺出版社2015年版，第207页。

当地也算小有名气,老婆是小学美术教师,两个人就这样安安稳稳地过着温馨和睦的小日子。后来的"日子有些别扭",一方面由于当地政府削减教师工资,另一方面每天日复一日的生活使边红旗的文学创作空间趋于逼仄,找不到写诗的灵感,加之一起长大、年龄相仿的伙伴们都陆续离开小镇去闯世界,边红旗躁动的心终于按捺不住了,不顾妻子反对毅然决然地辞职来到了北京。然而北京火热的外表下又是令人想象不到的冰冷。所谓来投靠的远房亲戚,见面后才真正了解到也不过是租住在平房里、吃着馒头咸菜、靠蹬三轮车为生的劳苦人。自己在求职过程中因外地人身份屡屡碰壁,最终只能放下知识分子的自尊与矜持,臣服于现实,也干起了靠蹬三轮车维持生计的营生。而后又在偶然间结识了朋友小唐,跟着他踏进了制造、贩卖假证的行列,在被警察围追堵截中提心吊胆地困顿地生活着。一面是乡村中学语文教师,人们眼中的"精英知识分子",一面是游走在道德与法律边界的"二道贩子";一面是多年以来作为教师,教书育人、传道授业解惑的成就感,一面是找不到自我认同和他人认同的迷惘感;一面是积极投身城市文化建设的雄心壮志,一面是温饱还不得以满足,更遑论实现理想的糟糕境遇……身份的裂变、心理的落差、理想与现实的对立等种种矛盾并置于边红旗一人身上,在这个立体的人物形象上熔铸了城市化进程中的冲突感与悖论感,也通过作品中这种撕扯的张力而给予了读者更繁复、更多义的解读空间。

值得注意的是,"京漂"系列小说的收尾方式似乎总让人感到错愕不已,但又在措手不及中引人深思,有论者指出这是"没有结局的结局"[1]。尽管在叙述过程中徐则臣尽力让这些小人物之间用友情和爱情来互相拥抱取暖,但结尾处却总含蕴着些许残忍的凉意——如敦煌在被女朋友告知怀孕的电话声中被锁上手铐(《跑步穿过中关村》);子午就在与女朋友

---

[1] 傅逸尘:《没有结局的小说与"漂泊者"的命运及状态——读徐则臣中短篇小说记》,《南方文坛》2014年第1期。

领证的当天遭意外杀害(《天上人间》);姑父在儿子考上清华大学之时又再次锒铛入狱(《伪证制造者》)等等。这些叙事的"留白"与其说是徐则臣在暗合"社会达尔文主义"的残酷现实,毋宁说是他在理性与感性的博弈下,悲观地直面灵魂漂泊无所归依的境况,对这些人物染以在劫难逃的宿命论的色彩。

  然而,无论是边缘人物群像,还是知识分子标本叙写,徐则臣在他们身上都映刻着当代人面对现实时共通的无力感——个体的命运像浮萍一样悬置在时代洪流之中,个人的理想和努力在与社会现实劈面相迎后被打得粉碎,"那种没有被规训和秩序化的蓬勃的生命力"在无法得到认同感的心理状态下日趋黯淡。在城市坚不可摧的阶级壁垒面前,"无根性"的漂泊焦虑与在城市中的困囿与怅惘始终贯穿于人物精神的始终。当拼搏与自省都不足以给他们带来安全感时,他们选择了逃离,逃回记忆中的"乌托邦",试图找寻精神上的动能支撑。小人物的命运就这样被放置在徐则臣的放大镜下,从而聚焦于时代症候下个体精神的隐痛点。

二、"归乡"的伤逝与寄寓

  "侨寓文学"的命名最早可以追溯到20世纪20年代。在鲁迅选编的《中国新文学大系小说二集》序中,他明确提出:"凡在北京用笔写出他的胸臆来的人们,无论他自称为用主观或客观,其实往往是乡土文学,从北京这方面说,则是侨寓文学的作者。但这又非如勃兰兑斯所说的'侨民文学',侨寓的只是作者自己,却不是这作者所写的文章,因此也只见隐现着乡愁,很难有异域情调来开拓读者的心胸,或者炫耀他的世界。"[①]对于当时的这些"侨寓文学"的作者来说,故乡之于北京是乡村与城市的距离,而今许多乡土文学的作者往往来自乡村,现居地并非自己的故乡,虽然其作品产生于城市,但实际上创作出的文学作品多会介入故土的人、

---

① 鲁迅:《鲁迅全集》(第6卷),人民文学出版社1981年版,第247页。

物、事。即便是以城市生活为题材的文学作品,其中也照见着故乡模糊的背影。徐则臣出生、成长于江苏东海,大学毕业后在淮阴师范学院任教,后考入北京大学中文系攻读硕士学位,硕士毕业后,供职于《人民文学》杂志社至今。由苏北到北京的求学和工作经历,成了徐则臣之于"侨寓"的切身体验。

侨寓者离乡,而后归乡找寻精神原乡是"侨寓"母题书写的题中之意。"住在城市,并不意味着你就是一个城市人。中国的城市化更像是一个简单地掠夺和抛弃乡村的过程,一路走一路吞并和摈弃,'大跃进'式的城市化,好像把农民和耕牛赶进筒子楼里就算完成了。一大批身心离散、精神动荡的人出现了。他们以不同的方式从小地方涌向城市,成为城市人、半个城市人或者城市里匆忙的过客,每个人带着各自的背景,让中国的城市变得无比复杂,乡村和小城镇被人为地、生硬地嵌进了城市里。在这个意义上,可以说,中国的城市有一半非城市性;或者说,中国的城市有一半的乡土性;或者说,理解中国的城市,必须以理解中国的乡村为前提,抛开中国的乡村去理解中国的城市是片面的。"[1]为了更深入探寻"城市的乡土性",徐则臣在自己的文学版图中设定了与北京相对望的另一极——由花街、运河和石码头组成的表述空间。

与贾平凹笔下的棣花老街、莫言笔下的高密东北乡和苏童的香椿树街一样,"花街"并不单单是徐则臣地缘意义上的故乡,他在写作中赋予了它更多的情感使命:"这个乌托邦容纳了我所表达出的一切看到的、听到的、闻到的、想到的、感觉到的、触摸到的,以及由此导致的想象和虚构;包括了我的世界观、人生观;囊括了我的理想主义和被关注的西绪福斯;还有我将要表达和永远也表达不出来的属于我的东西。"[2]这个"邮票大小的故乡"比起北京的孤傲与冷漠,它更为亲切、平易近人。晴好阳光下

---

[1] 徐则臣:《别用假嗓子说话》,河南文艺出版社 2015 年版,第 207 页。
[2] 徐则臣:《一个人的乌托邦》,《滇池》2006 年第 11 期。

湿润明亮的石码头、波光粼粼的运河和来往如梭的船只、花街上矮小的青砖瓦房和林立的商铺构成了另一个热气腾腾的烟火人间,槐花树的香甜气息、晨昏中的鸡鸣狗吠、傍晚时随微风飘荡的炊烟都是根植在徐则臣记忆深处的故乡密码。"花街"虚构空间的建构远离城市的喧嚣,但它却是现代性进程中乡土表征的聚集地——传统的乡村形态、乡土文化与乡村伦理在现代文明的冲击中是否还有与之抗衡的力量?在远离乡村和土地过程中,出走的少年们在历尽沧桑后,精神信仰与理想主义将安放何处?这些都是徐则臣在"故乡"系列小说中所嵌入的对人与城乡关系的进一步关注和思考。

短篇小说《夜归》里叙写了一个父亲在大年夜晚上接儿子一家三口从车站回家的故事。在有限的篇幅内,文中的"儿子"以知识分子返乡者的"他者视角"看到了家乡(县城)的发展近况:河流填平了,田地里建起了房子,楼房、商厦、店铺拔地而起,二十年前就读的高中如今变成了霓虹闪烁的商场,脚下的路由沙子路变成了柏油路,乡亲们出行的交通工具不再是自行车和三轮车,变成了带空调的豪华中巴……变化了的故乡到处充斥着现代化印记的陌生感。然而在与父亲的对话中,儿子心中泛起的对故乡的回忆仍旧熟悉与温暖。风雪夜里与父亲二人抽着烟驾着牛车时的交心、家门口老母亲等待与守候的身影、一家人团聚着过年的温馨等等,都是在都市丛林体验里不常感受过的安适、从容和慰藉。

作为中国乡土文学的两大主要流派,由鲁迅开拓的"写实传统"与由沈从文、废名等人开拓的"抒情/诗性传统",至今仍是乡土小说创作的重要承继对象。近百年前,鲁迅开启现代文学中"归乡"原型模式书写[1],其作品大多是返乡者对乡村现状尖锐的控诉和挞伐,这在同样是"归乡"题材的"故乡"系列小说创作中是罕见的。但与此同时,"在与现代社会相

---

[1] 钱理群、温儒敏、吴福辉:《中国现代文学三十年》(修订本),北京大学出版社2016年版,第38页。

比较时,静止是乡土社会的特点,但是事实上完全静止的社会是不存在的,乡土社会不过比现代社会变得慢而已"①。这也意味着,在现代化的催生下,徐则臣笔下的故乡也并不如沈从文笔下的"湘西世界"和汪曾祺笔下的庵赵庄那样清丽脱俗。徐则臣虽伤逝于故乡的现代化变故,然而更重要的是对人性偏颇的宽容处理,与在含混的城市化方向中对"理想主义"的提纯。"故乡"系列中麻婆与修鞋匠老默生死相守的尘缘往事(《花街》)、七奶奶与汝方凄美又心酸的爱情"童话"(《忆秦娥》)、老猎手老杜不肯交出最后一杆土枪的倔强(《最后一个猎人》)、范小兵为坚持成为伞兵梦想豁断牙的热情(《伞兵与卖油郎》)……如此种种对世间真情的呵护与对苦难的隐忍,是唯独在"花街"的空间中才寄托着的朴素与温意的执守。徐则臣在意的"俯拾和整理故乡的记忆",让流浪归来的人们有个精神寄寓的场域。就此而言,如果说"京漂"系列小说中小人物的日常是其"写实主义"的创作立场,那么在"故乡"系列中,氤氲着的理想寄寓则是在"写实"的底色上,又点染了"诗性"的亮色。

作家个人成长的"侨寓"轨迹是个逐渐远离故乡的过程,不仅仅是生活地点的迁徙,更是精神血缘上的淡化和疏离。永存于心中的乡间记忆为徐则臣提供了独特的观察世界的角度——"在水路之间,在现代边缘"②。"故乡"系列是城市化过渡阶段的存在状态,当城市对乡村的攻城略地还未完全打破传统的乡村布局和形态时,当先进的文化观念还不足以影响古意盎然的地域文化风貌时,徐则臣笔下故乡的守常与新变正记录着中国城市化的进展,并成了一代"半路人"的心灵驿站,正在影响且将持续影响青年人的价值选择。从抚慰漂泊的灵魂和疗救精神疾苦的角度来讲,"故乡"系列小说的意义就在于拨开现实迷雾,随理想主义的精神指向挺进诗意的远方。

---

① 费孝通:《乡土中国》,人民出版社 2015 年版,第 95 页。
② 徐则臣:《把大师挂在嘴上》,上海文艺出版社 2011 年版,第 191 页。

三、突破困局——"到世界去"

"去乡"时无法得到自身身份和价值的双重体认,于是在"归乡"中找寻心理寄托和慰藉,同时又难以跨越在与故乡割离后的心理鸿沟,就这样徘徊在"去乡"与"归乡"之间孤绝的漂泊状态中,徐则臣敏锐地捕捉到了当下的"侨寓"困局。难得的是,徐则臣在作品中勇于走出困局的突围与试探——到世界去。在某种程度上,徐则臣"到世界去"的文本探索为当代中国人拯救失落的信仰、寻求精神的出路提供了某种可能。历时六年完成的《耶路撒冷》便是例证。

百年前,鲁迅在《孤独者》和《在酒楼上》等短篇小说中,塑造了在五四运动退潮时期做出不同精神抉择的新型知识分子形象。魏连殳在经过正面与世俗的反抗后,走上了不屈服的自我戕守之路;吕纬甫在获得了生存机会的同时也逐渐失去了自己的反抗精神,走上了一条委曲求全的自我压抑之路;"我"在"出走—归来—再出走"的行踪中放弃了彷徨与摇摆,坚定着自我的信念……尽管这是特定历史时期,鲁迅对有着"启蒙自觉"的知识分子的精神困境的反思,但在主题层面上已经渗透到中国人深层次的文化心理,大范围上是对现代化进程中人类普遍的精神危机的观照和自省。自此,知识分子的出逃与堕落、坚守和隐忍一直延续到了新世纪。徐则臣一面承继着"出走—归来—再出走"的"归乡"模式叙写,一面又在其中注入了在现代化时代语境下对"侨寓"困局的思索和突围。《耶路撒冷》聚合了"出走"与"归来"的情节,使城市陷入"介入—被出走—再介入"的循环,揭示了从乡村"出走"的一代城市寄居者的"西西弗斯"难题。小镇青年怀揣对大城市生活的向往跑出乡村,却在城市的纷繁驳杂中迷了路,一次次经历精神挫败,成了"在而不属于"的多余人。于是回到故乡,企图对迷茫着的精神信仰进行重塑和朝拜。在精神原乡中得不到自我救赎的他,便开始了新一轮的漂泊——到世界去。

"到世界去",是徐则臣小说创作中诸多作品潜在的关键词,在《夜火车》《这些年我一直在路上》《沿着铁路向前走》《长途》《小城市》等作品中,都一以贯之地沿循着不断出走的叙述立意。只不过《耶路撒冷》无论在作品的体量、主题的意蕴或者是作家的用心方面,更能代表这些"到世界去"作品的旨归与精髓。在地理意义上,耶路撒冷位于死海边缘,历史冲突使得这个命途多舛的城市饱经沧桑,同时,这里是基督教、犹太教、伊斯兰教三大宗教的圣地,被誉为"和平之城",仅仅是"耶路撒冷"四个字便有着浓重的宗教意味和神秘色彩。然而在通读整篇小说后,其作为宗教圣城的神圣性被消解为个人对生命内在信念的执守,它不在遥远的中东,它不必依靠繁缛的宗教礼节和秩序来维护至高无上的权威,它只存在于小说中每一个人的心中,是个体信仰的意象与隐喻。耶路撒冷是一个多重所指的能指符号,就像初平阳在小说最后一章解释道他为什么执意要去耶路撒冷那样:"我知道这个最贫困的大城市事实上并不太平。但对我来说,她更是一个抽象的、有着高度象征意味的精神寓所;这个城市里没有犹太人和阿拉伯人的争斗;穆斯林、基督徒和犹太教徒,以及世俗犹太人、正宗犹太人和超级正宗犹太人,还有东方犹太人和欧洲犹太人,他们对我来说没有区别;甚至没有宗教和派别;有的只是信仰、精神的出路和人之初的心安。"[①]

《耶路撒冷》的故事从作为主人公之一的初平阳返乡开始。穿行在暗夜里的火车、车轮摩擦铁轨的凄厉之声、车厢里喜爱谈论天南地北的人们是徐则臣叙事独有的画面感。而后一同长大的、同从花街出走的伙伴们(秦福小、杨杰、易长安)有意识地或偶然地逐一回到故乡花街。小说中青年一辈从未走出故乡的人是景天赐,他以永远的少年形象停格在叙述的"过去"时态中。随着初平阳想要卖掉大和堂的事件进展慢慢铺陈开来,天赐的自杀真相抽丝剥茧般浮现在读者面前,也逐渐唤醒了主人公们对天赐自杀的回忆与不可言说的隐痛:易长安懊悔于在雷雨夜怂恿天

---

① 徐则臣:《把大师挂在嘴上》,上海文艺出版社 2011 年版,第 502—503 页。

赐与伙伴比赛游泳,导致天赐被闪电吓到精神失常;杨杰自责出于虚荣心,送给天赐一把手术刀,那把放在书包里的手术刀正是天赐情绪暴躁时割腕自杀的凶器;天赐的姐姐秦福小和初平阳愤恨于目睹天赐自杀的现场时无所作为,没有及时呼救却临阵脱逃了……于是天赐的死亡事件在某种程度上,是每个归乡人耿耿于怀的心理"原罪",是渴望得到解脱和救赎的中心事件。即便在十多年的逃离与漂泊中也未能淘洗藏匿于内心的罪感意识,天赐的死亡仍是他们挥之不去的梦魇。当回到故乡之时,面对并不如烟的往事,每个人试图用自己的方式进行着自我救赎:卖掉房子、到真正的耶路撒冷去找寻精神归宿是初平阳"到世界去"的忏悔实践;而对于秦福小而言,带着领养的儿子回到故乡,守着天赐生前"推开窗户就能看见运河,推开门就能走到水边"①的愿望也同样是"到世界去"的另一个新的含义——"世界"也存在于故乡中,无论出走或是回到原点"把掉到地上的都捡起来",都是历尽万水千山"跋涉在耶路撒冷九九归一的路上"②。

  对于徐则臣个人的创作而言,在指向"到世界去"的《耶路撒冷》以及在塑造了海外归来的戏剧导演形象的《王城如海》中,域外题材的开掘使得徐则臣的创作显示出更广阔的空间意识与全球化的写作视野。由初涉域外的短篇小说《古斯特城堡》《去波恩》的试水,再到长篇小说"小史诗"《耶路撒冷》和《王城如海》,徐则臣将城市、城乡放入世界文学坐标中,在写作中不断尝试着对出走边界的探索。在小镇青年敦煌、子午眼中,北京是"世界";在由北京归来的初平阳眼中,耶路撒冷是"世界";在走遍大好河山之后归乡的秦福小眼中,故乡也是"世界",或许存在着"世界"之外的世界:"我们的世界的尽头是另一个世界的开始"③。人与世界的关系不断深入地被放置于"城—城乡—世界"的逻辑链条中,使得对于

---

① 徐则臣:《把大师挂在嘴上》,上海文艺出版社 2011 年版,第 139 页。
② 同上书,第 194 页。
③ 同上书,第 27 页。

"关系"的审视在高倍率的广角镜头下变得更为清晰和真实,打破了"只缘身在此山中"被遮蔽的僵局。"世界"在徐则臣创作中的概念不断被泛化,由此,在充满着不确定和变数的关系场域下,人物不断地奔走,为了追寻、为了信仰、为了救赎、为了意义、为了世界的真相。不仅是写作题材的拓深,《耶路撒冷》与《王城如海》在小说的结构设计上也体现着徐则臣的文体意识。前者的主体部分以小说中主要人物的名字作为章节,并将事件漩涡的景天赐放置中心位置,其余章节以其为圆心向外辐射,以初平阳为《京华晚报》写作的"我们这一代"专栏为复线,镶嵌在主文本每一章节后;在后者中,主人公余松坡创作的话剧《城市启示录》穿插在小说主体每一章节的开头,形成开放式的文本系统。这种双线并行的小说结构形态使得主文本与副文本之间形成"双重虚构"的隔空对话,两个部分看似相互独立,实则互为镜像,互为补充,主题上的浑然天成为读者营造了更具想象力的解读维度和阐释空间。在这里,徐则臣有向陀思妥耶夫斯基的《罪与罚》中"复调小说中的灵魂对话"[1]致敬的意味。

由此可见,徐则臣"把大师挂在嘴上"并进入世界文学坐标写作的野心与"视野高远、姿态精进"的经典意识。

结　语

"好的文学作品总是如一杆大旗穿过世俗的晨雾,高挂在灵的天空中,对精神的晦暗投一丝辉光,对精神的痛苦投一丝抚慰,为精神的发展寻找更多的途径、更广阔的空间。"[2]毋庸置疑,作品的思想容量取决于作家自身在时代潮头从高处俯瞰的眼界与能将其内化为针砭时代问题的社会责任感。所以说,一个好的作家需在时代大背景下保持强大的理性思维与共情能力,并永存人文关怀与悲悯之心。修辞立其诚,作为写作者的

---

[1] 刘再复、林岗:《罪与文学》,中信出版社2011年版,第120页。
[2] 摩罗:《耻辱者手记》,内蒙古教育出版社1998年版,第346—347页。

徐则臣，是充满真诚又理性的。那些关于北京与故乡人们生存的挣扎依旧会继续；关于故乡与他乡之间的漂泊与回首的"出走"行动依旧会继续；关于在由乡入城的"侨寓"中自我精神归属的找寻也依旧会继续。直面着当下孤绝的漂泊境况，在如何突破"侨寓"困局的意义上，徐则臣为一代人进行自我清理的使命依旧正在进行时。一路找寻，一路丢失，奔赴远方亦不忘回首来路，徐则臣与我们总要"在路上"。

（原文刊载于《扬子江评论》2019年第1期）

（韩春燕：辽宁大学教授、博士生导师，《当代作家评论》主编；薛冰：暨南大学文学院在站博士后）

河流叙事与国族文化想象建构

——以徐则臣《北上》为中心

蒋林欣

自古以来,大江大河与国家版图形成、民族文化精神建构、原住民生活习俗演化等密切相关。中国是名副其实的大河文明之国,在国族文化认同的过程中,河流地理空间起到了不可替代的作用。近现代以来,国人开眼看世界,纷纷从河流出走,河流与家国情怀、国族文化想象等,都有不俗的文学表现,也是中国河流文学现代转型的重要表征。到了新时期,"寻根文学"成为新启蒙思潮中的一种创作潮流,而大地上的江河成了不少"寻根"作品的聚焦点,从河流寻根,几乎成为作家们的一种集体意识与行动,如张承志《北方的河》、张炜《古船》、齐邦媛《巨流河》等,均是在这一时代主题、文化背景下以河流为依托的文化寻根之作。最近,徐则臣凭借以大运河为主要叙述对象的《北上》荣获第十届茅盾文学奖。《北上》是一部大气磅礴的史诗性作品,在大运河这一河流地理空间中浓缩了百年中国的历史风云与世态百相,被誉为一部"民族的秘史"[1]。它延续了新时期文学寻根冲动的余绪,在当下寻求中华民族文化复兴的话语中进行文学河流叙事与国族文化想象建构[2],这对于运河文学、河流文学以及徐则臣的文学创作历程均具有里程碑意义。

---

[1] 小说封面腰封上就印着"一条河流与一个民族的秘史"。
[2] 李遇春认为寻根文学的理论阐释中始终隐含着"东方(中国)的文艺复兴的宏大诉求",参见李遇春:《"文艺复兴"与中国当代文学的历史重述》,《当代文坛》2019年第5期。

一、从个体经验到国族关怀：河流叙事的拓展

  与张炜、苏童、迟子建等众多河流文学写作者一样，徐则臣的文学创作也离不开河流的启示与滋养。大运河是他童年和少年时代的乐园，见证了他的青春时光，"这些被大河水汽笼罩的岁月，成了我写作最重要的资源，河里总有良方……我的小说背景在这条大河上下游走，开辟出一个纸上的新世界"①。他的早期作品大多是以运河为背景，如《大水》《花街》《最后一个猎人》《刑具制造者》《水边书》等，以运河、石码头、花街为主要叙事空间，大河之水滔滔奔流，这种书写主要是基于作者的生活、基于生命体验的文学观照。

  写故乡之河、生命之河，是很多文学家的共同写作经验，当然也留下了不少佳作。但是，如果徐则臣仅仅停留在这一层面，运河文学甚至河流文学在他笔下就不会有一种新格局、新气象，比如"大运河乡土文学开创者"刘绍棠的系列运河小说就是后辈作家难以逾越的高峰，更何况还有像张承志《北方的河》那样的以河流写民族文化精神的经典之作。在当下怎样写运河才可能有一些新的突破，既不重复别人，也不重复自己？想必徐则臣当初对此有所考量。"基于多年的专注，在泛泛地以运河为故事背景的写作之后，决意这一次倾囊而出，把大运河作为主角推到小说的前台来"②。至此，徐则臣的运河小说发生了"空间转向"。值得注意的是，小说叙事的"空间转向"，即叙事主角从人物故事转向地理空间，是当下小说正在发生的一个变化趋势，王安忆《富萍》"拖出一个梅家桥式的棚户区来充当上海故事的主角"③，梁鸿《中国在梁庄》的主角不再是某些

---

  ① 参见第十届茅盾文学奖授奖词及获奖感言。
  ② 《作家徐则臣推出长篇力作〈北上〉：大水汤汤，溯流北上》，凤凰网文化 http://ishare.ifeng.com/c/s.voo2gQr20V9683dV6SV1JeB49pCxiOOgkli21u--msfrPKSQ_，2018年11月27日。
  ③ 王晓明：《从"淮海路"到"梅家桥"——从王安忆小说创作的转变谈起》，《文学评论》2002年第3期。

人物，而是中国乡村的缩影"梁庄"。

  《北上》虽然有众多人物与多条叙事线索，但大运河才是作者书写的主体，小说中各个人物的使命就是从不同的角度来看运河这一主角。大运河贯穿中国大地南北，绵延2500余年，承载着丰富的中华民族文化精神。徐则臣就是要通过对河主体的历史书写，发掘蕴含其中的文化精神气质，在当下尝试想象建构国族文化。小说叙事的时间大致是从1890年到2014年①，展示了大运河从"废漕"的功能没落到"申遗"的重新唤醒的沧桑巨变。这也正是中国走向现代转型的时期，传统价值系统迅速瓦解，寻找新的国族文化认同就成了重要而迫切的文化命题与使命追求。同属于中华民族身份的文学家自觉承担了这样的使命，表现在"创作的过程中对本民族文化之根的探寻和体验"②。中国河流的持续流淌，喻示着民族文化精神的延续，通过河流空间想象与重构国族文化精神也就成了一个可能的途径。《北上》沿河流空间溯流而上，追寻大运河历史文化的源头，想象建构国族文化，"大运河作为一个文化符码，至少是部分地发挥了共同体的黏合功能"③。因此，我们可以看到小说中的各色人物都在纷纷奔向大运河，魂归大运河，并在新的历史语境下凝结成一股"复兴"的力量。

  《北上》是一次文化寻根之旅，徐则臣以冒险精神写出了自己既熟悉又陌生的大运河，凭借体验、考证、考古、访谈、虚构、想象等实现了从个体生命体验到国族文化宏大叙事的跨越，从多角度、多侧面展示了大运河这一宏大叙事的主角，使其获得了叙述主体性、历史厚重感、艰难现代性以及国族共同体的功能，呈现出大格局、大气象，集中体现了"河流文学"的

---

① 小说中补叙了谢平遥、李赞奇等人的工作经历，约从1890年开始。
② 孙胜杰：《少数民族文学"河流"书写的空间维度》，《民族文学研究》2018年第4期。
③ 杨庆祥：《〈北上〉：大运河作为镜像和方法》，《鸭绿江（下半月版）》2019年第2期。

多重意蕴和特征,既走出了刘绍棠等作家的运河写作模式,也走出了自己二十年来的运河写作模式,为运河文学添加了浓墨重彩的一页,是当下河流叙事的转折与突破。

二、"他者"与"自我":从河流地理空间想象中国

《北上》中的大运河有着无穷的魅力与诱惑,每条叙事线索里都塑造了运河痴迷者的形象,通过各路人物对运河空间的地理想象、地理感知、地理记忆、地理考察[①]等来呈现现代中国图景。晚清以来国门大开,中国与世界逐渐从隔膜走向交流融合,从"域外"视野重新审视中国也是较为普遍的现象,徐则臣在此引入了"他者"视角来审视中国,以意大利青年小波罗(保罗·迪马克)和马福德(费德尔·迪马克)兄弟来中国沿运河的见闻及生活为主线。

小波罗兄弟来中国考察运河最主要的原因是受到马可·波罗等旅行家的深刻影响。他们自幼跑遍了水城威尼斯周围大大小小的岛屿、河流与湖泊,对水有着自然的亲近,少年时代就尊马可·波罗为偶像,对他所描述的中国及运河十分神往,他们追随偶像的足迹先后前来中国。小波罗从杭州北上,一路以马可·波罗的讲述为对照,比如在地图上看到扬州欣喜若狂,因为那是"马可·波罗的扬州"。在马可·波罗及欧洲人的视野中,扬州是名副其实的"销金窟",就像威尼斯,美女如云,因而小波罗对谈女人、逛"众女子教坊司"兴致勃勃。小波罗临终却说他的弟弟才是那个要做今天的马可·波罗的人,于是小说又开启了马福德的叙事线索。他怀着对中国的好奇主动申请服兵役来中国,但他讨厌战争,心系运河,随时随地重读《马可·波罗游记》,"我对中国的所有知识,都来自马可·波罗和血脉一般纵横贯穿这个国家的江河湖海;尤其是运河,我的意大利老乡马可·波罗,就从大都沿运河南下,他见识了一个欧洲人坐在家里撞

---

① 邹建军:《文学地理学关键词研究》,《当代文坛》2018 年第 5 期。

破脑袋也想象不出的神奇国度"①。他喜欢出走与冒险,想做一个"运河上的马可·波罗,在水上走,在河边生活;像他那样跟中国人友好相处,如果尚有可能超出他那么一点,就是我想娶一个中国姑娘做老婆"②。在马可·波罗及其父辈们的描述中,世界上最好的瓷器、丝绸、黄金制品都来自中国,中国的女人非常美。因此,他十分迷恋中国姑娘秦如玉。正是马可·波罗等人所讲述的中国及运河文化传奇促发了小波罗兄弟对中国的想象与冲动,立志要来中国,甚至成为运河上的住民。这就像李劼人《死水微澜》中韩二奶奶讲述成都万般皆好,"连讨口子都是快活的",因此邓幺姑这个乡下少女一心向往成都,也类似沈从文《阿丽丝中国游记》的开篇,以到过中国多年刚回国的哈卜君及《中国旅行指南》为去中国旅行的向导与法宝,首先就从这种"他者"的"他者"视角展示当时中国社会面相。

　　《北上》侧重写了小波罗兄弟亲身体验的中国与运河,对中国文化风物的认同与迷恋,生动形象地展现了"他者"逐渐"中国化"的过程。小波罗几乎喜欢中国的任何事物,他打扮得像中国人,穿着长袍马褂,续着假辫子,模仿中国人的语言和动作神态;喜欢中国的饮食,如辣椒、四川菜、白酒、茶等;喜欢中国的器物,坚持用筷子而不用刀,认为那是"文明",行李箱中有喝工夫茶的全套茶壶和杯子,夸赞中国人写作时有笔墨纸砚,气派有范;喜欢运河上船只浩荡的壮观场面,对邵伯闸这样的水利工程感叹不已;甚至喜欢油烟味儿,觉得那是古老中国的味道,等等。在谢平遥看来,小波罗有些装模作样,甚至有欧洲人的傲慢和优越感,比如假辫子正是当时中国革命者等新人物作为帝国顽疾所反对的,小波罗故意模仿,难免有几分讽刺意味。在前半程,小波罗以观光猎奇的心态看中国及运河,

---

① 徐则臣:《北上》,北京十月文艺出版社 2018 年版,第 344 页。
② 同上书,第 360 页。

运河对他来说"就是一个东方古国伟大的壮举和奇观而已"①。但当他受伤之后心态有了明显变化,对运河产生了特殊的情感,他时刻与运河平行躺着,"白天听它涛声四起,夜晚听它睡梦悠长,我经常发现,我的呼吸跟这条河保持了相同的节奏,我感受到了这条大河的激昂蓬勃的生命"②。小波罗在弥留之际表达了对运河的深刻理解与热爱,将他人的运河变成了自己的运河,并由运河悟出了生死之道:该来就来,该去就去,认同了中国传统文化中的生命哲学,从容地与众人告别,把物品赠给同行者,请求死后把他葬在通州运河边上,并握住谢平遥的手称一声"兄弟"。至此,大运河及中国文化彻底征服了小波罗这样的"他者"。

　　马福德的中国化更为深入生活,集中体现在他对中国姑娘如玉的爱恋上。"马福德"这个名字就很中国,就像风起淀人。他喜欢如玉衣裙带起的香风,喜欢她画杨柳青年画的样子,喜欢她在河里漂洗衣服的姿势。纯洁温婉、兰心蕙质的浣衣女,正是中国传统文化中的美少女形象。如玉是运河养育的女儿,马福德被这神仙般的女子深深吸引,也就是对中国文化审美的认同。在与如玉在一起的日常生活中,他刻意地把自己充分中国化,在太阳底下暴晒,拔胸毛,留辫子或剪辫子,穿大裆裤、扎绑腿、穿布鞋,抽旱烟袋等,以期跟中国男人一样,"早就想不起来香槟、红酒、威士忌、啤酒是什么味儿了,我喝烧酒,吱儿一杯,吱儿又一杯"③。有一次他为了进入使馆而称意大利绅士"同胞",对方认为他是一个危险的会说意大利语的中国人,"谁跟你同胞,神经病!"④但他很高兴自己终于成了中国人。马福德与如玉的面貌差异无限地缩小,镜子里两人如同兄妹,"我们的面孔和表情在朝着同一个标准生长"⑤。相对于小波罗临终对谢平

---

① 徐则臣:《北上》,北京十月文艺出版社2018年版,第335页。
② 同上书,第335页。
③ 同上书,第410页。
④ 同上书,第408页。
⑤ 同上书,第410页。

遥称"兄弟",马福德夫妻如"兄妹",是中国文化的更深层次的影响,最后他为如玉复仇,甘愿葬在中国运河边。"他者"与"自我"实现了国族文化血缘的融合,并在后代得以延续。

小波罗兄弟及其他"洋人"与中国人是"看"与"被看"的关系。当时的中国人如何看待这些闯入者?《北上》塑造了一系列中国人眼中的"洋人"形象。当时的普通民众一是以好奇心理看"洋人",看外国人究竟长什么样子,小波罗常常是被看的对象,但他很乐意被观看,还故意做出各种搞怪的动作引人发笑。很多中国人分不清"洋人"到底是哪国人,以为世界上只有两个国家,一个是中国,另一个是外国。义和拳民分不清杀兄弟们的是哪国人,认为洋人都长得一样,都是欺负他们的外国人。因此,小波罗常常成为"外国"的代表,以及拳民复仇的对象,最终受伤而亡。二是根据各种传闻而产生恐惧心理。挑夫邵常来对传教士没好感,因为传说他们跟中国人不是一个人类,总是把中国小孩和妇女的眼睛、心肝挖来做药引子。他对小波罗的相机既好奇又害怕,听说那玩意儿摄人心魄,是用中国小孩的眼珠子做成的。三是普遍的排洋心理。由于清政府对待洋人和义和拳的态度瞬息万变,清军、八国联军、义和拳之间的关系彼此消长,在拳民眼中"洋鬼子""洋妖"都是敌人,运河沿岸的少年、如玉和父亲老秦,以及风起淀的民众都对"洋人"十分排斥。但是,同样是拳民的孙过路由于亲眼见过比利时传教士戴尔定的死及遗言,明白"洋人"也有区别,受过戴尔定救治的民众认为他是个好人。孙过程的前后转变也很能说明问题,当他还是"短袖汗衫"的时候对"洋人"十分痛恨,但后来又为受伤的小波罗跪拜祈福,他真实感受到小波罗这样的"洋人"自有不同之处。

《北上》通过"他者"与"自我"相互对照的视角,在运河空间展现出晚清中国的复杂面影与多维样态。一方面,在"他者"眼中,传统中国是无比丰富而诱人的,大运河文化以其独特的魅力征服了小波罗兄弟。另一方面,从国人对待"洋人"及外来事物的态度,我们可以看到"自我"保守落后甚至愚昧的劣根，像谢平遥这样有着新思想的知识分子以及作者徐则臣对此种种现象也怀有一定程度的隐痛与批判。

三、"正面"与"侧影"：激荡在运河上的百年中国历史风云

《北上》的宏阔气魄在很大程度上就在于借助大运河这一文化地理空间，展现了近现代百年中国的历史风云。小说该如何书写历史？又如何在历史叙事中想象中国？徐则臣采取绘画艺术中"散点透视"①的方法，将这段历史中的国族形象的不同面相铺展在平面上，互不遮挡，进行全景式、全方位地雕画，将"侧影"与"正面"相结合，从不同的视点来展现波澜壮阔的运河空间里的中国图景，如维新变法运动、义和拳运动、八国联军侵华战争、抗日战争等重大历史事件及余波影响都在大运河上一一展开。大运河是一条风云激荡的河流，晚清政府、外国势力、义和拳之间的关系变化莫测，各方势力相激相荡。这与李劼人的"大波"三部曲所聚焦的历史非常相似，李劼人展现的是清末成都地方势力（袍哥）与洋教势力之间的彼此消长。不同之处在于李劼人所写的是他经历过、体验过、观察过的晚清成都，徐则臣主要凭借考古式的研究与文学想象来写百年前近现代中国的历史与江湖。

在《北上》中，义和拳与"洋人"之间的斗争是情节发展的主要推动力。首先，洋教势力对地方事务的渗透是孙过程家族命运的转折点。小说通过孙过程的回忆补叙了孙家的历史。孙家在大旱之年因争运河水浇田与赵家结下梁子。孙过程身强力壮武艺超群，实力远超赵家，但赵满桌老婆的娘家哥哥入了村里的德国圣言会，传教士信徒众多，还有洋枪，后台强悍。赵满桌老婆应洋教要求入会信教，四下散播孙家有"白莲教妖人"以挑起矛盾冲突，因"白莲教"是当时官府镇压的邪教，孙家前去理

---

① 近年已有研究者注意到文学创作中对"散点透视"的运用，如邹建军、胡忠青：《"梁庄系列"中的"散点透视"》，《当代文坛》2019年第4期。

论,圣言会就出动洋枪队,双方发生激烈械斗。县太爷意识到这场斗争涉及民教之争,大刀会、洋教士都搅进了这趟浑水,又因震惊中外的"巨野教案",担心官帽不保,立马前去判决停止械斗。但孙过程的父亲被洋枪打死,母亲因深受打击而离世,孙氏兄弟对洋人和教会十分愤恨,夜里火烧教堂,奔赴邻县,加入大刀会,汇成"义和拳",打着"扶清灭洋"的旗号一路往北。这些情节与《死水微澜》中土粮户顾天成的报仇之路以及成都东大街耍刀风波有着异曲同工之妙,孙氏兄弟正是在洋教势力的掺和下被"逼上梁山"。

其次,孙氏兄弟的逃亡成了小波罗运河之旅惊心动魄的转折点。小波罗轻松自在的观光很快就被"短袖汗衫"(孙过程)的出现打破,从无锡就开始各种挑衅与刁难,如影随形。在邵伯闸,"短袖汗衫"强行跟随小波罗船只抢先过闸之后依然纠缠不休,"我想完,北边来的兄弟们不答应啊",谢平遥方才明白对方是义和拳,当时义和拳被镇压后,拳民沿运河一路南下。经验丰富的船老大老夏因为惧怕义和拳,船上又载有洋人,便假装修船趁机扔下客人跑路。谢平遥托朋友推荐才雇到老陈的船只,当时局势危急,一般的船主都不愿往北跑,尤其是运洋人,老陈因手头紧铤而走险。果然,孙过程等人又来挑衅,把小波罗带到"大哥"处,要杀之而为兄弟们报仇。因孙过路曾受谢平遥一饭之恩,就让孙过程护送他们离开,于是孙过程的任务就由捉拿小波罗转变为陪其北上。但小波罗并没有摆脱厄运,拳民张群等人趁天黑雨大带着家伙偷袭小波罗,砍伤了他的肚皮,由于一路颠簸伤口复发,在中医与西医的反复治疗延误中患败血症而亡。从孙过程到张群,延续了拳民的复仇之路,此中情节跌宕起伏,颇有中国传统通俗小说的传奇色彩。

再次,在马福德的线索中,秦家的衰败也是如此。风起淀做杨柳青年画的老秦与老袁两家暗暗较劲多年,庚子年间矛盾摩擦突然明朗。老秦家的《龙王行雨图》获得了巨大成功,老袁家就不淡定,相互比传人,袁家有三个儿子和两个徒弟,而秦家只有一个女儿,勉强招了个徒弟。此时如果有洋徒弟加入秦家,将会改变两家的格局。老袁暗中收买老秦的徒弟,把秦家与洋人交往的情况捅给义和拳,因此常有人来找老秦家的麻烦,污蔑他是教民。风起淀又突然痢疾流行,传言就说是出入秦家的洋鬼子投了毒。当马福德去找如玉时,被义和拳抓住,要带走如玉,临危之际老秦夫妇将如玉托付给马福德,之后双双葬身火海。这一段展现了义和拳与洋人在运河小镇风起淀引起的激荡。

此外,《北上》还侧面写了运河上漕帮、河盗、兵匪等诸多江湖风云。其中对漕帮进行了重点描写。"短袖汗衫"刚开始出现时大家都以为是"漕帮",老夏、谢平遥等人谈"漕"色变。漕帮有黑帮性质,很多流氓都打着漕帮的名号欺男霸女、打家劫舍,比如在餐馆吃完了抹抹嘴来一句"老子是漕帮的"转身就走。小说中虽然没有真正的漕帮人物形象,但作者从想象的"短袖汗衫"这个侧影来写了漕帮势力的不可一世。但在运河上,除了漕帮这样的本土势力之外,更甚的是无处不在的列强势力,他们对运河河道的掠夺侵占明目张胆,圈租界,占港口,插手内陆水道,运人运货,在运河上下来回跑,要少收税,还要保证最快过闸,"地球自西向东转,咱们西方人的时间可耽误不起"[1],表现了当时列强的蛮横霸道,这也是近代开埠以来江河流域上的普遍现象。

仅从"侧影"观照重大历史事件似乎还不够,因此《北上》又通过马福德、大卫的线索正面描写了八国联军、义和拳、清军之间的矛盾冲突与激烈的战争场面。比如联军与义和拳在落垡交战,马福德和大卫都是第一次实战,本身对战争比较陌生而糊涂,在他们看来,拳民的战斗行为显得特别古怪而愚蠢:"挥动梭镖、长矛和刀剑,做各种古怪的动作"[2],"金钟罩""铁布衫"在洋枪下纷纷倒地血流成河。在蒙昧与现代武器的交锋中,义和拳惨败无遗,但他们的狂热、视死如归的勇气却令马福德心生恐

---

[1] 徐则臣:《北上》,北京十月文艺出版社2018年版,第9页。
[2] 同上书,第358页。

惧,越发糊涂:"看不明白这究竟是怎样的一群人。各种优劣完全背反的品质,他们照单全收,却又和谐地熔于一炉,装进同一个身体里"①,劣根与勇气并存正是当时国家民族文化的写照。在八里台会战中,清军将领聂士成浴血奋战,以身殉国,给马福德带来了巨大的震撼,"聂死之壮烈没有激发我的战斗豪情,却唤醒了我'逃离'的冲动"②。马福德的腿受了伤,做个幸福的瘸子成了他后半生的最高理想,于是他装扮成中国人一路逃离去找如玉。在战争体验中,马福德始终想到的是如玉,他为自己取一个中国名字,希望作为一个平凡的人生活在运河边,国家民族之间的战争加速了他对中国文化精神的皈依。

　　徐则臣运用多种叙事方式,多侧面、多角度地展现了近现代风云激荡的中国图景,但他又侧重于从普通人的视角入手,规避了历史战争小说中常见的宏大叙事模式。《北上》中几乎没有塑造时代英雄人物,无论是小波罗兄弟还是谢平遥等知识分子,都说不上是英雄,更多的是如孙过程兄弟、老秦夫妇、老夏老陈等这些大时代中的小人物。它将轰轰烈烈的历史风云细细描摹在日常生活细节之中,对战争正面场景的描写也是通过马福德、大卫等没有战争经验的普通士兵来完成的,这就承续了李劼人对这一段历史所采取的"侧影叙事"方式。

四、"诗性"与"苦难":流动中的前现代乡土中国景观

　　与"小城镇""村庄"③等文学地理空间不同,河流是流动的乡土空间,意味着远游、探索与冒险,但很多河流小说主要写被河流相隔的此地与彼地,或者固定的家族和人物,实际上是一种静止叙事,并没有写出河流的流动特性,缺少河流作为流动线路的意义。《北上》则采用了流动叙事,

---

① 徐则臣:《北上》,北京十月文艺出版社 2018 年版,第 364 页。
② 同上书,第 372 页。
③ 相关研究可参考余连祥:《现代江南小城镇文学研究》,科学出版社 2018 年版;韩春燕:《文字里的村庄:当代中国小说的村庄叙事》,上海人民出版社 2011 年版。

通过河与船串联起城镇、乡村,在流动的河流地理空间上展开一场国族文化的寻根之旅,在现实主义中闪现着浓郁的浪漫主义色彩。像李永平《大河尽头》那样以河流为依托的浪游小说,也有几分《西游记》的味道,一路赏风景看文化,参与江湖事,呈现了现代转型期的烟火繁华、诗意与苦难并存的乡土中国景观。

　　首先,小波罗从杭州出发,经过了系列运河沿岸的城镇和乡村。作者根据叙事需要有详有略地描写了城镇景观、乡村景观和运河景观,对城乡风物的细致描写蕴含着静谧的诗意。小说开篇一幕就是小波罗被吊在半空,以开阔的视野俯瞰大地,看到了繁华的无锡生活:"房屋、河流、道路、野地和远处的山;炊烟从家家户户细碎的瓦片缝里飘摇而出,孩子的哭叫、大人的呵斥与分不清确切方向的几声狗吠;有人走在路上,有船行在水里;再远处,道路与河流纵横交错,规划出一片苍茫的大地。"①无锡北倚长江,南滨太湖,大运河穿城而过,是典型的水乡城市,水网密布、人烟辐辏,这是一幅典型的前现代中国城市图景。作者又以谢平遥的视角写了锡蓝客栈那些蓝白相间的床上用品、街巷里潮湿的青砖石板路、无锡人清细娇糯的语言、泰伯桥边冒着青烟的砖瓦窑、无锡惠山的泉水等,一派婉约的江南特色文化风情展露无遗。

　　此外,小说还详细描写了沿路的码头,码头上挤满了各式各样的船只,各色人员聚集,做买卖的、拉客的,十分繁忙热闹。小波罗一路体验了清江闸的凶险、邵伯闸的宏伟、河道的繁忙,以及船只过闸时场面的壮观,"有的平底货船一支船队就二三十条船,船头连接船尾,浩浩荡荡甩出去三四里地"②,也见证了大运河的日常生活场景:"每日三餐的饭点上,都会有轻便小船在繁忙的水域上来回跑动。此刻,大嗓门儿的老板娘在一遍遍重复早餐的种类:豆浆、烧饼、油条、豆腐脑、稀饭、包子、蒸饺、窝头、

---

① 徐则臣:《北上》,北京十月文艺出版社 2018 年版,第 4 页。
② 同上书,第 69—70 页。

面条,还有咸菜、豆腐干和酸辣椒。小波罗推开窗户,看见水汽氤氲的河面上错落行走着的几艘船,如同穿行在仙境"①。这完全就是一幅流动的"清明上河图",人间烟火中不乏诗意情怀。

连接城镇与乡村的是运河空间,作者在叙事中常常旁逸斜出,来一些景物描写,画龙点睛,对春夏不同季节、晨昏、晴雨不同天气,以及从南到北不同地理等情况下的运河风景进行了细致描绘。三月的运河两岸柳绿桃红,青草蔓生;夕阳下的运河像一块绵延的猩红绸缎;夜晚的运河繁星满天;雨后的运河水势浩荡,"南方的建筑恍恍惚惚地倒映在水里,看不清的行人和动物也在水里走动,仿佛运河里有另一个人间"②,等等。小波罗被岸边铺天盖地的油菜花海深深震撼,他连忙拍照寄给意大利的父母。油菜花地是野性的舒展,也是乡愁的记忆,连接了他对故乡及少年时光的回忆,乡土中国的诗意又一次发挥了民族黏合的功能。

风起淀是个半村半镇之地,淀上人家分布在白河两岸。白河上的芦苇荡是马福德战后逃亡疗伤的避难所,更是他与如玉爱情的伊甸园。作者以浓郁的抒情笔调描写了这里的绝美景致:"水里有个圆月,月亮周围环绕着白云。河面如同撒了一层白银。""我们坐在芦苇荡里,船晃晃悠悠,芦苇在黑暗里波浪一般涌动,水鸟在梦啼。只有黑夜,只有我们和这片大水,大清国、义和团和瓦德西率领的联军都在另外一个世界。"③大运河收留了马福德这样的逃亡者,开启了新的生活与梦想。中国传统文化、文学中的江河隐逸之思在河流空间中再次呈现,河流作为一种极富"乌托邦"色彩的生命乐园而存在,也是前现代文明里诗意中国的重要体现。

除了对乡土中国的诗意想象之外,《北上》还塑造了苦难中国形象。那些依托运河为生的底层人民生存的苦难底色,是国家民族的缩影。小说描写了运河船夫的跑船生活,塑造了老夏、老陈等船老大形象。水上饭

---

① 徐则臣:《北上》,北京十月文艺出版社 2018 年版,第 47 页。
② 同上书,第 68 页。
③ 同上书,第 387—388 页。

并不好吃,航路十分惊险,河流里时有触目惊心的沉船。水上生活十分艰辛,加上时局堪忧,运河上各路兵匪横行,客船生意越发难做,老夏时时想着另谋生路。小波罗想买老夏的老烟袋,但他不愿意,要用烟袋缓解疲劳与寂寞,"年轻的时候他跑长途,带过一条狗,好吃好喝地伺候,一趟下来三四个月,那狗最后还是没扛住,跳下水游到岸上,宁愿做条野狗"[1]。船到邵伯闸,其他人都激动得到处跑到处看,而老陈夫妇情愿守船,"日子难过,好奇心都被生活榨干了"[2]。运河上的家族也很艰难,常常因生活而搬迁,比如孙家祖籍山东汶上,既耕田又吃水饭,但后来这段运河成为故道,祖先决定搬到梁山,又遇上大旱大灾,一部家族史就是一部逃荒史、搏斗史。

  大运河水流湍急,河底地形十分复杂,时有船只突然搁浅,因此又产生了"纤夫"这种靠苦力吃饭的职业。《北上》写了运河上纤夫们的日常景象,一群群黑瘦的男人坐在岸边简易的草棚里等生意,当完成一次拉纤任务之后,他们早已累瘫。纤夫的队伍里还有带着孩子来拉纤的女人,"长年劳作,她们的身形和长相已经越来越像男人"[3],运河边的女性并不都是如玉那般如梦似幻,生活的操劳消磨了她们的女性特质,成为"纤夫娘"。拉纤是艰难的运河人民一种谋生选择,孙过程曾跟舅舅在沧州拉纤糊口,马福德也会跟着中国男人拉纤,融入运河的生存法则。"运河在,纤夫就在……纤夫就是行走在岸上的又一条运河"[4],纤夫是中国运河上的一道苦难风景线。《北上》开篇以龚自珍《己亥杂诗》(其八十三)作为题记:"只筹一缆十夫多,细算千艘渡此河。我亦曾縻太仓粟,夜闻邪许泪滂沱。"这是当年龚自珍辞官南归途中行经运河,面对苍生黎民之苦所发出的"哀民生之多艰"的悲愤之音,徐则臣在此引用,也体现了他

---

[1] 徐则臣:《北上》,北京十月文艺出版社 2018 年版,第 68 页。
[2] 同上书,第 279 页。
[3] 同上书,第 249 页。
[4] 同上书,第 252 页。

对苦难中国的悲悯。

运河水流复杂,河道的疏浚、治理等都是浩大而繁复的工程,因此运河上除纤夫外还有河工。南旺是大运河的"水脊",是疏浚难度最大、次数最多的河段。船至南旺,受伤的小波罗从梦中醒来看到了运河上火热的劳动场面,无数的中国人正在挖河筑堤。谢平遥也看到了挑河现场,听到了合唱河工号子《筑堤歌》,在河工号子声中出现了罕见的运河辰景,"整个热闹的河工场面正展开在南旺湖上"①。《筑堤歌》是对中国运河上劳动人民欢快而劳苦精神的赞歌,运河辰景是对这热烈场面的定格,极富象征意义。但在大运河上,这样高亢的场景并不多见,"更多的是成千上万的饥饿劳工,蚂蚁一样穿梭蠕动在宽阔漫长的河道上"②,艰辛与苦难才是运河人们生存的主调。

《北上》以流动的河流空间视点,徐徐展开了一幅前现代乡土中国画卷,在对运河沿岸城乡风物及景观的描写中溢满诗情画意,文采精华,深情绵邈。在某种程度上可以说,作者正是作为一个现代文明病患者在对渐行渐远的乡土中国回望,而那些风物与景致已经随着现代化的进程消逝,成了运河儿女的追忆,具有精神"还乡"的意义。对运河上船民、纤夫、河工等乡土中国苦难的描写展示,对中华民族劳苦精神的赞扬,也是这场北上文化寻根之旅的应有之义。

五、"危机"与"新命":大河文化的衰落与重构

河流危机叙事是当下小说的显在主题③,《北上》写出了在中国现代社会转型的洪流里百年运河的多重危机,包括生态危机、功能危机、文化危机等层面,涉及运河漕运功能的式微、知识分子的穷途、家族及河流生

---

① 徐则臣:《北上》,北京十月文艺出版社 2018 年版,第 315 页。
② 同上书,第 316 页。
③ 蒋林欣:《新时期四十年文学中的河流危机叙事及意义》,《云南社会科学》2019 年第 3 期。

产生活方式的衰落、非物质文化遗产的失传等,让运河子孙在惋惜哀叹那些逐渐失落的辉煌的同时,不得不重新思考它的未来。

  大运河之于中国的重要性主要体现在几千年的漕运功能上,晚清时期漕运从式微到废止,标志着运河文化的没落。一方面由于河道干涸、改道、淤塞、兵匪河霸猖獗、战争频繁破坏,水运成本和风险越来越高;另一方面火车等陆上交通和海上航运快速发展,兼之清政府财政匮乏,漕政弊端日重,1901年清廷颁布废漕令,又裁撤相关机构及人员,结束了历代相沿的漕运制度,大运河的繁华也随之落幕。与之相关的一系列产业和人民的生产生活方式及命运都发生了重大改变。《北上》在描写运河风物的同时也透露着荒芜气息,如造船业破败,造船厂凋敝,漕船的骨架无人问津;运河沿线的部分仓库已经没落,当年昌盛的丰济仓已作他用或者被拳民甚至老鼠占据;部分古镇荒凉破败,房屋倾颓,荒草蔓生,乞丐出入其间等,展现出现代转型时期古老中国的老暮之气。

  运河危机深刻影响到现代转型过程中知识分子的心路历程。江南制造总局下属翻译馆的谢平遥曾是一位有理想的热血青年,一心想干点实事,"大丈夫当身体力行,寻访救国图存之道,安能躲进书斋,每日靠异国的旧文章和花边新闻驱遣光阴"[①]。因列强干涉漕运事务缺少翻译,他在别人的嘲笑中主动请缨去漕运总督府,以为可以干一番大事业,周旋在中国官员与洋人之间;后被发配到下属的造船厂,此时漕运式微,造船厂行将就木,人人都在另谋出路,谢平遥时常有悲凉的沦陷感,又遇灾民大规模南下,义和拳飘扬中国北部,八国联军铁蹄踏来。处事老到的李赞奇早先就从翻译馆出来到上海《中西画报》做主笔,在他频频催促下,谢平遥才辞职离开造船厂,开启新生活,于是有了他陪同小波罗北上的故事。他常阅读和抄写进步书籍,反复读龚自珍的《己亥杂诗》,体会自己与诗人相似或相异的心境,"龚自珍彼时南归,而他北上;南归是故里,北上却是

[①] 徐则臣:《北上》,北京十月文艺出版社2018年版,第8页。

无所知之地"①。他时常感到自己的退化懈怠,在与留洋的郑大夫讨论该如何处理与列强关系时,他沉默了,"愤怒与激情因为无奈而日渐消磨"②,再不复当年意气风发。从热烈激昂到理想的失落与彷徨,是那一代知识分子的典型心路历程。

运河的危机更直接地影响到两岸人民生产生活方式、风俗民情的改变。《北上》集中写了邵家父子之间的矛盾冲突,成功塑造了"最后一个船民"形象。邵秉义在船上生活了六十年,船就是他的家、他的命,儿子邵星池也在船上生活了二十多年,天生是吃水饭的料,但他在汽车火车的奔跑中看到了水运的末日,他不想被时代抛弃,坚决要上岸,打破船民婚姻模式,与岸上女儿结婚。邵秉义不认同儿子的言行,但也知道水运早已今非昔比:"生意越来越小,货物越来越低端,利润越来越少,过去米面、蔬菜、钢筋水泥混凝土、各类家电家具都运,现在承接的货单只有木材、煤炭、砖石和沙子了。船上的装备越来越好,人还是那个人,吃苦耐劳敬业,但世界真他妈变了。"③但邵秉义依然留恋抗争,他坚持要按照船民的规矩为儿子办一场盛大体面、对得起祖宗的婚礼;在祖宗的坟前号啕大哭,认为邵家祖传的事业到了自己手上断了香火;别的船民都上岸居住,他还保留住家船;不断回忆讲述曾经在船上的光辉岁月。他就像李杭育所写的葛川江上的"最后一个渔佬儿"福奎。夹克姑娘为他拍了一张背影照,背景是空茫的运河,这与百年前小波罗照片里人来人往、帆樯林立的景象相去甚远了。

面对运河文化的危机,作者并没有停留在怀旧伤逝的层面,也不是要主张回归传统,而是开出良方,用文化唤醒大运河,在新的时代环境中,发掘运河文化的丰富内涵,实现文化转型,焕发旧邦新命。运河文化精神如

---

① 徐则臣:《北上》,北京十月文艺出版社 2018 年版,第 37 页。
② 同上书,第 328 页。
③ 同上书,第 93 页。

何重构？这正是当下运河之子们所要思考的问题与使命。《北上》在散点透视之后又进行焦点透视，百多年前的祖先们因运河结缘又分散，百年后的子孙们又因运河而汇聚。谢望和、孙宴临、周海阔、胡念之等因同一条河流而重新凝结成一股新生的力量，成为新时代运河文化的追梦人。

一是以谢望和、孙宴临为线索的《大河谭》节目制作。为寻找孙宴临，谢望和回到故乡淮安，寻亲祭祖，重游运河，发兴衰之叹，意识到运河是城市的血脉、文化的源头。他重走花街、石码头，这不仅是小说人物的寻根之旅，也是作者徐则臣在这部宏大作品中对文学原乡的一次回顾。二是周海阔的"小博物馆"建设。周家的家族产业是烧窑，作为长子的周海阔不愿接班，他喜欢在运河上下跑，打捞起千百年来运河丢失的诸多历史细节，开了十二家民俗客栈"小博物馆"分布在运河沿岸，将冯友兰的对联"阐旧邦以辅新命，极高明而道中庸"挂在客栈最重要的公共空间，开着"小博物馆号"在运河上来回巡视。三是以胡念之为线索的考古发掘工作。胡念之是马福德的后代，是名扬天下的考古学家，参与了运河上多次考古，在济宁运河故道清代沉船的考古中担任特聘专家，这次考古正值大运河申遗前夕。最后，各路人马因各自的运河文化事业齐聚于小博物馆，邵星池取回罗盘重返运河，谢平遥与孙宴临因运河做媒喜结连理，胡念之见到了太姥爷马福德当年的信，小说最后在大运河申遗成功的喜讯中落下帷幕，大运河获得了新生的契机。

运河的危机是百年中国文化危机的侧影，运河的新生也是中华文化的新机遇。《北上》展现了乡土中国与现代化进程中运河文化、民族文化的失落，在焦虑、追忆的同时，也在当前追求中华文化复兴的历史使命中，重新思考了国族文化建构的可能性与向度，并以一种"大团圆"的结局重新赋予了大运河作为国家民族文化形塑的重要功能。《北上》以收放自如的完整结构，实现了一次浪漫的文化寻根之旅。

结　语

　　通观《北上》，大运河有着巨大的魔力，所有人物都是运河的迷恋者，不管是小波罗兄弟这样的"他者"，还是谢平遥、谢仰止这样的"自我"，甚至邵星池这样的"叛逆者"，他们在运河上下来回奔走，在出走与归来中，最后都归根运河，成为运河之子。也许大运河作为黄金水道的辉煌时代已经过去了，但其作为国族文化想象建构的纽带依然在延续。来自世界各地的艺术家把运河刻画在他们的艺术作品中；瑞典小伙子西蒙·格朗瓦尔真心喜欢这条浩浩荡荡的长河，娶了中国女孩，成了苏州女婿；邵星池明白了快与慢的道理，在正视局限性的前提下发扬运河优势；谢望和、孙宴临意识到长河既然曾经畅通就不会一直断流。运河上的中国故事将继续传承下去，运河文化精神将在当下重新焕发独特的魅力。

　　从中国现当代河流文学的视野中来看，《北上》突破了过去那种地理环境式的、个体感悟式的、家族静止式的河流文学写作模式，借助大运河这一文化地理空间，抓住其流动的特征，通过"散点透视"与"焦点透视"相结合的叙事方法，收放自如地为近现代转型时期的中国造像，展现了"他者"与"自我"视域对照下的晚清中国复杂面貌与多维样态。《北上》从"正面"与"侧影"的多样视点展现了激荡在运河上的百年中国历史风云，呈现了"诗性"与"苦难"并存的前现代乡土中国景观，以运河地理空间为主体依托，完成了对百年中国国族文化寻根、想象与建构的尝试。

（原文刊载于《扬子江文学评论》2020年第1期）

（蒋林欣：著名评论家、西华大学文学与新闻传播学院副教授）

理论自觉、世界视野与中国故事同构
——论徐则臣小说及小说理论
顾金春　王禹新

甫一进入新世纪,当代西方最杰出的马克思主义理论家伊格尔顿就推出了其惊世之作《理论之后》(After Theory),认为在拉康、阿尔都塞、福柯、罗兰·巴尔特等理论家去世之后,"理论的黄金时代已经过去","理论现在已经结束了"①。这一宣称在断言"理论死亡"的同时,也使那些相信只需凭借个人才华就能写出好小说的作家受到极大鼓舞,在他们看来,理论家"在小说家的作品里找到的不是他们能够找到的东西,而是乐意找到的东西"②,所以他们时常会以尖刻的嘲讽语气否定理论家对自己作品的评论。

但在"理论之后"的新世纪登上中国当代文坛的徐则臣却反其道而行之,作为一个以文学批评者和编辑者身份介入当代文学现场的作家,他非常重视理论,在写作伊始就把自己定位为"专业的文学阅读者和写作者"③。这里所谓的"专业",既体现在他坚定地把托尔斯泰、卡夫卡、马尔克斯、福克纳等世界级文学大师"挂在嘴上",从经典出发保持高度的理论自觉;又体现在他以明确的世界意识和视野将写作置放在世界文学坐标中,把个体经验升华为人类命运共同体故事;更体现在他以强烈的时代意识介入当下,表现中国在迈向世界与现代过程中的时代大故事,为中国

---

① [英]特里·伊格尔顿:《理论之后》,商正译,商务印书馆2009年版,第1页。
② [哥伦比亚]加西亚·马尔克斯、门多萨:《番石榴飘香》,林一安译,生活·读书·新知三联书店1987年版,第104页。
③ 徐则臣:《把大师挂在嘴上》,上海文艺出版社2011年版,第49页。

当代文学如何更有效地讲述中国故事提供了典范。是以,徐则臣的小说及小说理论在新世纪以来的中国当代文学中具有"不同寻常的气象",他无疑已经成为"这个时代最重要的小说家"①。

一、"从路的尽头处开始":经典与徐则臣的理论意识

"他淹没在人群里,可以忽略不计——或者说,如同不在,在与不在是一回事……淹没感不仅覆盖了自己,也覆盖了游行的每一个人,他觉得所有人都被淹没了;明知道被淹没还依然淹没于被淹没,他感到了荒谬。"②在小说《耶路撒冷》中,易长安身处人群中因为被湮没感和荒谬感而发出"我在这里干什么呢"的感叹,可以看作徐则臣对自己写作的自问。自1997年开始写作,到2002年以《忆秦娥》踏上当代文坛,再到2004年发表成名作《啊,北京》,并于2019年凭借《北上》成为最年轻的茅盾文学奖得主,徐则臣始终面临着如何摆脱被"淹没"的焦虑这一问题。

在徐则臣踏上文坛的新世纪之初,中国当代文学在迈入"新世纪、新阶段"的同时,也日益被商业和市场因素侵蚀。随着消费文化兴起,作家的写作越来越追求消遣和娱乐功能,而逐渐"跟自己无关、跟这一代人无关,甚至跟当下的这个世界无关"。这种写作虽然能够收获"鲜花与掌声",但因为没有写作者"切肤的情感、思想和艺术的参与",因而"与文学的真义、与一个人眼中的时代南辕北辙"。徐则臣把这种写作定义为"假声写作"③。

徐则臣最初为文坛所关注的是《啊,北京》《跑步穿过中关村》《伪证制造者》《我们在北京相遇》等,以描写"边缘人"在北京的生活为背景的"京漂"小说,这些小说题材与人物极易与新世纪初流行的底层写作等

---

① 陈梦溪:《"70后"作家徐则臣凭〈耶路撒冷〉获老舍文学奖》,《北京晚报》2014年8月7日。
② 徐则臣:《耶路撒冷》,北京十月文艺出版社2014年版,第401页。
③ 徐则臣:《别用假嗓子说话》,《长江文艺》2018年第10期。

同,沦为潮流化写作。对此,徐则臣有着清醒的认识,对很多关于其小说是底层文学的评论,他多次直言底层文学的命名不具合法性,认为这种粗暴的命名"把社会道德凌驾于文学道德之上",窄化了文学与现实的关系,降低了文学的"艺术精神,创造和发现精神"[1]。所以,在"京漂"小说中,徐则臣关注的重点不是边红旗、陈子午、敦煌这些"伪证制造者"的现实生活困境,而是他们的精神世界。

这种写作与徐则臣对现实主义的反思有关。虽然《啊,北京》《跑步穿过中关村》《伪证制造者》《我们在北京相遇》《如果大雪封门》等"京漂"小说使其获得鲁迅文学奖、春天文学奖、中国新锐文学大奖等诸多文学奖项,为其带来一定文学声名,但这些小说因题材相近,且多从日常生活着手,切入现实的路径极为相似,由此引起徐则臣对现实主义的警醒。在他看来,当"生活是创作的源泉"作为写作的权威统治现实主义时,必然导致"现实主义的细节和尘埃堆满你的翅膀,禁锢你的思维",让创作拘泥于常识与细节而逐渐形成现实主义惯性,发现不了"那些洞穿现实照亮幽暗的精神世界的光"[2]。

如何突破现实主义的局限并消除其带来的危险?徐则臣选择的是向经典求援。作为"70后"作家,其读书与写作时恰逢各种后现代思想盛行,漠视理论、解构经典、驱逐大师、与传统"断裂",一时成为时代风潮。但徐则臣却坚持认为应该"在内心竖起高于'现实'尘埃的经典的'塔'",如此才能"精神抖擞地回到作家该去的地方",并进而改变当下"平庸懈怠的文学现状"[3]。所以,托尔斯泰、卡夫卡、马尔克斯、福克纳、若泽·萨拉马戈、君特·格拉斯、卡尔维诺、博尔赫斯、加缪、奈保尔、库切、帕慕克、胡安·鲁尔福、托马斯·曼、黑塞、卡佛等一众文学大师给他

---

[1] 徐则臣、马季:《徐则臣:一个悲观的理想主义者》,《大家》2008年第4期。
[2] 徐则臣:《我的现实主义危险——〈居延〉创作谈之一》,《收获》2009年第5期。
[3] 徐则臣:《把大师挂在嘴上》,上海文艺出版社2011年版,第44页。

的写作提供了"压倒性的营养"①,被他时时"挂在嘴上"。在以专业读者的眼光审视经典、带领读者领略经典魅力的同时,他试图借助经典的力量寻求写作突破,并在经典重读中流露出建构文学乌托邦的理想与野心。

现实主义局限在徐则臣早期小说中的表现之一是过于注重细节,迫切在现实中找到细节是其早期写作的套路,但又因过于依赖现实而使其力不从心,并逐渐对写作萌生厌倦。这种情况在徐则臣重读托尔斯泰时发生了改变。他通过托尔斯泰在镜子里经由五官看到内心进而抵达广大世道,意识到写作基本之义是"省察自我、勘探人心,直面和正视灵魂之丑陋和欲望之渊源"。这让他开始自问"在今天,小说何为?"这一小说本体问题,并认为小说应"能够指向和解决某个'虚'的东西"②。所以,我们在他的"京漂"题材小说中看到的不是底层写作惯常的苦难展示,而是他们的"生活和精神状态";在他的"花街"系列小说中,我们看到的不是对乡愁的刻意怀念,而是他对纯文学乌托邦的追求;在他的名作《耶路撒冷》中,我们看到的更不是庸俗的赎罪故事,而是试图为走向世界的"中国"及"我们这一代"重建精神信仰。

在阅读帕慕克时,徐则臣迫切想读的不是《我的名字叫红》《黑书》等名作,他更关注《纯真博物馆》这部用四十多万字讲述微小与琐碎爱情故事的小说。帕慕克为了赋予琐碎爱情以巨大张力,在小说中采取"给爱情提供物品清单"的策略,以构建博物馆的方式,用耳坠、口红、牙刷、4213个烟头等小物件来证明爱情,进而成为结构小说的有效方式,让小说变成可以"拆解、拼装、推理和证明"的魔方,"把小说中的世界和人物的必然性尽可能地降到了最低",在快节奏的时代"顽强地重申从容、优雅、细节和慢,召回了我们被现代社会强行解除掉的那一部分古典的文学想

---

① 徐则臣:《我的"外国文学"之路及相关问题》,《中国比较文学》2014 年第 1 期。
② 徐则臣:《灵魂镜视者——列夫·托尔斯泰》,《杂文月刊》2010 年第 2 期。

象"①。

　　在帕慕克的小说中,徐则臣领会更多的是结构小说的"方法论",这让他敢于在《耶路撒冷》中打破长篇小说惯用的顺时性结构,采用一种类似轴承的结构,把初平阳、舒袖、易长安、秦福小、杨杰五人紧密地闭锁在景天赐死亡情景的周围,并用十篇专栏文章把五个人从密闭的结构中时而解放出去,让偶然性与必然性完美契合。而在《北上》中,徐则臣则把小波罗沿运河北上之旅与当下的运河故事互相穿插,"快"与"慢"的叙事相互印证,有效地处理了在纷繁复杂的当下世界里"快"与"慢"的主题。这种挑战写作难度的结构方式,标志着徐则臣开始意识到"传统的线性结构已经不能适应充满偶然性和旁逸斜出的时代"②,并试图用新的结构方式来体现当下时代生活和精神,进入到文体自觉的新阶段。

　　与从帕慕克的小说中领会结构小说方法论类似,徐则臣在阅读中得到更多的是经典与大师的指引。例如,奈保尔在早期小说《米格尔街》中虽然对世界的认识还只能局限在故乡特立尼达的米格尔街上,但他却在自己文学版图里把米格尔街放在全球坐标中去呈现,"立足特立尼达,逐渐向世界进发"③,讲述全球坐标中的特立尼达人生活。所以,在"花街"系列小说中,一条只有两百米左右的小街,被徐则臣拉长放大:《耶路撒冷》中斜教堂建在了花街,《北上》中一条贯穿中国南北的运河则让花街流进了更大的世界。徐则臣把"整个世界都搬到这条街上","直到变成整个世界"④。

　　同样,福克纳的小说之所以把邮票大小的家乡处理成整个世界,是因为作家"心怀天下与人类的责任",所以他的写作时刻由"小"指向"大",

---

① 徐则臣:《〈纯真博物馆〉和帕慕克》,《边疆文学》2011年第9期。
② 徐则臣:《长篇小说传统线性结构已不适应当下时代》,《燕赵都市报》2014年6月3日。
③ 徐则臣:《把大师挂在嘴上》,上海文艺出版社2011年版,第38页。
④ 同上书,第237页。

这种"文学精神、看待经典和世界的方式"是福克纳留给后世的万贯文学遗产①。马尔克斯、博尔赫斯、略萨等拉美作家"爆炸"的作品背后,是他们"对整个世界和人的心灵发言"的知识分子责任,这是他们的作品得以"抵达整个世界"的原因所在,也恰是中国作家"应该继承的重要遗产"②。而波伏娃激荡的一生因其"介入"而魅力无限,马尔克斯在《一桩事先张扬的凶杀案》中用冷静的纪实手法丝丝入扣地呈现凶杀案背后的深刻孤独,麦克尤恩在《赎罪》中把"个人日常经验和宏大叙事对接"升华到"大"的品质,施林克在《生死朗读》中将道德让位给尊严进而处理为人类共同的事,伊斯梅尔在《长路漫漫》中既控诉战争又审视与反思自己,卡尔维诺在解读经典时以自己的博大和完整与大师对话,萨马拉戈在《所有的名字》中以虚拟的将来时及对话构建一个乌托邦寓言所体现的彻骨荒谬感,都为徐则臣"指示了一个开阔、幽深的小说世界",共同构成他"最基本、最朴素的小说立场"③。

当然,对作家来说,经典具有两面性:一方面它意味着庇护和救援,另一方面作家又存在着被经典吞没的危险。为了反抗这种危险,徐则臣把经典看成是"动荡的名单",其中既有对经典的认同,更有对经典的反抗。在他看来,虽然卡夫卡的伟大毋庸置疑,但他的语言"干、冷、硬,仿如偏执阴郁的骨骼和石头",翻译成中文后,"有着说不清道不明的别扭,缺少亲和力"④;黑塞的小说虽然能够深入我们精神困境,但在他的小说里看不到"丰沛的人间烟火和日常细节",看不到"未知的征程中必将面对的无数的偶然性",只能看到"人在往一个抽象的真理狂奔"⑤,所以黑塞本质上更像诗人和哲学家,而不是好的小说家;卡佛虽然因极简、空白和艺

---

① 徐则臣:《福克纳的遗产——看〈福克纳传〉》,《大家》2008年第4期。
② 徐则臣:《把大师挂在嘴上》,上海文艺出版社2011年版,第46页。
③ 徐则臣:《回到最基本、最朴素的小说立场——在中国原创小说年度排行榜暨首届"名家推荐"文学奖颁奖典礼上的发言》,《当代文坛》2007年第6期。
④ 徐则臣:《从一个蛋开始——重读卡夫卡》,《随笔》2010年第1期。
⑤ 徐则臣:《孤绝的火焰——重读黑塞》,《光明日报》2013年5月3日。

术自律而被众口一词地尊奉为大师,但也只是在方法论上更极端一些,反而因为追求节制把小说简化为"单薄的故事片段乃至细节","封住了意蕴的出路",导致巨大的空白可能会带来什么都没有的危险,缺少"理想中的大师应有的世界观"①。

"必须保持乃至生发出更多的对于文学的崭新的激情,以一个新人的心态和姿态时刻从零开始,从我自己写作的尽头处开始,从经典和前辈的路的尽头处开始。"②在获得华语文学传媒文学大奖的答谢词中,徐则臣表现更多的是双倍的"惶恐"。对不甘被"假声写作"淹没的徐则臣来说,"从路的尽头处开始"写作,向经典与大师求援,既是他突破意义焦虑的凭借,又是他获得文体自觉的来源,更是他依靠"来自一个浩大世界的呼应"以摆脱写作煎熬的动力。令人欣慰的是,徐则臣依靠理论自觉拓宽了小说的边界,中国当代文学也被赋予了更为丰富的可能性。

二、"在世界文学坐标中":时空视野与徐则臣的文学自觉

"大地在扩展,世界在生长,他就这感觉;他甚至觉得这个世界正在以无锡城为中心向四周蔓延。以无锡城的这个城门为中心,以城门前的这个吊篮为中心,以盘腿坐在吊篮里的他这个意大利人为中心,世界正轰轰烈烈地以他为中心向世界扩展和蔓延。"③小说《北上》中,意大利人小波罗坐在无锡城门前吊篮里所感受到的"世界正轰轰烈烈地向外扩展和蔓延",当可视为徐则臣自写作以来思考与观察文学的视野与基点。

与众多当代作家只沉浸在自己的文学世界中不同,徐则臣在小说写作之外对文学批评也有着浓厚兴趣。他不仅喜欢和梁鸿、邵燕君、李云雷、傅逸尘等青年批评家对话、接受研究者访谈、对自己小说进行阐释与解读,还为麦家、吴玄、林白、艾伟、李浩、曹乃谦等当代知名作家的小说写

---

① 徐则臣:《把大师挂在嘴上》,上海文艺出版社2011年版,第16—17页。
② 徐则臣:《从一个蛋开始》,浙江文艺出版社2019年版,第231页。
③ 徐则臣:《北上》,北京十月文艺出版社2018年版,第4页。

下众多评论,为戈鲁、卞心宇、水格等青年作家的小说写序言。更重要的是,他担任多年《人民文学》编辑,通过编选稿件直接介入当代文学现场。可以说,正是这种文学批评与小说写作的互动,使徐则臣能够在"世界"的维度上思考汉语文学的意义与价值,进而形成"在世界文学坐标中写作"[1]的文学自觉。

如何在文学全球化语境下确认自己写作的坐标,是这种文学自觉的首要维度。虽然中国当代文学涌现出一批优秀作家和优秀作品,在世界文学中具有重要影响,但由于汉语文学表达的独特性等诸多原因,世界读者对中国当代文学了解得并不多。为了突破这种困境,徐则臣认为首先应摆脱传统写作的惯性。在他看来,中国社会现实波澜壮阔,为小说提供了丰富的天然材料,使得讲故事成为中国小说的伟大传统;但同时过于丰富的故事材料又养成了中国作家过度依赖讲故事的写作惯性与惰性,使故事沦为鸡毛蒜皮,以至于作家也把自己狭隘地定位为简单的说书人,忘记了故事与小说的区别。在徐则臣早期小说写作中,因为对故事过于投入而导致虚构能力的衰退让他意识到"你想在别人已经到达的终点上再往前走半步都很难,你想在自己的极限处再往前走半步更难",并因之而生发出"极大的挫败感"和"绝望"[2]。

基于这种反思,徐则臣对故事心存怀疑。在他看来,故事的整一性是用"显见的、可知的逻辑呈现世界",这种"一条线"式的历时性叙事只能适应于传统的乡土社会,所以,莫言、贾平凹等作家可以只依靠讲故事就把对中国乡土社会的描述推向顶峰。而在乡土社会已经式微的当下时代,乡土社会的意义系统已经萎缩,生活充满偶然性与复杂性,如果再像莫言、贾平凹那样依靠讲故事来写作,则是"简化和遮蔽世界与人心的复

---

[1] 徐则臣:《在世界文学坐标中写作——在"中日青年作家论坛"上的发言》,《作家》2010年第21期。

[2] 徐则臣:《一意孤行:徐则臣散文自选集》,北京联合出版公司2018年版,第181页。

杂性",写出来的可能是"完美的虚伪之作"①。因此,徐则臣认为莫言获得诺贝尔文学奖之后,文学史必须要重新改写,讲故事的写作已经不适合当下时代。

徐则臣认为故事不局限于现实世界,小说的品质则是"向着未来,向着区别于当下的一种可能性"。小说不仅仅是故事,还要"对故事保持必要的沉默与终止",唯有如此,方能"为小说的不确定性提供诸多可能"②。在这一意义上,故事是"中国"的,小说是"世界"的,小说开始在故事之后。正因如此,在不断被国外读者问及生长在乡村为何不写乡土而写城市这一题材时,徐则臣开始意识到在越来越趋同的当下世界心灵问题也越来越趋同。所以尽管《忆秦娥》《花街》《鸭子是怎样飞上天的》等早期以"花街"为背景的小说虽然广受好评,但他并没有把"花街"衍生成与汪曾祺的高邮、苏童的枫杨树故乡、毕飞宇的平原等江苏作家类似的文学原乡,而是在《啊,北京》《跑步穿过中关村》《伪证制造者》等以北京为背景的小说中倾注更多心力,并认为《跑步穿过中关村》的英译名 *Running Through Beijing* 翻译得很好,因为"中关村对国外读者没有感觉,北京更能唤起阅读的欲望"③。可以说,正是以北京为背景的这类写作,让徐则臣成为具有较高辨识度的作家;也正是这类写作所蕴含着的"到世界去"这一主题,才让他得以从"花街"的乡土故事走向在北京的"中国"小说,进而获得"在世界文学的坐标系中写作"的文学自觉。

徐则臣早期作品多以现实题材的中短篇小说为主,虽产生一定影响,但同时又难免因题材固化而容易被标签化,所以邵燕君曾指出徐则臣如能"在历史文化上有更深刻有力的把握,并与对现实的经验和思考贯通,

---

① 徐则臣:《小说的边界和故事的黄昏》,《文艺报》2013 年 9 月 6 日。
② 游迎亚、徐则臣:《到世界去——徐则臣访谈录》,《小说评论》2015 年第 3 期。
③ 郑秋轶:《七十年代人的心灵史——专访老舍、鲁迅文学奖获得者徐则臣》,《瞭望东方周刊》2015 年 1 月 1 日。

将会有一个更大的气象"①。曾自述很早就有史诗性追求并早在高二时就有以长篇小说揭示鸦片战争以来民族历史尝试的徐则臣，自然深知历史对作家的重要性，"一个作家写到一定程度，不可避免要触碰历史，因为历史能够给作家提供一个宏观地、系统地把握世界和时间的机会，在作家个人意义上，也是一次必要的沙场秋点兵。好的历史小说应该是一部'创世记'"②。所以，从早期的《古代的黄昏》开始，"历史"一直在徐则臣小说中若隐若现，并最终在《耶路撒冷》和《北上》中汇成汤汤大河。

热衷于历史，试图通过历史切入当下时代，是徐则臣文学自觉的另一重要维度。"70后"作家通常被认为是"缺少'历史'和'故事'的一代人"③，所以他们的写作多以个人的日常生活为焦点，文学资源相对匮乏，没有建构宏大叙事的渴望，因此"70后"作家通常是被非议的一代。但徐则臣极度不认同这一武断的判定，他更喜欢把文学当成历史，对他来说，文学就是历史，"作家的写作，就是呈现一部与他有关的历史"，"作家得有一部自己的世界文学史"④。

然而，作为许多历史大事件都未曾亲身经历的"70后"作家，如何才能在小说中重建或重回历史现场？徐则臣尝试的第一个有效途径是以个人化之"我"介入到历史之中，"让小说成为个人化的、当代化的历史"⑤，这也是他小说有关历史叙事的主要着力之处。经过早期在小说《古代的黄昏》的技艺操练之后，《苍声》以少年木鱼声音变得"像铁一样发出坚硬的光"的苍声的经历切入特殊年代个人记忆创伤，《午夜之门》让木鱼如

---

① 邵燕君：《徐步向前——徐则臣小说简论》，《当代文坛》2007年第6期。
② 徐则臣、张艳梅：《我们对自身的疑虑如此凶猛——张艳梅对话徐则臣》，《创作与评论》2014年第3期。
③ 徐则臣：《70后的写作及可能性之一——在韩国外国语大学的演讲》，《山花》2009年第5期。
④ 徐则臣：《历史、乌托邦和文学新人——华语文学传媒大奖获奖演说》，《当代作家评论》2008年第3期。
⑤ 徐则臣、马季：《徐则臣：一个悲观的理想主义者》，《大家》2008年第4期。

钉子般在历史的木头中穿过以使历史带上个人体温,《人间烟火》则以苏绣如一根稻草般绝望直指荒谬年代,徐则臣在这些小说中使历史中的每一个人"都拥有被理解的权利"①。

  当然,局限于个人化的"我",似有难以处理宏大历史之嫌,但对徐则臣来说,历史之宏大,并非专指外部世界时间更迭的波澜壮阔与风云变幻,从外部世界并不一定能够切入时代。在他看来,所谓史诗性的作品,更重要的在于呈现复杂内心,这才是最有深度和难度的写作,因为相对于宏大历史,人的内心更为宽阔,"把内心生活写好了,同样可以成就史诗"②。这也是《耶路撒冷》被誉为"70后"一代人"心灵史"的秘密所在。小说中的耶路撒冷和斜教堂只是通往心灵的指示路标,与现实的信仰几无关联,20世纪70年代以来的历史大事件对小说中人物生活也几乎无冲击,反而是少年玩伴景天赐之死让小说中的初平阳、易长安、杨杰、秦福小等人多年困在忏悔与赎罪之中,并最终在小说最后"掉在地上的都要捡起来"这句话中得到解脱,一代人的心灵历史得以完整呈现。而小说中初平阳的"谈70后之于民族性和全球化"等专栏文章,则为心灵史的呈现提供了背景。

  "虚构往往是进入历史最有效的路径;既然我们的历史通常源于虚构,那么只有虚构本身才能解开虚构的秘密。"③小说《北上》借考古学者胡念之之口说出的考古经验,可以看作徐则臣重建或重回历史现场的另一有效途径。小说中他把多年来一直隐身于自己创作中的大运河作为主角,以虚构的意大利保罗·迪马克兄弟在大运河上的遭遇为主线,以一百年后各个运河人对家族史的探寻为辅线,重构了大运河百年史。小说最后感慨"一条河活起来,一段历史就有了逆流而上的可能",而让这条河

---

① 《第六届华语文学传媒大奖年度最具潜力新人奖授奖辞》,《当代作家评论》2008年第3期。
② 张嘉:《徐则臣:写内心风暴,也能成就史诗》,《北京青年报》2014年5月23日。
③ 徐则臣:《北上》,北京十月文艺出版社,2018年版,第464页。

活起来的,不是小说开始的考古报告,不是对义和团运动和八国联军进京等历史事件的复原,也不是对船舶调度和邵伯闸构造等历史细节的处理,而是虚构的保罗·迪马克兄弟和一百年后与运河相关的几家人。也正是这些虚构让我们得以进入运河历史的深处,摆脱传统历史小说构建的"历史神话"巨大厚重的影子,切近历史另一面不为人知的"真实"①。

在论述什么是写作时,罗兰·巴尔特认为,"一位作家的各种可能的写作是在'历史'和'传统'的压力下被确立的"②,而徐则臣则认为书写历史是一个作家自然而然的选择,敢于通过历史题材去处理与时代相关的大问题,勇于主动去挑战宏大叙事的难度,这意味着一个作家眼界和叙事技巧的成熟与自信。对徐则臣来说,通过历史叙事切入当下时代,进而以历史叙事来确认自己写作的意义,是他形成"在世界文学坐标中写作"文学自觉的重要维度。

三、"到世界去":时代意识与徐则臣的中国故事

一个年轻的穷光蛋一心寻找宝藏,在白胡子老头的指引下翻山越岭直到头发花白才找到地方:财宝原来就埋在自家门口的屋檐底下。在文章《为什么写作》中,徐则臣本意是用这个故事阐述自己写作的理由,但这个故事更像是一个内涵丰富的寓言。徐则臣或许是无意中讲述的这个故事,恰恰是其所有小说的暗含主题,那就是在"中国"与"世界"的变动关系中讲述独特的中国故事。

"到世界去",是徐则臣小说的贯穿性主题,也是他全部自述性文字中出现频率最高的词汇,更是他小说中所有人物行动的生成性动机与精神困惑的根源所在,同时又是他小说中火车、运河、奔跑、出走等诸多次生意象与主题的背景。在他的小说中,不仅初平阳、余松坡、陈木年等一系

---

① 王源:《后现代主义思潮与中国新时期小说》,人民出版社2018年版,第143页。
② [法]罗兰·巴尔特:《写作的零度》,李幼蒸译,中国人民大学出版社2008年版,第12页。

列知识分子对世界有着强烈的执念,边红旗、敦煌、陈子午这些"漂"在北京的社会"边缘人"对世界同样有着强烈的渴望,即使是故乡花街上的傻子铜钱也曾跳上一艘临时停靠在码头的拖船想到世界去。这个"世界"是什么?对花街上的人来说是运河上下五百里,对边红旗、敦煌、子午们来说是北京,对初平阳来说是更遥远的"耶路撒冷",而对余松坡和小波罗来说,则是从遥远的世界回到中国。在他们的搅动下,"所有人都知道要到世界去",世界对他们不仅意味着机会、财富和"响当当的后半生和孩子的未来",更意味着"开阔和自由"[①]。有意味的是,"到世界去"这一宏大主题在小说中的角色承担者是被作者固定的,那就是"70后"。这固然与徐则臣个人的人生经历有关,他出身于苏北小城,在淮安与南京读书期间明确了当作家的理想,后辞职到北大读书并"漂"在北京继续写作;虽然徐则臣多次在采访中声称"我并非《耶路撒冷》中初平阳的模板"[②],但无须刻意索隐,读者就能发现徐则臣小说中的人物几乎都有着他自己的影子。非但在初平阳、余松坡、陈木年这些知识分子身上能轻易发现徐则臣个人生活的踪迹,即使在边红旗、敦煌、易长安这些"伪证制造者"的身上也能发现他的痕迹,他的人生经历已经诠释了"到世界去"这一主题。

  更重要的是,徐则臣之所以选择"70后"来承担"到世界去"这一宏大主题,与他对"70后"一代人与中国、世界关系的理解有关。作为代际命名的"70后",既没有"50后""60后"厚重的人生经验,又没有"80后""90后"对市场经济的熟稔。无论是作为一代人还是作家集体,在社会生活与文学中"70后"都是被非议的一代,代际意识非常薄弱。但徐则臣不同,他有着罕见又强烈的代际意识,对"70后"受到的批评与质疑感到不满。在他看来,"70后"虽然整体上缺乏宏大的叙事野心,但与"60后"和

[①] 徐则臣:《耶路撒冷》,北京十月文艺出版社2014年版,第29页。
[②] 《我并非〈耶路撒冷〉中初平阳的模板》,https://culture.china.com/zx/11160018/20141020/18874119.html。

"80后"相比,"70后"在物质主义时代所经历的世界观的变迁与精神上的疑难,恰恰典型地表征了改革开放以来的中国与世界。对这一代人来说,"走向世界"作为20世纪80年代以来中国知识界与政治人物在现代化想象这一历史意识和时代认知"广泛的认同和共鸣"基础上而形成的"普遍共识"①,不仅是他们的生存事件,更是他们的精神历程,同时也是改革开放后当代中国向现代逐渐打开的过程。在这一维度上,"70后"一代人的身体和精神的成长与改革开放以来的当代中国是同构的,理解了这一代人的精神就把握了改革开放以来的当代中国。所以,在《耶路撒冷》中,徐则臣化身初平阳用"我们这一代"专栏的33篇文章为"70后"作传,把"70后"放在信仰、偶像崇拜、欧风美雨、集体主义、新左派、自由主义、城市化、全球化、消费文化等时代大问题中思考,"梳理一代人的经验和精神脉络"②。

在这一意义上,"到世界去"不仅仅是"70后"一代人的生存事件与精神历程,更是改革开放以来当代中国的时代大故事。如何讲述当代中国的这个时代大故事,是对中国当代文学的时代品格与宏大叙事能力的严峻考验,而徐则臣的小说正呼应了这一时代大故事。

巴尔扎克在他的《人间喜剧》系列小说中,因为把金钱当作头等大事,所以对小说中人物的收入和支出都精打细算,当很多人因此而批评他的庸俗无聊和粗俗不堪时,勃兰兑斯则认为对巴尔扎克来说,他"同时代人的上帝是金钱",所以他小说中"运转社会的枢纽是金钱,或毋宁说是缺乏金钱、渴望金钱"。也正因如此,巴尔扎克"把他那个时代青年一代人的主要冲动表达得淋漓尽致"③。与此类似,徐则臣的小说切中了改革

---

① 贺桂梅:《"新启蒙"知识档案——80年代中国文化研究》,北京大学出版社2010年版,第2页。
② 徐则臣:《〈耶路撒冷〉的四条创作笔记》,《鸭绿江》2014年第5期。
③ [丹麦]勃兰兑斯:《十九世纪文学主流》(第5册),李宗杰译,人民文学出版社1982年版,第202—203页。

开放后当代中国的时代脉搏,并自觉地意识到个人写作经验与时代意识的契合点,进而以边红旗等人的个体事件表征了当代中国的时代故事。

在"京漂"系列小说中,徐则臣不是把边红旗、敦煌、子午等"伪证制造者"当作"社会边缘人",没有像底层文学和打工文学那样刻意展示他们在奔向城市过程中的血泪和苦难,而是把叙述重心放在他们在城市中为实现梦想而带来的精神与价值观的改变上。北京不仅是以边红旗为代表的一代中国人为改变生活而暂时栖身的异乡,更是他们为了摆脱乡土限制而向往的乌托邦。对他们来说,北京虽然有雾霾、有沙尘暴、有警察不时地追赶,会让他们生出如一粒沙子或一只蚂蚁般被淹没的感慨,但同时又如《耶路撒冷》中初平阳所感慨的,它"宽阔、丰富、包容","可以放得下所有的怪念头"。所以,《啊,北京》中边红旗感觉"到了北京我真觉得闯进了世界的大生活里头了",《小城市》中老初认为"北京就是你脚下的珠穆朗玛峰,给你送来了风",而在《跑步穿过中关村》中,敦煌则经常被天安门国旗仪仗队咔嚓的脚步声整齐划一地划过梦境。

由此,众多把徐则臣小说按题材分为"花街"和"京漂"系列的评论,有可能忽略了花街与北京在徐则臣小说中所扮演的角色与彼此的分量。对徐则臣小说中的人物来说,作为农业传统社会象征的花街对他们意味着羁绊与限制,而作为现代社会象征的北京则代表着希望与激情。他们的痛苦不是因为现实生活的困境,而是源于从花街到北京之间身份转换未及完成。花街只是为他们奔向北京提供背景,而真正的主角只是"北京",他们每个人也只是以自己的努力与奋斗赋予"北京"这个主角以更精彩的故事。所以,徐则臣多次在采访中提及他小说中的主人公只有一个,"就是中国的'城市'","城市是我小说的重要主人公"[①],这也是他认为"弄清楚了当下的北京,其实你就弄清楚了当下的中国,弄清楚了在全

---

① 徐则臣、邓如冰:《徐则臣:城市是我小说的重要主人公》,《西湖》2013年第12期。

球化背景下的中国"的原因所在①。

值得注意的是,与诸多以北京为故事背景的作家不同的是,徐则臣在"京漂"系列小说中搁置了北京的政治意义,《啊,北京》中小镇上画天安门最好的美术教师边嫂,在看到天安门没有自己想象中高大时突然伤心哭泣;《跑步穿过中关村》中敦煌骑着破自行车狂奔过一处朦胧的大门,后来才知道就是梦中的中南海。边红旗、敦煌、子午这些"伪证制造者"在小说中被赋予的叙事功能不是以违法乱纪的罪犯身份推动故事进展以获得一掬同情之泪,徐则臣反而让他们承担了现代意识觉醒这一时代重任,他们在北京的欲望追求与焦虑挣扎,使得北京"消解了政治符号所蕴含的微言大义,真正被还原为一座栖息现代个体的城市"②,同时也赋予中国获得现代时以更为日常与温情的色彩。徐则臣试图在小说中凸显的这种精神与生活,既是他小说中人和城市之间张力的缘由,也是改革开放以来当代中国的价值共识,而徐则臣则通过写作切进了这一时代的秘密。

更富意味的是,在徐则臣的小说中,"到世界去"的现代之旅不是单向的,现代化与全球化是辩证的关系,对徐则臣来说,"'回故乡之路'同样也是'到世界去'的一部分,乃至更高层面上的'到世界去'"③。于是,我们看到《耶路撒冷》中初平阳、易长安、杨杰、秦福小、舒袖等人为了"到世界去"而各自从故乡出走,又因寻求精神困惑解脱之途而重返故乡,"小说人物群体性地上演自鲁迅而始的一代觉醒的中国青年'出走—返乡'的经典路径"④;《王城如海》中先锋戏剧导演余松坡为逃避故乡出走美国二十年又因忏悔回到北京;《北上》中异邦人小波罗兄弟顺着千年运

---

① 李云雷、徐则臣:《写作只能摸着石头过河》,《朔方》2012 年第 12 期。
② 郭艳:《告别"在场的缺席者"——略论徐则臣小说》,《中国现代文学研究丛刊》2014 年第 5 期。
③ 游迎亚、徐则臣:《到世界去——徐则臣访谈录》,《小说评论》2015 年第 3 期。
④ 康烨:《道德自我与神圣友谊的建构——论徐则臣〈耶路撒冷〉的叙事伦理》,《南通大学学报(社科版)》2018 年第 2 期。

河与中国民众共赴现代,"京杭运河究竟有多伟大,你在威尼斯永远想象不出来",小波罗去世前这句感慨,把世界拉向中国。这一次,故事开始反转,"世界"就是中国,如同《北上》中小波罗在无锡城门前吊篮里所感受到的"世界正轰轰烈烈地向外扩展和蔓延","世界"将融入中国故事讲述之中并成为其意义的重要一极。而这,恰是新世纪以来中国故事讲述中重要的诉求与维度,徐则臣小说则成为这一合唱中的和谐篇章。

当然,当代中国的时代大故事正处于进行时,徐则臣的写作也会面临"是不是我们中国人当下的精神资源中再也找不到一种内在的救赎力量,必须要通过一个外置的教堂来呈现"①的疑虑。但重要的是,徐则臣的写作切中改革开放以来当代中国的秘密与脉搏,并完美地使个人写作经验与时代意识相契合,这在为当代文学如何有效地讲述当代中国在迈向世界与现代化过程中的时代大故事提供重要写作经验的同时,更拓宽了汉语写作的可能性,以独特的标识赋予其小说以经典品质,这也是其写作被誉为"正面'强攻'我们的时代,表现了一代人的复杂经验"②的缘由所在。

1874年,尼采在其名作《不合时宜的沉思》中宣称"这沉思本身就是不合时宜的","因为它试图把为这个时代所引以为傲的东西,也即,这个时代的历史文化理解为一种疾病、无能和缺陷",在意大利思想家阿甘本看来,尼采恰因这不合时宜的沉思而获得"同时代性",因为"真正属于其时代的人""既附着于时代,同时又与时代保持距离"③。从这一意义理解徐则臣小说及小说理论,我们可以发现:他对批评界流俗化解读自己小说的反对、对中国当代文学现状的不满、对中国文学走向世界之路的焦虑、对当代作家用假嗓子说话的指责、对纯文学的傲慢和想当然的批评、对经

---

① 邵燕君:《出走与回望:一代人的成长史——评徐则臣长篇力作〈耶路撒冷〉》,《文汇报》2014年6月28日。
② 傅平:《70后徐则臣的两个"较劲"》,《南方都市报》2014年11月18日。
③ [意]吉奥乔·阿甘本:《何为同时代?》,王立秋译,《上海文化》2010年第4期。

典与大师的反抗、对如何突破写作惯性的反思、对宁愿单独站成错误一行写作理念的固守,等等,这些在潮流化与商业化写作盛行的当下都是"不合时宜的沉思",在使自己的写作切中改革开放以来当代中国的秘密与脉搏的同时,又保持与当代中国时代大故事的同构,进而获得"同时代性"。进入新世纪,中国当代文学在逐渐摆脱政治性写作窠臼的同时,却又深陷市场逻辑的大网,这使得当代文学所讲述的中国故事日渐模糊与可疑。而徐则臣的小说及小说理论则以及物的写作切中当代中国的秘密与脉搏,表现了一代中国人的复杂生活与心理经验,其故事内里对时代人心的体察和对生活与人性之苦的抚慰,以及对个人奋斗的价值肯定,使得其讲述的中国故事具有了更大的普遍性,得以被更多的中国人分享;他由经典与大师出发,在突破意义焦虑与写作惯性局限的同时获得理论自觉,在世界文学坐标的基础上确立自己写作的意义与价值,进而获得世界眼光;他对历史的自觉意识和挑战叙事难度的勇气,又赋予其小说以更多的经典品质。这些,都来自徐则臣的"创造意识",一如他向往的理想状态:"黑暗里你给出了光,荒野里你走出了路,大水中你驶来了船。"[1]

(原文刊载于《学习与探索》2020 年第 11 期)

(顾金春:南通大学文学院院长、教授;王禹新:南通大学文学院硕士研究生)

---

[1] 徐则臣:《局限与创造》,《文艺报》2013 年 7 月 8 日。

"北上",到世界去,或者回故乡
——徐则臣在他的时代里
王一梅 何 平

一

2019 年 8 月,徐则臣的长篇小说《北上》获得第十届茅盾文学奖。其实,五年前他已凭借短篇小说《如果大雪封门》和长篇小说《耶路撒冷》分别获第六届鲁迅文学奖和 2014 年老舍文学奖。被大众传媒确认为"首位获得老舍文学奖的 70 后作家""70 后首位茅盾文学奖得主",1978 年出生的徐则臣确乎比同代作家或同龄作家更早一步获得了主流文学奖项的认可——世纪之交,虽然接连经历了"断裂"的命运、网络文学崛起、资本强势的进场以及其他种种,但在文学界,这依然被认为是非常重要的标准。如若简单地以出生年代作为划分依据将徐则臣归置到 20 世纪 70 年代作家群中,则会发现:当同代作家以"70 年代以后""70 年代出生作家"①之类的"头衔"借助文学媒体和商业渠道集体登场或声名大噪之时，出生于20世纪70年代末的徐则臣还身处家乡的"象牙塔"中——才"真正打定主意要认真写小说"②——此时的他还未"北上"，更遑论"到世界去"。正当这批"70后"作家凭恃浪漫的小资情调、奇幻的都市故事、轻微的日常生活以及"美女作家"这些噱头大于实质的名号强势介入新世纪之交的中国当代文坛时，在未来被命名为"文坛80后"的作家们也正悄然发力，酝酿出场。1998年12月《萌芽》杂志联合7所高校创办的首届"新概念作文大赛"被视为"80后"作家"实现了群体性的崛起""产生了自己代表性的作家"③的标志性事件，《萌芽》也随后成为"80后"作家亮相的主阵地。如果将短篇小说《重返母校》(《萌芽》2001年第8期)作为徐则臣正式文学创作的开始④，那么这篇似乎被研究者所忽视的小说就提示了一个"有意思"的事实：被视为"70后"代表作家的徐则臣实则是在"80后"作家的"大本营"出道的。暂且不论其中是否有巧合，仅从年龄上看，徐则臣和20世纪80年代初出生的作家也可以算作同龄人，倘若

---

① 一般认为，"70年代出生作家"这一概念始于《小说界》从1996年第3期开始推出的"70年代以后"作家专栏，该栏目刊发了卫慧、棉棉、魏微、赵波、朱文颖、陈家桥等人的中短篇小说，一直持续到1999年第6期，共计推出了22位"70年代以后"的作家作品。在此之前，1996年2月出刊的由陈卫创办的南京民间文学刊物《黑蓝》就已明确提出了"70年代以后"作家群的概念。1998年，《山花》于第1期开辟"70年代出生作家专栏"，《作家》在第7期推出"70年代出生的女作家小说专号"。《芙蓉》则于1999年改版后，从第4期开始设立"重塑70后"栏目，以专辑形式刊发"70后"作家作品和笔谈。1999年，珠海出版社出版了由谢有顺主编的"文学新人类丛书"，该丛书将这些文学界的"新人类"的年龄界限定义为1970年。进入新世纪后，中国对外翻译公司于2000年推出了针对"70年代出生作家"的"新新人类另类小说文库"，上海文艺出版社于2001年出版了《"70年代以后"小说选》(上、下)。

② 徐则臣自述："真正打定主意要认真写小说，是1997年。"参见徐则臣、马季：《徐则臣：一个悲观的理想主义者》，《大家》2008年第4期。

③ 吴俊：《文学史的视角：新媒介·亚文化·80后——兼以〈萌芽〉新概念作文的个案为例》，《文艺争鸣》2009年第9期。

④ 现有的绝大部分徐则臣创作年表都未收入《重返母校》这篇作品，这些创作年表通常从2002年开始统计徐则臣的创作情况。

不考虑写作特征与生活经验,单纯借用近两年文学界对"'泛90'作家群"①的命名方式,徐则臣似乎也可以被称为"'泛80'作家"。无论被归入上述哪一个文学代际,可以肯定的是,徐则臣"遗憾"地错过了新世纪之交文坛最热闹的"时刻":他开始文学创作的时代,正是"70后"作家和"80后"作家交相竞逐文坛的时代。较之于部分同代作家或同龄作家,徐则臣在"出场"之时并没有一个明确的代际身份,这也意味着他未能"及时"赶上这两波文学热潮。

事实上,1992年重启改革开放,随之中国特色社会主义市场经济体制确立与运行。新世纪前后,体制、权力与中国当代文学之间那层固化而紧张的关系已经逐步流动化与温情化:不可否认,市场化浪潮中亟待转型与改革的传统文学期刊参与并策划了"70后"作家和"80后"作家的"入场",其中虽包含了文学写作本身对新的可能性的不断寻求,却也不乏文学媒体商业化的运作方式。一方面,身处计划经济向市场经济的转轨过渡阶段,断裂与迷惘,对20世纪80年代文学"黄金时代"和"高光时刻"的追忆与想象;喧哗与骚动,对20世纪90年代社会现实和各种文学新概念/新主义的经历与主张,或许是众多文学从业者在新世纪之交所共有的时代体验;另一方面,文学借由市场渠道和网络平台迅速切入大众生活,当代文学日益大众化的形态和多元化、开放性的发展态势,对于文学作品发表的平台与空间提出了新的要求,以刊发严肃文学为主的传统文学期刊因其本身的"殿堂"性质,已经无法满足当代文学开放性大众参与的精神诉求。从这个意义上说,此时文坛"70后"与"80后"的出现更像是两个文学事件,尽管"70后""80后"在其后的中国当代文学批评语境中不断拓殖出新的意涵,但离开了其原始场域,这两个代际概念就失去了原有的效力和意义。实际上,这也指向了作家代际划分和文学代际研究中一

---

① 例如2019年第5期《中国作家》的《编者的话》中指出:"代际划分往往粗略,'90后'标签常常忽略1989年左右出生的'泛90'作家群。"

直存在的某些争议性问题,早在 1998 年 12 月,南帆就在《作家的出生》这篇随笔中写道:

> 可是,统计作家的生日,按照十进制的原则划分为一个个圈子,这企图说明什么?1959 年出生的作家与 1961 年出生的作家真的如此不同?1973 年出生的作家又比 1969 年出生的作家多了什么或者少了什么……我们自然都听说了文学与现实的关系。一代人有一代人的文学,这样的观点耳熟能详。但是谈论作家写作的年代是不是比谈论他们出生年代要合理一些?的确,一批 20 世纪 60 年代或者 20 世纪 70 年代开始写作的作家拥有自己的美学风格,这样的风格时常将他们与 20 世纪 80 年代或者 90 年代开始写作的作家区分开来。然而写作年代与出生年代不可混为一谈。换一句话说,两个相差十岁的作家在同一个环境里开始写作,他们的相似之处绝不亚于同龄作家。①

针对当时以出生年代为作家"贴标签"的"时髦"行为,南帆在此处强调了一个看似可待商榷实则亟须重视的问题:关注作家从事创作的年代比单纯聚焦他们出生的年代要更为合理,也更加重要。然而在当时及其后一段时期的批评语境中,南帆的这番"在场性"感悟只不过是众多声音中的一种,并未成为主流。相反,总结、提炼、阐释"这一代的生活和写作"成为一种潮流和趋势。不知能否将吴亮发表于《小说界》1997 年第 2 期的同名文章视为某种源起——"对时代整体上的回避""回到个人经验""'轻'的现实人性"等等②——今天谈论"70 后"作家总是无法回避的几个"关键印象"在这篇文章中已得以呈现。如何超越、逸出上述这些既

---

① 南帆:《作家的出生》,《南帆文集 8·游戏感》,福建教育出版社 2017 年版,第 235 页。

② 吴亮:《这一代的写作和生活》,《小说界》1997 年第 2 期。

是代际特色却也可能成为创作短板的写作经验,而非根据它们的指引走向"被遮蔽"或"面目模糊"的状态,就成为围绕"70后"作家展开的核心问题,其后二十多年间,它反复被批评家提及、确证、论述。

无论在新世纪前后还是进入新世纪第二个十年后,即使这一问题因忽视了创作的个体差异性而失之偏颇,相当一部分研究者还是将此视为"70后"作家的"顽疾"。与此同时,面对"这一代"日益繁复多元的写作样态,"70后"逐渐成为文学批评中一个"方便"的通约性概念,文学界也开始持续关注"这一代"的丰富性与复杂性。2014年,孟繁华、张清华在携手主编的"身份共同体·70后作家大系"总序中指出,"70后"作家"只是形成了一个代际的'身份共同体',这个共同体并不具有天然性,而是在文学实践过程中逐渐'建构'起来的"①。这一"身份共同体"似乎又将问题引回到南帆的疑问:经过近二十年文学实践的佐证,不论是"这一代"的创作实绩,还是批评界的这种回溯性观照和反思性重构,皆表明,尽管出生年代这种"身份共同体"并不是一个封闭的概念或形式,但它还是难以成为行之有效的"方法"或"途径",供我们辨认与指认"这一代"对文学的个体回应。因此,读者和批评家或许真正应该关注的是,作家对于历史的重新阐释、针对现实的塑形方式、关于想象力的持续讲述、有关艺术技巧的探索追求等,在他们各自的时代呈现或提供了一种对于文学/现实世界什么样的理解、态度和认知方式,这种现实态度与认知方式对当代文学和文学史又做出了什么样的创新性和批判性的回应。徐则臣出道之时正赶上作家的"身份共同体"成为话题的时代,其时的文坛还来不及对此做出整体性思考。于是,在"出生年代"的"主题"之下,"无人认领"又"远未终结"的20世纪90年代(李敬泽语)②、社会的结构性变革、文学的商品化发展与家乡"象牙塔"中的生活相互掺杂,构成了徐则臣文学创

---

① 徐则臣:《这些年我一直在路上》,山东文艺出版社2014年版,第2页。
② 《新周刊》编著:《我和我的90年代》,中信出版集团2017年版,第1页。

作的"前史"。

多年后,对于他们这一代("70后"作家)作家的创作经历,徐则臣这样回顾道:"他们几乎都是从文学刊物上起家,遵循短篇、中篇、长篇逐层递进的方式修习小说创作。如果长篇(小说)才是可供经典化的指标,那么可以说,他们经历了比前一代和后一代都要漫长的学徒期。"①徐则臣本人的创作正循着这一"道路",今天看来,他于"学徒期"创作的《重返母校》这篇"萌芽"之作稍显稚气,却也不失诚意。小说中的"我"(穆鱼)、朱鹏、王刚三人在毕业不久后返回母校重聚,相互讲述着初入社会后理想与现实的悖谬:曾经高蹈的新闻理想在庸碌的世俗现实面前不堪一击,金钱、权力、关系为"我们仨"提供了不同于母校时代的处世方案与原则。《重返母校》既是一个起点同时也隐喻着某种告别:小说主人公和作者所处的时代,一切都在被新型的经济形式、社会关系、文化方式等所重新结构,母校是保有赤子之心和纯洁理想的"象牙塔",也曾是观看城市与想象世界的出发点,但它终究与现实有所区别,你们、我们和他们最终都得离开这块"净土",只有与熟悉的空间环境告别,才能真正"游"进时代和社会的深处,正如几年后"我"终于成了游走穿梭于北京城的穆鱼。

"因为我们都变了,工作和生活逼迫我们改变自己。这不是谁的错,谁都没有错。"②小说中这两句颇显无奈的自我嘲解通俗直白地道出了"我们仨"内心深处无关道德是非的妥协与懦弱,有关成长中理想幻灭与矛盾挣扎的生命状态总是能找到一条"捷径",直抵某一代人的历史处境,并由此及彼从而引发读者最广泛的情感共鸣。《重返母校》虽发表于《萌芽》杂志,却完全没有那股"新概念式"的"青春写作"的文艺腔调。某种意义上,它在"标示"作家早期创作风格之时,也暗示了作者所面临的一种创作处境:文学作品既是个体观念的呈现,同时也是写作者以"在

---

① 徐则臣:《"70后"转向加剧短篇危机》,《人民日报》2013年5月10日第24版。
② 徐则臣:《重返母校》,《萌芽》2001年第8期。

场性"身份参与社会历史进程的一种方式,在文学的个体性"表现"和社会性"再现"之间,写作者该如何做出抉择或平衡？这本是一个普遍性的问题,却在新世纪之交驳杂繁复的时代文学景观的映照下被无限放大。

文学创作中,写作者是扮演居高临下的哲学家角色,还是成为高蹈独立的艺术家,抑或化身冷静睿智的社会学观察者……此时此地,正"循规蹈矩"地沿着文学期刊这一传统平台稳步"北上"的徐则臣或许还无暇也无法对此做出及时且具体的回应,一切才刚刚拉开序幕。

二

2002年,这一年是徐则臣从南京师范大学本科毕业的第三年。徐则臣离开任教的淮阴师范学院,"北上"赴北京大学中文系深造。这一离乡北上之举不仅为他"贡献"了日后小说创作中最重要的一类题材,也为他带来了一个颇具辨识力的身份——"学院派"作家。按上文提及的徐则臣对于作家的评判标准——"如果长篇才是可供经典化的指标",那么北大求学三年期间的创作无疑是他"漫长的学徒期"的继续或新起点:中短篇小说为他赢得了一批文学期刊的"青睐",其中不乏《人民文学》《钟山》《上海文学》《当代》《山花》《大家》这类业界权威刊物。这一时期的作品中,"花街"和"北京"这两个文学空间已然型构且初具规模。从"故乡海陵"到"小葫芦街"再到"花街",尽管作者在寥寥数篇小说中安排、穿插了众多人物和大量情节,甚至在短小的篇幅里展开了多重叙事时间——这大概是众多处于"学徒期"的写作者所共同分享的急迫心情——但透过这些叙事密度很大的短篇小说,我们不难辨认,小说中始终存在着一位少年、一位固定的叙事者"我"。或许因熔铸了熟悉的记忆与空间,作者对"我"的故事和"我"的经历,似乎有着切肤的体认。此时,仍处"雏形"阶段的纸上故乡是一种内化和浓缩的世界,既缺乏明晰的外在形象,也没有与真实世界交接的界面。通过语言构筑了一个融合了回忆与想象的"故乡",这几乎是相当一部分写作者在起步阶段的直觉行为。

某种意义上,"故乡"是写作者最早的世界和最初的宇宙,借由这一文学空间,写作者为自己构建起最基本的叙事轮廓,个体的特殊性则为这个业已存在的概念源源不断地供注着新的细节与版图。

与此同时,随着地理空间的位移,身处北京城的徐则臣开始建构一个与"花街"平行的都市边缘空间:它不仅诞生于作者初入首都后的切身观察与思考,其本身也是新一轮改革开放和城市化浪潮的必然产物。《啊,北京》(《人民文学》2004 年第 4 期)、《三人行》(《当代》2005 年第 2 期)、《西夏》(《山花》2005 年第 5 期)中,边红旗、穆鱼、小唐、一明、沙袖、康博斯、小号、佳丽、西夏这些北京城的"新移民们"都有着近乎相同的迁徙脉络,这也正好同步于新世纪之交中国人口的流动模式:无论是国企改革中不得不"分享艰难"或"从头再来"的工人,还是新一轮土地流转中选择进城谋生的农民,抑或是通过考学/求职进入城市的年轻一代,他们从中国四面八方的乡镇/县城/小城市而来,身份、经历各异,却怀揣着同一个目的——到北京去,到大都市去。市场经济时代的人口流动自然有别于 20 世纪集体化时期的人口迁移,虽然少了许多制度性规范的限制,却始终存在城市与乡村、首都与非首都、中心与边缘、普适性与地方性的对立关系或问题。因此,新移民们聚居的都市边缘空间既是一处被折叠之地,也是多种社会矛盾交织的所在,某种意义上这也意味着文学一旦"涉足"于此,便可激发出巨大的"能量"与"张力"。

徐则臣显然不是当代文学都市边缘空间最初的开创者,此时的他既无意于借此完成某种史诗性的宏大叙事,也不想落入消费苦难、消费底层的肤浅的现实主义的窠臼。正如他的北大校友、社会学家项飙在 20 世纪 90 年代花费六年时间对"浙江村"这一北京著名的流动人口聚居地进行实地田野调查那样——"我相信长时间的观察是了解事实细微机理的唯一可靠的办法"①——北京的学习生活或许也为徐则臣提供了进行某种田野调查的契机。伪证制造者是徐则臣此阶段着意发掘的最具典型性和代表性的人物，办假证这一"职业"本身也具有极强的时代性与地域性，它只能存在于各项制度和人口信息并不十分健全与完善的时代，只能在一座设有各种"门槛"与"准入要求"的大城市中找到存在的位置。

"我们在开始面对一个断裂的社会？"②社会学家孙立平于2002年发出的这个疑问更像是一个时代之问，它指向了中国社会的整体性结构变革，也指代了彼时国人的那种惶惑不安与无所适从的生命情绪。正是在这一年，徐则臣首次"进京"，从"断裂"的当代文学③到开始"断裂"的现实社会，作家借由对都市边缘空间及某类特定人群的关注，逐渐涉及当时中国的社会问题：城乡贫富差距、当代社会阶层分化、空气污染、人的异化……最终，作家完成了从想象的、记忆的、虚构的内化世界到现实世界的过渡与转换。

身处"学院"的徐则臣并不满足于"花街"和"北京"题材的创作，此阶段的作品中还潜藏着一股暗流。具有专业学院背景的读者似乎很容易将《古代的黄昏》(《钟山》2004年第5期)定义为一部新历史主义小说，也很容易借此展开对徐则臣创作"先锋性"的探讨或关注他与先锋文学的某种师承关系。不知从何时起，我们已习惯了依据某种固定的思维方式和话语体系对作家作品进行"定性"分析，却忽略了作者这一"行为"背后更为现实和具体的原因。作家的自述中，这类暗流式的创作实则是一个技艺的磨炼期：

---

① 项飚：《跨越边界的社区：北京"浙江村"的生活史》，生活·读书·新知三联书店2000年版，第2页。

② 孙立平：《我们在开始面对一个断裂的社会？》，《战略与管理》2002年第2期。

③ 这里特指朱文在1998年发起的"断裂"问卷调查这一标志性事件。参见朱文：《断裂：一份问卷和五十六份答案》，《北京文学》1998年第10期。

你想怎么来就可以怎么来,语言、结构、故事、偏僻的记忆、抽象的人性、佶屈聱牙的真理,都可以在穿着长袍大褂的人物身上彩排一遍,等这些能力都具备了,你已经获得了现实的认知,与火热的生活产生了文学意义上的张力,好你转身回到现在,就像当年的一批先锋作家集体转身拥抱我们美好或者残酷的现实生活。我不知道这一番逻辑是否以己度人,因为我的确是这么干的。

写《古代的黄昏》那几年,我心甘情愿地让自己回到过去,往历史里扎,越远越好,一直远到我感受不到任何现实的羁绊和负担。不管你的想法有多么高大上,落实到小说中都得具体,在这个意义上,小说是通过技艺的操练来解决问题的。①

作家通过技艺的操练达成日渐臻熟的创作境界,这本与小说的艺术有关,但其最终链接却是实实在在的现实生活。所以,不妨将徐则臣的这类作品视为他自觉进行艺术探索的结果,它们或为作家今后的创作提供了重要的技术支点。

到了 2005 年,施战军已这样"定义"徐则臣:"出现徐则臣,在今日中国文学写作的语境里是一个值得心中暗喜的信息,它从学院传出来,意味着中国文学被忽视甚至部分地或者说曾经断裂的学院写作的传统有了新的生机……徐则臣的获奖(注:指 2004 年度春天文学奖)似乎意味着中国式的学院写作的大气的书卷,从此多了一份指望。"②稍作留心便会发现,此处的"学院写作"并非完全指向徐则臣的教育经历,高学历或者说接受过完整的高等教育本就是他的同代作家或同龄作家的"标识"之一,施战军意在以此说明徐则臣有别于"与他年岁相当的这一批人"的创作特色——以经典阅历和史实之底勾连起几近断裂的"经典文学"的理

---

① 徐则臣:《古代的黄昏》,花城出版社 2016 年版,第 4 页。
② 施战军:《出现徐则臣,意味着……》,《文学港》2005 年第 3 期。

想——针对的是席卷当时文坛的"青春文学"及它的写手们。着眼彼时风靡于文学界的创作趋势,施战军的这番见解乍看起来有点"着意"或"着急"树典型的意味,但他实则揭示了徐则臣写作的美学传统与动力源,不在于不断追赶或紧跟某种时代写作潮流,而在于从伟大的文学传统与深厚的生命积淀中确立"知情、自尊、向善向爱"①的写作向度。

徐则臣在出道之时与"70后"和"80后"这两股文坛新潮流"擦肩而过",模糊的代际身份和尴尬的时代处境却恰好给他带来了一条与"流行"背道而驰的创作道路。值得注意的是,徐则臣所秉持与接续的"学院写作"传统不仅为他确立了较为鲜明的艺术风格,也烛照了后来者。2010年,出生于1984年的作家甫跃辉在主题为"新世纪十年文学:断裂的美学如何整合?"的研讨会上指出:

> 回顾现在活跃在文坛上的前辈作家们,他们刚开始进入所谓文坛或在文坛成名时是以怎样的方式?"30后"作家王蒙,开始写作时有《组织部新来的青年人》;"40后"作家路遥写了《人生》;"50后"的王安忆最开始引人关注的作品是《雨,沙沙沙》;"60后"的余华和苏童最初引人注目的是《十八岁出门远行》和"少年血"系列等作品;"70后"的徐则臣最初引起关注的是《鸭子是怎样飞上天的》等"花街"系列作品。这些作品写的都是年轻人,都是在一个连续的传统里。这些都没有被冠以"青春写作",可到了"80后"就变了。刚才提到的"70后"徐则臣属于成名较晚的,比较早成名的像卫慧、棉棉,她们作品中的年轻人与徐则臣作品中的年轻人截然不同。徐则臣是与前几辈作家一脉相承的,而卫慧、棉棉是另外一副样子。卫慧、棉棉和之前的"传统写作"断裂了,却又被后来的徐则臣等人接续

---

① 施战军:《出现徐则臣,意味着……》,《文学港》2005年第3期。

上了。①

甫跃辉的观点与施战军的看法不谋而合,作家的"学院写作"或"学院派"身份意在提醒我们:不否认这个时代或社会需要多元化的创作模式,但当代文学不应该浮于追求形式的表层,而应该跨越狭隘的残酷青春、小时代、艺术技巧等主题,关注更为广阔复杂的现实世界与人文问题。

2005年,徐则臣从北京大学毕业进入《人民文学》杂志任编辑,作家徐则臣又多了一重角色,"国刊"编辑的身份让他能以"现场的观者"的姿态进入中国文学现场。至此,通过"自我"与"他者"的双重视角,徐则臣与当代文学之间的同构关系也在认识与被认识、感知与被感知中逐渐形成——这或许可以部分解释他日后创作中逐渐强烈的、自觉的代际意识。

三

徐则臣于2004年的一篇创作谈中言及:"希望笔能慢下来……好的小说需要吞吞吐吐,吞吞吐吐的小说需要吞吞吐吐的作家,我希望我能成为一个不错的吞吞吐吐的人。"②然而实际创作中,作家并没有慢下来,从2006年起,徐则臣的创作进入爆发期,这一时期他的小说开始覆盖短、中、长篇三种文体,长篇小说《夜火车》(《作家》2007年第6期)的发表可看作他正式摆脱"学徒期"的起点,中篇小说《跑步穿过中关村》(《收获》2006年第6期)则为他赢得了广泛的声誉。也正是从这时起,"花街""北京"两大系列的作品和"成长"主题的长篇小说开始引起批评界的注目,研究者们对这些文本进行着剖肌分理式的持续解读。时至今日,这些专业性的研究论文不断丰富着读者对这位日渐"经典化"的当代作家及其作品的理解与认识:有情的、矫作的、丰赡的、局限的、切肤的、疏离的……

---

① 《新世纪十年文学:断裂的美学如何整合?》,《文学报》2010年7月15日第4版。
② 徐则臣:《吞吞吐吐》(创作谈),《西湖》2004年第10期。

因而到今天，再从文本细处着力或凭恃某种理论立场进入其中已然意义不大，也较难再获致原创性和穿透力的发现。仔细梳理徐则臣的创作年表可以发现一个值得注意的现象：虽然从这一时期开始，作家坚持三种小说文体"齐头并进"，但 2010 年之后，他却再未涉足中篇小说。其中或有作家个人的考量，毕竟《耶路撒冷》《王城如海》《北上》三部颇具分量的长篇小说均诞生于此年之后，然而 2011 至 2020 年这十年间，徐则臣在长篇文体之外仍坚持短篇小说创作，唯独中断了中篇小说。而且略作统计可以发现，徐则臣的"北京"系列小说全部采用中篇文体形式（2016 年《王城如海》发表时也因其 12 万余字的篇幅而一度被称作"小长篇"）。戛然而止的中篇创作加上"特定"的题材，中篇小说这种文体形式或者说"北京"题材的中篇小说在徐则臣的创作中似乎形成了一个征候性问题。2009 年中篇小说集《人间烟火》的"跋"中已暗暗流露了作家的焦虑与犹疑：

> 对中篇这个文体，好多年我都心有忌惮……对中篇，我只有好奇和忌惮。这样的一个文体，它承担的任务是什么？它能够解决的问题是什么？
> ……我想知道的是，作为中篇，一个在形式上有其高度特殊性的文体，它的功能和要求的特殊性在哪里。它绝不会只是字数和篇幅上的规约和限定。
> ……去年我检点自己的小说，发现有关北京的系列小说里，一例是中篇，既无短篇也无长篇；而关于故乡和花街的小说，长中短俱全。也就是说，关于后者，我可以因势赋形，什么合适来什么，但在北京，我只能用中篇——为什么在这里我只能用中篇？
> 因为我想不明白。
> ……假若如此理解中篇还不算太离谱，那我想说，这应该是一个中篇的时代。因为当下，因为瞬息万变，因为你不能一下子把世界看明白，因为你经常看不懂，因为我们没有足够的时间和耐心等盖棺再

定论,因为尘埃久久不能落下来……①

徐则臣此后的创作也印证了他的这种认识,《逆时针》(《当代》2009年第4期)、《居延》(《收获》2009年第5期)、《浮世绘》②、《小城市》(《收获》2010年第6期)是这之后"仅有"的四部中篇作品,前三篇无一例外地以"北京"为主题,最后一篇《小城市》中的主要人物彭泽和老初也都是从北京"返回"故乡。从2004年的《啊,北京》到2010年的《小城市》,徐则臣的中篇小说创作从"北京"开始,也似乎要在此处画上一个休止符(至少目前情况如此)。既然作家已直言"这应该是一个中篇的时代",那么对他来说,之后中篇小说创作的暂停是否也意味着一个"非中篇时代"的到来?或者按作家的思路,已经进入了"能想明白"或"能沉住气"的阶段?假如这一推论成立的话,那么2016年发表的《王城如海》或可视为一部"非中篇时代"的作品?但是事情的"吊诡"之处在于,夹在前后两部均有40余万字的《耶路撒冷》和《北上》之间,12万余字的《王城如海》"将将"能称作一部"小长篇"。而且徐则臣在《王城如海》中设置了诸多有意味的形式,文体结构上的、人物角色间的、空间环境中的,"处处设局"的心思似乎也"导致"了一种"过于正确与急切的叙事"③效果。这是否意味着,只要关涉"北京",作家就很难"想明白"或"沉住气"?

徐则臣对于"想不明白"的原因也有过具体阐释:《啊,北京》《我们在北京相遇》《西夏》《三人行》《伪证制造者》《跑步穿过中关村》《天上人间》;当下,现在进行时,漂泊,焦虑,面对未知的命运和困境,城市与人的关系,这些都表明我在探寻、发掘、质疑和求证,在摸着石头过河,对所有

---

① 徐则臣:《把大师挂在嘴上》,上海文艺出版社2011年版,第243—246页。
② 《浮世绘》写于2010年9月,后收入徐则臣于2015年8月在安徽文艺出版社出版的中篇小说集《啊,北京》中。
③ 木叶:《过于正确与急切的叙事——徐则臣〈王城如海〉及其他》,《上海文化》,2017年第1期。

的故事我都不知道结果,不知道如何到达人物可能去的地方,不知道他们,包括我,与这个城市的复杂、暧昧关系究竟在哪里。"[1]不难发现,作家的"北京"系列小说(包括短篇小说)全部聚焦的是这座城市的"新移民","流动人口"这一"官方身份",实则已提示了时代变化的深层意涵:一个稳固的、相对恒定的社会开始转向一个"液态现代世界"[2]——"我们有梦想也有恐惧,我们有渴望也有厌倦,我们既充满希望,但又坐卧不安。我们赖以谋生以及为之谋划未来的周遭环境也在不断变化"[3]。于是我们看到了跑步穿过中关村的敦煌、在北京西郊的大街小巷追着鸽子跑的穆鱼和林慧聪、一身西装革履晨跑于北京街头的冯年……唯有"跑"才能跟上现代化大都市的快节奏,此处的"跑"更像是一种行为艺术,它是流动的时代与液态的社会形态在个体身上的外化与具象化。因此,虽然评论界对《王城如海》中无处不在的"雾霾"已进行过多种阐释,如认为它代表了作家对现实环境问题的关注,或喻指了主人公余松坡内心深处或黑暗或隐匿的罪与往事等等,但是从这个意义上看,或许还可以这样理解:《王城如海》中,整个世界的精神"场"也湮没在这个带有气候特征的"霾"之下,"雾霾"加重了这个液态现代世界的晦涩、暧昧与疏离,什么是"好"的艺术?什么是伟大的精神?什么又是不变的真理?从 2002 年真实地面对"一个断裂的社会"起,徐则臣于"北京"系列作品中寄托与思考的一系列"想不明白"的问题一步步蓄积到了《王城如海》中。平心而论,相较之前"北京"系列小说中令人过目难忘的典型人物和纪录片般的真实场景,这部小长篇的问题不只是过于"戏剧化"的人物设置与情节安

---

[1] 徐则臣:《把大师挂在嘴上》,上海文艺出版社 2011 年版,第 245 页。

[2] 鲍曼认为:"我之所以称这样的世界为'液态的',是因为像所有的流体一样,它无法停下来并保持长久不变。这个世界中的一切,差不多一切,都是变动不居的……"参见齐格蒙·鲍曼:《来自液态现代世界的 44 封信》,鲍磊译、杨渝东校,漓江出版社 2013 年版,第 1 页。

[3] [英]齐格蒙·鲍曼:《来自液态现代世界的 44 封信》,鲍磊译、杨渝东校,漓江出版社 2013 年版,第 2 页。

排，还在于作家想要在有限的篇幅中囊括现实中国几乎所有的社会问题，一部作品涉及的问题太多就容易流于表象，陷入治丝益棼的处境，反而不能深入到问题的根源。不知能否这么认为，"北京"系列的小说随着北京城市的发展而不断衍生，面对一个流动的时代，徐则臣也在继续探索最适宜这一题材的文体形式，某种意义上，《王城如海》的出现正是这种探索的结果。再联系徐则臣所谓的"这应该是一个中篇的时代"——某种程度上他也指出了中篇小说这种文体形式的"时代性"特征，回溯中国当代文学史可知，从1977年起，尤其是1978年思想解放运动和改革开放之后，中篇小说的"崛起"曾是一个重要的文学现象①。当时的研究者认为："作家对社会历史的审美思考的要求，独特的结构容量和审美属性，这是中篇小说崛起于当今文坛的内部因素。"②徐则臣的观点和中篇小说"崛起"的历史也提示今天的写作者，从思考"如何面临这个时代"到"如何书写这个时代"，其间不只关涉具体内容，也兼有"形式"问题。

2014年10月，徐则臣在淮安市民论坛微课堂做了一场讲座，"学院派"作家为这场面向普通读者的讲座选取了"作家和他的时代"这一主题。讲座的主题与当时热映的电影《黄金时代》有关，徐则臣也承认，这可能是他所做的讲座里面"最有实际性、最时髦"的一个题目，某种程度上也表明了讲座的普适意义，而普适意义也应是当代文学最重要的价值内核之一。徐则臣指出："一个作家和时代之间的关系通常有两种：一种是他本人和时代的关系，第二种是他的作品和时代之间的关系，就是他写

---

① 滕云在《试谈中篇小说的审美属性》(《文学评论》1983年第6期)中做过这样的统计："1977年，它起于青蘋之末时，有12部作品发表。1978年，翻一番，36部。1979年，又翻一番，84部。1980年，再翻一番，已经是172部。1981—1982年，竟猛然连翻数番，达到1150部。它冲击和席卷我们的文学生活。"

② 张韧:《时代变革与小说理论观念的拓展——近期中篇小说崛起之因的新探索》，《小说评论》1985年第1期。

作和时代之间的关系。"[1]2016年在被问及"你们心目中的'中国小说'是什么"这一问题时,徐则臣回答道:"用与这个时代相匹配的形式和语言,写出该时代核心的情感、经验、焦虑和困惑。"[2]徐则臣的创作至今已有二十年,从"学院派"作家到"70后"代表作家,他从步入文坛起就面临着一个流动的时代和断裂的社会面对纷扰复杂的环境,徐则臣从一开始就选择了与文学与时代共进的道路,一如他开创并坚持的"北京"系列小说,一如他笔下交织着历史与当下,容纳着精神与叙述的"花街",一如他在那些具有探索性质的小说中进行的"实验",也一如里尔克格言式的名句:"有何胜利可言?挺住意味着一切。"[3]"作家和他的时代",这本是一个抽象而宏大的命题,徐则臣用二十年的文学实践给出了自己的回应。

(原文刊载于《小说评论》2021年第1期)

(王一梅:青年评论家、湖北美术学院讲师;何平:著名评论家、南京师范大学文学院教授、鲁迅文学奖获得者)

---

[1] 徐则臣:《作家和他的时代——徐则臣在淮安市民论坛微课堂的讲座》,《淮阴师范学院学报(哲学社会科学版)》2015年第1期。

[2] 弋舟、石一枫、田耳等:《70后作家,有无自己的高峰时代?》,《江南》2016年第6期。

[3] [德]霍尔特胡森:《里尔克》,魏育青译,生活·读书·新知三联书店1988年版,第103页。

时代的精神状况
——徐则臣论

曾 攀

  雅斯贝斯在《时代的精神状况》中,对西方社会关于"时代"之观念的萌发进行了系统而细致的摹写。在雅斯贝斯看来,"人对于自己生活于其中的时代的批判,与人的自我意识一同发生。"人类对自身时代精神意识的建立,最早来源于基督教思想,然而宗教超自然的历史观事实上又是非历史的。随着一种"运动的"与"内在的进步"的观念兴起,人们逐渐意识到,"他们自己的时代由于某种原因而不同于在它之前的所有时代。"在这样的境况下,雅斯贝斯进一步提出:"关于人类当代状况的问题,比以往任何时候都更为紧迫。当代状况既是过去发展的结果,又显示了未来的种种可能性。一方面,我们看到了衰落和毁灭的可能性;另一方面,我们也看到了真正的人的生活就要开始的可能性。"尽管雅斯贝斯讨论的是20世纪上半叶宗教、战争与人文状况中的时代精神,尤其以人的意识与精神的危机为焦点,但却提供了一种讨论总体性的时代精神的范式。不仅如此,个人在一定的历史中如何面对自我的"精神",建立自身的"心灵",成了"时代性"的问题。在雅斯贝斯那里,真正合理与适度的态度在于,"把自身看作是正在努力寻得方向的个体自我;澄清状况的目的是尽可能清楚明确地理解一个人在特定状况中的自身的发展。"[1]这样的发展是建立在总体性的时代精神的分解与认知基础上的,其中包含着系统性

---

[1] [德]卡尔·雅斯贝斯:《时代的精神状况》,王德峰译,上海译文出版社2003年版,第4—30页。

的人的处境、人的意识以及最为核心的——人的精神。

徐则臣的小说始终观照当代中国的历史境况,注视时代与个人的精神状态,其内在的文化专注与叙事强度,时常透露出当代人的精神境遇与"当代"的历史状况。尤其他以代际为叙事的切入口,在城市化与全球化的双重背景下,人出于价值与文化选择而实践的主动自觉地迁徙,甚至是充满焦虑的精神流动,代表着具有现代意义的生命探寻。可以这么理解,徐则臣往往潜入当代中国历史的纵深处,刻画呈现一代人与一时代的生活史、情感史、心灵史,他的小说试图实现对人物生命感与意义感的捕捉,锚定宏大的时代价值感与微观的个人存在感,于焉道尽城乡变换及地理迁移中生命的曲折幽微。在徐则臣的小说里,无不是小人物们壮阔的迁移史与奋斗史,甚至是羞辱史与失败史,其中布满了彷徨与挣扎、犹疑和退却、希望与无望,甚至是牺牲与献祭,从中映射时代的精神状况。不仅如此,其文本中所投射出来的普适性及其所生产的剩余物,成了后全球化时代的当下世界新的精神表征。

一、时代精神与主体意识

艾略特在《传统与个人才能》中提到关于历史的意识,"不但要理解过去的过去性,而且还要理解过去的现存性",真正的对于历史的注视、激活与征用,不仅需要回溯传统观念和历史背景,同时必须具备切合时代的当代意义,"这个历史的意识是对于永久的意识,也是对于暂时的意识,也是对于永久和暂时地合起来的意识。就是这个意识使一个作家成为传统性的,同时也就是这个意识使一个作家敏锐地意识到自己在时间中的地位,自己和当代的关系。"① 徐则臣的出现,代表"70 后"一代作家真正立足于当代中国文学史,而在他及他的文本背后,则是一代人的爱与

---

① [英]T. S. 艾略特:《传统与个人才能》,卞之琳等译,上海译文出版社 2012 年版,第 1—2 页。

憎、成与败、荣与辱。徐则臣小说的历史意识体现在,他在不断回顾历史的纵深中,展现对时代精神样本的捕捉,形塑其中丰富复杂的价值和人文维度。张莉认为徐则臣小说代表了京味小说的"新声与新变"[1];王春林则指出,徐则臣小说中存在着"被撕裂的社会阶层"[2];徐勇则认为"物"与"人"在徐则臣小说中的不断交融,进一步提升至国族及世界的交互方式在叙事中的呈现[3];李德南则以抒情与史诗的辩证,指出徐则臣小说在抒情形态中凸显出来的史诗意识[4]。由此可见,徐则臣的小说注入了强烈的历史意识,其往往以代际和阶层的视角切入中国当代历史,内置的凝视与总体的观看方式,在"同龄"与"同代"中剖解时代的精神状况,"我试图尽可能地呈现生于20世纪70年代的同龄人的经验。……我不敢妄言生在20世纪70年代的一代人就如何独特和重要,但你也许必须承认,他们的出生、成长乃至长成的这四十年,的确是当代中国和世界风云际会与动荡变幻的四十年。"[5]质言之,徐则臣揭示了一代人的奋斗史与心灵史,也通过代际与阶层的视角,推及家族和世界,观测当代中国总体性的精神状况。

可以说,徐则臣之所以在小说中将小说的调门不断上提,塑造自身叙事的襟怀,其试图呈现的是一时代的文化共振与精神共通,在那里,当代中国的代际情感结构与精神状况呼之欲出。他们在艰难中回避,又或在犹疑中退却。人物既在20世纪以来的中国历史的文化装置之中,当代中国社会的又想逾越此中的身份结构,故而在他们的内心往往集建设与破

---

[1] 张莉:《京味的新声与新变》,《当代作家评论》2020年第3期。
[2] 王春林:《戏剧性与被撕裂的社会阶层——关于徐则臣长篇小说〈王城如海〉》,《中国当代文学研究》2020年第1期。
[3] 徐勇:《物的关系美学与"主体间性"——徐则臣〈北上〉论》,《南方文坛》2019第3期。
[4] 李德南:《抒情的史诗——论徐则臣〈北上〉》,《中国现代文学研究丛刊》2019年第11期。
[5] 徐则臣:《写作从神经衰弱开始——自述》,《小说评论》2015年第3期。

坏于一身，充满着焦虑与反抗，他们是亢奋的，也是衰弱的。在长篇小说《耶路撒冷》中，初平阳对舒袖说："我们都缺少对某种看不见的、空虚的、虚无之物的想象和坚持，所以我们都停下了。"①初平阳的一代人生于物质与精神多贫瘠的革命年代，改革开放之后，为现实和物质所累，故而背井离乡，求索出路。当代中国城市化与全球化过程中形成的迁徙的精神主体，处于生产资料的初始攫取的过程，是资本的原始积累阶段。在物质空乏的身上，经常表现出一种缺乏想象的精神中空。徐则臣在小说中通过双线结构，牢牢控制着小说叙事节奏与密度，"花街"与"北京"之间的时空穿梭，透露出纵向历史中城镇化过程的人间悲欢。"《耶路撒冷》里的故事也不是像一阵风那样跑得飞快，人物多半都是走走停停、愁肠百转，过去、现在和未来，任何一个时间段都可能让他们沉溺其中。《箴言录》里有一段话：如果你能看，就要看见；如果你能看见，就要仔细观察。为了让他们看见进而看清楚——其实是让我自己看见和看清楚——我不得不对他们做加法；的确，我几乎是不厌其烦地深入到他们的皮肤、眼睛和内心，我想把他们的困惑、疑问、疼痛和发现说清楚，起码是努力说清楚。"②值得注意的是，其中人物的现实之苦与精神之困，究竟为何？郝敬波曾通过小说中的大和堂与耶路撒冷中蕴蓄的文化地理迁移，试图揭示小说苍凉与悲壮的参差对照中"心灵史叙事"③。事实上，与太和堂的衰颓并存的，是花街中始终隐现的荒诞一幕——当地管委会策划给"古往今来全世界最漂亮的妓女"翠宝宝立雕像、设纪念馆。一个发展中的时代，其间的价值迁移同样是变动不居的，20世纪90年代以来中国的市场经济浪潮，发展经济成为一个地方乃至国家新的社会伦理，也成为一代人生存其中的现实秩序，其更在全球化浪潮中塑就时代精神的最重要的核

---

① 徐则臣：《耶路撒冷》，北京十月文艺出版社2014年版，第57页。
② 徐则臣：《写作从神经衰弱开始——自述》，《小说评论》2015年第3期。
③ 郝敬波：《从大和堂到耶路撒冷：虔诚与悲壮的心灵史叙事——评徐则臣长篇小说〈耶路撒冷〉》，《南方文坛》2015年第1期。

心。这也就不难理解为什么徐则臣小说中的底层人群难以逾越的资本鸿沟,后者同时也是金钱与物质高高垒砌的门槛,故而他们只能在大规模的社会迁徙之中,遭受文化的自卑及精神的扭曲。在小说中,徐则臣通过一种世界主义的"耶路撒冷",凸显人物的全球化欲望与想象,同时又从宗教精神与文化政治的意义上审视当代中国的精神状况。

徐则臣小说中总是存在那个精神衰弱的"我",仿佛成为了特定镜像中的时代隐喻。"我"由于精神衰弱,所以要跑步,以缓解病症,疗治神经。在《跑步穿过中关村》等小说中,跑步的存在不仅代表个体精神的诊疗,而且意味着一种物理的、精神的与文化的地理。在"跑步"中,叙事者提供了一种无产者的视角,经常表现出漫无目的的视觉游移,此中的景观是极度贫乏的,思绪也往往迷离恍惚,在漫无边际的移动中,流泻出一种无关壮志的娱乐的去政治化倾向,又或者是如《成人礼》中行健的情爱窥探和性的凝视。因而,无论是屋顶上的颓废他顾的视角,还是以"跑步"为丈量单位的移动方式,都指向着有限的疲乏的空间移动,又或者是底层人物之间简单的交际关系,于是形成了一种"跑步"的精神地理与文化政治。值得注意的是,除了跑步,能够治疗"我"的神经衰弱的,还有音乐,在小说《摩洛哥王子》中,临时组建的乐队在"斯是陋室"的郊外出租屋中倾情演出。"那肯定是有史以来最怪异的一次演出。我们站在院子里,把扫帚支在椅背上当立式的麦克风,王枫抱着吉他站在麦克风后面,边弹边唱。"这是来自底层的杂乱无章法的狂欢,所有人身心投入,没有表演的痕迹,没有任何做作的表现,那一刻关于艺术的精神出窍,涌动着内心深处的深层的愉悦,足以疗救病症,"不管别人怎么看,音乐的确让我们的生活有了一点别样的滋味,想一想,我都觉得我的神经衰弱的脑血脑也跳得有了让人心怡的节奏"[①]。无论是王枫地铁卖唱,还是小花的艰难生存,又或是匍匐于北京城边缘的行健米箩们,在这个"乐队"里,存在着他

---

① 徐则臣:《北京西郊故事集》,北京十月文艺出版社 2020 年版,第 171—173 页。

们无奈与无力的精神处境,然而在边缘而混乱的狂欢中,他们激活了精神深处的意义共感甚而是生命共感,也因而成为时代精神的某种重要建构。

而关于对"我"的探寻与确立,在《北京西郊故事集》的终篇《兄弟》中,讲述了北京西郊上演的一场场械斗并致人死亡,执法者开始彻查并清理西郊京漂人口与出租屋;而另一头的小人物戴山川来到北京为寻找"另一个自己",却最终在执法队的推土机下,"抢救"出了鸭蛋的弟弟"鸡蛋"的照片,正是这般的一种基于同情的理解,让他舍生忘死地助人,而也就是这样的"壮举",让他真正找到了"另一个自己",那个得以弥补他童年创伤的更为完满的饱满的自我,因为这样有情有义的主体意识与伦理表达,喻示着小说内在的新的精神法则,进而不断掘进人物深层的内心世界。

值得注意的地方还在于,徐则臣的小说除了内在的自我,还有一个外在的世界,两者是相互映射,彼此塑成的。具体而言,徐则臣在叙事中不断分解和切割"世界"这个宏大的词,"世界"在小说中不断形成,又逐渐消解,形成了一个时代的精神状况,却同时在这样的总体性精神消散中,流露出"全球化"的精神裂变。"我相信在'第一次世界大战''第二次世界大战'乃至放话'解放亚非拉'的时候,中国人对'世界'的理解也不会像今天这样充分;那时候对大多数人来说,提及'世界'只是在叙述一个抽象的词,洋鬼子等同于某种天外飞仙,而现在,全世界布满了中国人;不仅仅一个中国人可以随随便便地跑遍全中国,就算拿来一个地球仪,你把眼睛探上去,也会看见这个椭圆形的球体的各个角落都在闪动着黑头发和黄皮肤。像天气预报上的风云流变,中国人在中国的版图和世界的版图上毫无章法地流动,呼的一波刮到这儿,呼的一波又刮到那儿。'世界'从一个名词和形容词变成了一个动词。"①对于徐则臣而言,小说关于世界的想象,是与人物自我的身份设置相符的,但与此同时,也存在着种

---

① 徐则臣:《耶路撒冷》,北京十月文艺出版社 2014 年版,第 27 页。

种的调侃和僭越,其对"世界"的建构及消解,喻示着全球化/后全球化的精神裂变。自清代以来,"世界"成为国族难以摆脱的梦想与梦魇,直至徐则臣笔下的改革开放的中国,依旧未尝或已。只不过,作者在遥远而切近的全球化的框架内进行叙述的过程中,"世界"对于每一个有志于斯的人物而言,表面上都有着对等的权利和机会;然而,他们不断走向衰颓和失败的同时,也预示了那个理想化的自由主义与世界主义的坍塌。

二、价值质询与生命意义

徐则臣的小说历来沉稳、大气,试图把握的是总体性的时代的精神气息,然而,在他那里,再底层的人物,再幽微的情感,再凡常的事件,往往都能拎得起来,细细端详,转化发抒,写出他们的坚毅与惶惑,循此抽象出关于人的价值感和生命感。王晓梦曾提出徐则臣小说中的"漂泊意识",指出人物通过不断奔袭而形成的"生命行走","探究那些复杂的时代表象下的生活本质"[1]。诚然,徐则臣小说通过主体的迁移与迁徙,形成了内在的结构性时代精神形态,其中无不透露着城市与乡土、传统与现代、物质与人心的辩证对照。然而事实上,在 21 世纪前后的当代中国,乡土与小镇的价值中空,被城市化进程抽空了内在的价值,而社会链条中心的新的文化秩序与意义系统,促使更多的乡村无产者向外在的城市乃至世界进行新的价值探寻。

而与此同时,这也是当代中国走向全球化的时代"状况",如是便形成当代中国一段时间以来的双重价值失落,也即城市化过程中出身与成长的文化重估,兼之全球化过程中民族国家的认同沉降,造成了一代人的价值错位和生命失落,因而只能别求新声于异乡与异邦。这便是徐则臣小说中人物主体在身体、精神与文化上迁移的外在因缘和内生动力,"今

---

[1] 王晓梦:《在路上:无尽的生命行走——论徐则臣小说的漂泊意识》,《南方文坛》2017 年第 5 期。

天的精神状况迫使人——每一个人——去自觉地为自己的真实本性而斗争。他要么维持自己的真实本性，要么丧失它，这就要看他在何种程度意识到自己的存在在生活实在中的基础。"[1]他们对生活之实在与自我之存在的指认，使其在确切的认同或反抗中，建立新的价值实质，从而经由精神的追索锚定主体价值，又或在匮乏中确认自身的虚实、真伪与爱憎。

具体来看，徐则臣小说写小人物，写他们的执拗、固执，甚至略带神经质，他们敢作敢当，吐露着一股江湖的豪侠气，情愿为自己的爱恨情仇付出代价，以坚硬的棱角构筑成一个时代的精神质地。尽管他们一直处于被掩埋的边缘，但已不是简单的"北漂"以及离乡背井者所能涵盖。在他们身上，时常表现出不自量力的坚持或退避，甚至于以卵击石、义无反顾的失败。他们的行止介于实有与虚无之间，进击奋斗，却又不断退守，精神的彷徨，意义的旁落，同时传达出理性的意义感与非理性的虚无感的交错。如《耶路撒冷》中的傻子铜钱，一天到晚叫嚷要到世界去，这是他疯癫人生的全部意义。又如《北京西郊故事集》中的行健、米箩、宝来等，他们从乡镇小城中来到北京，脾气古怪、轴、拗、认死理，性格棱角分明，永远走不出自己的影子与圈子，徐则臣讲述他们身后的故事，那些不为人知的精神构成，布满了精神创伤与情感缺陷。他们的存在，构成了时代精神的隐蔽场域。这个边缘所在，众声喧哗，声色自现，时而兀自发出夺目光彩，时而显露沉闷晦暗的色调，他们同样以自我的声色，塑成时代的精神状况。他们属于城市的边缘人，且处在地理上的边缘，阶层属性与社会地位都无足轻重，他们游走于办假证、刻假章等法律的边缘，成为随时会被清理抹除的人群。萨义德在《知识分子论》中，曾指出"边缘"作为一种态度

---

[1] ［德］卡尔·雅斯贝斯：《时代的精神状况》，王德峰译，上海译文出版社 2003 年版，第 212 页。

和方法而存在①。但徐则臣的边缘人,批判性能是极为隐晦的,小人物立于边缘之中,他们有着自足的世界,沉浸于自我的悲欢离合,他们寓于现代的边角之中,颓废而不荒唐,卑微而不沦落。边缘不是被流放的,既是当代的社会结构的分流,同时又是他们的生活方式,或者在这里理应打破简单的边缘与中心的二元分立,他们所代表的时代精神状况的一部分,事实上提供了独有的视角和方法,他们身上所映射出来的社会圈层的内部流动,蕴蓄着生命换喻中的精神诉求和价值质询。

可以说,在"京漂"的小人物心里,有多少想象可以兑现,又有多少激情付诸东流,并不是他们计算和算计的所在。这既是自我的放逐,同时也是一种自我安置。徐则臣曾经谈及他小说写作与文本叙述的缓慢,这个过程与人物的精神行进以及时代的价值流变是相呼应的,"他们的精神深处照应了他们身处的时代之复杂性:时代和历史的复杂性与他们自身的复杂性成正比。如果你想把这个时代看清楚,你就得把他们看清楚;如果你承认这个时代足够复杂,那你也得充分正视他们的复杂,而看清楚是多么艰难和缓慢:有多复杂,就有多艰难;有多艰难,就有多缓慢。这还只是认识论上的复杂、艰难和缓慢,我要用文字呈现出来,还面临了小说艺术上的难度。这个难度同样导致了缓慢"②。时代的复杂与精神的困境在徐则臣那里不断勾连纠葛,这是他小说的难度,也是其中的深度。在谈及路遥时,李敬泽曾经说:"路遥和我们是'亲'的,他从一开始在小说中贯彻的这些根本的处境、根本的困难其实都是我们大家的。路遥的价值和意义,在四十多年后再来看,实际上是那么多的中国人一个一个地从自

---

① [美]萨义德:《知识分子论》,单德兴译,生活·读书·新知三联书店2002年版。其中提出作为"放逐者"与"边缘人"的知识分子,如何在一种"流放"的境遇中实践自身的批判功能。

② 徐则臣:《写作从神经衰弱开始——自述》,《小说评论》2015年第3期。

己的生命、生活中,读出了这样一个伟大的经典作家"①。徐则臣小说同样触及了那些根本的"处境"与"困难",一方面,从乡镇流动到都市的人生之途,经由社会地位、工作性质、人际交往等社会形态描摹了人们的精神境遇;另一方面,人物于地域的、生存的及意义的焦虑中求取,不仅塑造了他们的文化想象,而且形成了具有当代意义的情感结构,其中凸显着旧的意义感的朽坏与对新的意义感的探索。

不仅如此,徐则臣小说对时代之精神状况的描述,还建立在一种生命感的旁落与追寻上。生命感基于自我的反身观照,意识到人的处境、存在并试图建构某种足以支撑自身的价值,其中掺杂着精神的觉知与言行的铺设。质言之,生命感不仅是内部的觉察,更是言说和实践,是精神的秉持与意义的坚守。小说《成人礼》中,行健和叶姐聊起身世遭际,叶姐说:"我只是生活,做自己能做的事。谋生,在北京的各个角落,实实在在地生活。"而行健在他的二十岁生日许下心愿:"好好干,在北京扎下根来。'"②在这些微尘般渺小的人物身上,无处不在的是他们朴素的主体意识,不扯虎皮,不讲大话,认真生活,爱恨分明,在他们身上,是一个时代鲜为人知的精神进退与取舍。在小说《看不见的城市》中,天岫被害,然而对于天岫来说,他来到北京,在一个建筑工地当泥水匠,"搞建筑也很好啊,浇完钢筋水泥混凝土,把砖一块块往上垒,看它一点点长高。城市?我在脚手架间忙活时,从来不想什么城市,我就是在盖楼……"天岫对这个城市充满了感情,"我"在他的遗物中,发现了一个旧作业本:

> 每张纸上都画了图,有楼房、街道、行人、汽车、大学的校门、公园里的树,等等,以建筑居多。从对那些建筑的简单勾勒中,很容易判

---

① 谢宛霏:《典藏版〈路遥全集〉发布会在京举行》,《中国青年报》2019 年 12 月 2 日。

② 徐则臣:《北京西郊故事集》,北京十月文艺出版社 2020 年版,第 106、109 页。

断出天岫在平面几何与立体几何上的功力,有的建筑旁边还标上了相关数据。每一张纸的眉头上都注明了时间和地点。①

天岫们从乡土走进城市,不浮夸,不做作,埋头苦干,怀抱着卑微的理想,一点点投入手里的苦差累活,他们是建设者。甚至包括置天岫于死地的贵州人,他们朴质认真,为自己的每一个举动负责,也为每一天的工作用心卖力,尽管他们地位卑微,在大历史中似乎不值一提,但他们背负着自我的理念甚至理想,他们付出的努力不比此一时代的任何一个人少,他们对成功的渴望同样不比任何人弱,他们代表了一个时代难以抹除的精神印记。

三、文化寓言与未来图景

对于徐则臣而言,无论是《耶路撒冷》《王城如海》,还是《北上》,又或者是系列小说集《北京西郊故事集》,包括他的《跑步穿过中关村》等中短篇小说,都有着一以贯之的求索精神,稳定的故事结构和人物情感中,充满着生命与文化的探寻,他已经不满足于写一个人、一群人乃至一代人,他更是试图写出当代中国精神迁徙中的文化寓言,并循此探向无远弗届的未来图景。

徐则臣小说宏阔的时代历史视野,较为明晰地表现在北京乃至北方的譬喻和想象中。在小说《王城如海》中,浩渺阔大的北京城成为人们的沉浮所在,那里既能让人扶摇直上,也随时可以将人湮没殆尽。而《北上》中绵长浩荡的百年历史,同样巍峨的浩瀚的象喻,有一种置身其间而不自知的广博和庞大。《耶路撒冷》中,对照着当代世界的历史进程,深入其中的生活实感,直视既有的文化逻辑,又寻求广阔的现实对应,如中国成功申办奥运会,美国"9·11"恐怖袭击,2003 年肆虐的 SARS 病毒,

---

① 徐则臣:《北京西郊故事集》,北京十月文艺出版社 2020 年版,第 126、138 页。

等等。而在《北京西郊故事集》中，在那些对城市若即若离的边缘人而言，北京是崇高的，他们大多来自南方，内心矗立着一种对北方/北京的崇拜，那是关乎历史的、资本的与权力的深层信仰。与明清之际北京作为一种皇权的代表不同，对于当代中国而言，北京既是一种建立在商品拜物教意义上的崇高，更是位于文化梯级中的高阶和精神金字塔的顶尖。换句话说，无论从物质还是精神上，北京代表了无穷的想象，也意味着无尽的幻想。对于北京而言，外来者的失败，并不是某种退守，在徐则臣的小说中，个体生命意志的节节败退，通过"出走—归去"的叙事模式不断加以呈现，小说《屋顶上》讲述的是宝来、行健、米萝、"我"等人之间的情谊与情义，他们在北京的郊外专门贴小广告或做些边缘的行当维生，宝来在一次英雄救美时身受重伤，无力医治只能回到花街治疗，痴呆终老，经历了这一切的"我"也备受创痛，同样含泪回乡。小说《六耳猕猴》叙述了同样来自花街的冯年，在而立之年后，不得已也只能返乡。值得一提的是，徐则臣只是聚焦出走和流寓北京城的情境过程，而极少涉及人物败走返乡之后的境遇。小说更多地将关注点放在了人物的受困与受挫，他们一方面承受了时代的重压，另一方面却在自我的争取中寻得脱困之术。然而事实上，后者时常无从谈起，成了人物难以摆脱的时代梦魇与精神困境，"我想把我所理解的20世纪70年代出生的同龄人的生活做一个彻底的清理。要表达的东西很多，那些溢出的、人物和故事不堪重负的部分怎么办？"[①]因而可以说，徐则臣小说试图勾勒一代人的精神危机及其突围的文化寓言，承载这一切的，是阔大而苍茫的北京城，在那里，喻示着近现代以来国族的兴衰哀乐，也构筑了当代中国的文化图景。中国的20世纪是一个失败中自觉的过程，然而这样的自觉时常建立在少数知识阶层自觉的身上，底层则更多只有失败而不自觉。与此相关的，是前述的"俯瞰"与"跑步"。前者是寓于"屋顶"的凝视与观望，其在《北京西郊故事集》

[①] 徐则臣：《我的文学十年》，《天涯》2020年第3期。

诸篇中都有所展示，那只是一种日常的俯视，更准确地说是底层的鸟瞰，以戏谑为之，构造的是一种后现代的解构视角；而"跑步"自始至终都是一种前现代的原始运动方式，必定难以丈量偌大的北京城，"跑步"所代表的，是一种相对疲乏的地理与文化的想象。在小说《如果大雪封门》中，养鸽子的慧聪期待一场雪的降临，"如果大雪包裹了北京，此刻站在屋顶上我能看见什么呢？那将是白茫茫一片大地真干净，将是银装素裹无始无终，将是均贫富等贵贱，将是高楼不再高、平房不再低，高和低只表示雪堆积得厚薄不同而已——北京就会像我读过的童话里的世界，清洁、安宁、饱满、祥和，每一个穿着鼓鼓囊囊的棉衣走出来的人都是对方的亲戚。"①然而不得不说，这只是一种精神疲倦与文化困乏。

　　这样的困境在徐则臣的《北上》中，得到了进一步的直面与处理，并且显露出当代中国新的精神状况。小波罗沿着运河"北上"的旅途，事实上建立了一种临时的"关系"，"使得他们在漫长的'北上'途中建立起了超越阶级和民族国家之上的作为个体的'人'与'人'之间的深厚的感情。这是'人'的意义上的诞生，也是和而不同的中国文化的表征。"而徐则臣意欲呈现的运河，正是试图给予全球化视野下的超越国家民族的文化尝试，"这部小说虽然侧重历史，但其落脚点却在现实：现实意识，应该说是贯穿这部小说始终的。这种现实意识可以理解为一种中国特有的和谐包容的精神，一种和而不同的情怀，一种超越历史和当下的胸襟和气度。"正是在这样的意义上，《北上》以一条运河，贯穿了"一个民族的秘史"，"作为一种精神、情怀和气度，它沿着运河从一百多年前，甚至更远（比如说马可·波罗时代）流向现在，若隐若现，始终存在着。从这个意义上讲，运河考古发现的文物，其意义就以如下的层面显现，即它们都是作为传统的力量显示出其当代价值来。它们是无声的，超越国界的，但也是绵

---

① 徐则臣：《北京西郊故事集》，北京十月文艺出版社 2020 年版，第 203 页。

长和持续发生作用的。"①可以说,在徐则臣那里,运河不仅成为连接中国历史与当下的文化象征,更是指向世界意义的未来图景。通过运河的流动,蜿蜒曲折,向未知的将来奔涌。从这个意义而言,《北上》作为一种精神迁徙,不仅指向人物主体,而且代表着整个国族的精神流变。

徐则臣写京杭大运河,以1900年义和团运动与八国联军侵略中国的历史为时间的开端,直至写到了2014年大运河成功申遗,从作为革命的世纪的20世纪开端,到方兴未艾却又难以捕捉的全球化的21世纪。可以说,其中采取的是如运河般流动的纵向叙写的方式,呈现百年间的情理、爱恨与死生。小说中的人物,无论是拳民孙过程与联军士兵马福德,又或者是小波罗,都携带着历史的讯息与时代的气息,并且都在政治与文化的勾连中塑成自身,时代的精神状况与主体的意识生成是若合符节的。小波罗带着西方的文化身份和情感视角,被义和拳的流毒孙过程所害,而由此所映射的20世纪的中国,作为世界主义的悲剧形象,在21世纪重整自身,整个过程无不呈现出国族的精神状况。值得注意的是,到了徐则臣的小说里,越是历史的,就越能映现中国的当代属性;历史越远久,徐则臣越能写出现下的精神状貌。"1901年,作为漕运的大运河结束了自己的历史使命;2014年,那些与大运河怀有不解之缘的后人们,在这条大河边再次相聚。于是,汤汤大水成了一面镜子,映鉴出一百多年来中国曲折复杂的历史,和几代人深重纠结的命运。一条河流的历史,是几代人的历史,也是一个民族的历史,只是,这一种家国历史是以个人的、隐秘的、日常的、细节的方式呈现出来。"②从细节的描摹走向宏大的叙事,徐则臣小说展现了一种史诗的气度。不得不说,在徐则臣的小说中,这样的图景是中国的,也是世界的;是传统的,也是现代的;是当下的,也是未来的。当

---

① 徐勇:《物的关系美学与"主体间性"——徐则臣〈北上〉论》,《南方文坛》2019年第3期。

② 徐则臣:《让沉默的河流说话》,《人民日报·海外版》2019年6月26日。

中表现出了更为阔大的文化超越性,这是全球化时代的精神绵延和人文建构。

结　语

海因里希·盖瑟尔伯格在《我们时代的精神状况》中,将视野延及新世纪的当下,同样直视的是"时代"的宏大命题。面对"世界秩序的瓦解"的"后民主"时代,一种"无政府式"的以及"去全球化的"精神状况不断萌发,面对全球化的"大衰退",资本主义与自由主义遭遇了前所未有的危机,甚至人的主体性自身也已出现不可逆转的裂隙。[1]

因而,如何在"大转型"中付诸新的文化想象,又何以绘写未来的世界图景,这既是时代的难题,也是其中不可回避的精神命题。雅斯贝斯在《时代的精神状况》里曾经提出的"如果人要成为人自身,他就需要一个被积极地实现的世界。如果人的世界已经没落,如果人的思想濒于死亡,那么,只要人不能主动地发现这个世界中的适合于他的思想观念,人就始终遮蔽着人自身。"[2]到了当代世界,人何以成其为自身,必然需要思想与精神的浇灌,否则,失却当代精神之合法性的人们,万难进行真正的关乎未来的文化推演。

回过头来看徐则臣的小说,其在全球化的背景下对人物的渴求与向往进行了深入的刻写,而在全球化遭遇自身危机的基础上,在这样的境况下,人的需求也许产生了新的向度,然而关于时代的精神状况,以及于焉或生成或龃龉的个体精神形态,却得以在徐则臣的小说中,确认为全球化裂解前后的文化镜像,尤其在既往的普适性价值遭受普遍性质疑的当代世界,徐则臣的小说不断回到人的切身处境,回到边缘的价值以审视普适

---

[1] [德]海因里希·盖瑟尔伯格:《我们时代的精神状况》,孙柏等译,上海人民出版社2018年版,第1—2页。

[2] [德]卡尔·雅斯贝斯:《时代的精神状况》,王德峰译,上海译文出版社2005年版,第211页。

与中心;并且正面处理"时代"的遗产和资源,在进取与退守之间寻求生命感,在时代的褶皱中探寻意义的来源和去向。既不丧失远大的文化宏愿,也不回避每个个体的精神诉求,在分裂的时代中,恰恰释放出了巨大的阐释力与建构性。

概言之,徐则臣所立意囊括的"时代的精神状况",既是辉芒,也有阴影,人们在晦暗不明中挣扎、抗争,悬而未决,却毫不畏惧。他们到城市去,到世界去,在奔袭与冲撞中实现自己的价值质询,在那些或得意或败北的瞬间,捕捉生命中未曾实现的意义,他们来到了人世,尽管无甚能耐,也想看看太阳,在他们沉浮的身影里,有着当代中国的文化寓言。也许,在他们的时而溃不成军却始终屹立坚忍的精神场域中,足以孕育中国以至世界的未来图景。

(原文刊载于《小说评论》2021 年第 1 期)

(曾攀:著名评论家、《南方文坛》副主编)

历史、记忆、认同
——论徐则臣的《耶路撒冷》与《北上》

薛 蒙

徐则臣的早期创作集中于"成长的故乡"和"漂泊的北京"两个地标，多注重现实的人文关怀。而近年来《耶路撒冷》和《北上》的问世，标志着徐则臣开始进入对记忆、历史等领域的思索，两部小说单行本的腰封上分别印着"70后的成长史，一代人的心灵史""一条河流与一个民族的秘史"的宣传语。"70后是缺少历史的一代人"这个论断曾长期困扰着以徐则臣为代表的一代作家，然而在《耶路撒冷》与《北上》的创作中，我们看到了徐则臣的回应，这两部小说整合了徐则臣对以往写作中诸多问题的思考。从宣传语中也可以看出，从《耶路撒冷》到《北上》，历史的主体从人物转向"河流"，历史的视野从代际延伸至民族，这也标志着徐则臣对历史与记忆的书写经历着发展与转变。

一、历史

"过去的时光仍然持续在今日的时光内部滴答作响"——《北上》中引用的这句诗同样也可以用来指涉《耶路撒冷》的文本意涵。而德国学者扬·阿斯曼关于"过去如何产生"的论述或可用于帮助理解作者的用意所在：当人们在中断后尝试重新开始时，均可导致过去的产生。新的开始、复兴、复辟总是以对过去进行回溯的形式出现的。[1] 那么，过去的时

---

① [德]扬·阿斯曼：《文化记忆：早期高级文化中的文字，回忆和政治身份》，金寿福、黄晓晨译，北京大学出版社2015年版，第25页。

光如何得以呈现？过去以怎样的面目进入今日？过去与今日所连接起来的是否就是真实的历史呢？基于这些问题，有必要对《耶路撒冷》与《北上》中所涉及的"过去"与"今日"、"历史"与"当下"这些关键词进行深入的考察。

《耶路撒冷》中有两种不同的历史书写：时代大历史和小说人物的个人成长史。在大历史方面，小说涉及了"二战"、美国轰炸中国驻南斯拉夫大使馆、"9·11"等世界大事，也写了"文化大革命"、唐山大地震、SARS疫情、北京申奥成功等影响社会发展的重大事件，正如书中所提到的，"大历史，请原谅我在用一个'大'词，我想谁也不能否认，每个人都有大历史的情结。"①为了保证这种大历史书写的真实感、还原历史情境，作者甚至还在小说中插入了新闻简讯："2003年6月24日，世界卫生组织宣布，鉴于北京的非典型肺炎疫情明显缓和，已经符合世界卫生组织的标准，因此解除对北京的旅行警告，同时将北京从非典疫区名单中排除。该决定宣布当日生效。"②这些重大历史事件无疑折射出几十年来中国乃至世界的急速转型与发展。但我们同时也不难发现，所谓的"大历史"只是个体小历史的铺垫和背景，曾经的"花街小伙伴"们的个体成长、漂泊和奋斗经历，以及后来的救赎和归乡之旅，都体现着鲜明的个人史视角。而最能展示"大历史中独异个人史"的，则是初平阳的回忆中呈现出来的、狂热的革命年代中不合时宜地信奉着"一个人的宗教"的秦奶奶形象，秦奶奶年轻时为生存所迫做了妓女。"文革"中被剃"阴阳头"、脖子上挂着破鞋游街，但因为有单纯而忠诚的信仰，她从未感到羞愧和胆怯，"批斗游街从不把脑袋垂着，就仰着脸""挺着腰杆硬邦邦地站着"③，甚至反问和怒斥批斗她的群众，让大家都因羞愧而低下了头。秦奶奶请木匠用自己的棺材板做了一个穿解放鞋的耶稣雕像，最后为了保护耶稣雕像不被

---

① 徐则臣：《耶路撒冷》，北京十月文艺出版社2014年版，第109页。
② 同上书，第48—49页。
③ 同上书，第213页。

雨淋，半夜死在石板路上。关于秦奶奶故事的真实性固然有质疑的余地，但这段"个人史"的重要性在于，它给了年少的初平阳一种神秘的宗教体验和启蒙，秦奶奶口中的"耶路撒冷"和她在少年初平阳们偷窥中留下的虔诚跪拜的背影，为后来的初平阳们寻求救赎道路作了朦胧的暗示。

正是有了初平阳、易长安、杨杰、秦福小等一个个作为独特个体的"我"，连接起来才构成了"我们这一代"；也正是有了秦奶奶、初医生、易培卿、景侉子等上一代的个体史，"我们这一代"才与过去的历史产生了复杂的纠葛联系。徐则臣曾言：当我用小说来表达自己与世界之间的关系，当我以这种表达为职业时，我越来越坚定的一个想法是：对一个作家来说，文学就是历史，历史也就是文学，只要其中穿插一个作为独特个体的"我"①。也就是说，只有将知识化的历史处理成与个体经验、认知、记忆相关的历史，对于历史的书写才具有审美价值。

《北上》延续了这种"时代大历史"与"个体小历史"互相映射的书写方式。首先是河流与民族大历史的同构，小说的起始时间设在了1901年的晚清，在"终结"与"转型"的意义上，运河与民族的命运是相对照的。而晚清时期频繁的战争使得国家和民族问题更加剧烈，中西方文化的交流给中国人带来了身份和国族认同的问题，在这个语境中，大运河作为"民族伟大工程"和"世界文化遗产"的双重属性就有了更大的言说空间。从此节点出发，维新变法的余波、义和团运动的爆发、八国联军的入侵等等重大历史图卷徐徐展开，运河也就成了"流淌在历史中"的运河。当小波罗在油菜花田里打算给人们照相时，"没有外人敢尝试"，因为旁观者的害怕来源于"早听说那玩意儿摄人心魄"②，最后还是一个囚犯在官爷的怂恿下抱着"拼了"的决心才敢尝试。今天看来如此荒诞的事情却反映了当时社会对待"洋人""洋玩意儿"的普遍心态，鲁迅在杂文中同样写

---

① 徐则臣：《历史、乌托邦和文学新人》，《黄河文学》2008年第5期。
② 徐则臣：《北上》，北京十月文艺出版社2018年版，第41页。

过当时"洋鬼子挖人眼睛"用于照相的传言,虽然 S 城早"已有照相馆了","S 城人却似乎不甚爱照相,因为精神要被照去的,所以运气正好的时候,尤不宜照。"①这段话可以看作是《北上》中照相情节的一个旁注和语境参照,晚清国民对于西方人的好奇、厌恶、恐惧、仇视等情绪也正匹配了从鸦片战争以来中华民族屈辱性的历史创伤记忆。

但若因此就将《北上》看作一部"重现历史"之作,无疑也是不确切的,虽然运河故事的历史背景不可谓不重大,书中关于运河的档案性知识不可谓不多,但作为一部文学作品,显然不能仅仅处理成关于运河的历史知识的传播。在小波罗的弟弟费德尔·迪马克的故事中,作者把章节命名为"沉默者说",即是有意于宏大历史中个人记忆的创造,小说如何处理战争故事呢?开头的信件中传达出的战争记忆是较为私人化的:"战争实在太残酷,现在我闻到火药味就恶心,看见刀刃上沾着血就想吐。"②与正史叙述不同的是,这里的侵略者同样也是战争的受害者,费德尔不认同自己的侵略者身份,在进攻天津途中,他的体验是"迷迷糊糊""乱糟糟""犯晕""焦虑""越发糊涂",他认为自己"来中国是做马可·波罗,不是来杀人的"③。在爱上中国姑娘秦如玉、获得中文名"马福德"之后,他终于下定决心做了逃兵,用真诚赢得了如玉的芳心,二人从天津一路北上逃亡,最后在接近运河终点的地方——北京通州的蛮子营,以"西北来的哑巴骆驼客"的身份安顿下来,在运河边开始了新的生活,并在以后的几十年中"充分地把自己中国化了",不仅在生活方式、语言、价值观上成了中国人,甚至在体貌特征上都看不出"洋人"的痕迹了。马福德的形象明显与公众认知中的西方侵略者形象相差甚远,有论者也质疑"小波罗等人对于中国文化的拥抱和接近在理由上并不充分,作为八国联军侵华战

---

① 鲁迅:《论照相之类》,《鲁迅全集》第一卷,人民文学出版社 2005 年版,第 192 页。
② 徐则臣:《北上》,北京十月文艺出版社 2018 年版,第 2 页。
③ 同上书,第 359 页。

争一员的大卫,其侵略性的一面也被有意无意地淡化了"①。在笔者看来,马福德作为"沉默者"的另类个人史恰恰是作者的创造性所在,小说家有权利挑选不同的历史记忆元素并将之重新组合,"(文学的话语)它可以把在社会中占主导地位的历史记忆与被破坏的、被颠覆的'反记忆'联系起来"②,并通过"诗学组合策略"为历史重新赋义。作者通过对马福德生活细节和心路历程的深入描绘构建出与公众认知不相符的个体的过去,旨在落实的是运河的文化交流作用及其作为文明遗产的世界性。大运河不仅对西方人展示出强烈的吸引力,还最终收留了马福德这个异乡人和逃亡者,抚平了他的创伤记忆,为他提供了身份认同的空间。近代史在这里也不再是中华民族的屈辱史,这种民族史的书写与作者想要表现的大运河形象是吻合的。

某种程度上来说,《耶路撒冷》和《北上》是对历史的"重构"或"再生产",而非简单的复现或还原,通过将个体独特的经验和记忆与正史叙述、公共记忆相交融,呈现出的是经过作者的历史观和价值观浸润的历史。

二、记忆

"过去"的历史如何进入当下?在《耶路撒冷》中主要是靠对童年记忆的不断重回。初平阳、易长安、杨杰、秦福小等人当下的精神困境并不来源于专栏文章所谓的"70后之于欧风美雨""70后之于信仰""70后之于神话、权威和偶像崇拜"等大议题,反而集中指向了"景天赐的死"这一童年的心理阴影。他们都自认为是导致景天赐死亡的谋杀者或帮凶,易长安的怂恿让天赐在暴风雨之际跳入运河,导致天赐被闪电击中而精神

---

① 谢燕红,李刚:《〈北上〉:一条大河的文学叙事与历史建构》,《小说评论》2019年第6期。

② 刘海婷:《记忆、身份认同与文学演示》,《外国语文》2017年第2期。

失常;杨杰为了满足自己的虚荣心将手术刀送给天赐,提供了天赐自杀的工具;秦福小的嫉妒、初平阳的恐惧让天赐错过了最佳抢救时间,少年景天赐的死亡成了此后几个人半生都无法释怀的心结。关于创伤的文化理论认为,在心理机制上,创伤以噩梦、闪回等方式重复地、逼真地出现,使创伤人物再次经历痛苦、失去甚至死亡。① 小说中自杀事件被作者置于当下的叙述中,以不同人物一次次回忆的方式呈示出来:秦福小不断地梦到天赐死亡时的具体情境,"同一个梦不仅可以重复做,而且这个梦越做越详尽,越做越清晰"②。初平阳和秦福小一样,也在幻觉一般的回忆中不断想起景天赐自杀的时刻,很多年里都在后悔当时的临阵脱逃。童年的阴影成了当下几个人共同的创伤记忆,在离乡出走多年以后,专栏作家初平阳、做水晶生意的商人杨杰、漂泊多年的秦福小、办假证的易长安,这些身份、阶层各异的人通过这个创伤记忆结成了"共同体",而此记忆共同体经历的"创伤—罪感—赎罪—归乡"的心路历程,最终指向小说关于信仰与救赎的精神主题。徐则臣对人物创伤记忆的书写相当细致深入,但对"记忆共同体"的形成与重聚的处理却显得有些过度巧合,作者让初平阳等人一致背负着沉重的罪感和救赎的愿望,忽视了记忆主体的差异性和多元化,书中人物对噩梦般场景的反复重回使得人人都有着类似弗洛伊德所谓的"创伤性神经症"的体验,不免有刻意之嫌。

相比之下,同样是当下人物依靠追忆凝成"记忆共同体",《北上》在过去与当下之间加入了大运河这一时空关联物,通过大运河连接起不同家族的历史与记忆。当下人物之间"共享的记忆"也不是个人记忆的简单相加或趋同,而是经过不停调整和加工的一个最适宜当下认同的"记忆版本"。从历史认识论而言,共享记忆的落脚点不在历史事件,而在于

---

① 王欣:《文学中的创伤心理和创伤记忆研究》,《云南师范大学学报(哲学社会科学版)》2012年第6期。

② 徐则臣:《耶路撒冷》,北京十月文艺出版社2014年版,第131页。

对它的解释。① 也就是说,在当下人物追溯家族史时,选取什么样的记忆内容、从何种角度进行回忆是至关重要的,因此我们不仅要关注人物记起了什么,更要关注他们遗忘了什么、凸显或遮蔽了什么,比如有关谢平遥"北上"行程之后"追随康梁改良的余绪,其后拥护革命党,接下来反对袁世凯"②的经历,若放在"近代史记忆"和"家族史"的框架内无疑是意义重大的,但放在"运河记忆"的框架内则与这个共同体不相干,于是在谢望和的叙述中这段家族记忆被简化处理,用父亲和祖父的"说不清"顺带了过去。又如马思意记起的祖父马福德"孤身一人夜闯日本鬼子小分队的驻地,一口气灭了十几个小日本,那条狼狗更是被他活活撕成两半"③,孙宴临记起的高祖孙过程则是"一路追河盗、抗官兵、阻击义和团,还跟数不清的歹人大战过千百回合,无有败绩"④。很明显,这些都是经过美化和放大的"英雄传说",这个"记忆版本"中的马福德、孙过程与曾经恐惧和厌恶战争的马福德、曾经作为拳民的孙过程不相一致,但这些美化、修改、想象和重构的意义在于,它们共同树立起了勇敢、坚毅的正面的祖辈形象,回忆这些祖辈时,当下人就有了超越日常生活、超越代际传承的重大的"意义感"。如此一来,当下人就可以"通过创造一个想象的、共享的过去来确证和重构自身作为一个独立个体及社会成员的文化身份"⑤。在小说中,这个文化身份也即是谢望和之父所说的"运河的子孙"。谢望和拍摄《大河潭》纪录片,即为将"家族记忆"转译为"运河记忆"的一个建构行为。

与《耶路撒冷》中亲历者的被动的、重现式的记忆相比,《北上》中的

---

① 卢永和:《论文学记忆与历史意识的四个维度》,《文艺理论研究》2017 年第 4 期。
② 徐则臣:《北上》,北京十月文艺出版社 2018 年版,第 147 页。
③ 同上书,第 423 页。
④ 同上书,第 164 页。
⑤ 赵静蓉:《文化记忆与身份认同》,生活·读书·新知三联书店 2015 年版,第 240 页。

记忆是这些运河子孙通过代际相传又加以想象和调适而主动创造的记忆。更进一步说,《北上》的创作行为本身,也可以看作一个建构关于大运河的文化记忆的实践。这部小说既可以列入作者的"运河小说"序列中,与其他有关运河的文本形成互文性,又成为一个可以从多角度认知、阐释运河文化的文本,包含着更为复杂的意义系统。如果说徐则臣以往的运河书写关注的是"运河边发生的故事"和运河文化的独特性,那么至此大运河走向前台,《北上》关注的则是"运河的故事"和运河文化的延续性,也即扬·阿斯曼所论"文化如何经历世代交替和历史变迁之后仍然保持一致性,换句话说,能够形成'历时的身份'"[①]。从这个角度看,作者的叙事目标乃是为运河的文化记忆创造一个"文学关联物",并以此观照运河的"过去"与"当下","从文化意义上去重新反思运河曾经起到的作用,然后结合我们的时代,重新发掘运河承载的文化功能"。作者的实践是成功的,从小说中可以看出,虽然运河的漕运功能早已终结,但新的"连通"功能正在凸显。谢望和的《大河谭》纪录片、孙宴临的"时间与河流"主题摄影作品、胡念之在运河边的考古发掘、邵星池的罗盘和准备重回的运输业、周海阔开在运河沿线的"小博物馆客栈"等等,从传媒、艺术、考古、商业、旅游各行业多方位地撑起了大运河的当下文化样貌。而作为一条文化意义上的河流,《北上》里的大运河不仅联通了过去与现在、民族与世界,更联通了作者对历史记忆与文学想象、文化遗产与身份认同等多层次问题的思考。

三、认同

有研究者指出,《耶路撒冷》中的叙述者始终在以"70后"这代人的立场发言,"而对'我们'的历史的整体性书写,可以使'70后'这代人在

---

① [德]扬·阿斯曼:《"文化记忆"理论的形成和建构》,《光明日报》2016年3月26日第11版。

相同的历史记忆中形成了一个代际命运共同体"①。作者要为"70后"群体代言的叙述动机是明显的,"我在为他们回忆和想象时,也是在为我自己回忆和想象:他们是我,我是他们"②。但问题在于,从文本中的"赎罪共同体"到文本外的"代际命运共同体",其间的认同过程并非如此简单。笔者认为,故事中"赎罪共同体"的"这一群"很难向更广义的"信仰共同体"的"这一代"转化,不仅是文中人物与"赎罪共同体"的羁绊有点浪漫化、缺少现实支撑,而且"耶路撒冷"作为一个外来词汇及其携带的宗教意味也较难符合当下的社会与文化环境中本土受众的接受习惯。也就是说,初平阳等人独特的童年记忆、持久的罪恶感和救赎欲望其实不可被视为普遍的代际特征,《耶路撒冷》的代际认同意义更像是作者和评论者的"手动赋予"而非自然生成。但有了《耶路撒冷》中处理记忆与认同问题的经验,《北上》的写作有了明显转变。首先,在"当下"部分讲述的"寻找和认同"故事中,"认同"之源指向的是家族血脉。小说通过时间的交叉错置和关键物件线索的埋藏将"今日的时光"与"过去的时光"互为呼应,临近结尾终于呈现出了一幅"祖辈——遗留物——当下人"的家族史图谱:谢平遥——运河资料——谢望和;孙过程——相机——孙宴临;邵常来——罗盘——邵星池;周义彦——意大利语笔记——周海阔;马福德——家信——胡念之。阿莱达·阿斯曼认为,"对残留物追本溯源的兴趣是为了证明对身份认同具有重要性的流传的真实性"③。在小说里,当下人正是通过对相关遗留物的追索,确认了自身与祖辈的血脉联系,实现自己家族身份的认同,也为自己的事业或志趣找到了意义来源,实现家族内部价值观念的延续和稳固。如孙宴临成为艺术教师和摄影师是受

---

① 杨希帅:《历史主义、物的美学与命运共同体——论徐则臣〈耶路撒冷〉与〈北上〉的历史书写》,《华侨大学学报(哲学社会科学版)》2019年第3期。
② 徐则臣:《耶路撒冷》,北京十月文艺出版社2014年版,第256页。
③ [德]阿莱达·阿斯曼:《回忆空间:文化记忆的形式和变迁》,潘璐译,北京大学出版社2016年版,第50页。

"小爷爷"孙立心的影响,而孙立心对摄影的爱好则是来源于孙过程从小波罗那里得到的柯达相机。邵星池祖祖辈辈生活在运河上以跑船为业,是因为其高祖邵常来从小波罗那里得到的罗盘。

"家族"自现代以来曾遭到抗拒和排斥,在现代文学的启蒙叙事中,它往往是旧制度和旧礼教的外在表现形态、封建专制主义的基石(如《狂人日记》《家》《财主底儿女们》《雷雨》《北京人》等);在"十七年文学"的阶级叙事中,家族又成了个人走向集体的阻碍,是狭隘的个人主义和小农思想的来源(如《三里湾》《创业史》《山乡巨变》《艳阳天》等)。而新时期以来,家族的形象重新恢复,如《红高粱家族》《古船》《白鹿原》《旧址》等小说通过家族史的变迁来映照中国的历史进程,家族历史成了个人进入历史的有效通道,也促成了个体身份的认同。在这一脉络中观照《北上》的家族书写,可以看出徐则臣对家族的"认同"功能的征用和转化,但这并非20世纪八九十年代盛行的家族叙事的翻版,因为有了"运河"的存在,小说就不再局限于家族叙事,而是意在通过家族记忆构建更为广义的文化记忆。谢望和等人零散的家族记忆一旦通过运河聚在一起,竟产生了奇妙的完整性,当下人物拥有了一个可以共享的记忆:他们的祖辈曾在一条船上共同北上。论者曾言,"在古老的共同体瓦解后,大运河作为一个文化符码,至少是部分地发挥了共同体的黏合功能"[1]。从纵向的时间上来看,正如谢望和从叔父所写的《长河》唱词中体会到的,"几代人或为事业,或为志趣,或为生计,谢家的经历竟一直不曾远离运河左右"[2],当下人得以与祖先建立起某种精神和信念上的羁绊,运河促成了家族代际的黏合;从横向的空间上来看,正如周海阔与谢望和见面时的开场白"为同一条河",运河成为承载和融汇当下众人记忆的媒介,促成了不同个体之间的黏合;从抽象的意义上来看,个体及家族的记忆、晚清的国家民族

---

[1] 杨庆祥:《〈北上〉:大运河作为镜像和方法》,《鸭绿江(下半月版)》2019年第2期。

[2] 徐则臣:《北上》,北京十月文艺出版社2018年版,第188页。

记忆、传统文化与出土文物的记忆,都被统摄于关于大运河的文化记忆链条上,运河促成了民族国家在文化谱系上的黏合。

可以看出,徐则臣既有对新时期以来家族写作、家族认同的继承与借鉴,又突破了新历史主义只从个体家族史出发否定宏大历史的虚无倾向。这两部小说中对于文化认同的书写,既不像"社会主义现实主义"时期那种宏大叙事的建构,也不像改革开放时期先锋派那种有意逃离和解构,而是带着沉重包袱的"在怀疑和思索中再造"。徐则臣对历史的"打开方式"是以自身为中心的重建,但他似乎并不认为这种书写更能触摸到历史的"真相",《耶路撒冷》中作者借人物之口问道:这些年其实你正在一次次回忆,因为回忆之努力,因为回忆之频繁,它可能让你距真相越来越近,也可能让你离虚构越来越近。有多少回忆能够忠实地还原现场?①《北上》结尾处作者借考古学家之口点出"虚构往往是进入历史最有效的路径;既然我们的历史通常源于虚构,那么只有虚构本身才能解开虚构的密码""强劲的虚构可以催生出真实",而谢望和对于各家族之间联系的猜测和对《大河谭》故事的计划也在告诉读者:这是一个可真可假、亦真亦假的故事,我们甚至可以将"过去"小波罗和马福德等人的经历视为"当下"的谢平遥倒推和虚构出来的故事。乍一看,这个反转式的结尾貌似终结了关于"历史""记忆""真相"等问题的讨论,然而细究之下并非如此,在作者那里,历史意义是大于历史事件的,从这个方面讲,虽然作者自述"读了六七十本关于运河的书""从南到北,把运河沿途的重要水利枢纽、水利工程全都走了个遍"②,但是在小说中史料性、档案性的书写却很节制,原因也就不难解释了。因为不论典籍、史实、传说还是谎言,在小说里都变成了一堆纷繁多元的"记忆",作者要做的是将散乱的记忆加以筛选、排列组合,将其秩序化、逻辑化,而后织入一个特定的意义系统之

---

① 徐则臣:《耶路撒冷》,北京十月文艺出版社 2014 年版,第 240 页。
② 舒晋瑜、徐则臣:《大运河对我来说是个私事》,《中华读书报》2019 年 11 月 27 日第 11 版。

中,也因有了作者特定意义系统的观照,再造的历史才能"及物、有效地介入和表达时代和时代感"①,再造的历史才真正有助于实现当下的认同需求。

结　语

从历史与记忆、记忆与认同的角度来说,从《耶路撒冷》到《北上》体现了徐则臣思考和写作的逐步成熟,《北上》也为近年来《北京传》《南京传》《海南岛传:一座岛屿的前世今生》《临清传:大运河文化的一个支点》等"城市传记"作品提供了很好的先行示范。当然,一个不应回避的问题是,《北上》作为一部关涉文化认同的小说,难免与主流意识形态话语产生复杂的缠绕,而其中"大运河申遗"的时代热点也难免会遭到类似"功利写作"的批评,也即是此前批评者所担心的,"标志性物事与题材在市场上的诱惑力和杀伤力"会使得创作者"个人的思考往往也停留在一种正确的状态、积极的状态、理想的状态,缺少特立、超拔与尖锐"②。总之,当涉及"为××代言"的话题时,创作者要面对的是复杂的认同困境,如何既有效地实现创作动机,又能兼顾接受者的认同需求,同时保持审美的特性,仍是一个需要深入思考的问题。

（原文刊载于《长江文艺评论》2021年第3期）

（薛蒙:青年评论家、河南大学文学院助理教授）

---

① 徐则臣:《与大卫·米切尔对话》,《文艺报》2012年10月22日第5版。
② 木叶:《过于正确与急切的叙事——徐则臣〈王城如海〉及其他》,《上海文化》2017年第1期。

"阿莱夫"镜鉴:徐则臣小说艺术中的繁复及困境

张龙云

作为"70后"作家的荣光,徐则臣的小说艺术达到了相当高的层次。他的小说以"花街""京漂""运河""耶路撒冷"等为空间背景,极其类似于博尔赫斯"阿莱夫"意义上那个独特的"点",以此构筑了徐则臣自己所理解的"总体世界"。这个世界惶惑不安,难以确定。这是一个"70后"作家的生命经验对世界的部分呈现,在艺术表达上繁复多变,令人眼花缭乱;但同时,当他通过蛛网式的叙述、庞杂的人物、繁复的描摹呈现这个包罗万象的总体世界时,在作者与文本世界、情节与主题、细节与整体结构之间的逻辑关系方面,却又往往陷入同时代许多作家相似的"真实"的困境。

一、徐则臣的总体世界与阿莱夫

博尔赫斯曾在短篇小说《阿莱夫》里神秘地写道:"在那了不起的时刻,我看到几百万愉快的或者骇人的场面;最使我吃惊的是,所有场面在同一个地点,没有重叠,也不透明,我眼睛看到的事是同时发生的……我看到浩瀚的海洋、黎明和黄昏,看到美洲的人群、一座黑金字塔中心一张银光闪闪的蜘蛛网,看到一个残酷的迷宫(那是伦敦),看到无数眼睛像照镜子似的看着我……我看到阿莱夫,从各个角度在阿莱夫之中看到世界,在世界中再一次看到阿莱夫,在阿莱夫中看到世界,我看到我的脸和脏腑,看到你的脸,我觉得眩晕,我哭了,因为我亲眼看到了那个名字屡屡被人们盗用、但无人正视的秘密的、假设的东西：难以理解的宇宙。"①

这段仿佛天方夜谭的描绘成为博尔赫斯迷宫般小说的经典范式。不仅道出了"瞬间即永恒，虚空即万有"的生命玄思，以艺术直觉沟通科学"奇点"，还不经意地泄露了"世界"缔造的神秘循环："我"看"阿莱夫"，在"阿莱夫"中看世界，在"世界"中看到"阿莱夫"、"我"和已亡未亡的"你"（们）。"我"与"世界"，在"阿莱夫"的镜子和在被"我"所见的双重镜映下，实现统一。"我"既是阿莱夫的见证，也是被阿莱夫照亮的总体世界的一部分，"我"与"阿莱夫"在互证互构过程中显现了彼此，"我"的生命体验则成为神奇景象的见证者与构建者，"阿莱夫"也成为大千世界的创造源泉。

在徐则臣那里，"花街""北京""大运河"或"耶路撒冷"就是镜映他所见世界的"阿莱夫"。这些本身富含某种地理坐标意义的特殊符号在被置入文学空间中时，不仅包含语言文字所指涉的物理世界，也包含着"我"生命意志的镜像世界，它有意无意地透露出存在又不存在的玄妙之门。所以，当被问及"花街到底有多长"时，徐则臣说："这个世界有多复杂，它就有多漫长；我的写作需要它有多长，它就会有多长。如果经营得好，最终它不仅叫'花街'，还会叫'世界'。它是我以文学的方式建立的一个乌托邦。"②以文学的方式建立一个乌托邦，一方面反映了作者的创作野心，另一方面从侧面也反映了语言艺术独特的空间构造功能：以虚空包容万有。所以，徐则臣笔下的无论是"花街"还是"耶路撒冷"，它们在构建徐则臣的总体世界上并无本质区别，皆为作者记录和构筑虚空的承载体。作者由这偶然的一点趋于整体世界，在这一点内从不同角度体察万有，如《阿莱夫》里的卡洛斯·阿亨蒂诺·达内里所吟诵的那样："我像

---

① ［阿根廷］豪·路·博尔赫斯：《阿莱夫》，王永年译，浙江文艺出版社2008年版，第146—148页。

② 蒋肖斌：《徐则臣：沿着花街，走向我的文学根据地》，《中国青年报》2020年3月23日。

希腊人一样看到了人们的城市/工作、五光十色的时日、饥饿//我不纠正事实,也不篡改名字/但我记叙的航行是在房间里的卧游。"①

2009年,徐则臣在美国克瑞顿大学的演讲中说:"作家有两个故乡,一个在地上,一个在纸上。前者与生俱来,是切切实实地生长养育你的地方,甩不掉也抛不开,人物和细节看得见摸得着,它是确定的;后者则是后天通过回忆和想象用语言建构出来的,它负责容纳你对这个世界的所有见闻、感知、体悟和理想,它是你精神和叙述得以安妥的居所,是你的第二故乡。它是无限的,你的精神和叙述有多庞大和强大,它就会有多壮观和辽阔。"②"故乡"是人的生命原点与归宿,其本质与"乌托邦"类似,皆具有精神寄托、归属的心灵指向。徐则臣所谓的"纸上的故乡",并不止于对现实地理故土的文字标记或复制,也不止于中国文化层面的游子寻根或叶落归根,而是以生命存在的经验空间为精神起点,掀动对整个世界的想象。正是在这个意义上,徐则臣所描写的"花街"其实就是"世界"。

"返乡"与"到世界去"构成徐则臣小说通往"世界"两条相反相成的路径,故乡的世界与世界的故乡在"我"的去/返之间闪转腾挪,无限延展。"故乡"以其独有的空间意义涵盖了"我"关于世界的所有想象。所以,不论是徐则臣的"花街"系列、"京漂"系列,还是"谜团"系列③,用文学书写来构筑总体世界,实现面向世界的精神方向,始终是徐则臣不变的书写态度,也是其小说最直观的形式特点。尤其是在他的《耶路撒冷》《北上》等长篇小说里,透过地标空间溯及总体世界已然成为其文本编织的基本策略。这样的书写方式与作家自身创作指向不无相关。徐则臣坦言:"希望自己能够像深入小说的细部一样深入到亚洲和中国的独特的细部,进得去也能出得来,在一条街上写出对亚洲和中国的无限接近真相

---

① [阿根廷]豪·路·博尔赫斯:《阿莱夫》,王永年译,浙江文艺出版社2008年版,第136页。
② 徐则臣:《通往乌托邦的旅程》,北京昆仑出版社2013年版,第68页。
③ 徐则臣曾把他的小说分为"花街""京漂""谜团"三个部分。

的属于一个人的想象。"①在一条街上、一条河中或一座城里写出"无限接近真相的"中国和亚洲乃至世界,徐则臣的宏阔视野与创作野心可见一斑。他也因此被赞誉为"70后作家的光荣"(《大家》杂志),其创作被认为"标示出了一个人在青年时代可能达到的灵魂眼界"(华语文学传媒大奖授奖词)。

出色的"灵魂眼界"铸就了作家别具一格的文学理念:建造一个人的乌托邦。用徐则臣自己的话来说,"乌托邦"是他"莫名地迷恋过"的词中最重要的一个:"这个乌托邦容纳了我所表达出的一切看到的、听见的、闻到的、想到的、感觉到的、触摸到的,以及由此导致的想象和虚构;包括了我的世界观、人生观;囊括了我的理想主义和悲观主义的西绪福斯;还有我将要表达和永远也表达不出来的属于我的东西。"②"我"在徐则臣的文学空间里占据着异常重要的位置,甚至有人称徐则臣的创作就是其个人成长史。主体意志以作者的强大"在场"不断地复现于小说之中,小说成为"我"的趣味和思考的载体,包容并镜映"我"的一切所见所思,最终汇聚为包罗万象的虚构的总体世界。

二、繁复的线索与人物

理想的总体世界应该繁复多样,充满无限可能性。为了努力把握纷繁复杂的世界,徐则臣在小说创作过程中进行过诸多尝试。有论者称:"中国现代文学史上出现过的各种类型他几乎都尝试了一遍。"③并将其归因于中国当代作家在文学创作价值立场选择层面所共有的困惑与困

---

① 徐则臣:《走过花街的今昔》,《通往乌托邦的旅程》,北京昆仑出版社2013年版,第70页。

② 徐则臣:《自序:一个人的乌托邦》,《午夜之门》,安徽文艺出版社2015年版,第2页。

③ 翟文铖:《徐则臣"故乡"系列小说:总有一股诗意鼓荡他的激情》,《文艺报》2012年8月6日。

境。事实上，这些创作尝试除了显示出当代文学的共同困惑之外，还可视为作者无限接近总体世界的创作愿景。蛛网状叙事结构以及随之而生的潮水般叙事风格成为其小说最为显著的特征。

  有别于传统的单一线性叙事，徐则臣小说主要是以多线叙事共时演进的方式来编织文本。以不同人物的行动为支点，多条线索交互穿插，彼此推衍，形成层叠交错、细密繁杂的蛛网结构，这些特点在其长篇小说中表现得尤为突出。以他新近荣获第十届茅盾文学奖的长篇小说《北上》为例，该作品以京杭大运河为主要背景和叙事线索，讲述与大运河有关的几个家族的命运沉浮，通过个别家族的生活变迁而折射中国社会的历史变迁。在结构设计上，作者采用虚实相生、主线支线交替编织的方式，串联起不同家族人物的命运。整部小说分为三大部分，从一份具有现实与历史双重意义的考古报告开始，继而展开两条并行发展且相互交错的叙述线索：第一条线索包括小说第一部中的"1901年，北上（一）"，第二部中的"1901年，北上（二）"和"1900—1934年，沉默者说"，主要叙写意大利人小波罗1901年从杭州出发，沿大运河乘船北上过程中的所见所闻，借富有异域传奇色彩的"他者"之口讲述中国故事；第二条线索则由第一部中的"2012年，鸬鹚与罗盘""2014年，大河潭""2014年，小博物馆之歌"，第二部中的"2014年，在门外等你"，以及第三部"2014年6月：一封信"，主要讲述的是与传奇历史相对的现实故事，这部分现实故事以家族传承为依托续写历史的耦合。现实中的谢望和、邵秉义与邵星池父子、胡问鱼、马思艺、胡静也以及胡念之、周海阔分别对应的是历史人物谢平遥、孙宴临、邵常来、马福德、周义彦等。现实与历史这两条线索不是按照完全的时间顺序展开的，而是在考古文物、家族代际、人物行动等多方面因素的多重推动下，层叠嵌套相互扭编而成。与此同时，两条线索内部又分别以各时期相关人物的行动为支点向各个方向发展延伸，进而衍生出主线之外的诸多叙述线索，以及彼此相对独立的故事片段，形成犹如蛛网般的小说结构。历史与现实相互缠绕，不同家族命运彼此纠结，经过一系列的历史偶然,最终重新汇聚到一起,推动整部小说走向高潮。小说最后以大运河申遗成功的历史事件收尾,照应故事开头的"考古报告",点明"北上"主旨:"一条河活起来,一段历史就有了逆流而上的可能。"[①]其他长篇小说如《王城如海》《耶路撒冷》等,也是采取多线并行、蜘蛛结网般的叙事模式,冗繁而精密地构筑了当下复杂的现实下一代人的生命群像,此处不一一赘述。

相互交织又彼此相对独立的多线叙事结构,极大地拓展了小说的叙事空间与结构层次,同时也间接地削弱了传统线性叙事结构对时间因果逻辑的依赖,人物成为推动小说故事发展的逻辑支点,其行动轨迹则构成整个故事的编织过程。在徐则臣的小说作品中,人物不再仅仅作为烘托主题的设置,而是作为与主题相关又不完全相关的独立个体而存在,主要人物与次要人物之间的界限逐渐模糊。与此同时,人与人之间的偶然关联取代了传统现实主义小说对人物逻辑必然性的要求,人物出场顺序及频率不再受小说主旨规约。

用各式人物来构造故事的叙事策略,在长篇小说《耶路撒冷》中被发挥到了极致。《耶路撒冷》共 11 章,每章均以人物姓名来命名。全书是个对称结构,以少年自杀的景天赐为中心,小说切分为上半部和下半部,分别以"初平阳""舒袖""易长安""秦福小""杨杰"为名依次对称排列。这些人物身份各异,分别代表着中国的知识分子、全职太太、城市底层游民、进城务工人员以及成功的商人。五位主人公的五种声音、意识及其包罗的世界,构成小说叙述主线。通过以上不同人物的叙事视角对世界的呈现,小说以全景式的方式构筑了一代人的生命经验;副线则借由主人公初平阳而引入非虚构写作("我们这一代"为主题的专栏写作),与主线形成复调。在这部小说中,人物不仅作为小说结构的主线存在,也作为叙述历史的中介存在。比如小说通过主人公初平阳陆续引出导师顾念章、杨

---

① 徐则臣:《北上》,北京十月文艺出版社 2018 年版,第 466 页。

杰母亲李老师、景侉子、秦环、易培卿、国外导师塞缪尔教授等人物,依据这些人物的回忆与对话而牵引出中华人民共和国成立前后与"文革"时期的中国社会,以及更早的三四十年代上海收容犹太人的中国历史;通过初平阳的专栏写作将"70后"经历的一系列重大社会事件,如1999年中国驻南斯拉夫大使馆被炸后游行示威、2001年北京成功申奥、2003年"非典"事件等串联起来,形成"小人物"与"大历史",个体生命经验与中国百年历史变迁互构互映的总体世界图。

在徐则臣的小说中,不同的人物循着自己的生活轨迹各自生活,因历史的偶然契机而彼此发生交集,他们之间的关联更像是不同的织网在同一个文本空间中的并行与交合。所以,尽管交叉于小说文本中的人物众多,但是就故事逻辑层面而言,他们似乎并不特别紧密,甚至有的嵌套故事完全可以从小说文本中离析出来,作为单独成立的小故事。如果从徐则臣的长篇小说《耶路撒冷》《北上》等反观其"花街""北漂""谜团"系列书写,可以发现,前者其实是对后者的延续。邵燕君说:"《耶路撒冷》是徐则臣'京漂'系列和'花街'系列在一个漫长行走中的最终合龙。"[1]事实上,它不仅是两大写作空间版图层面的"合龙",也是文本故事层面的"合体"。如果比较徐则臣前后期写作的话,不难发现,近年来屡屡获奖的几部长篇小说,其实是对此前许多创作的整合与再编织。无论是人物形象、故事情节、社会背景还是主题思想,大多可以在此前的系列书写中找到对应。从某种意义上来说,几乎徐则臣的所有写作都可以视为同一篇故事的创作:"我"在通往乌托邦之途中对世界的全部想象。

三、有"我"的乌托邦:"70后"的生命经验

徐则臣曾在一则访谈里说道:"我以为文学的意义不在于寻求确定,

---

[1] 邵燕君:《出走与回望:一代人的成长史——评徐则臣长篇力作〈耶路撒冷〉》,《文汇报》2014年6月28日。

恰恰相反，它是对确定的追问和质疑及对不确定的发掘和展示。"①这段颇具解构主义意味的创作谈可视为作者对其小说创作理念的基本总结：追求无限的可能性，发掘不确定的世界（意义）。在徐则臣看来，在当下资讯网络发达、世界充满复杂性和无限可能性的时代，传统的线性结构已经不能适应这个"充满偶然性和旁逸斜出的时代"②。就艺术真实层面而言，对不确定世界的发掘不仅合理而且必要；盘根错节的织网叙事与现实世界繁复、偶然的形式是一致的。多层次多视角的网状结构，并行不悖又彼此交织的人物书写，不断溢出主题的情节设计，无疑是徐则臣关于世界认知的直接诠释。尽管徐则臣说"写小说不是做纪实"③，但是仍能从巨细无遗的现象描摹中感受到作者对来自直接生活经验的现实体验。

与博尔赫斯"不纠正事实，也不篡改名字"的阿莱夫式镜映书写有所不同，徐则臣的"乌托邦"更强调"我"的在场，对"我们"世界的主动构建。花街、北京等空间场景，运河、火车、黑夜等意象，出走/返回的精神历程，以及京味十足的俏皮段子，等等，都是作者对其所经验的世界的现象还原，显示出"我"的在场；另外，"我"借由隐含作者或叙述者在文本中的发声，也是"我"在场的一种标志。与其他作为社会观察者的小说家有所不同，徐则臣的小说叙述中作者在场的痕迹较为明显突出。这是由于作者常常不自觉地跳入文本，不仅作为全知全能的叙述者，也作为许多其他人物心理活动的代言人。例如，他在描绘小波罗数茶叶的情节时写道："他喜欢喝中国茶的感觉，茶叶在碗里飘飘悠悠，那感觉差不多就是地老天荒吧。"此处描绘的小波罗不像意大利人，反倒有些像《倾城之恋》里面举起茶杯想象马来西亚森林的华裔浪子范柳原，总之，对茶叶作"地老天

---

① 徐则臣、马季：《徐则臣：一个悲观的理想主义者》（访谈），《跑步穿过中关村》，花城出版社 2010 年版，第 150 页。
② 肖煜：《徐则臣：长篇小说传统线性结构已不适应当下时代》，《燕赵都市报》2014年 6 月 3 日。
③ 李徽昭、徐则臣：《运河、花街，以及地方文学》，《创作与评论》2015 年第 8 期。

荒"的想象可能与通常西方人的思维习惯不符,这实际上是作者以自我在场的方式对意大利人心理的想象与描绘。因为《北上》里面关涉到几个西方人物形象,而西方人与中国人不论是语言思维还是文化心理层面都有很大差异,所以一旦碰到处理人物具体心理和微妙的情绪情感时,作者意志及主观干预人物个性的痕迹就显得分外突出,作者在场与立场也尽显无遗。

"我"的在场目的在于构建"我们"的世界。徐则臣曾在《耶路撒冷》里借初平阳之手写道:"与此同时,我,正在写这个专栏的人,在这些人脸上也发现了自己的生活。我在为他们回忆和想象时,也是在为自己回忆和想象:他们是我,我是他们。当初我为存储这些年的文件夹取名'我们',意在'他们'就是'我们',现在才明白,不仅是'我们',还是'我',是我。""我"所有的故事讲述始终是围绕"我们"这一代人展开的,"我们"就是"我"生命经验的折射。宽泛意义而言,"我们"指所有人;而徐则臣作品中的"我们"是有具体所指的,它指的就是"70后"的这一代人。这不单是因为作者出生于70年代,更重要的是,在徐则臣看来:"历史不会规矩地匀速、匀质前进,我们所见之历史的轨迹显然取决于那些有效拐点:有些拐点相距十万八千里,有些拐点触目惊心地挤作一团。"而"70后"的这代人恰好成长于历史"拐点"特别密集的区间内:"当代中国和世界风云际会与动荡变幻的四十年。"[①]独特的成长背景和成长经验决定了他们既无法像"50后"、"60后"那样借助历史确认自我,也不能像"80后"、"90后"那样抛开历史,完全融入市场化潮流。整个"70后"的一代人身上始终背负"无根"的困扰,漂泊与不安是这代人的普遍精神状态。正因为如此,徐则臣的书写中总是流露出"漂泊不定"的神情,"漂泊"也是有关徐则臣小说评价中最常用的一个词。所以,徐则臣所构筑的"总体世界"主要是"70后"生命经验对世界的部分呈现,它始终带有这一代

[①] 徐则臣:《写作从神经衰弱开始——自述》,《小说评论》2015年第3期。

人的某些共通体验:世界是惶惑、不确定、充满焦虑的,缺乏明确的价值与精神信仰。

在文学作品中,"70后"写作者的漂泊感具体表现为文学创作方向和作品内容层面的不确定。事实上,大多数"70后"作家开始创作的时间是20世纪90年代,他们既没能赶上洋溢着理想的20世纪80年代,又要面对剧烈转型的90年代。在告别革命文学不久,现实主义、现代主义、后现代主义等概念一齐涌入国门,在商品化经济的洪流里搅成一团。文学写什么?如何写?成为大多数作家不得不面对的难题。时代变幻莫测,好像一不留神就被甩出历史的浪潮,从日常书写到身体写作,从现实主义到魔幻现实主义,从历史小说到非虚构写作等等,层出不穷地逐渐成为中国当代写作者们屡试不爽的鲜味剂。诚如徐则臣所言,"70后"整体上是在无主状态下,东张西望的焦虑里的"四处出击"①。他们的作品注定是多元化的,在左突右冲里定位自我。徐则臣的小说也不例外。

与当代的许多作家如莫言、苏童等相仿,徐则臣或多或少也受到了福克纳"约克纳帕塔法世系"小说创作的影响,喜欢在不同的小说文本里反复书写同一个地标,以虚构的故乡来打造自己的文学标识。表面上看,"花街""高密""香椿树街"等与福克纳的"约克纳帕塔法"或马尔克斯的"马孔多"的地标意义十分相近,而事实上却并不必然。中国当代作家的地标系列创作更多的是为了制造"精神的原乡",也就是徐则臣所说的"一个人的乌托邦"。这与福克纳或马尔克斯的时空缩影的创作旨趣具有一定差别。而"约克纳帕塔法"或"马孔多"之所以能够被记住,除了地名本身的标识意义以及反复书写带给读者以深刻印象之外,还因为它们通过细节的真实建构了世界上独一无二的栩栩如生的神话王国,确切来说,后者才是它们跻身世界文学经典的重要条件。"花街"系列中也存在

---

① 徐则臣、马季:《徐则臣:一个悲观的理想主义者》(访谈),《跑步穿过中关村》,花城出版社2010年版,第150页。

大量的细节描写，比如这段较为典型的花街描写："从运河边上的石码头上来，沿一条两边长满刺槐树的水泥路向前走，拐两个弯就是花街。……临街面对面挤满了灰旧的小院，门楼高高低低，下面是大大小小的店铺。生意是对着石板街做，柜台后面是床铺和厨房。每天一排排拆合的店铺门板打开时，炊烟的香味就从煤球炉里飘摇而出。到老井里拎水的居民起得都很早，一道道明亮的水迹在清水路上画得歪歪扭扭的线，最后消失在花街一户户人家的门前。"①这段描摹充分展示了徐则臣平实而稳重的文风，其中运用了大量朴素诗意的细节描摹，但是文本最后呈现出来的视觉效果也是诗化的，给人的整体印象与苏童笔下的香椿树街几乎是差不多的。正因为如此，读者很难像纳博科夫那样依据卡夫卡的文字叙述直接还原出那只"甲壳虫"，也很难通过文字直接绘制一张类似"约克纳帕塔法"的"花街"文学空间版图。尽管徐则臣小说在处理某些人物心理情节时，确实借用过意识流的一些创作手法，比如情节段落的拼接交叉、时序颠倒、反理性逻辑、以人系事等，但它又不完全是借由意识流动过程来结构篇章或塑造人物形象，相反，人物微妙的心理意识在徐则臣小说里始终比较平淡，甚至有些僵硬。它带来的最直观的阅读体验是：不同人物之间的心理特征差别不大，缺乏"典型人物"的塑造力度，人物形象不够突出。另外，作者的强大在场也进一步阻碍了人物自身个性的发挥，最终展现出来的是不甚分明的群像效果。所以，从某种意义上来说，徐则臣小说既像又不像意识流小说。像的地方在于某些意识流小说技巧的使用，不像的地方则表现在文本内容尤其是细节刻画层面。

总之，一如他所构建的"70后"不确定的总体世界，徐则臣作品中杂糅着许多的尝试与游离。我们很难将徐则臣的小说简单地定位为古典主义、浪漫主义或现实主义，现代主义或后现代主义，等等。因为从他的作

---

① 徐则臣：《花街》，《花街九故事：徐则臣中短篇小说自选集》，北京联合出版公司2018年版，第6页。

品中可以看到诸多既有文学模式的影子，同时又并不属于以往任何一种形式，其作品如同这个时代的风貌一般多元而含混。

四、真实的困境

毫无疑问，大多数批评家都看到了这位连续斩获国内两项重要大奖（鲁迅文学奖和老舍文学奖）的当代写作者的"雄心"[①]与"野心"[②]，被他冗长繁复的蛛网式结构、历史"百科全书"式的书写所震撼。他对中国当下现实的关注，对底层小人物的关切，对民族历史书写的承担，以及对各类文学形式创作的先锋尝试，确实无愧于"70后作家的光荣"之美誉。不过，如果我们对徐则臣以及当代文学还抱有些许超出国内重量级评奖机制以外的期待，那么，也许在"这个时代的众声喧哗"[③]之外，还应当再次重申：让文学回到文学艺术本身。

不得不面对的一个现实是：我们的文学研究已经不知不觉地蜕变为考据训诂和文化研究。用江弱水的话来说："文化已经把文学吃掉了。"[④] 创作者也紧跟国内批评的步伐，沉浸于主题先行的小说创作氛围中，近年甚至还出现了专门写给社会评论家的谱系知识型小说。曾经流传于勾栏瓦肆、街头巷尾的亲民近民之作，如今却已变成非象牙塔不足以阅读的鸿篇伟著。文学的意义在作家与批评家的"互文运动"中不断衍生，主题、题材的时代伦理价值已然超越了文学艺术本身。小说最原初的艺术虚构反而沦为一种不起眼的修辞格。

---

① 雷达说："《耶路撒冷》是'70后'作家迄今最具雄心的长篇作品。"参见赵颖：《评论家：〈耶路撒冷〉是"70后"作家最具雄心的新作》，《中国新闻网》2014年11月14日。网址：https://www.chinanews.com/cul/2014/11-14/6777442.shtml.

② 李云雷说："《耶路撒冷》是徐则臣的野心之作。"参见李云雷个人博客，网址：http://blog.sina.com.cn/s/blog_4be5e0cd0102uyj2.html?tj=1.

③ 宁肯说："《耶路撒冷》不仅是个故事，它体现了这个时代的众声喧哗。"凤凰网读书会：从"花街"到"耶路撒冷"——徐则臣、宁肯、梁鸿读书会。

④ 江弱水：《文学研究中的诗意》，《浙江学刊》2017年第5期。

当"虚构"转化为"构虚"之后,小说艺术中应当包含的"细节真实"则被大幅度弱化。然而,所有的经典小说在一点上是共通的,这就是已被文学风尚抛弃的现实主义文学中所强调的细节真实与典型构建。孟繁华在《新世纪文学二十年:长篇小说的基本样貌》中无限担忧:"缺少成功的文学人物,是近十年来长篇小说最大的问题。我们可以记住很多小说、很多作家,但我们很少会记得作品中的人物,而小说就是要塑造文学人物的。"[①]读者之所以记住的是作家和小说名称,而不是作品中的人物,其中原因十分复杂,此处不便展开。但有一点不可否认的是,能够被人铭记的文学人物一般都是鲜活的、鲜明的。而文学人物的鲜活度则主要取决于细节的真实度。所谓的细节真实,不是指对细节部分作无节制的描摹,而是在细节层面能够用最为经济简省的语言达到最传神的刻画,传达最清晰的文本意图,令人信服。20 世纪 90 年代以后,许多作家都喜欢用"及物写作"的概念,然而有的写作者一旦进入文学书写,"及物"立即转化为"物极",变成对具体事物的百般描摹与主题隐喻的结合。很难说它们是及物还是不及物,从具体摹写的片段来看,没有比它更"及物"了;但是从整体文本来看,它呈现出来的物象与主题思想之间又是割裂的,读者很难触及作者想要表达的意思,因此又是不及物的。总之,细节真实并不取决于实物描绘的量,而是取决于文字刻画细节的力度与真实性。

徐则臣在其充满史诗叙事力量的"总体小说"[②]中也遇到类似的麻烦。他试图通过蛛网式的叙述结构、庞杂多样的人物身份、繁复细密的事物描摹等技巧,构建一个包罗万象的总体世界,但是在处理"我"的在场与总体世界的关系、情节与主题之间的关系、个别细节与整体结构之间的逻辑关联等问题时,也不由自主地陷入与同时代许多作家相似的细节困

---

① 孟繁华:《新世纪文学二十年:长篇小说的基本样貌》,《南方文坛》2021 年第 1 期。
② 梁鸿认为:《耶路撒冷》具有略萨所言的"总体小说"的特征。参见梁鸿:《徐则臣长篇小说〈耶路撒冷〉:花街的"耶路撒冷"》,《文艺报》2014 年 4 月 30 日。

境中。尤其是在结构庞大的长篇小说里,细节真实所带来的影响远远大于短篇小说,因为所有宏大叙事都需要与之相匹配的细节真实来支撑,否则,就会面临内容空洞的危险。这意味着作者需要花费更多的精力来布设小说各部分的内容,以确保各个细节以及各细节之间在逻辑层面的真实性,防止因为逻辑问题导致故事"穿帮"。所以,不论是博尔赫斯神秘的"阿莱夫",还是徐则臣不断追寻的"有我"的"乌托邦",当它以小说艺术的形式呈现在读者面前时,它必得回到阿莱夫这个具体的"点"上面去,而那一个"点",应当由(逻辑意义上的或者日常生活常识意义上的)细节的真实作担保。

(原文刊载于《长江文艺评论》2021年第3期)

(张龙云:著名评论家、湖北大学文学院教授)

我的"徐则臣印象"

李 浩

我和徐则臣成为朋友已经很多年,如果追溯,应当是在 2004 年左右——当时他在北京大学上学,而我,在《北京文学·中篇小说月报》做编辑。我和他的联系很可能开始于当时他在《人民文学》发的一篇小说,《北京文学·中篇小说月报》要选这篇小说,需要责编联系作者——是不是这样我记不太清了。则臣比我的记性好得多,不过我更愿意保持某种记忆的模糊而不愿与他求证。反正,很快我们就熟络了起来,而在我以编外身份参与由邵燕君博士主持的"北大评刊"的活动之后,关系就更为密切。我们每周都见,然后为作品的优劣、艺术的评判标准和学术规范问题争执,有时会持续七八个小时……我承认,那时,我远比现在更无知、傲慢、尖刻,对所谓的现实主义抱有固执的甚至是毫无道理的偏见,在争论落到下风的时候偶尔还会"人身攻击",此时回想起来都为自己的无理而感觉羞愧。好在,邵燕君、徐则臣、魏冬峰、刘晓楠、李云雷他们都包容我,他们从来不因观点上的不同和表达上的"失范"而对我有丝毫的隔阂或疏远。

真是个好岁月。在与他们,或因为他们而与北大的钱理群、洪子诚、曹文轩等先生的接触中,我认为我见识到了相对理想化的"北大精神",和对学术的、知识的真正尊重。不过,在近两年的时间里我认为他们也"培养了"我一个坏习惯,就是越权威越苛刻,越会产生"挑战之心"——这大约是一个题外话,可我愿意为此多说几句。在给徐则臣写这个印象记的时候,我忽然想起那些旧岁月,也想起:自己也多年未到北京大学去了——还是旧风景乎?

　　第一次进北大的大门,就是徐则臣领我进去的。那大约也是我们的第一次见面。一见面,就是很熟悉很亲近的感觉,现在想起来似乎他一直都没有多大的改变,只是略胖了点儿,而我则是大大地胖了许多,老了许多。之后,我们很快就成了朋友,而且应该是无话不谈的那种——不过现在想起来,我们之间谈的聊的除了艺术、文学之外,就是互讽(只是我嘴笨,"讽"不过他,但挑起"互讽"来的往往是我),也就再也没什么了。我在他的嘴里没听过什么文坛八卦、轶闻趣事,他不说,但不意味着他不知道。有一次,我们在宁德,我提及在一次评奖过程中知道的一件趣闻,他很是不屑:才知道啊,一看就是孤陋寡闻。

　　他讥讽我的孤陋寡闻,然而我从未在他的嘴中听到过任何一段八卦、任何一个人的故事,我们之间无论谈多长时间,在一起待几天,我与他的对话基本上就只有文学议题。最近在读什么书,然后就是最近的工作和工作强度(这也是他的一个话题,我也理解他,我无论是在作协做专业作家,还是在河北师大任教,工作量相对都要小于他;而《人民文学》繁重的编辑任务也多少挤掉了他对经典作品的部分阅读时间),再没什么了。"名门正派"出身的徐则臣很可能熟知许许多多的文坛故事,但我从没有从他的嘴里得到过任何具有新鲜感的传闻,一件也没有。他厚道,善于理解和体谅别人,不愿意议论他人的是非,哪怕那件无伤大雅的事儿只是一个趣闻。我认识他的时候他还是穷学生,有一次他的电脑出现了问题,当时我妻子的侄子正在北京,他一直自认为精通电脑和电脑维修——为了给则臣省钱,我把我妻侄叫了过去,开始的时候他很是夸夸其谈,然而在一次次的插拔和开机关机之后,他开始慌了。我妻侄脱光了膀子,可汗水还是不断地滴着,直到滴进了电脑……"没事没事,擦擦汗,反正这两天我也用不着。"在一股浓重的焦煳气味中,徐则臣很是大度地安慰着我们,还要留我们吃饭——我当然要拒绝,那饭,我吃得下,我的妻侄肯定也吃不下啊。

从不议论是非，但由此判断他严谨过度、甚是无趣则显得太早下结论了。和他聊天实在是一件有趣的事儿，他机智、幽默，善于以一种宽厚的方式讽喻朋友（据我观察，他的小嘲讽只会针对自己关系很近的朋友），也善于自嘲，有时也颇伶牙俐齿——这一点实在让我羡慕。说实话，一般而言，我对谁都可能会止于羡慕而很少会发展到嫉妒，但对徐则臣，我曾有过嫉妒。那大概是在 2018 年。具体的时间我记不太清，但"故事"是详细记得的。则臣邀我参加我们共同的朋友李徽昭所在大学的一个读书活动，受他所邀的还有王春林。因为知道我和则臣都喜欢书法，同样喜欢书法艺术的李徽昭特意安排了一个环节，请书法家徐勇为我们各书写了一幅书法作品，提前装裱好，在会场上现场赠予了我们三个。这个安排我们三个人事先都完全不知道，是李徽昭兄有意设计的"意外惊喜"，当我沉浸于这个意外惊喜的时候，主办方突然宣布，请徐则臣发言。只有一秒钟的小慌乱，我似乎听见则臣小声嘟囔了一句，"哎呀没准备，我说什么"，然后就站起来，走到话筒前。我心跳得厉害，我应当是现场最为慌乱的一个，我承认，我当时有两怕：一怕徐则臣临时发挥讲得不够好；二怕随后也叫到我，我又该说什么呢？而且，在会场里坐着的是学校的校长、书记，大一大二的学生们，当地的作家朋友和文学爱好者，还有一些书画家……沉稳从容、字正腔圆、不疾不徐，徐则臣开始他的话题。他先是谈到自己的意外之喜和没有准备，然后谈及徐勇先生的书法和当地的书法名人、文化名人，他们给予"我"徐则臣的启示和教益，并由书法艺术过渡到文学，从书法学习中获得的文学体会，等等。他侃侃而谈，那种胸有成竹的信手拈来和从容，包括对每一个听众的"照顾"，包括控制力，包括层层叠叠的幽默感，都让我在惊讶的过程中感到惊艳：这脑子，这记忆，这灵活，再加上这深度——听到后面我已经完全没有了对他可能"发挥不够好"的担心，而是大大地加重了我对于"万一叫到我，我该说什么"的担心。在那时，我知道自己产生了嫉妒，而且强烈。好在主办方后面放过了我和王春林，让我俩直接进入到对话环节，要不然，我还真不知道该如何收场。则臣能讲,我是知道的,早就知道的,可是当场的那个发挥和知识体系的宽阔还是让我服气,以至……徐则臣小说写得好,我不嫉妒,说句自我夸耀的话——我从来没有嫉妒过写得好的作家,只是会部分地挑起自己的"竞争之心",希望自己能写得一样好甚至更好,但绝不会因为人家写得好而如何如何。

同样是题外话,在我刚刚离开《北京文学·中篇小说月报》到河北省作协工作的那年,正逢鲁奖评审,我和作家、批评家朋友们反复说我看重的三部作品,《跑步穿过中关村》《命案高悬》《双驴记》,它们让我敬重,无论会不会得到鲁奖——这个话题我说过多年。徐则臣获得鲁奖的那年,我省一位让我敬重的老师担任评委,在评审结果出来的时候给我发了个信息,谈的是获奖的河北作家,我回给他的第一句话是:则臣呢?在他回答我之前,我也将这则信息转给我的妻子,我妻子回的第一句话也是:则臣呢?我妻子和则臣当时没见过面,但读过小说,她也认为徐则臣应是有力的竞争者……徐则臣讲得好,我也不嫉妒,恰恰相反,我偶尔会怕自己亲近的、敬重的人讲得不好,我不希望自己看重的人被人轻视——但那一次,我在佩服之余有些嫉妒。我知道什么是嫉妒,知道嫉妒发生的位置和重量。

后来我也反思自己,嫉妒的是什么?是他的自如和游刃有余的掌控力?是他"面面俱到"又有重有轻的布局方式?不,不是。仔细想想,我嫉妒的是他的知识储备和这些储备的轻松运用,是举重若轻、把许多深刻思想通过家常话表达出来的能力,是情商和智商的综合。这是我的匮乏,正因为匮乏我才……有了嫉妒心。

在北京的几年,我和徐则臣至少每周一见,有时是三见或者五见——反正有事没事儿我就愿意和他在一起聊天,这几乎是我的一个"习惯"。他是我当年在北京见得最多的朋友。在之前的一篇印象记中,我还谈到我们共同的一次遇见:某个傍晚,我们一起从一家书店出来,那家书店距离中关村路还有一定的距离,于是我们兴致勃勃地聊着,话题不是小说就是电影。路上,我们见到一个女孩,就在中关村大街的人潮人海中,就在一个十字路口,旁若无人地哭了起来……我和徐则臣都记下了这一场景。后来,我们分别谈及自己的"看见",则臣记下的是:女孩的裙子、发型,周围的天色和车辆,一个中年的女人推着一辆婴儿车在准备过马路,婴儿车里坐着的是一条黄色的小狗;我记下的是:我看到了一个女孩在哭。她哭得痛切。究竟是什么原因让她不顾矜持和别人的目光,在大街的街口哭起来?压倒她的最后一根稻草会是什么?她遇到的,是一件大得不得了的事儿,还是失恋,还是其他?这件事,是她突然的发现而导致崩溃,还是她一直一叶障目,直到这一刻,她再也欺骗不了自己了?……再后来,则臣领我到他的家里看金基德的电影《弓》,"你仔细看,他打的耳光!一般来说,你会让他打几下?一下?两下?三下?你看金基德!"徐则臣甚至倒回去让我看,"你再看一遍,你看,这里的力量。我想,我只能让她打两下。三下,我就觉得多了。而金基德让她打了四下……"徐则臣很认真地给我介绍他的发现、感受,说实话那一刻我有些感动。他在真诚地袒露他的敏锐,而这,对于另一个写作者来说又是何等的重要!

他愿意袒露他的发现,指认可能被别人错过的风景——在这点上徐则臣可能一向如此。我们几次到鲁院对谈,他都会极为认真地坦言自己最近的想法和发现,极为认真而真诚地回答作家朋友们的问题,不曾隐藏也不曾顾左右而言他。不止如此,他还愿意向我和朋友们推荐他新读到的好书。这一点在我看来,他和李亚、邱华栋相似:在北京,经常是他们向我推荐一些我不知道的作家、作品,甚至是送我他们认为的好书。我承认,我因此受益良多。很长的一段时间里,我购书是由徐则臣和李亚来指导的,他们的阅读量之大让我"望尘莫及",何况他们的眼光真是好。我愿意从经他们淘洗过"留下"的好书中汲取,而这也真的让我事半功倍——相对于某些文学史,我可能更信任他们的推荐。在读书上,博学而博记的徐则臣曾充满自信地坦言,在刚上大学的那几年,大学里的文学、艺术和哲学的图书他"通读过",从 A 读到 Z。后来,几次诺贝尔文学奖对我而言颇属"冷门",我完全没听说过获奖者的名字,而当日进行的报刊采访中,徐则臣往往可以侃侃而谈、如数家珍。

　　出于嫉妒我也必须揭露一下徐则臣的"虚伪性",这是我在答应写他的印象记的时候就已早早想好了的。一、他总是否认自己刻苦,说自己不干活或者没时间干活,然后对我的创作量进行讽刺、挖苦和劝告:别这样勤快,你可以让自己慢一点儿,老大,你不能把所有版面都占了啊……然而你看一下他每年的创作量、发表量,每年也都不少,有几年里,几乎年年出长篇……哪里会有不刻苦?这里有明显的"虚伪"不是?而且,我几次和他一起出差,无论是火车上还是飞机上,他坐下来不久就会从自己的包里掏出读了大约一半儿或不到一半儿的书来,在颠簸中继续读下去(有时也会拿校样)——这还不算是刻苦?二、在谈及自己的作品的时候,他时常"压低音调",说自己的想法能实现多少自己并不知道,说自己是个笨人只会哼哧哼哧干活而不太管效果,说自己……就我和徐则臣近二十年的交往中,我觉得他在其他的事上,尤其在对待文学上始终是真诚坦诚的,唯独在谈及自己写作的时候,略有些不够坦诚。他的所有写作在我看来都是深思熟虑的结果,这种深思熟虑瞒不过我这样的"匠人",他其实极其清楚自己每段文字、每句话的文学用意和它能达到的效果,他知道,而且深谙心理学。《耶路撒冷》写的是什么?为什么要叫《耶路撒冷》?《北上》中整条大运河的博物志的纳入仅仅是为了增加趣味和知识?为什么要设置一个意大利人小波罗的存在?徐则臣很少在众人面前言说自己的文学野心,他"虚伪"而低调地掩藏着,但在小说中,这个野心可以说袒露无遗。他是有文学大野心的人,他要做的,是与世界文学的高端对话。

　　　　　　　（原文刊载于《扬子江文学评论》2023年第3期）

（李浩:著名作家、河北师范大学文学院教授、鲁迅文学奖获得者）

"在世界中"写作
——徐则臣近期小说评析

徐 刚

一、"到世界去"

从《午夜之门》到《夜火车》,再到《耶路撒冷》,徐则臣的小说贯穿着一个极为重要的文学主题,那便是"到世界去"。这位出生于运河边的少年,对世界充满了探究的欲望。对此,他曾这样解释:"眼睛盯着故乡,人却越走越远。在这渐行渐远的一路上,腿脚不停,大脑和心思也不停,空间与内心的双重变迁构成了完整的'到世界去'。"[①]某种意义上,要想获得这种"空间与内心的双重变迁",就必须出走,从旧有的世界跨出去,执着探寻一种新的生活。如其所言,"那是一个乡村少年遥望世界的梦,我觉得我在世界之外,县城就是那个繁华的世界,是世界的中心,乃至世界的尽头。我一直想要到世界去"[②]。为了完整阐述这种"到世界去"的意念,在一篇谈及火车与出走的文章中,徐则臣曾这样说道:"多少年来,我一直觉得自己在和一列列火车斗争。登上一列火车,继续寻找另外一列火车;被一趟车拒绝,又被另一趟车接纳。周而复始,永无尽时。对我来说,火车不仅代表着远方和世界,也代表了一种放旷和自由的状态与精神,它还代表了一种无限可能性,是对既有生活的反动与颠覆——唯其解构,才能建构,或者说,解构本身就意味着建构。出走与火车,在我是一对

---

① 游迎亚、徐则臣:《到世界去——徐则臣访谈录》,《小说评论》2015年第3期。
② 张鹏禹:《徐则臣:在书房中看世界》,《人民日报·海外版》2023年6月21日。

相辅相成的隐喻。"①在此,火车作为出发和抵达的工具,其内在诉求近似于鲁迅所说的"走异路,逃异地,去寻求别样的人们"。

事实上,徐则臣最早引起文学界关注的"京漂故事",便体现出乡村或小镇青年对远方及外部世界的渴望。《跑步穿过中关村》《啊,北京》《我们在北京相遇》等作品,描绘了那些奔走于北京街头的各色人群,办假证的、贩卖盗版光碟的,他们从农村或小城镇来到北京,徘徊在合法与不合法的灰色地带,过着正常或非正常的卑微生活,他们在故乡与北京之间游荡挣扎,无望地抗争。北京,既是他们自己选择的自由天堂,也是他们被迫居住的宿命场所。这个伟大而繁华的首都,令无数怀揣理想的年轻人无限憧憬。"他们从四面八方来到北京,怀抱最朴素的理想主义和激情准备大干一场或者瞎混一番。"②然而对于敦煌和边红旗来说,他们很快就会发现,北京这座无边无际、五方杂处的大都市,"大得没完没了,让人喘不过气来"③。更多的外乡人只能聚集在跟农村差不了多少的北京西郊,远远地眺望灯火阑珊的北京城。对于他们来说,北京是一个"在西郊屋顶眺望的遥远的所在"。这也就像《轮子是圆的》里的咸明亮所感叹的,"不进城的时候,要看北京我就得爬到屋顶上往东看,北京是一片浩瀚的楼房加霓虹灯的热带雨林"④。无数卑微的梦想,只能静悄悄地发生在郊区的夜晚,"夜间的北京前所未有地空旷,在柔和的路灯下像一个巨大而又空旷的梦境"⑤。当然,对于他们来说,即便是这样的北京,也比家乡好过不少。对于边红旗来说,他来到北京,就感觉"世界一下子离我近了",感觉"看到了自己在世界上占据的那个点了",而过去他在那个平

---

① 徐则臣:《出走、火车和到世界去——创作感想》,《南方文学》2018 年第 5 期。
② 徐则臣:《跑步穿过中关村·自序》,重庆出版社 2008 年版,第 2 页。
③ 徐则臣:《北京西郊故事集》,北京十月文艺出版社 2019 年版,第 3 页。
④ 同上书,第 42 页。
⑤ 同上书,第 7 页。

庸的苏北小镇,是"什么都看不见,像一头蒙上眼睛拉磨的驴那样过日子"。①

到了长篇小说《耶路撒冷》,徐则臣陡然发现,"回故乡之路"同样也是"到世界去"的一部分,甚至是更高层面的"到世界去",远方的自由与放旷始终令人牵肠挂肚。在《王城如海》中,余松坡愧疚的过往所造成的"内心的雾霾",正是叙事的重点所在。"我是一个帮凶,曾将一个无辜者送进了监狱"②,这是余松坡多年后灵魂深处的自白。随着小说的展开,他那不可告人的往事也渐次呈现:1989年高考落榜时,他为了争取参军的名额,一念之间,便在村长的恐吓下告发了从北京带回宣传单的堂哥余佳山,这直接导致后者被判入狱十五年,不仅惨遭折磨,更是前途尽毁。这件事使余松坡再也无法安宁,无尽的愧疚让他梦魇不断,只能靠二胡曲《二泉映月》来自我疗救。为了寻求内心的宁静,他不断出走、逃离,以自我奋斗的方式不断向上攀爬,寻求麻痹和忘却。即便时过境迁,他早已飞黄腾达,但内心却仍旧不安。

某种程度上看,余松坡的"黑暗记忆"其实象征着城市的内心。在此,城市不仅有其乡土的底色,更有其雾霾一般挥之不去的罪恶。小说中,当余松坡与余佳山在天桥上相遇时,余松坡当然明白,大家都是因为北京,为了心里那个结,才变成如今的模样。小说中反复提到北京作为一种精神吸引的重要作用,即通过"教化"所塑造的幻想,以及那"金光闪闪的天安门"的向往,他们都对北京心存执念。余松坡的精神困境来自个人奋斗中的残酷史,对他人不择手段的伤害。在此,城市终究是牺牲良善品质的场所,那些从乡村来到城市的逐梦者,他们从故乡来到城市,从少年到中年,带着各自的过往,奔波在京城的大街上,向着未知的方向前行。而那些寥寥的成功者,却又带着他们永难磨灭的罪孽与愧疚,独自咀嚼恐

---

① 徐则臣:《天上人间》,新星出版社2009年版,第39页。
② 徐则臣:《王城如海》,《收获》2016年第4期。

惧和"梦魇"。在此,余松坡的"发迹史"其实高度象征着北京惊人的城市变迁史。这个当年的乡村男孩,他惊心动魄的个人奋斗不禁让人唏嘘,而他从其乡土的本色中拼命逃离,非喝洋墨水不足以平息他在这个世界"向上攀爬的欲望"也令人如鲠在喉。他的愧疚,那些绝难掩藏的人性污点始终如影随形。不过好在,他最后得偿所愿地走向世界,成为声名远播的先锋戏剧家,而这个艰难却不无戏剧化的过程,正好与三十年来中国城市的全球化进程步调一致。历史的机缘让这个被人投注诸多情感的"乡土北京",终于在某个合适的契机下蜕变为"现代城市",并积极向着"世界文明之都"迈进。其中的艰辛自不待言,然而就像小说中的余松坡那样,在剥离了这个看似高贵的"海归"知识分子虚伪的"画皮"之后,围绕在他身上的光环瞬间消失,小说也在这个层面顺理成章地落实了我们孜孜以求的所谓"新北京"的形象。因而,小说在洞悉了文明的浮华之后,终于让我们看清城市的来路,以及它那不应忘却的素朴本色。

从《耶路撒冷》到《王城如海》,徐则臣笔下的"到世界去",某种程度上意味着逃离过往,逃离那些晦暗的岁月,以及一代人的历史记忆。而在《北上》中,徐则臣再次延续了这一主题,只不过这一次,运河与航船取代了火车的位置。小说中,1901年的运河与航船上的人们都有着不同的过往,又各自奔向未定的前程。他们共同遭逢晚清的乱局,但在他们面前,世界正轰轰烈烈地向外扩展和蔓延。小说中几乎所有人都在持久地渴望一种开阔的新生活,为此怀抱着不可救药的理想主义。为了寻找在八国联军侵华战争时期失踪的弟弟马福德,来自意大利维罗纳的旅行冒险家保罗·迪马克以文化考察的名义来到了中国。这位意大利人崇敬他的前辈马可·波罗,并对中国和运河有着特殊的情感,故而自名"小波罗"。尽管他"从南到北顺水走一遍",寻找弟弟的愿望至死也没有达成,但终究获得了某种欣快的自由,这并不只是遥远的东方世界,从未见过的运河与人群带来的新奇,而是基于一种对旧的生活世界的否定,获得将自己从过去的生活连根拔起的力量。小波罗的翻译谢平遥亦是如此。作为那个时代愤怒而又彷徨的青年,谢平遥时常感到有一种"悲凉的沦陷感",他想"干点实事",为此从翻译馆"逃离"到漕运总督府,又从漕运总督府来到小波罗的船上。为了准确描绘谢平遥的心态,小说多次提到龚自珍的《己亥杂诗》,"悲凉黯淡又夹杂了挫败之伤痛的中年心境"的悲凉心境便油然而生。尽管生活中有如此多的艰难和痛楚,但正是河道和野地,让谢平遥获得了多年来从未得到过的放松,而这恰恰是"到世界去"的意义所在。

二、从"到世界去"到"在世界中"

在最近的小说中,徐则臣的创作有一个微妙的调整。倘若他过往小说的重要主题是"到世界去",那么到了今天,这个"到世界去"的理想在某种程度上已然达成,由此也深刻体现出一种"在世界中"写作的文学图景。2022年初,徐则臣完成了一篇以智利城市瓦尔帕莱索为背景的小说《瓦尔帕莱索》,这一作品与他早年基于游历经验创作的短篇小说《古斯特城堡》和《去波恩》遥相呼应。当然此时的他,于现实与虚幻之中的游走,更加游刃有余。《瓦尔帕莱索》之后,这种异域故事的大门被徐则臣悄然打开。

事实上,恰如岳雯在《"在世界中"的青年作家》一文中所分析的,青年作家对于空间的理解已然完全不同于前辈作家。传统意义上的城市与乡村,不再构成他们理解空间的基本结构,相反,跨越国族边界的快速流动,已然成为一种新的文本现实。换言之,"在世界中"正日益成为小说的基本视域。"故事在世界发生,人物在世界行走",空间的显著变化,成为我们理解当下青年写作的一个端口。[①] 在此,岳雯所谈到的"故事在世界发生,人物在世界行走",显然也是徐则臣近期小说的一个重要特征。

《瓦尔帕莱索》里的国际旅行,让人想起聂鲁达"在智利的海岬上",

---

① 岳雯:《"在世界中"的青年作家》,《文艺报》2022年12月16日。

325

主人公在智利小城的穿梭,艳遇的背后彰显出彼此的文化差异;《玛雅人面具》带领我们游览墨西哥的奇琴伊察,那座倾圮的金字塔废墟一样瘫在那里,似有还无的玛雅人和失踪的二叔有着隐秘的关联,而消失的胡安,就像消失的玛雅文明一样神秘;《手稿、猴子,或行李箱奇谭》书写的是印度,行李箱中的手稿变成猴子的奇幻故事,在勾勒出瑰丽的世界图景之余,也回答了《王城如海》中的猴子究竟从何而来;《中央公园的斯宾诺莎》折返回美国的波特兰,K大唯一的华人教授老冯的故事令人唏嘘感慨,这位研究康德的专家,一度被人称为"中央公园的斯宾诺莎";《蒙面》则带领我们领略哥伦比亚的风土人情,在麦德林和波哥大,不仅有文学,也有打架,有贩毒,有游击队,有政府军和游击队的频繁交火,当然也有数不清的抢劫,以及更为惊险的黑帮示威……在这些小说中,徐则臣笔下的人物从早年游走于德国波恩,参加法兰克福书展的中国作家,终于化身为游走世界各地,参加各种文学节,受邀在各地大学讲授中国文学的"徐先生"或"徐老师"。故事发生的地点也不再局限于中国,而广泛遍布于德国、智利、墨西哥、印度、美国和哥伦比亚,小说中的全球图景一目了然,这也真应了岳雯那句话,人在世界中流动,故事在世界中展开。

  当然,亦如徐则臣所言:"所有故事都不是无中生有,也非照本实录。它们在往事的基础上生发和虚构,循着事物之间那个未知的联系,最后成为完整的小说。"[①]因此很显然,这里深刻体现出游记与小说的有机融合,这种纪实与虚构的相得益彰,也为今天的小说创作提供了一种别样的借鉴。恰是在这个意义上我们看到,这些小说往往以虚构的方式,展现出真实的世界人文地理图景。在此之外,我们也能充分领略全球化时代的文学风景。比如在《蒙面》中,波尔塞河书店的诗歌朗诵会,就堪称对全球化时代文学风景的细致扫描:

[①] 张鹏禹:《徐则臣:在书房中看世界》,《人民日报·海外版》2023年6月21日。

危地马拉女作家的朗诵题为《天空之城》,想象她站在中美洲最高峰塔胡木尔科火山顶上听见的各种声音,这些声音组成了一座"天空之城"。挪威剧作家朗诵的是他最新剧作中的一幕,十几号人在一家餐馆里争论这个国家要不要保持中立国身份,这一幕叫《烟火人间》。我是第三个朗诵的,题为《四千里水声浩荡》,集中表达了我对京杭大运河从南到北的水流声的倾听、感受和想象。最后是哥伦比亚诗人,朗诵的是《丛林密语》。他的声音不大,但柔韧性很好,听着就像来自黏稠的热带雨林。如果英文翻译能够忠实于原著,那他的《丛林密语》应该相当精彩。他几乎穷尽了我所知道的热带雨林中可能发出的所有声音,朗诵中间,他甚至还动用口技,惟妙惟肖地模仿出众多奇怪的鸟鸣和兽语。他说他在丛林里待了二十年。毫无疑问,在有近百名观众的现场,他赢得了最热烈的掌声。[1]

当然,这里最为重要的,还包括与世界文学的相遇,以及由此呈现出的世界旅行与世界阅读的相互支援。对于习惯于"在书房中看世界"的徐则臣来说,他一直以来都"把大师挂在嘴上",追求一种"在世界中"的阅读状态。如他所说,在一代中国作家这里,"外国文学给我们当下的创作提供了极为重要的源头活水"[2]。这些年来,徐则臣利用各种机会,参与和文学相关的世界旅行,受邀参加各类世界性的文学交流活动,这让他有机会沿着文学的地图,走进陌生的国度。各种世界性的文学活动,让"他在这些世界名著的诞生之地感受到了写作者心灵的纯粹"[3]。这不仅极大地满足了这位文学后辈的"追星式"的文化需求,也为他如今的创作提供了丰富素材。

在小说《瓦尔帕莱索》中,徐则臣这样描述:"翻过一个丘陵,大海在

---

[1] 徐则臣:《蒙面》,《江南》2023年第5期。
[2] 徐则臣:《我的"外国文学"之路及相关问题》,《中国比较文学》2014年第1期。
[3] 张鹏禹:《徐则臣:在书房中看世界》,《人民日报·海外版》2023年6月21日。

前方闪烁,五月的阳光在海面上撒下一层金片和银箔。又拐几个弯,我们就进了古老的瓦尔帕莱索城……房屋的山墙上布满涂鸦,用的都是颜色奔放的大红大绿,我敢打赌,漫山遍野的涂鸦中,至少有一百幅聂鲁达的画像。这是一座致敬聂鲁达的城市,这也是一座属于文学、属于诗歌的城市。"①小说里的智利小城瓦尔帕莱索,不仅有神秘的塔罗牌,有四处流浪的吉卜赛女郎,有温暖而神奇的艳遇,更有与智利作家聂鲁达的相遇。这也正如徐则臣所言的,到了一个陌生国家,最好的地图或许不是那种被标注过的比例尺,而是文学。文学因其寄予着人类共通的情感,而具有跨越国界的伟力。

对于徐则臣来说,踏上陌生的国度,脑中浮现的诸多印象,固然来自旅游指南和城市攻略,但更切实的感受却是源于早年阅读的文学作品。"那些关于爱与美好、悲伤与怜悯、痛苦与坚韧的故事,总能直抵人心。同时人们总是怀有好奇,希望看看那些与我们生活不一样的、有差异的人与风景。这也是文学能够走进彼此的原因。"②因此,"在世界中"写作,既是世界范围内的城市游历,也是文学的朝圣之旅,向世界文学大师的致敬。《古斯特城堡》重新讲述了《警察与赞美诗》的故事。欧·亨利的这部名作,也是中国人无比熟悉的作品。却有助于破解我们心中对于"世界"与生俱来的"迷信"。在《玛雅人面具》里,消失的胡安,就像消失的玛雅文明一样神秘。然而有趣的是,这里的胡安是不是失踪的二叔,我们并不知道,但胡安却是墨西哥作家胡安·鲁尔福的名字。《蒙面》的发生地正是魔幻现实主义大师加西亚·马尔克斯的故乡,于是小说中出现了整面山墙画着的胡子上停着一只黄蝴蝶的马尔克斯肖像涂鸦,甚至不只是马尔克斯,小说还聊到了马尔克斯的朋友阿尔瓦罗·穆蒂斯,后者的小说同样非常棒。而同样有趣的是,穆蒂斯小说主人公马克洛尔如何在亚马

---

① 徐则臣:《瓦尔帕莱索》,《作品》2022年第5期。
② 张鹏禹:《徐则臣:在书房中看世界》,《人民日报·海外版》2023年6月21日。

孙河上历险的故事,与小说中的人物历险形成了一种奇妙的对应关系。而在《中央公园的斯宾诺莎》中,徐则臣以致敬辛格的名篇《市场街的斯宾诺莎》的方式,讲述了一个类似于库切的小说《耻》的故事。在此,世界旅行与世界阅读的相得益彰可见一斑。

对于徐则臣来说,这种写作方式自然意义非凡。在他这里,随着各类小说被翻译成不同语言在世界各地出版。尤其是在荣获茅盾文学奖之后,一个世界性作家的美好期待,正在逐渐酝酿和生成。"在世界中"写作,自然也会携带这种写作的自信。这也就像李云雷所说的,《瓦尔帕莱索》叙述的国际旅行,《手稿、猴子,或行李箱奇谭》勾勒的世界图景,终于使徐则臣化身为"世界图景中的自信青年"①。这种自信其实也体现在他创作的诸多方面。纵观其二十余年的创作历程,我们越来越清晰地看到他"从花街走向北京,从北京走向世界"的完整过程。这一点在他关于城市题材的小说创作中体现得极为明显。在徐则臣"城市赋形"的背后,我们能隐约觉察出他十多年来的写作成长史,从中可以看到作者自我意识的成长与文化认同的变迁。在他早期的"北漂"故事里,作者往往以城市边缘人群体的代言者来切入"北京叙事",这里当然包含着诚挚的自我的影子,这是最为朴素的写作动力所在。而在《王城如海》中,底层的形象就不再那么良善了,作者的自我意识悄然转移到作为知识者的余松坡这里,借助人物内心的勘探,自我精神的深度剖析,以体面与不堪的辩证,呈现的是自省之中的城市历史幽暗的纵深。再到更为阔大的《北上》中,写作者的自信溢于言表。"此刻的徐则臣,早已被城市所接纳,并化身为某种意义上的成功人士,阶层的跃升使他当仁不让地扮演起北京城市文化建构的主力军,'大运河'文化的积极开掘,无疑显示了一种自觉的文化承担意识。"②

---

① 李云雷:《新时代文学塑造"新青年"》,《人民日报·海外版》2023 年 5 月 4 日。
② 徐锦江主编:《上海文学发展报告(2022)》,上海远东出版社 2022 年版,第 124 页。

三、"在世界中"理解中国和世界

在最近的一篇文章中,徐则臣交代了自己的"写作的动力"所在。在他这里,"探究的激情"和"思考的习惯",以及"自我辩难的需要",正是他"写作的动力"。而在此之中,最为重要的当属"艺术的担当"。如他所言,这种"艺术的担当"很大程度上体现在,如何应对"中国和世界几十年来发生"的"翻天覆地的变化",以及严肃思考中国文学如何真正成为世界文学不可或缺的一部分。在徐则臣看来,"'狼奶'固然营养,可堪茁壮身心",但究其根本,"不明来路,何谈去程","我们必须保证我们是我们,而不是他们"。[1] 这便涉及如何重新理解中国与世界的问题。在此,这种重新理解中国的态度,显然与多年前他在爱荷华大学的演讲中提到的"盯着世界文学的灯塔赶路,还得继续往前跑"[2]的主张大不相同,这也深刻体现出今天的中国与世界发生的巨大变化。

在徐则臣这里,最重要的文学议题在于,在这个全球化的时代里,我们如何"在世界中"理解中国与世界。在最近的小说中,徐则臣如评论者所说的,将传奇式的虚构与海外空间有效拼合,从而"让中国不断回应、链接着世界"[3],这种异域经验的引入,得以有机会让我们在世界中重新发现中国。

在徐则臣笔下,"在世界中"的中国人,可能早已不如我们过往所想象的那样风光无限。相反,他们无一不饱受乡愁之苦。那些与生俱来的对世界的渴望,被今天这遍布的全球化时代的文化乡愁所撕扯和啃噬。《古斯特城堡》里逃难的缅甸人,其实暗示了一个离散的故事。那些我们

---

[1] 徐则臣:《写作的动力》,《中国文学批评》2022 年第 3 期。

[2] 徐则臣:《在美国爱荷华大学的演讲(2010 年 10 月 24 日)》,《语文教学与研究》2013 年第 9 期。

[3] 李徽昭、钱奕呈:《徐则臣"海外传奇"系列:中国"传奇"如何接通世界》,《文艺报》2023 年 6 月 28 日。

熟悉的面向世界的自由奔赴的喜悦,很快就变成了必须承受的离散之苦。这也向我们表明了,他乡的月亮可能并没有那么圆。在《去波恩》里,待在家里的人梦想着要出去,可出去了之后又心心念念盼着回来,这大概正是人性的矛盾之处吧。《中央公园的斯宾诺莎》里的老冯,一个人独居异国他乡,他最大的乡愁是什么?是老干妈,是红烧肉,是西红柿鸡蛋和大葱蘸酱,是冯氏红烧肉和酱牛舌。是的,对他来说,至关重要的是找不到人说中国话。同样,《蒙面》里的乡愁被杜仲凝聚在蔬菜里。这位在哥伦比亚种蔬菜的文学青年,仍然在思念三十年前地地道道的中国传统芹菜。在他那里,"一个好的中餐馆,仅仅把菜给做出来远远不够,还要把传统、文化和回忆给做出来,异国他乡,要全方位地抚慰好客人的乡愁"①。

这里特别有意味的是那篇《古斯特城堡》。所谓"古斯特",不就是Ghost 的音译么?不错,一座闹鬼的城堡,最后让人虚惊一场。原来,"就是老鼠在闹鬼!"②尤其是,这里的老古斯特,他的家史可能并没有那么高贵。所谓的血统与历史,其实都是被建构的"神话"。由此,"古斯特城堡"其实构成了一个巨大的文化隐喻。小说实质上是要破除我们对于"城堡"的迷信,解构它的"诗意"与"神秘"。那些田园诗般的美好其实都是不存在的,那些发生在"世界"里的事,同样是"一地鸡毛"。我们的心中之"鬼"的缘由,恰恰在于我们对于世界过于"迷信",而小说正是要勇敢地去勘破这长久以来的"迷信",重新认识世界的本来面貌。

同样,在《中央公园的斯宾诺莎》里,出于满足虚荣心,到美国念博士的老冯,在打下一片江山后,自然不愿离开了,于是稀里糊涂地成了"假洋鬼子教授爸爸",一个抛妻弃子的"当代陈世美"。小说展现了老冯的生存境遇:"爱情的匮乏,亲情的缺位,异国他乡的孤寂,母语的乡愁,留不下又回不去的茫然前路,以及眼前空荡荡以至于虚无和虚妄的舞

---

① 徐则臣:《蒙面》,《江南》2023 年第 5 期。
② 徐则臣:《古斯特城堡》,《小说界》,2011 年第 3 期。

台。"①正是在这样的背景之下,小说中类似于库切《耻》里的一桩"性骚扰"事件,成了他不能承受的生命之重。这个精心设计的"桃色圈套",其实恰是苏珊对那位传说中抛妻弃子的"当代陈世美"的报复,而这报复本身,则成了压垮他的"最后一根稻草"。为了留在美国而不惜抛妻弃子,这在外人看来是一个典型的流行于20世纪80年代的故事桥段。然而如今,当这个故事被重新讲述时,当事人这一方内心的万般丘壑便如实地呈现了出来。这里展现的是一代人对世界的"奔赴",以及这种"奔赴"的悲惨后续,它无疑为我们关于世界的美好想象蒙上了一层阴影,甚至也预示着世界"神话"的轰然破灭。

由此,我们也就不难理解徐则臣关于《北上》的诸多解释。在他看来,"到世界去"并不是中国人单方面向世界的奔赴,而是一种"双向的结果"。"我们出去,是到世界去;别人进来,也是到世界去。整个世界不是非此即彼的关系。"②小说把运河放置到全球化的背景之中来考量,这里不仅有谢平遥、邵常来等人对"到世界去"的渴望,也有小波罗在遥远的东方世界的求索。意大利人小波罗连接的是我们关于马可·波罗的遥远记忆。这里包含着暴力与创伤,文明与和解,交流和生死与共。在这个意义上,不仅照见出大运河作为"中国"的一面镜子,即作为中国地理南北贯通的大动脉,它既在传统与现代的意义上,见证了一个古老国度的现代变迁,也在中国与世界的维度中,哺育了一代代独特的中国人。这也正是《北上》经由"运河上的中国",通过讲述时间与河流的秘密,展现给我们的"一条河流与一个民族的秘史"的意义所在。③

在向智利读者俱乐部分享《玛雅人面具》的创作经验时,徐则臣坦言,"站在中国的土地上讲中国故事不免具有局限性,而换个眼光传播中

---

① 徐则臣:《中央公园的斯宾诺莎》,《十月》,2023年第5期。
② 张鹏禹:《徐则臣:在书房中看世界》,《人民日报·海外版》2023年6月21日。
③ 徐刚:《时间与河流的秘密——评徐则臣长篇小说〈北上〉》,《中国当代文学研究》,2019年第1期。

国文化将会是自己今后的努力方向"①。在这篇小说中,徐则臣有机会将拉美的魔幻现实主义与中国传统的神魔鬼怪叙事传统进行奇妙的嫁接。借助"面具"这一重要的叙事道具,他将不同的世界联系在一起。在此,来自中国的木匠世家,与拉美的神秘雕刻师建立起了一种隐秘的关联,由此引发了中国与墨西哥之间的文化对话。古老的中华文明与同样古老的玛雅文明,也顺势有了一次近距离接触的契机,这似乎又应和了玛雅人是中国人后裔的神秘传说。小说最后,神秘消失的金字塔,不禁让人想起《桃花源记》中访而不遇的桃花源。这便正如季亚娅所分析的,"在胡安·鲁尔福的土地上,徐则臣完成了一次蒲松龄式的开场。'玛雅人面具'缓缓除下,露出了一张中国脸。"②这段跨越时空和文化差异的旅行,不禁让人感慨,中国与世界的关系,可能远比我们想象的要更密切。在此,作者显示了自己的艺术野心,他试图通过阅读与写作建立跨越国界和语言的文学共同体,在第三世界建立一个亲如兄弟的"文学世界共和国"。大概正是在这个意义上,徐则臣被认为是"少有的在文明意义上写作的作家"③。

在《中国当代文学:我的,你的,我们的》一文中,徐则臣认为:"在这个全球化的背景下,文学肯定不能关起门来搞。一个人写作要关注这个世界,所有的题材、所有的技巧、所有和文学相关的东西,它变成一个公共的资源库,大家都来用。"④这里的"公共的资源库"不仅指的是文学题材和技巧,更包含那些神奇的灵感,以及更普遍的文学议题。《手稿、猴子,或行李箱奇谭》里来自印度这个神奇国度的猴子,终于解决了《王城如

---

① 《智利读者俱乐部分享徐则臣新作〈玛雅人面具〉》,"澎湃新闻"2023 年 1 月 7 日。
② 季亚娅:《我们的世界,我们的万古:关于〈玛雅人面具〉》,《北京文学》2022 年第 11 期。
③ 同上文。
④ 徐则臣:《中国当代文学:我的,你的,我们的》,《孔子学院》2015 年第 6 期。

海》写作的障碍。这来自世界的虚构的猴子,令我们的文学更加灵动,堪称小说的神来之笔。而小说《蒙面》则试图促使我们在世界范围内思考文学的意义。文学究竟还有没有用？这是我们今天不断追问的话题,然而,当我们看到《蒙面》里的罗德里戈·马丁内斯时,显然会在一个全新维度里思考文学的意义。小说中,那个别出心裁的蒙面朗诵会似乎是专为马丁内斯准备的,作为哥伦比亚革命武装力量的一分子,他是个诗人,也是个游击队员。在这个人们走在马路上都不安全的国度,在这个政府军与游击队频繁交火的所在,文学究竟意味着什么？这是小说留给我们的问题,也是徐则臣在更普遍的意义上对于世界的文学提问。

（原文刊载于《当代文坛》2024年第1期）

（徐刚：著名评论家、中国社会科学院文学研究所副研究员）

论徐则臣的小说叙事
——以《北上》为例

朴竣麟

在《北上》中,徐则臣得以实现自己的夙愿,即以运河为"主角"写一部长篇小说。我们注意到,在构建运河作为叙述主体的过程中,徐则臣将1901年和2014年,这是两个对于运河的命运至关重要的时间节点,和由南至北的运河相粘连、融汇。巴赫金在《小说的时间形式和时空体形式》一文中曾提出的"道路时空体"概念,我想,这恰好与徐则臣在《北上》中构建的运河相契合。在这里,河流是另一种形态的道路,"道路主要是邂逅的场所。在道路中的一个时间和空间点上,有许多各色人物的空间路途和时间进程交错相遇;这里有一切阶层、身份、信仰、民族、年龄的代表"[①]。《北上》中的运河与其他河流不同,历史上的运河是整个中国的命脉,承担着主要的漕运功能,1901年废漕令发布后,运河航运逐渐衰落。而到了当下的时间节点,申遗成功后的运河,在文化和经济方面的意义也在逐渐复苏。相较文学史上的其他河流,"运河"更多地具有"道路"的意义。从地理空间的层面讲,运河连通南北,跨度较大,成为经济文化交流的要道;从历史文化的层面讲,运河始建于春秋时期,于隋朝实现南北贯通,又于清末衰落,2014年申遗成功,开始复航工作,2022年实现复航。可以说,运河承载着整个国家的宏大历史和记忆。同时,一方水土养一方人,运河边有千千万万平凡人生活,运河已然成为他们生活中不可分割的

---

① [俄]巴赫金:《巴赫金全集》(第三卷),白春仁、晓河译,河北教育出版社1998年版,第444—445页。

重要组成部分。《北上》写运河,又不仅写运河,徐则臣截取了1901年和2014年,运河衰落和开始复苏的时间节点,与运河进行连接,以叙事文本建构作为"道路时空体"的运河,以个人经验的聚集、整饬、深描运河的沧桑,书写出整个民族近代史的"冰山一角"。

一

我们看到,在徐则臣早期的创作"谱系"中,一直存在着"北京"和"故乡"两个物理空间的相互照应或对立。作为当代中国的政治、文化中心,"北京"具有独特而典型的城市空间,徐则臣"京漂"系列小说的写作发生,自然源于自身在北京学习、工作、生活的经历、经验,难免有些许"自叙传"的元素在其间。《啊,北京》中从苏北小镇来到北京的边红旗,即使生活飘零,居无定所,仍然要每天感叹一句:"啊,北京!"《跑步穿过中关村》中的敦煌在北京漂泊、挣扎,同时又渴望在北京扎根,向往政治、文化中心的敦煌,每天都抽着"中南海"牌的香烟,但是直到入狱都未能再去一次。早期的"京漂"系列作品,徐则臣大多用个人化的视角投射当下,展现这一代人最真实的生存状态和生活现状。同时,徐则臣也有一批作品,以《花街》为始,来自在"花街"成长的经历。"花街"同样是真实存在的地理坐标,位于徐则臣处于文学成长期时所在的江苏省淮安市。在"花街"系列作品中,徐则臣往往以儿童的视角讲述过去的经验,作为"故乡空间"的花街,往往带有一种质朴的自然美。作为开端的《花街》便塑造了一个白日充满烟火气息,夜晚氤氲暧昧的街巷空间。"从运河边上的石码头上来,沿一条两边长满刺槐树的水泥路向前走,拐两个弯就是花街。一条窄窄的巷子,青石板铺成的道路歪歪扭扭地伸进幽深的前方……花街从几十年前就是这么长。"然而在这种诗意性的自然美背后,呈现出的美学情境往往令人稍感悲凉。在短篇小说《鸭子是怎样飞上天的》中,鸭子的羽毛和少年的成长互相观照,书写出乡镇少年在成长过程中进行的痛苦的蜕变,思考在当下这个时代故乡的人心向背。从"花街"

系列的作品中,可以看出"京漂者"挣扎半生所要逃离的,正是在故乡为生活而挣扎的生存状态,"京漂者"又往往在努力扎根的过程中追思故乡的记忆。同时,在空间的维度上,二者虽很少在之前的同一部作品里互相观照,却在整体的作品序列中,形成一对隐性的互文关系,无疑,这就在一定程度上扩大了徐则臣小说的文学版图。当代文学中的"城"与"乡"的空间对立关系,在徐则臣的作品中上升到了更广域的对比和更高的格局。

在《北上》中,徐则臣将对"北京"和"故乡"的书写合二为一。以"运河"为脉络,开始书写从江浙故乡到首都北京的道路。"我写了运河大概20年了,但都是断断续续的,很少用一本书的篇幅把运河作为主角推出来,虽然断断续续我看了20年,感受了20年,写了20年,但是运河是条非常博大的、悠久的、现代的、复杂的河流,跟中国的政治、经济、文化、思维方式都有关系。"①围绕"大运河"这一连接江浙和北京的漕运要道,以意大利"运河专家"保罗·迪马克、翻译谢平遥和随从邵常来,一同沿运河北上的故事为主线,徐则臣构建了一条地理跨度极大,纵向穿越南北,从苏杭到北京的,不断转向的"道路时空体"。叙事,在更大的时空维度上获得延展。

需要注意的是,在这个"道路时空体"中,时空的变换并非对叙事的脉络,即保罗·迪马克一行人行程的简单跟随。徐则臣将《北上》的时空割裂成了三大部分,又在每个大部分中通过时间分成若干个小部分,如第一部中的"1901 年,北上(一)""2012 年,鸬鹚与罗盘""2014 年,大河谭"和"2014 年,小博物馆之歌"。"1901 年,北上(一)"的叙述跟随小波罗一行三人从无锡出发,路经扬州到高邮。在高邮由于船夫担心义和拳,船夫丢下了一行三人,叙述也随着行程的暂停戛然而止。"2012 年,鸬鹚与罗盘"则将时空转换到 2012 年的济宁,叙述邵常来百年后的后人,跑船人邵

---

① 徐则臣:《大地上的史诗——一个作家眼中的中国大运河》,《名作欣赏》2022 年第 25 期。

秉义和儿子邵星池的故事。2014年的时间线则分成"大河谭"和"小博物馆之歌"两个部分,一个指向北京,一个指向运河上的名为"小博物馆"的客栈。在第一部分中,所有故事的叙述,都在中间被切断。四条叙述脉络之间,除了人物间代际关系的暗示,看不到必然的联系。第二部分是第一部分情节的延续和补充,同时也将几条叙事脉络之间的联系处理得更为紧密。"1901年,北上(二)"这一章节,时空上设定为废漕令发布前的运河上,并在结尾引出了保罗·迪马克北上的真正用意——寻找失散的弟弟费德尔·迪马克。"1900—1934年,沉默者说"便叙述了费德尔·迪马克在中国的经历,连接"2014年,在门外等你",至此,1901年和2014年的时空联系才处处有迹可循。第三部"2014年6月:一封信"通过"大河谭"和"小博物馆"完成了跨越百余年的时空跨越后的收束,所有现代人都在同一时间在运河边聚首,历史留下的谜团也由"大河谭"节目、邵家的罗盘和马福德的信一一解开。

在此,经过对小说叙事时空的转换的分析,和对叙事脉络的梳理,我们不难看出徐则臣赋予"北上"的多重文本意义。"北上"是保罗·迪马克从苏杭到北京寻找亲人的运河之旅,也是孙宴临为了寻求历史和爱情的抉择。同样也有对"北上"的逆行,例如坚守运河的邵家父子,小博物馆的周海阔,坚持南下寻找大河的历史的谢望和,他们在不同的时空中的"北上",纷纷指向对故乡的思索和对历史的追寻,逃离故乡或是坚守故乡,在不同的时间线,形成一种抉择的复调和"共振"。同时,"北上"也是连接"花街"和"北京"两个徐则臣创作序列中重要的文学地标路线。"花街",象征着徐则臣对故乡的文学记忆,也带有对故乡现状的再度思索,"北京"是异乡人对于生存的挣扎和对未来的追寻。到了《北上》的问世,通过"运河"的构建,使得这两个对于徐则臣来说都至关重要的文学地标,终于真正连接起来。在《北上》中,北京具象成通州的运河末端。"北京"是保罗·迪马克究其一生都想到达的彼岸,也是谢平遥的后代,制作"大河谭"的谢望和的根据地。两人隔着百余年的时间行走在运河边,形成了跨越历史的空间叠加或重构。此外,对于"北京"的追寻,也在《北上》中贯穿始终,如挑夫邵常来因为跟随小波罗一行去过北京,成了"跑长途的抢手货",一直影响到邵星池这一代。谢望和的堂伯谢仰止,因为失去前往北京的机会,一直记恨谢望和的父亲。可见,作为城市空间的北京,在历史上一直存在对人的无限的吸引力。而"花街"则在《北上》中辐散到整个江南区域。1901 年小波罗一行人经过的无锡、扬州、高邮等地,正处于战争的漩涡中,在历史上理应是破败的。然而在徐则臣的构建中,这种破败感却被隐藏在乡村空间的诗意背后。"3 月的江南春天已盛。从无锡到常州,两岸柳绿桃红,杏花已经开败,连绵锦簇的梨花正值初开。河堤上青草蔓生,还要一直绿到镇江去。"而在这样诗意的江南,又生活着一群苦难的百姓,"有叫卖的小商小贩,有披红戴绿的流动妓院,有无数简陋的小码头,有贫困的十万人家和垂头丧气的无所事事的拉纤者"。到了 2012 年和 2014 年,仍然有运河的子民选择坚守,如世代跑船的邵家父子,如小博物馆的周海阔。对于江南乡村空间的建构,顺应徐则臣此前的"花街叙事",接续了徐则臣对于故乡的回忆和在故乡挣扎的人的生存状态。

二

巴赫金在论述"道路时空体"理论的过程中,曾提到"道路"的偶然性:"这里有一切阶层、身份、信仰、民族、年龄的代表。在这里,通常被社会等级和遥远空间分隔的人,可能偶然相遇到一起;在这里,任何人物都能形成相反的对照,不同的命运会相遇一处相互交织。在这里,人们命运和生活的空间系列和时间系列,带着复杂而具体的社会性隔阂,不同一般地结合起来。"①当然,对于时空跨度更大的运河,势必会发生更多的偶然

---

① [俄]巴赫金:《巴赫金全集》(第三卷),白春仁、晓河译,河北教育出版社 1998 年版,第 445 页。

性，那么，如何将众多人物以及人物的个人经验在一个文本中聚合，是极具难度的叙事挑战，尤其是面对运河的历史和当下两段时空，如何将其联系起来的问题，更是尤其重要。

在《北上》中，徐则臣把1901年和2012年到2014年两段时空的叙述，运用章节的方式进行具有层次感的分割。两段历史中的人物，用代际的方式形成千丝万缕的互文关系。《北上》中的大多数角色，都牵扯到这种代际关系，特别是活跃在2012年到2014年这条时间线上的人物，都与1901年的北上之旅有关联。这种代际关系，并非传统意义上"父一代"和"子一代"的对抗和成长，而是将格局提高到历史的层面，跨越百余年的时间，关注文化的传承和历史给人的深远影响。2014年的谢望和与谢仰止、孙宴临、邵秉义邵星池父子、周海阔和胡念之对应着1901年的谢平遥、孙过程、邵常来、小轮子和费德尔·迪马克，尽显出历史感、沧桑感，既是时代的穿越，也是精神和灵魂的双向奔赴。1901年的一代人，在运河上无意创造了历史，2014年的一代人又通过追寻运河与之紧密联结。

1901年的故事由谢平遥的视角开始，从谢平遥的角度叙述对小波罗的初次印象。谢平遥是漕运总督的翻译，在小波罗北上的路途中自始至终都陪伴在小波罗身边。文中的谢平遥更像一个观察者，看似1901年的故事都是用第三人称进行叙述。实际上，其中的每一段叙述都充斥着谢平遥对于小波罗这个外国人、对于途经的城市、对于旅途中遇到的形形色色的人的观察，乃至一个知识分子对于当时中国时局的理解。谢平遥的形象折射了当时的中国知识分子群体。他们有着兼容并包的精神特质，在北上之前，谢平遥便关注戊戌变法，关注先进思想的引入。在对小波罗的态度方面，知识分子的清高让谢平遥在开始时对小波罗有天生的敌意，认为小波罗有着"欧洲人傲慢和优越感的小尾巴"，随着北上的进展，谢平遥在不知不觉中接纳了小波罗，结尾更是陪伴了小波罗的死亡。到了2014年，这一代的谢望和从事影视行业，因为领导一句话开始制作《大河谭》节目。与其他部分不同，"2014年，大河谭"和"2014年，一封信"通篇使用第一人称,也就是谢望和的视角叙述。在谢望和顶住经济的压力坚持制作《大河谭》中,当年北上之旅所牵涉的人的后代——在现代出现,谢望和同他的先祖谢平遥一样处在"观察者"的位置,谢平遥时任漕运总督的翻译,并走完了废漕令前运河的全程,而跨越几代人之后的谢望和就生活在小波罗去世的运河通州段旁,并阴差阳错地成了"半个运河专家"。在其他几对代际关系中,徐则臣用遗传的风物,表达了对于民族命运的考量。热爱摄影艺术的孙宴临,是得到了小波罗的照相机的孙过程的后代;拿到小波罗的记事本的小轮子的后人是小博物馆的周海阔,记事本也保存至今;世代跑船的邵星池父子最看重的物品是邵常来留下的罗盘。似乎每一个后人最终的职业选择都与那件风物有联系。作为"传家宝"的风物,承载了一个家族的历史,而家族历史的聚合最终构成国家的命运和历史。通过跨越近现代民族史的代际关系,徐则臣表达了对于命运和民族历史的深切思索。

除了上文提及的形成互文关系的、跨越百余年历史的代际关系,"2012年,鸬鹚与罗盘"中的邵秉义、邵星池父子间的代际关系同样值得我们考量。从整个文本的角度上讲,邵氏父子与小波罗一行人中的挑夫邵常来构成互文代际关系。而邵氏父子本身,在这一章节中的代际关系,更贴近典型的父子代际关系。"2012年,鸬鹚与罗盘"写邵星池的船上婚礼,"鸬鹚"是邵秉义的绰号,"罗盘"是从邵常来那一代传下来的风物。邵秉义象征老一辈人对于传统生活方式的坚守:"老子在船上一天,就一天是船民!你就一天还是船民的儿子!"邵星池则象征年轻人的叛逆和求变:"爸,你就不能与时俱进一下呢?"父子间的冲突始终存在,又在冲突间找到一种和谐的方式。在婚礼前,父子间便因婚礼是否顺应传统在船上办起了冲突,儿子一怒之下跑下船,而此时的父亲却笑道儿子长大了,在儿子冷静下来回家之后,父亲和儿子再度和好。"那顿饭吃得相当好,像三个相互感恩的人终于见面,谁都不说一个谢字,但觥筹交错之间,怎一个谢字了得。"最终在婚礼的讲话之后,邵秉义把祖传的罗盘交到了儿子手中。然而,到了2014年,邵星池的生意失败,罗盘也卖到了小博物馆,最终又回到了跑船的营生,甚至连罗盘的赎回都需要邵秉义的再次出面。邵氏父子间的代际关系,除了传统父子代际文本典型的冲突、对抗与妥协,还顺应了"花街"叙事中,关乎故乡的坚守,关乎对传统的扬弃,关乎如今生活在乡土中的年轻人的成长阵痛,和试图通过奋斗来改变现状的部分。

在书中,徐则臣对于每一对人物的代际关系,有的在开头便事无巨细地说明,如邵常来与邵氏父子,作者在文本中进行了族谱式的展现。不仅将邵氏父子与邵常来的代际关系交代清楚,还印证了邵家跑船传统的由来。"自邵公常来始,济宁邵家的船民生涯开始了。"还有的代际关系在文本中藏于隐形,如迪马克兄弟,和费德尔·迪马克的后人胡念之。其他几对代际关系间,基本是同姓关系,到了"北上之旅"的主角迪马克兄弟身上,作者有意设置了一个异姓的后人,并始终没有揭示考古专家胡念之的身世,直到小说的结尾才得以揭晓。这样的有意设置让胡念之的身份构成一个反差性的悬念,到了结尾,胡念之追寻一批文物到了小博物馆,无意间听周海阔提起署名马福德的信件,胡念之的身世才为众人所知。同时这封信件又正是小说开头的"2014年,摘自考古报告"中的信件,小说叙事通过这最后一对代际关系,用考古发掘的方式揭露谜底,彻底形成逻辑自洽的闭环。

三

前文提到,作为"道路时空体"的运河,在空间的维度将徐则臣创作序列中的"花街"和"北京"连接起来。文本中的多重代际关系,则在时间的层面,将此前徐则臣较为擅长的个人经验书写,横跨百余年的历史,转化成集体经验的书写。时间空间的同时扩张,让《北上》这部作品,如同"腰封"上所说的一样,成为"一条河流与一个民族的秘史",因此《北上》的历史书写,也要从对运河的历史书写和对民族的历史书写分别探讨。

《北上》以运河为主题，叙述也分为 1901 年和 2014 年两条时间线。1901 年和 2014 年对于运河的历史来说是至关重要的时间节点，书中郑重其事地书写了这两个时间节点的历史意义："公元 1901 年，岁次辛丑。这一年七月二日，即公历 8 月 15 日，光绪帝宣布废除漕令。"2014 年是大运河申遗成功的日子，徐则臣用一个大团圆式的结局书写这一时间节点，用《大河谭》的起死回生来凸显运河申遗的意义。1901 年是运河的漕运时代的终结，2014 年则是运河新的生机。"北上"是地理意义上的逆行，对于小波罗、谢平遥一行人来说，更是历史意义上的逆行。小波罗以勘探运河为虚，以寻亲为实，一路北上。从起点无锡城的一片繁华，途经常州、镇江、扬州，以河运为核心的经济结构依然发达，邵伯闸甚至需要排队通过，到了邳州，河道淤积严重，需要纤夫拉纤才能通过。过了济宁开始，运河开始呈现衰败之景，南阳湖"运河蜃景"的消失也暗示了运河漕运的消亡。随着小波罗生命的消逝，运河的繁华图景也不再出现，在沿运河北上的终点，漕运的图景也消失不见，在小波罗去世后不久，废漕令也正式宣布。在这里，从南到北，徐则臣用一段逆流而上的旅途展现了一幅运河衰败前夕的全景图。"2012 年，鸬鹚与罗盘"对于运河历史的意义实际上是对此前百余年河运的总结。借邵家得从邵常来到邵星池的家族史，回望民国至今的河运事业。如今河运已成了夕阳产业："生意越来越小，货物越来越低端，利润越来越小，过去米面、蔬菜、钢筋水泥混凝土、各类家电家具都运，现在承接的货单只有木材、煤炭、砖石和沙子了。"环境污染、其他交通工具的冲击等河运衰落的原因也在这一部分一一展现。至此，运河的过去和当下都已经交代完毕，对于运河的未来，徐则臣巧妙地运用了《大河谭》这档节目的制作，作为运河命运的载体。随着运河申遗成功，《大河谭》也起死回生，小说的最后一句话表达了对唤醒运河的展望："如果这一天的确堪称千古运河之大喜，那也当是所有运河之子的节日。"运河的过去、当下和未来都在《北上》中展现，可以这样说，《北上》不只是在地理上从南到北的"清明上河图"，更是一部根植于运河历史的

"百科全书"。

　　从《花街》《啊，北京》《跑步走过中关村》等几部短篇小说，到《耶路撒冷》等长篇小说，我们似乎能够总结出，徐则臣在书写历史和当下生活的时候，都更愿意从某一时段的平凡个体入手。从发生学的角度阐释，这种个人经验的出发点往往是徐则臣的生活经历。然而，如果一味书写一个人物，在展现一个时代的历史时往往会显得太过单薄。因此，在《耶路撒冷》中，徐则臣用许多个体，串联成一个时代的大历史背景，将个体经验凝聚成了集体经验，对于历史的记录也变得更加真实可感。《北上》延续了用个人史结合时代史的方法，并将这种方法进化成一种精妙的由点及面的结构，从小波罗、谢平遥等人的个人史，凝聚成家族史，最终凝聚成一部民族史。作为一部运河"百科全书"式的小说，《北上》提到了八国联军侵华，提到了维新变法，提到了义和团运动，这些历史事件都是通过小说里鲜活的人物的真切感受来写。如谢平遥在陪小波罗北上之前便对康、梁的思想感兴趣，在扬州购买了康有为《日本书目考》的雕版，还因此和妓院里的守旧派起了冲突。这种用个人史凝聚民族史的写法，用意在于重构在特定时空下每一个个体最真实的生存状态，以点带面。迪马克兄弟的角色设置是对那个年代中西交融的印证，来自意大利的小波罗以寻亲为目的，却在路途中真正爱上了运河，爱上了中国；费德尔·迪马克跟随八国联军征战，后又在目睹义和团的战斗后退出，更名马福德和中国人生活在一起。"沉默者说"这一标题便是对历史中的个人史最好的印证。在书写当下时，2014年的"运河之子"更是来自各行各业，因《大河谭》聚集在一起，虽未涉及具体的社会背景，但各行各业的生存现状都借人物之口得以展现，如前文提到的河运现状，如谢望和所在的媒体行业乱象，借谢望和的领导批判的当代扭曲的爱情观，如谢仰止所代表的来自"花街"的乡村青年。"运河之子"不只指代与运河有联系的人群，更是生活在这个时代每一个人的生存现状，同样，对于当下的书写，也是沿运河展开的，属于这一代人的"清明上河图"。

通过写运河的历史和当下，徐则臣以近乎最优解的方式，达成了自己一直以来想写运河的夙愿，同时又将对运河未来的希冀，借谢望和之口宣读。河流的历史，承载着一个民族的历史，而民族的历史，又是由运河边一代又一代的人创造的。《北上》中，相互交织的个人史，终将凝聚成了一部围绕运河的民族史诗，展现出徐则臣的个体意识，对于历史的重构。这些，无疑更具有深厚的历史意义和审美价值。一部《北上》，承载了运河的过去和当下，承载了运河边生长的万千灵魂。《北上》是徐则臣一直以来对于书写运河的夙愿，对于徐则臣个人的写作也有着深远的意义。《北上》展现了徐则臣的叙事自觉，不甘于自身原有的审美成就，努力尝试新的叙事创新。在小说叙事的层面，徐则臣延续了以往严谨细腻的叙事风格，力图在虚构中还原真实，可以看出徐则臣在《北上》的创作中下足了功夫，除了构思缜密的情节和人物关系，关于史实、风土人情、民俗风物也都做了翔实的资料搜集，北上路途中的天气、地理、人文因素也更趋近真实。在个人的层面，《北上》似乎可以看作徐则臣又一个创作阶段的总结，将以往的"花街叙事"和"北京叙事"，通过运河连接起来，甚至可以窥见一丝文学地标上的雄心，将运河"划为己有"。同时，在历史书写的层面，《北上》将个人的历史书写凝聚成一部跨越百年的民族史，让读者能够亲临历史，真切感受到历史背景下每一个小人物的痛与爱，成为一部厚重的运河和民族的史诗。我们也有理由期待，继《耶路撒冷》《北上》之后，徐则臣在小说叙事上取得新的更大突破。

（原文刊载于《当代文坛》2024年第1期）

（朴竣麟：辽宁师范大学文学院讲师）

发明"花街"与"北京"之外的普遍性世界
——徐则臣小说论

邱域埕

作为"70后"小说家的代表,徐则臣的小说世界展示了"70后"一代作家创作中难得的丰富性和文学性。评论者们惯性般地沿着作家关于城市与乡村的二元认知立场对"花街"和"北京""到世界去"三个文学叙事空间进行对辩性解读。某种意义上来说,现代性的进程是一个不断消除与特定历史世界、地域文化空间相联系的特殊性,建立世界性普遍主义新秩序的过程。徐则臣的小说正是经由特定时空条件下的地方经验的"花街叙事"和"北京叙事",发明了一个"到世界去"的普遍性生活世界,而这个更为广阔的普遍性生活世界——"耶路撒冷"反过来把"花街"和"北京"变成了有限的地方生活世界和特殊经验。可以认为,徐则臣借用"到世界去"抵消了横亘在花街与北京之间的文化鸿沟,进而开拓了一个丰富多彩的普遍主义美学世界。以下将尝试深入小说文本中的"花街叙事"和"北京叙事"等内容,探讨这个"发明"和"弥合"的过程。

一、"花街叙事":自足的地方中心经验

在徐则臣前期的小说中,如《花街》《大雷雨》《伞兵与卖油郎》《水边书》等,花街都是作家极力描刻的重要生活空间。我们可以认为,花街既是徐则臣前期小说的主要文学空间,也构成了其小说叙事的起点和地方中心经验。花街是条窄窄的巷子"青石板铺成的道路歪歪扭扭地伸进幽深的前方","临街面对面挤满了灰旧的小院,门楼高高低低,下面是大大

小小的店铺。生意对着石板街做,柜台后面是床铺和厨房"。① 这个不大的花街在现代性的线性时间轴上是一个惯常不变的生活空间。屋顶上空飘起的"炊烟的香味",从老井边延伸到街上的"明亮的水迹",成了花街的典型地方风景。尽管作为地方的花街很小,但对于老默、老歪、良生、麻婆、冯半夜、丹凤等人来说,却是一个完整的生活世界。他们自主地以花街作为普遍性的参照系来确定属于花街这个生活世界的内部关系和地方经验。

《花街》用儿童视角叙述了花街这个地理空间的人们的喜怒哀乐和柴米油盐。老默是花街的外边人,也是对这个生活世界最为熟悉的陌生人。没有人知道老默的底细——"谁也不知道他家在哪里,家里还有什么人"。因此,在老默去世后,花街人"什么都不知道","不知该把他送到哪个地方"。② 尽管老默是花街内部的他者。来花街的时间却成了老默"走亲戚"的生活经验。花街豆腐店的蓝麻子成了照顾、陪伴老默的朋友,老默也亲切地喊他"麻哥"。在花街这个生活世界,蓝麻子陪伴老默度过了漫长的时间。以"我"为首的小孩成天围着老默的修鞋摊玩耍。小寒、秀琅、紫米、祖父都成了老默的"亲人",进入了他生活的全部世界和日常经验。所以,老默不会对来修鞋摊摆弄工具的孩童表示厌烦,反而内心踏实。即便在花街人眼里,老默每天都来花街修鞋的行为有点浪费时间,老默依然会来。而在他离开这个世界的时候,花街人才从他上衣口袋里发现了老默的"遗言"——将"仅存的积蓄两万元"转送给花街蓝麻子豆腐店的蓝良生。

可以说,老默是花街的外边人,但他却在进入花街的生活世界后,和花街人产生了多重关系。通过老默的死这一事件为导引,蓝良生的身世、麻婆曾经的妓女的社会身份等浮出历史水面。良生平时总是"穿着西装

---

① 徐则臣:《花街九故事》,北京联合出版社 2018 年版,第 6 页。
② 同上书,第 5 页。

打着领带,脚下的皮鞋擦得锃亮,右胳膊底下整天夹着一个小皮包,走路都甩开了胳膊走"[1]。"比花街上的任何人都要面子"的良生最终接受了自己是老默的私生子,并把老默的葬礼办得体面。麻婆嫁给了对她好的麻爷爷。但从麻婆喝盐卤自杀的事件中,花街人的生存真相才逐渐揭露。花街的妓女只有在门楼上和屋檐下挂上一个小灯笼时,才成了妓女。她们平常和花街上的其他人都是一样,上班、下班、出门做事。麻婆曾是妓女,而她的第一个孩子是老默的,后来还有别人——"我不知道是谁的。可不管是谁的,都是我的孩子。我得把他养大成人。"老默死后,麻婆醒悟,"我得知道良生是谁的孩子。过去我以为不思不想就能过一辈子的,现在不一样了。麻子是个好人,一辈子没亏待过我。良生也没错,他应该知道"。[2] 花街的生活是沉稳且平和、自足的。不管是老默以外边人的身份进入花街,参与花街生活世界的经验组织,还是良生、麻婆的身份在花街被揭露,都最终在花街的地方风景和经验组织过程中回归平和、沉稳。也就是说,花街是一个自足的地方生活空间,它可以自然地组织和内化一切。

《大雷雨》讲述了杀狗夫冯半夜和妓女丹凤这两个花街"边缘人"密谋杀人的故事。冯半夜有着杀狗烹肉的营生技能。他靠着这一技能在花街过生活。因为对一个花街外来人的钱财有了贪念和歹心,冯半夜在梦里开展了一次与妓女丹凤的合伙杀人事件。但是,故事的结尾,冯半夜从缸里梦醒之时才意识到自己谋杀的是花街的外来人,获取不义之财是一个惊心动魄的"噩梦"。而这个梦的发生只能在花街这个故事空间。也就是说,作为花街内部人的冯半夜的梦其实是按照一种自我的经验和需要在组织自己与女性(丹凤)、外来人的关系。反过来,冯半夜的"杀人取财"梦其实在花街内部这个生活世界发明了自己的生活经验。可以这样

---

[1] 徐则臣:《花街九故事》,北京联合出版社 2018 年版,第 11 页。
[2] 同上书,第 20 页。

理解,花街其实不仅是一个相对自足的,还有权力根据各自的需要和标准来组织自己的物质世界和文化生产,确立其内部的他者和自我。

二、带着地方经验闯入"北京叙事"

从作为地方的"花街"出走的"我",带着生活的理想进入城市北京。显然,在《啊,北京》《西夏》《伪证制造者》《三人行》《我们在北京相遇》《跑步穿过中关村》《把脸拉下》《逆时针》《浮世绘》《如果大雪封门》等以"北京叙事"为主题的小说中,北京构成了一个与花街进行某种潜在对抗的地方性文学空间。

在《如果大雪封门》中,北京被塑造成了一个与"花街"截然不同的生活世界。宝来、行健、慧聪都是离开了故乡,进到北京城市的底层小人物。他们去北京"不是想看天安门","而是想看冬天下大雪是什么样子"。[①] 洪三万从事着"办假证"的工作,他以"满足你的一切的要求"为口号,却始终不能在北京的生活世界中满足自己的要求。在小说中,鸽子是一个重要的意象,它成了宝来、行健和慧聪的一个象征符号。而北京则成了一座"囚城",困住了从家乡出走,来到北京的宝来、行健、慧聪、米萝。作为带着地方经验闯入北京城市的他者,"宝来们"始终带着一种地方中心主义与北京城市进行着无声的对抗:"其实这地方没什么好看的,除了高楼就是大厦,跟咱们屁关系没有","穿行在远处那些楼群丛林里时,我感觉像走在老家的运河里,一个猛子扎下去,不露头,踩着水晕乎乎往前走"。[②] 而"大雪封门"的想象和憧憬则是他们对北京生存状态的遥远盼望——"均贫富等贵贱"。到那时,"高楼不再高""平房不再低",北京才会变成"童话里的世界",有着清洁、安宁、饱满、祥和的气质。也只有当"大雪封门",北京的生活世界才会等同于故乡的生活世界。但是,大雪

---

① 徐则臣:《花街九故事》,北京联合出版社 2018 年版,第 31 页。
② 同上书,第 34 页。

来了,却还是未能"封门"。雪后的北京,和"宝来们"想象的还是有"不小的差距"。① 这表明,作为他者,"宝来们"似乎还是未能弥合自身的地方经验与北京的城市生活世界之间存在的文化鸿沟。

《跑步穿过中关村》中,敦煌、保定、大嘴、新安、三万等一群进城的"闲人"开始做起了"办假证"和"卖碟"的营生。敦煌在沙尘暴天气路遇女孩旷夏。同为异乡人的文化身份和共通的落寞情绪,驱使敦煌和旷夏一起在火锅店"热乎",啤酒杯、酒味、火锅和说话声跟着热气往上浮。如此日常的气氛却让敦煌感到异常亲切的温暖,而"差点把眼泪弄下来"。②

从故乡出走而寓居北京,敦煌的日子过得苦涩且艰难。当他听着旷夏的小呼噜,敦煌只会觉得自己可怜,"连个窝都没有"。于是,北京经验的凄苦被他重新发明出来:"在北京两年了,就混成这样,静下来想想,还真有点心酸。当时把那半死不活的工作辞掉,满以为到了北京就能过上好日子,现在连人都半死不活。"③因此,只有在与旷夏的身体温存中,敦煌才能短暂地从这种离散经验中抽离,进而发现北京的"惠风和畅","觉得天是高的云是白的风是蓝的","沙尘暴也从来没有光临过北京"。④ 而身处北京城市生活世界的敦煌,时刻感受到一种日常经验迁移后的不适应和孤独——"声控的门灯灭了,他坐在黑暗里有种被彻底遗弃的孤独感"⑤。

对于敦煌而言,他是北京这个城市生活世界的他者。创业的生活被认为是"在北京这地方开始了新生"。但他却始终没能吸纳北京的日常生活经验,将之内化为自己的生活世界的一部分。所以,当敦煌在旷夏家收拾行李时才会有"累赘"的体验和感受:"过去敦煌只偶尔认为自己是

---

① 徐则臣:《花街九故事》,北京联合出版社 2018 年版,第 40 页。
② 同上书,第 6 页。
③ 徐则臣:《跑步穿过中关村》,花城出版社 2010 年版,第 11 页。
④ 同上书,第 12—13 页。
⑤ 同上书,第 17 页。

生活的累赘,他总觉得自己站在世界的最外围,像个讨厌的肿瘤岌岌可危地悬挂在生活边上。现在,所有和他有关的原来都是累赘"。① 敦煌虽然在北京生活了两年,他却依然是北京这个城市生活世界之外的人。他的经验一直在发明一种游离之感。敦煌自以为对海淀的"了如指掌",会在"天一黑下来"就"完全不是那回事"。而北京和故乡的生活经验也总是以一种对驳的形式出现在敦煌的生活世界中——"北京的风是黑的,凉的;老家的风是淡黄的,暖的。"②而对于旷夏而言,她带着地方生活经验闯入北京后,却不想待下去——"只想回去,有个家,有自己的房子和孩子。"和敦煌一样,旷夏一直处于一种和北京城市生活世界的疏离和对抗当中。所以,她"还是想回去"。③ 尽管在旷夏男友旷山的眼里,"旷夏们"回老家的行为成了小农思想和小市民思想的表征,但旷夏和敦煌将北京经验与老家生活世界进行对驳的主体行为也时刻表现了他们作为城市的他者,与北京城市生活世界的疏离。小说的最后,敦煌在北京这个生活世界看风景,看出一股"破坏的欲望"——"他站在高处,看到眼前低矮的居民区和街道一夜之间变成了单纯的土黄色,如同冬天看见大雪覆盖世界。但和那感觉完全不同,落了土的房屋和街道看上去更像一片陈旧的废墟,安宁,死气沉沉。"④

而《我们在北京相遇》依然讲述了沙袖、孟一明、穆鱼、边红旗、沈丹等外乡人进入北京城市生活空间后的爱恨纠葛。一明进入北京城的目的很明确,要留在北京,最终把沙袖从香野地带到了北京。而北京的万家灯火却让作为外来者的沙袖感到"心里没底"和"恐惧"。对于从乡下进城的沙袖来说,五棵松更是"比四环无人的野地还荒凉"。⑤

---

① 徐则臣:《跑步穿过中关村》,花城出版社2010年版,第28页。
② 同上书,第31页。
③ 同上书,第38页。
④ 同上书,第50—51页。
⑤ 徐则臣:《人间烟火》,春风文艺出版社2009年版,第161页。

其实,无论是旷夏还是沙袖,都是以一种地方中心主义视角在看北京这个生活世界。所以,她们都面临同样的两难选择:乡野的故土还是繁华的北京。显然,这样的地方中心主义视角是一个外边人视角。对于外来的沙袖和穆鱼、孟一明而言,北京带给他们最深切的体会是"找不到方向"。沙袖总是"斗起胆子"出去玩,"几乎每次都迷路,她在北京几乎完全失去了方向感。这里不同于香野地,那里是平面的,站在哪里都明白自己的位置;北京是立体的,陷在高楼之间,连影子都找不到"。[1] 而沙袖辞职的直接原因是语言问题——东北方言人和普通话顾客的分野——"偏偏在香野地张嘴就地瓜味的孟一明,到了北京一开口就像穿了西装,跟个正儿八经的北京人似的。"[2] 这种迷失感和不适应感加剧了沙袖内心的"空荡",也带出了进城的"沙袖们""一明们"的真实疑惑——"真的还能回去吗?"这里,我们不妨欣赏一下沙袖在墙上贴满了的画:"张大嘴笑的儿童和长满青草的野地,还有几处芦苇,叫不出名字的鸟在天空飞。"沙袖的画是关于香野地的风景的。这是和北京的高楼林立完全不一样的风景。更准确地说,这是外边人沙袖想象出来的栖居之地,它可能既不是作为故乡的香野地,也不是北京城,是独属于外边人借助主体性功能的发明之物。

在北京这个城市空间相遇的所有小说人物都面临一个共同的问题:回家还是留下。对敦煌、旷夏、沙袖、穆鱼等带着地方经验闯入北京的外边人而言,北京这个城市空间始终存在于别处的他者,北京的生活始终没有成为"敦煌们"和"沙袖们"生活世界的一部分。因此,他们自然就成了他者的他者。无论是穆鱼家里给介绍对象,还是他留在北京继续写作的执念,或是沙袖想离开北京回家,他们要的其实是一个能够完成自我安置的精神栖居之地,用以抵挡生活的瞬息万变。所以,在小说最后,穆鱼才

---

[1] 徐则臣:《人间烟火》,春风文艺出版社2009年版,第173页。
[2] 同上书,第180页。

会不断追问:"北京对我的意义到底在哪里?"①这也说明,"敦煌们"一直从地方中心主义出发,将北京变成了一种不同于故乡的另一重生活世界。

三、"到世界去":发明一个普遍性的生活世界

对徐则臣的小说世界进行一种连续性的整体观照可以发现,他的系列小说呈现了一种类似于鲁迅小说中的"离去—归来—离去"的叙事模式。在《耶路撒冷》中,这种叙事模式就显得尤为突出。初平阳是以"返乡者"的身份回到花街。但是,这次回归却让他成了花街的他者。初平阳和易长安、秦福小等"花街人"从北京回来后的叙述和言说,都隐含着一种跨越横亘在花街和北京之间的文化鸿沟的叙事实践。所以,初平阳才会觉得花街的时间好像是静止的,但又确实变化了。问题的核心似乎不是以何种方式来审视小说的系列叙事本身,去追究"花街叙事"与"北京叙事"背后蕴含的地方中心主义和城市生活空间的分野、对驳,而是初平阳这个小说人物本身的双重身份特性。他带着花街经验闯入北京这个生活世界之后,其生活世界既不是原来的花街,也不是后来的北京。那么,他一直呐喊的"到世界去"喻示着何种深意。这才是值得读者深思的锁钥。

无论是出于作家的自述,还是读者的阅读视野,《耶路撒冷》都被惯常性地理解成一个经历了"创伤—罪感—赎罪—归乡"的精神救赎②,并最终"到世界去"的故事。就花街与北京、耶路撒冷三者之间的关系而言,与其说这个要到的"世界"——耶路撒冷,是凌驾于花街与北京之外,不如说是"花街叙事"与"北京叙事"共同发明了"耶路撒冷"。

小说中的初平阳在回到自己最为熟悉的家乡——花街后,他期望要

---

① 徐则臣:《人间烟火》,春风文艺出版社2009年版,第221页。
② 薛蒙:《历史、记忆、认同——论徐则臣的〈耶路撒冷〉与〈北上〉》,《长江文艺评论》2021年第3期。

去耶路撒冷念书,其目的是"到世界去"。因此,他完成的报刊专栏也留名为《到世界去》。后来,作者徐则臣曾多次在访谈中自我声辩式地说明了其创作意图就是要"到世界去",寻求一种在别处的生存意义。那么,换一种读法,《耶路撒冷》更像是叙述了一个"离去—返乡—离去"的故事。就花街与北京的关系而言,我们不难发现:第一,在初平阳进城之前,花街是他的全部生活空间。花街是静止的、一成不变的,只有运河和顺水漂的船只。同时,花街也成了花街人生活的全部世界——"世界的尽头就是跑船的人沿运河上下五百里。一段运河的长度决定了我父辈的世界观"[1]。只有在花街,初平阳"依然没能太深地发现村庄的变化"[2]。因此,初平阳将"进城"视为"开始了新的奔跑"。但实际上却是为了逃避花街记忆中的"天赐之死"带来的创伤。在一定意义上说来,北京成了花街以外的第二重生活世界。第二,初平阳从北京返回花街后,他的生活世界既不是原来的花街,也不是后来的北京,而是由二者共同组成的"第三世界"。初平阳回到花街,仍然无法完成专栏的工作任务。对于初平阳来说,这个专栏的写作是他寻求意义的一种路径。而所谓的"意义焦虑症"也正是初平阳从花街出走,进入北京之后的生存体验——对意义寻求无果的迷茫和焦灼,且无法完成对"天赐之死"的自我精神救赎。小说中这种随处可见的"离去—归来"叙事模式,似乎都表达了"初平阳们"无法完成自我安置的现实处境。当初平阳再次回到花街,他被昔日熟悉的乡人称作"北京人"。于是,他"赶紧向叔叔阿姨、兄弟姐妹们一个个问好;都打过招呼了,他才觉得自己重新是个花街人了"[3]。而当铜钱重复"到世界去"时,初平阳才恍然决定了"寻求意义"的专栏写作——"傻子也要到世界去!"[4]

---

[1]　徐则臣:《耶路撒冷》,北京十月文艺出版社 2018 年版,第 31—32 页。
[2]　同上书,第 124 页。
[3]　同上书,第 22 页。
[4]　同上书,第 30 页。

在《耶路撒冷》当中,初平阳、秦福小、易长安等青年怀着"出息"和"欲望"离开作为故乡的花街。他们进城的主体行动本身在深层结构上与其自身的地方性身份和家庭历史密切相关。"返乡"的行为意味着他们需要各自背负起救赎过去的经验——"天赐之死"的十字架。事实上,他们无法通过"返乡"来真正完成这次自我救赎。也就是说,横亘在"返乡"青年与现实中的恰是他们过去的花街经验与现在的北京经验之间的文化鸿沟。而初平阳的"返乡"在某种意义上变成了一种从普遍性经验的立场来弥合花街与北京的经验裂隙,同时也发明了作为"第三世界"的耶路撒冷。

对初平阳而言,花街是与过去的生活经验和历史记忆关联起来的。在初平阳与舒袖、杨杰、易长安、吕冬(同事)这群人的交往中,世界是变化和流动的。SARS、"9·11"、申奥等具体事件变成了世界,变成了世界流动、变化的符号。事件的叠加在某种意义上建构了这个丰富的外部世界——北京。而这群朋友的重聚则是一次记忆与怀旧的行程,是花街风景的展现。而"返乡"是主体选择的弥合两个不同生活世界之间的裂隙的方式。因此,初平阳在"返乡"后才感叹道,乡村最大的问题依然是生存。而回忆串联起了"过去""历史""童年""乡村""乡土""民生""生命""城市化"和"生存压力""政治""改革""理想主义""我们这一代"等宏大命题的关键词。

在小说中,秦福小曾经拒绝承认回忆和乡愁。但她在出走花街之后最终决定"返乡",直面弟弟天赐的死亡:"我想回去了,平阳。我不能一直逃下去。"[1]回到花街,意味着秦福小要直面弟弟景天赐的死亡。这也是她和过去的生活世界无法弥合的裂隙。其实,所有的人都表现出一种游离感,既不属于城市北京,也不属于故乡花街。也正因为这样,初平阳才会如此执着于"记忆"。鲁迅在《故乡》和《祝福》等小说中借用叙述者

---

① 徐则臣:《耶路撒冷》,北京十月文艺出版社 2018 年版,第 165 页。

"我"讲述了一个"离去—归来—离去"的过程。"我"每一次的归来都是一种现实故乡与幻境故乡之间的对辩性书写。但最终的离去却怀着主体行动的不同动机。因为"我"受到了祥林嫂关于"灵魂有无"的终极意义挑战,而毅然决然离开。而离开的是为了继续寻求生存的精神结构和意义,进而反抗绝望。可以认为,秦福小和初平阳都是天赐死亡的亲历者,他们的"返乡"在精神结构上构成了与花街生活经验与历史的和解。而"背负十字架"等同于"我"还有忏悔、赎罪、感恩和反思的能力,且需要背负和寻求的实际行动。而"耶路撒冷"就是"初平阳们"在弥合了花街与北京这两重不同生活世界的经验对驳后所要抵达"将在"。换句话说,初平阳从北京回到花街的最终目的仍然是要离开,去耶路撒冷念书。但是这种离开行动的动机就变得与"逃离"不一样。初平阳要去寻求的耶路撒冷其实可以换算为花街与北京之外的"第三世界"。这是随着"初平阳们"的"离去—归来—离去"的行动实践,而处于不断拓展之中的生活世界的新秩序。

因此,"花街叙事"与"北京叙事"最终共同发明了"耶路撒冷"。只有在一个特定历史条件之下形成的关于特定生活世界的特殊经验,遭遇到另一个生活世界的特殊经验,并且由这种相互遭遇而敞开了共同的"第三世界",过去生活世界的特殊的文化经验才会因为这个"第三世界"而成为特殊经验。反过来,这个被发明的"第三世界"也才能通过特定生活世界之间的文化经验的发明效用而转化为更高层面上的普遍主义空间。质言之,在"初平阳们"这里,正是当不同生活世界中的"花街经验"与"北京经验"因为"天赐之死"的持续性精神震荡,才共同发明了"耶路撒冷"这一第三重生活世界。而这种现代性条件下的相互发明的生产性关系,最后把"花街经验"的封闭、自足的普适性存在,和"北京经验"的游离、孤独的他者性存在,转化成了普遍性文化共同体内部的亚型经验。那么,初平阳的"返乡"正是在把特殊性变成了一种可以被"这个地方"之外的生活世界所理解和欣赏的普遍性存在。而初平阳和秦福小、易长安最终完成对"天赐之死"的精神救赎,是通过两个不同生活空间与经验之间的互相发明关系,学会了从共同体的普适标准出发来认识和欣赏特殊性,并最终重新出发,抵达作为"将在"的第三世界——"耶路撒冷"。

总而言之,徐则臣的文学世界铺陈在"花街""北京"和"世界"三重空间当中。他正是穿行在这三重文学空间当中,寻找着一条"知识分子通向古希腊的小道"[1],洞析着日常生活表象之下的现代性精神质素。正如沈从文《〈边城〉题记》中所说:"还预备给他们一种对照的机会,将在另外一个作品里,来提到二十年来的内战,使一些首当其冲的农民,性格灵魂被大力所压,失去了原来的质朴、勤俭、和平、正直的型范以后,成了一个什么样子的新东西。"[2]徐则臣的小说创作或许也是这样一种路子。他尝试通过花街和北京等特定的、地域性的文学空间抵达一个普遍性的生活世界,通过个体的、特殊的地方经验之间的相互性生产关系,去发明一个普遍主义美学世界,进而表达一个作家应该有的智慧和良心,努力在个人生活与公共世界当中实现个人的精神结构探索。

(原文刊载于《当代文坛》,2024年第1期)

(邱域埕:西南科技大学文学与艺术学院讲师)

---

[1] 徐则臣:《一个人面对世界的方式》,《当代文坛》2002年第6期。
[2] 沈从文:《边城集》,江苏文艺出版社2020年版,第5页。

语言、经验与新现实主义创作(代后记)

中国当代小说一直在探索中前行。在西方和中国现代小说的辉煌成就面前,中国当代小说家的写作始终伴随着更多的困难,也存在着布鲁姆所说的超越经典的焦虑。目前,当代小说家又面临着前所未有的挑战,经验方式、审美形态、传播手段、文化观念的变化无疑对小说创作产生了史无前例的影响。在这种背景下,每一个严肃写作的小说家都必须面对时代转型和文学转型的巨大冲击。同时,这个转型期也是文学淘洗加速的一个过程,是考验作家艺术能力和艺术耐心的一个时代。在这种思考中,徐则臣的小说创作进入我们的观察范围。作为"70后"首位茅盾文学奖得主,徐则臣始终没有表现出任何追随文学时尚的倾向,没有呈现出任何才气外露的锋芒,而是以内敛、沉着的姿态,在承继和开放的视野中探寻自己的文学之路。对徐则臣的讨论,我们从阅读经验出发,着眼于其小说创作的未来可能性,在语言、经验以及"现实主义"的维度中展开。

一、语言策略:"奇"与"正"的选择

有一种阅读感受是:徐则臣的小说创作往往远离"奇"道,走的是一条"正"的路子。一些研究者认为徐则臣的小说写得太"正"了,"奇"一点更好。当然,这是印象式的表达,但提醒我们,这是讨论徐则臣小说的重要路径。这种"奇"与"正"的阅读感受,首先是通过小说的语言传递出来的——这是本文从语言切入讨论的缘由。

"奇正"是古代文学批评的范畴,源于军事用语,早见于《孙子兵法》。

语言、经验与新现实主义创作（代后记）

"正"本义指依"军法"用兵，"奇"则反之；奇正结合，方为用兵之道。《文心雕龙》借此意延伸，使"奇正"成为文学批评的概念，"正"为儒家宗经思想与作文之法，反之为"奇"。刘勰并不排斥奇正相生，只是强调"执正驭奇"，指出"因情立体，即体成势"（《文心雕龙·定势》），主张文体要依主旨而定。刘勰的"立体"之意显然包括对语言的选择，本文所讨论的语言之"奇正"正是在这个意义上展开的。

徐则臣创作中所表现的语言"执正"策略是一个值得重视的现象。依据《文心雕龙》中的"奇正"内涵，这里所谓语言"执正"策略，是指一种自觉的语言方式，作家依据小说主题、审美格调选择符合某种艺术逻辑、表意自洽的语言，而不是采用奇异、奇诡的语词，片面地追求语言之"奇"。从当代文学的创作实践来看，小说语言的"尚奇"之风久矣，已经成为小说创作的一个病症。它主要表现为三个方面：一是脱离小说主题和故事的语言"炫技"，极端追求语言的"陌生化"；二是叙事过程中突兀的、无逻辑的"碎片化"语言形态；三是与题材、格调、叙事进程无关的具有怪诞、魔幻表征的语言。为了更集中地讨论问题，这里不对这些现象具体展开。这些语言方式如果放在20世纪80年代先锋小说的"语言实验"中，或者置放在真正意义上的现代、后现代小说的探索语境中，则是可以理解的。而现在的问题是，在时过境迁的背景中，这些语言策略是对"先锋"文学语言特征的"劣质"模仿，是"技术性"的虚伪拼贴，是作家以浅表的"尚奇"操作来掩饰"执正"能力的不足，是不诚恳的、"装神弄鬼"的夸张式表演。当下小说创作存在的许多问题都可以从这些症候中找到根源。与此相反，徐则臣采取一种求"正"的语言策略，正如李敬泽指出："作为一个具有充分精神和艺术准备的小说家，他对小说艺术怀有一种根植于传统的正派和大气的理解，这使他的小说具有朴茂、雅正的艺术品

格。"①而在支撑"朴茂、雅正的艺术品格"的元素中,语言应该是最重要的。徐则臣从三个层面体现了这种艺术品格:

首先,自觉的语言本体意识。这一点使得徐则臣远离"奇诡"的语言操弄姿态,从观念上确立了"雅正"的写作路径。与许多作家一样,徐则臣受到20世纪80年代先锋作家的影响。难能可贵的是,徐则臣在这个过程中表现出一种语言主体性的强烈自觉,以及在此基础上与生命体验结合在一起的语言探索意识。如果我们忽视了这一点,就遮蔽了通往徐则臣小说世界的一个重要入口。这种语言自觉主要表现在对"语言方式"的探寻意识。在创作中,徐则臣总是先找到一个准确的"声音",然后才开始故事的叙述。比如,在《王城如海》创作中,他先是找到能够准确呈现叙述声音的一个句子,然后才展开叙事,"余松坡的故事从此开始"②。我们再来看《午夜之门》中的语言:"灯火灭后,我出了堂屋,天空逐渐透明,但离天亮还得一会儿工夫。天变得高远,院子里弥漫着浓郁的槐树花的香甜味。夜寂静,只能听到一两艘船经过石码头的划桨声,慢悠悠的一声之后,半天才是另一声,像从极远处传来的做梦的声音。除了睡着的,就是快要睡着的。没有狗叫,没有人声,头顶上是风在穿过花香。我想找一个睡醒了的人,告诉他婆婆已经死了。"看得出来,徐则臣在谨慎地拿捏这些语言,并对它们充满信任和依赖。语言冷静、简约且信息密集,把环境、心理与事件融通起来,并指向叙事的展开。它们能让我们自然想到20世纪80年代优秀先锋小说家的语言特征,但徐则臣没有他们的操练性和表演性,更没有其语言形式的"奇异"感。语言本体的自觉意识与个人的独特气质的结合,为徐则臣想象当下世界提供了"雅正"的逻辑路径和实施手段。

其次,短峭简练、质朴庄重的词语选择。个人气质与艺术直觉影响着

---

① 这是李敬泽对徐则臣小说的评论。见徐则臣:《古代的黄昏》(封底文字),花城出版社2016年版。

② 徐则臣:《王城如海》(后记),人民文学出版社2017年版,第260页。

语言、经验与新现实主义创作(代后记)

作家对词语的选择,如童庆炳先生所言:"作家为什么这样选择和安排词句,而不是那样选择和安排词句,这是因为语言的运用是与作家的艺术直觉同一的。"[1]徐则臣就曾说:"我骨头里头是悲观的,这影响到我对词语的感受和选择。"[2]因而其小说中的词语往往呈现出冷峻、简约、庄重的特征,直接、干净地推进故事、塑造人物,没有任何晦涩、延宕之感,而这些词语对小说主题的形成往往具有重要的意义。《耶路撒冷》就明显体现出这种词语选择的效果,如徐则臣自己所说:"最初我是对耶路撒冷这个地名感兴趣。人很奇怪,有时候你会对某些字词有强烈的感觉,'耶路撒冷'四个字用中文说出来的声调、音韵特别漂亮,这四个汉字给我的颜色是比较暗,比较冷,是个特别阔大的意象。在我对这个词感兴趣之后很久,才知道它负载的宗教和信仰方面的意义。"[3]《王城如海》是继《耶路撒冷》之后的一部长篇,叙写都市年轻人的生存心态。这类题材的小说往往多用意象描绘都市的喧嚣与错乱,表现都市环境对个体生命的挤压,其语言多具有象征性、歧义性的特征。《王城如海》则不同,叙述语言清晰顺畅,人物语言口语化;叙述者的声音低沉,叙述节奏较快,城市的景象在叙事中不断闪烁,人物紧张焦虑的神态在这种语言中频频闪现,于是都市斑驳的真实貌相便清晰呈现出来。这种叙事效果很大程度上建立在这样一些词汇基础之上:冬季、雾霾、咳嗽、眩晕、敏感、破碎、脆弱等等。徐则臣并没有把这些词汇处理成现代主义的象征元素,而是让它们实实在在地推进叙事的进展。此外,小说间或出现粗鄙化词语,比如《如果大雪封门》的开篇:"宝来被打成傻子回了花街,北京的冬天就来了。冷风扒住门框往屋里吹,门口挡风的塑料布裂开细长的口子,像只冻僵的口哨,屁大的风都能把它吹响。"这段文字中叙事与写景结合,兼具陈述与描写的

---

[1] 童庆炳:《文学语言论》,《学习与探索》1999年第3期。
[2] 徐则臣:《到世界去》,长江文艺出版社2011年版,第22页。
[3] 徐则臣、张鸿:《从"花街"到"耶路撒冷"》,见《古代的黄昏》(附录),花城出版社2016年版,第268页。

语言特征,展示出简约俊朗的语言特质。

  再次,贴近现实逻辑的语言表达。这里以徐则臣2021年出版的小说集《青城》为例进行讨论。小说集由两个中篇《西夏》《居延》及一个短篇《青城》组成。篇名分别取自三个女性的名字,讲述她们的故事。三个女性与众不同,她们既有风尘仆仆的现实沉重,也有绝尘而去的梦幻空灵。《西夏》中女孩西夏不会说话,小说没有告诉读者有关她的任何背景信息,男主人公王一丁也不知道其来历。一张莫名的纸条让男女主人公相遇,故事由此展开。读者最后站在了男主人公这边,不再在意女孩的神秘,而是跟着王一丁一起犹豫:该不该带女孩到医院去治疗,让她恢复说话的能力。《居延》中的女主人公居延到北京寻找突然消失的恋人,"寻找"成为她活着的理由。然而,随着故事的展开,"寻找"已失去原来的意义。《青城》中的主人公青城是一位柔弱、有艺术气质的女孩,坚持陪伴生病的恋人。西夏、居延、青城构成独特意义的"三姐妹"组合,人物性格、故事情节都给人脱俗、奇雅的印象,但绝无离奇、怪异之感。进一步说,人物、情节、环境等因素还是在日常的现实生活中,并没有给人一种极端的"抽离"感受。当然,小说在"生活之实"中也叙写了生活的可能,但后者没有构成对前者的破坏。而形成这种效果的重要因素就是小说的语言之"正",即语言方式采用的是尽量贴近现实逻辑的策略,多呈现生活化的特征,在词汇、语法上不过度追求"陌生化"的"离奇"表达。

  在上述三个层面的因素作用下,徐则臣的小说语言形成了一种鲜明的"雅正"品格,概而言之即是:语言表达按照生活中的行为秩序和情感逻辑进行,而不是光怪陆离的破碎感;语言整体上具有强烈的现实感,而不是离奇的魔幻色彩。这样的语言策略在很大程度上也体现了徐则臣对世界的体验方式和思维方式,并在小说叙事中发挥了关键性的驱动作用。

二、心灵、世界与历史:经验表达的方式

  阅读中还不难发现,徐则臣的小说具有鲜明的个人经验书写特征。

这个阅读感受同样值得重视,实际上,徐则臣经验表达的意义远远不止于阅读感受的层面上。李敬泽在谈到一些作家的创作时曾指出:"他们就是这样的小说家,他们能够把鲜明的个人印迹写进他们笔下的世界。——这是对一个小说家的最低要求,但足以把绝大多数写小说的人排除在外。在此时,键盘上飞舞的双手大多是'无名'的,你完全可以想象那样的小说是另外的某个人所写,它无气味,无'来处',没有从个人经验分泌出的不可混淆的音色和光芒。"①显然,这涉及了作家经验书写中存在的问题。如何表达个人经验,是每个作家都要面对的问题。从这个角度来说,当代文学的发展历程也是作家如何处理个人经验的过程。在不同历史时期、不同创作思潮中作家处理经验的方式有很大的差异,譬如有研究者认为,20世纪80年代的先锋作家"大都是先在西方作家的作品中找到主题、思路与灵感,而他们的经历、经验不过是作品的'填充物'"②。因此,个人经验的处理方式是讨论当代文学问题的重要维度。徐则臣处理经验的方式是独特的、具有启示意义的:他以严肃的创作态度开发自己的生活经验,并把它们赋予笔下的人物,使人物具有了个性化的现实感;同时,人物在经验的逻辑中又充满疑惑和审视,具有了现实反思和冲破经验拘囿的精神特征。

个性化的经验处理方式贯穿了徐则臣小说创作的整个过程。如果对徐则臣目前的小说创作进行分期,大致可分为1997—2007年、2008年至今两个阶段。第一个阶段的代表作品有:《你在跟谁说话》《生活还缺什么》《鸭子是怎样飞上天的》《逃跑的鞋子》《啊,北京》《花街》《西夏》《石码头》《弃婴》《跑步穿过中关村》《九年》《养蜂场旅馆》《古代的黄昏》《沿铁路向前走》《我们在北京相遇》《午夜之门》《紫米》《大雷雨》《人间

---

① 李敬泽:《〈回报者文丛〉序》,见徐则臣:《通往乌托邦的旅程》(序),昆仑出版社2013年版,第1—2页。
② 张卫中:《中国现代文学的发生与流变》,中国社会科学出版社2016年版,第164页。

烟火》《伞兵与卖油郎》《夜火车》《苍声》《把脸拉下》《水边书》等。第二阶段的代表小说有：《如果大雪封门》《镜子与刀》《露天电影院》《小城市》《耶路撒冷》《我的朋友堂吉诃德》《王城如海》《摩洛哥王子》《居延》《青城》《莫尔道嘎》《日月山》《时间简史》《天上人间》《北上》《船越走越慢》《丁字路口》等。在两个创作阶段中，徐则臣都在对个人经验进行探索性书写，并从心灵、"世界"、历史三个方向拓展经验表达的深度和广度。

一是"花街"与"北京"之间的心路历程。徐则臣的小说世界都是建立在具体的生活经验之上，并且他尽力给自己的经验一种"区隔"，给读者不一样的"花街"和"北京"。随笔集《到世界去》可以称得上其小说的某种注脚，"生活在北京""近乡""世界两侧""30岁出门远行"等篇章中的"非虚构"事件都可视为小说叙事的起点。徐则臣从故乡（小说中的"花街"）辗转到北京的经历可以成为观察其经验表达的一种线索，如他自己所说："这条路线让我觉得自己总在路上，写作是对过去的回忆和对身边世界的打量。所以我写的小说，多少都有东海、淮安、南京的影子，我看到的、听到的、感受到的、梦到的和想象到的，真实的和虚构的这些地方。"[①]乡土小说几乎都是以"花街"展开的，如《大雷雨》《花街》《梅雨》《伞兵与卖油郎》《露天电影院》《忆秦娥》《逃跑的鞋子》《轮子是圆的》《水边书》等等。比较而言，写"北京"的小说影响更大，如《啊，北京》《西夏》《如果大雪封门》《我们在北京相遇》《时间简史》《天上人间》《跑步穿过中关村》《逆时针》《居延》等等。此外，许多小说同时写到"花街"与"北京"，《耶路撒冷》则是这类小说的代表。

更为重要的问题在于，徐则臣不仅叙写了"花街""北京"的现实景观，还成功进行了对心灵世界的深度发掘。小说的题材、人物、故事、环境都与作家的生活体验直接相关，"花街"与"北京"同时也是小说精神世界

[①] 徐则臣：《到世界去》，长江文艺出版社2011年版，第37页。

的重要支撑。因此,可以说徐则臣的每一次写作都是心路历程的自我回顾,并有效地向心灵深处掘进,如《啊,北京》表达"北漂者"心灵深处的复杂感受,《王城如海》写出了"你的孤独无人响应"①的感觉。其中,《天上人间》是值得重视的一部小说。小说成功塑造了"北漂者"陈子午的形象,探寻了城市边缘人的精神底部。小说中有困顿和窘迫,也有冒险和希望,有无可奈何的苦痛,也有拼死一搏的抗争,有冰冷而鲜活的现实生活场景,也有温暖而深入的精神肌理,时代气息与生存逻辑为读者开辟了理解人物的多种通道,读来使人动容,以至于主人公的原型多年后看到小说依然"号啕大哭"②。该小说在体量上不如《耶路撒冷》《北上》那样宏阔,但抵达现实的有效程度以及穿透现实的纤锐力量足以形成别具一格的艺术魅力。从这个意义上说,徐则臣的"花街"和"北京"故事及其蕴含的心灵叙事,指向了人物与生存环境的复杂关系,"在徐则臣这里,书写北京,不是书写与故乡的关系,而是书写一个人与世界的关系"③。于是,"到世界去"就成为精神拓展的一种必然。

二是"到世界去"的精神状况。徐则臣当然不会停留在生活层面的经验表达上,而是让生活经验与"世界"沟通,与未来沟通,从而探寻精神世界的诸多可能性。徐则臣选择了"到世界去"的构建路径,进一步拓展经验书写的空间。在小说中,"到世界去"的叙事空间建构是通过人物的"出走"行为来实施的,比如《走在路上》《沿铁路向前走》《跑步穿过中关村》《长途》《夜火车》《莫尔道嘎》《日月山》《耶路撒冷》等小说即是如此。需要注意的是,与许多小说家不同,"出走"对于徐则臣不是概念性的,而是体验性的。如果熟悉徐则臣的生活阅历,就很容易理解这一点。许多小说家往往通过"出走"主题来表达对世界"本体性"的某种认知,如表现

---

① 徐则臣:《王城如海》(后记),人民文学出版社 2017 年版,第 259 页。
② 徐则臣:《天上人间》(后记),作家出版社 2018 年版,第 337—338 页。
③ 张莉:《"京味"的新声与新变——想象北京文学的多种方法》,《当代作家评论》2020 年第 3 期。

世界的荒谬本质等,或者在叙事技术上把"出走"作为故事方便展开的手段。徐则臣对"出走"的处理不是这样,即没有用小说去阐释某个哲学概念,而是专注生活、书写"人心"。"出走"在其小说中是一种自我的释放,一种莫名的愿望,一种刻骨铭心的期待;这些都源自人物生活中的具体欲望,与从哲学意义上设置的主题概念无关——当然,这并不妨碍读者从这个角度进行阐释。对于徐则臣来说,或许他只是想让林慧聪(《如果大雪封门》)、陈木年(《夜火车》)、初平阳(《耶路撒冷》)等替自己"到世界去",正如他所说:"有人问,为什么你的人物总在出走?我说可能是我想出走。事实上,我在各种学校里一直待到二十七岁,没有意外,没有旁逸斜出,大概就因为长期规规矩矩地憋着,我才让人物一个个代表我焦虑,替我跑。"[1]这样看来,徐则臣"到世界去"的叙事实际上是一种精神状况的叙写,是经验表达的一种方式。

精神状况的有效表达拓展了一代人的经验边界,扩大了小说世界的空间。在小说中,"到世界去"成为一种可能性,成为一种存在,它构成人物最具感染力的精神力量。《耶路撒冷》则出色体现了这一点。当然,追求开阔的视野和远方的希望是许多作品中人物的精神诉求,但《耶路撒冷》成功地将这种精神诉求"经验化",使之成为一代人深深的精神烙印。从这个意义上说,《耶路撒冷》应该是当代中国叙事构建中不可忽视的一部重要作品。小说名为"耶路撒冷",实际上主要写的还是"花街"和"北京","耶路撒冷"只是远方"世界"的一种标志;前二者是"实"写,后者是"虚"写,虚实相生,构成了经验的全部。主人公初平阳莫名其妙地要到"耶路撒冷"去,如同脑子不正常的"铜钱"嚷着要"到世界去"一样,懵懂而执着,茫然而真诚,呈现着一代人的精神状态。这种精神状态其实并不难理解,但作家如何用小说的方式把它表达出来则是不容易的。徐则臣设置了"花街"——"北京"——"世界"(耶路撒冷)的叙述空间,而这种

---

[1] 徐则臣:《夜火车》(后记),人民教育出版社2012年版,第296页。

语言、经验与新现实主义创作(代后记)

空间的建构是建立在人物的具体经验的基础之上(譬如"花街""北京"的生活故事),"世界"则是这些经验共同作用下的精神欲望,它已经成为影响行动的重要因素,并使得人物"到世界去"成为一种可能——尽管这种可能存在着许多不确定性。

三是作为经验表达的历史想象。历史书写是徐则臣经验叙事的延伸,同时也使其小说世界转向另外一个开阔的空间,从而大大丰富了小说的艺术含量。在徐则臣的创作中,对历史的追寻与想象是经验书写的积淀,是对于经验予以观察、记忆之后的思考与表达。《西夏》《居延》《青城》等小说明显体现出徐则臣对历史叙事的兴趣,花街的故事也往往呈现出对历史的探寻,衍生出一种绵远的历史况味,《大雷雨》《花街》《梅雨》《伞兵与卖油郎》等小说即是如此。譬如《花街》写了修鞋匠老默和豆腐店一家三口的关系,突出了人物塑造,想象了一个人独特的生存方式。在这个过程中,花街只是一个背景,小说叙事延伸了对花街历史的某种构建,使之成为具有历史文化内涵的地域,并使花街历史成为中国历史的一部分,正如徐则臣所说:"我把我对中国历史、现实和人与人之间的关系的认识都落实到这条街上,所以花街的故事里的时间和空间的跨度很大,从几百年前一直写到现在,从封建社会一直写到当下的城市化进程和全球经济危机。"①

《北上》是徐则臣创作中历史叙事的代表作。如果说《耶路撒冷》较多表现为空间的拓展,那么《北上》更多呈现出时间的延伸。该小说是徐则臣经验书写的延续,更是经验书写的一次突破。徐则臣为什么会有这样一次写作?《北上》对于当下小说创作而言意味着什么?对这两个问题的思考可以帮助我们深入地理解该小说。表面上看,徐则臣的这次写作离开了花街和北京,专注于大运河的故事。当然,《北上》是一部关于河流的小说,仅在此方面,它就拥有独特的阐释空间,而这里要强调的是

---

① 徐则臣:《通向乌托邦的旅程》,昆仑出版社2013年版,第69—70页。

它在创作上的探索意义。20世纪90年代以来,许多新生代小说家因个人话语的叙写而崭露头角,但也因走不出个人经验叙事的拘囿而黯然退场。徐则臣与此不同,他实施了一种爆发式的突破。这一切在很大程度上源自创作中的一种思考力量。在我看来,《北上》是徐则臣对花街和北京经验进行理性思考之后一次出色的艺术表达。作为一个小说家,他思考那些经验从哪里来,又有可能延伸到哪里去,于是在花街和北京的故事中出现了"到世界去"的主题和"北上"的历史叙事。同时,徐则臣拟用更开放的视角、更自由的方式表达对世界的思考与认知,于是《北上》中有意大利人小波罗,有交错的叙事结构,有百年的大运河,"呈现了大运河所承载的古今、中西之间变与不变、冲突与融合的思考与意义"[①]。因此,《北上》具有叙事宏阔的艺术品质和思想深厚的艺术感染力。从这个意义上说,徐则臣的《北上》写作是一次成功的探索,为当下现实主义创作带来了许多启示。这就是我们下面需要讨论的问题。

三、徐则臣与当下现实主义创作

徐则臣认为自己是一个"现实主义者"[②]。的确,从以上关于语言和经验的讨论中可以看出,徐则臣是按照现实生活的事理逻辑实施想象和表达的。这就涉及当代小说创作与现实主义的问题。现实主义是一个复杂的话题,其内涵具有很强的包容性,也有很多的矛盾性。新时期以来,学术界对"现实主义"概念的使用在整体上持一种谨慎的态度,以避免对问题的讨论可能陷入某种泛化和纠缠的状态。我们对该话题的展开,是基于徐则臣小说之于当下现实主义创作的某种意义和价值而言的。

在上述的讨论中我们能感受到,徐则臣的小说具有现实主义范畴的某种内在品格。基于这种艺术品格的独特性,我们将其小说命名为"新

---

① 赵冬梅:《水的传奇:徐则臣〈北上〉的"大运河"书写与北京形象》,《当代文坛》2021年第5期。

② 徐则臣:《别用假嗓子说话》,河南文艺出版社2015年版,第205页。

现实主义"。当然,这种命名是冒险的,但是,"事实上,现代批评离开了理论、概念和命名是难以想象的。因此,尽管各种理论、概念和命名有明显的局限,但批评对其的依赖却日益加强"①。当然,由于"现实主义"边界的不确定性,我们这里准确界定"新现实主义"是困难的。我们可以借鉴乔纳森·卡勒讨论"文学"概念的方式,将阅读中感受到的一些突出的创作特征进行梳理和分析,并讨论我们视之为"新现实主义"元素的理由,正如评论家南帆指出:"另一种辨认'现实主义'的方式并非围绕文学术语展开理论思辨,而是依赖文学阅读经验。"②就徐则臣的"新现实主义"创作而言,至少以下三个特征是值得重视的:

第一,叙写时代变迁中的生活现实和心理现实。无论是"花街"故事还是"北京"故事,徐则臣都力图贴近生活的场景,通过对故乡的回望和对"世界"的眺望书写时代变迁的样貌和人物心理的现实。在当下的网络时代,信息正无节制地扩展,这大大增加了小说表现生活的难度。如何突破这种难度,形成具有现实感的冲击力,是徐则臣小说创作呈现出的一种新的文学力量。徐则臣以"70后"一代人认知世界的方式为切入口,直抵时代精神的深处,表达时代精神的内核,拓展了读者对时代现实认知的边界。

徐则臣尤其重视个体的心理现实与社会现实的结合,聚焦时代变迁中的物质世界和精神世界。譬如在《如果大雪封门》中,三个到北京谋生的男孩、一群鸽子和一间租房构成了小说的整个世界。在这个世界中,"大雪封门"是一种充满温暖的想象和希望:"如果大雪包裹了北京……北京就会像我读过的童话里的世界,清洁、安宁、饱满、祥和,每一个穿着鼓鼓囊囊的棉衣走出来的人都是对方的亲戚。"而从未见过雪的南方男孩,希望此时"踩着厚厚的大雪,咯吱咯吱把北京城走遍"。这是一个生

---

① 吴义勤:《自由与局限》,人民文学出版社2010年版,第2—3页。
② 南帆:《现实主义、理想与历史逻辑》,《文艺报》2019年3月4日。

活窘迫的"北漂"男孩的心灵世界,它与坚硬的生活现实形成激烈的冲突,从而使小说生成强烈的现实感。与20世纪八九十年代的"新写实小说"相比,徐则臣的这类小说更加深刻地书写了人物的生存境况和心理处境,更具有现实的感染力和冲击力。

  第二,蕴含时代困惑中的批判精神。从表层来看,徐则臣的小说并没有明显的批判意识,对城乡变迁过程中文化、道德等方面存在的问题并没有表现出明确的批判立场。如果深入到文本内部,情况并非如此。徐则臣对批判形态进行了改变,没有采用19世纪现实主义的批判方式,也没有以"挽歌"的方式对诸如工业文明蔓延、乡村文明衰落等带来的诸多问题进行指责,而是在"不确定性"的审视中完成对现实的批判。这种"不确定性"并不是作家批判立场的丧失,而是更多表现为对简单判断的否定,呈现出对历史、现状以及未来的一种困惑和焦虑。"不确定性"的审视与当代人的心理境况和审美变化密切相关,也是小说中人物精神的重要特征。

  那么,徐则臣实施了怎样的现实批判呢?他把批判的着力点放在人物行为的"可能性"上,即他在叙事中引导读者关注人物未来的行动上,思考未来的"可能性"与现实之间的关联性,从而形成一种与现实对抗的批判力量。我们以《耶路撒冷》来说明这个问题。小说中的初平阳从北京返乡,准备卖掉花街的老房子,筹钱去耶路撒冷读书。而小说并不是聚焦如何卖房子、如何计划去耶路撒冷等事宜,而是叙述初平阳等人的生活场景、历史记忆和命运变故等等。在历史记忆的叙写中,初平阳等人也有明显的负罪感和忏悔意识——如对景天赐之死的愧疚,但这还不足以形成小说的批判意识。在故事延展的过程中,小说叙事一直在提醒读者关注初平阳到耶路撒冷求学的事件,但这只是个"符码"而已,故事在这个层面上并没有前进一步。他为什么要去那里?为什么要卖花街的房子?等等。读者回答这些问题的过程也就是小说形成批判力量的过程。回答的结果是:初平阳除了"怀旧"和"出走"之外,一无所有——是这个喧嚣

语言、经验与新现实主义创作(代后记)

时代典型的乌托邦主义者。而这样的回答会让读者尤其是"70 后"读者感到心痛不已,因为"初平阳"就是我们自己。这样一来,小说就剥掉了我们身上的某种虚伪外衣和一点自恋的、沾沾自喜的情绪,露出一种无力的、缺少责任感的、缺乏某种实践能力的面目。这是一个多么悲哀的典型画面,而这,正是小说内在的批判精神所致。尽管徐则臣没有掩饰对主人公的喜爱,但这丝毫没有影响小说批判意识的存在,也并不妨碍他以犀利的力量抨击人物精神世界的孱弱之处。这是徐则臣"新现实主义"写作的重要特征之一。

第三,经验和理性基础上的艺术想象。个人的真切经验是徐则臣小说世界构建的基础,也是其艺术想象的起点,"现在我倾向于写'有我'的小说,即使这个小说写的是几百年前,也要有'我',把我的理解、感受和经验注入进去,人物要与我息息相通"[1]。徐则臣按照经验的现实秩序和情感逻辑叙述行动和事件,因而小说叙事没有破碎、"魔幻"的技术特征。而且,徐则臣表现出对艺术理性的重视,保持了艺术想象的"自洽"边界,从而使创作具有了现实主义的探索性特征。

一方面,个性化的经验书写赋予其艺术想象深刻的现实必然性。徐则臣曾说,他的小说想象是"建立在对亚洲、对中国,对它们的过去、现在和将来有真切的感知和发现的基础上,否则所有的想象只能是空想,所有的描述都可能是篡改,所有的判断都会是葫芦僧判断葫芦案,距真相越来越远。而我,在借用文学这一方式时,希望自己能够像深入到小说的底部一样深入到亚洲和中国的独特的细部,进得去也能出得来,在一条街上写出我对亚洲和中国的无限接近真相的属于一个人的想象"[2]。对现实"真相"表达的诉求,使得徐则臣一直保持真诚的创作态度,这是其创作具有深刻现实性的基本条件。在随笔《别用假嗓子说话》一文中徐则臣就表

---

[1] 徐则臣:《通向乌托邦的旅程》,昆仑出版社 2013 年版,第 84 页。
[2] 同上书,第 70 页。

达了对虚伪和无效写作的警惕和拒绝,强调用真嗓子说话:"我为什么写起了北京?其实我也写乡村,写得还不算少,只是没有像写北京的那些小说那样受到关注。但现在,的确是不太写了。我对当下的乡村也越来越陌生,我觉得没有足够的能力把握好乡村……这些年乡村变化的细节我没有及时看见,这些年故乡的人事我也没能真正理解,尤其是当下中国复杂的城镇化进程中人与土地的关系,我一知半解,作为一个'现实主义者',我没法说服自己依靠天马行空的虚构去接近我的故乡和辽阔的乡土中国,所以,我写当下乡村越来越少。"①在这种创作观念中,徐则臣按照现实的经验逻辑实施想象,避免了缺失生活经验、粗疏呆板的文本,从而使艺术想象具有了现实的必然性和合理性。

另一方面,艺术理性使得徐则臣在创作技术方面保持了现实主义的原则。美国批评家桑塔亚纳在《艺术的理性》一书中认为:"毫无现实根据地臆造怪力乱神,注定会使我们的想象活动招致失败。"②这不仅指出经验现实对于艺术想象的必要性,更强调了理性在艺术想象中的重要性。在阅读中我们发现,由于缺乏现实生活的积淀,一些作家往往以创作"技术"为掩体,进行所谓天马行空般的"想象"。这种"想象"是为获取虚构的便利所进行的"技术性"处理,是对经验的一种虚伪修饰。徐则臣对此保持了高度警惕,注重在艺术理性中展开合乎现实逻辑和艺术逻辑的想象,"可以想象,可以虚构,但都得'靠谱',不能空穴来风"③。徐则臣小说中的细节处理充分体现了这一点。英国当代哲学家以赛亚·伯林认为,小说家呈现的细节是我们获得现实感和历史感的依据④,细节的技术处理方式往往显示出一个小说家的艺术能力。徐则臣在细节处理上从不实

---

① 徐则臣:《别用假嗓子说话》,河南文艺出版社2015年版,第204页。
② [美]乔治·桑塔亚纳:《艺术中的理性》,张旭春译,北京大学出版社2014年版,第202页。
③ 徐则臣:《别用假嗓子说话》,河南文艺出版社2015年版,第231页。
④ [英]以赛亚·伯林:《现实感:观念及其历史研究》,潘荣荣、林茂译,译林出版社2011年版,第39页。

施形式上的虚伪表演,这正如他在谈到《午夜之门》创作时所说:"在叙述上,正面强攻在我看来就看能否把细节落到实处。我是一个细节主义者,缺少独特有力量的细节的小说我不喜欢。因为小说中的虚构成分比较大,所以我必须尽力让能落实的都落实,这样才不显得'飘'。"①"把细节落到实处",这实际上是艺术理性的一种约束,也是现实主义创作方式的一种体现。

徐则臣创作中的这种理性对其小说的艺术性来说是否构成一种局限?它是否会对其小说的未来带来某种限制?有一些评论家对此表示担忧。譬如,有评论家认为《西夏》如果换一种"更超然一点,或更魔幻一点的写法",可能更有利于小说的探索性实验。② 也有评论家认为徐则臣的小说"缺少恣肆蔓延、横无际涯的文本上的铺张扬厉",等等。③ 在我看来,这些质疑和看法很大程度上来自20世纪八九十年代的小说批评惯性,过分强调那种所谓天马行空、汪洋恣肆的技术性叙事,在一定程度上把极为魔幻的、蔓延的"新奇性"视为想象力的表现,"事实上,作家需要提防的往往是事情的另一面:不要过分纵容虚构的夸张与神奇,以至于不慎滑入可笑的荒谬"④。应当说,徐则臣在技术上展示那种"魔幻""恣肆"的叙事应该比他现在的写法更容易,许多作家都在滥用所谓"魔幻"等技术,但他一直坚持"现实"写法,"以实写虚,以无限的实写出无限的虚,所以,我在细节的推演上就顽强地按照现实主义的逻辑走。"⑤这也更显示出徐则臣在现实主义创作上的个性化追求与探索。创作实践证明,

---

① 徐则臣:《通向乌托邦的旅程》,昆仑出版社2013年版,第93页。
② 傅小平、徐则臣:《青城·作品专访》,参见《青城》(附),北京十月文艺出版社2021年版,第185页。
③ 刘大先:《永恒的暂时——徐则臣、郊区故事与流动性生存》,《小说评论》2021年第1期。
④ 南帆:《现实主义、理想与历史逻辑》,《文艺报》2019年3月4日。
⑤ 傅小平、徐则臣:《青城·作品专访》,参见《青城》(附),北京十月文艺出版社2021年版,第186页。

当代中国不缺那种善于"炫技"或把"炫技"隐蔽得很深的"聪明"写作者,而缺少那种脚踏现实土壤、目光阔远的作家。这也是我们以徐则臣的创作来思考"新现实主义"的重要理由。

总之,徐则臣以新的审美情感和审美经验,突破了当代小说叙事的"习惯",即那种要么"坐实"地反映现实,要么实施"极端"的形式圈套,或者将二者生硬地"搅拌"在一起形成平庸而"精致"文本的惯常叙述,他所进行的是一种探索性的、新的现实主义的写作方式。在当代文学前行的复杂语境中,徐则臣的这种写作对于探索"新现实主义"的相关理论提供了重要的实践依据。

结　语

徐则臣小说力图写出时代变化的丰富性和复杂性,展示当代人的真实而隐蔽的生存图景。他的短篇小说有效呈现出当代精神世界中细微的心灵悸动,比如焦虑、痛楚、迷茫、感伤等等;长篇小说则努力展示精神世界中整体性的斑驳图景,比如心灵蛰伏的历史与远方,一生的苦难与梦想等等,从而拉开了一个极为宏阔的叙事时空。值得注意的是,徐则臣《北上》那种宏阔的长篇小说在结构安排、情节推进、场景描写上不是那种滞缓、繁重的表现方式,而是呈现出明显的"简洁"特征。这容易让人想起法国新小说和美国"极简主义"小说。这似乎形成了一种矛盾,而化解这种矛盾的则是语言与经验的个性化融合,以及在此基础上形成的历史意识和文化意识。这也是上述我们从语言和经验两个维度讨论徐则臣小说创作的重要理由。

在社会文化迅猛变化的当下,"现实主义"是一个需要我们重新探讨和反思的重要问题。既往对该问题大而化之和语焉不详的回避,一定程度上显示出当代理论话语建构能力的弱化,或者说研究者缺乏足够的耐心。从文学现场出发,探讨当下的文学实践和理论,是讨论当代现实主义的重要路径。徐则臣小说不是传统现实主义的反映论写法,也拒绝后现代文学中极端的"碎片化"表现,而是从"到世界去"和"到历史去"等多种维度探寻当代人精神世界的深度和广度,更多地追求对精神世界的"不确定性"的有效表达,并在语言策略、经验书写、批判精神、艺术理性等方面为现实主义创作提供了新的实践元素,生成了"新现实主义"写作的可能性。

评论家施战军在2005年谈到徐则臣的创作时说:"小说确实好:有点老道,那是'长成'了的小说家对世事沧桑的体认,在体认中又明显对世道不服气;有点年轻,笔致疏密转换间有着克制着的青春诉说欲。清晰、沉实地向广袤的地方着眼,从浩大人群的正面着手,这种面对世界的习惯类似于常规的传统经典方式,仿佛有意同饮水过量而导致频频内急的今日写作风俗找别扭。这种坚韧地梗着脖颈的书写姿势,让人不能不对他心生敬佩,同时也为之攥一把热汗。"[1]那时,徐则臣刚获得人民文学出版社设立的"春天文学奖",而现在的徐则臣已然渐入佳境、日趋成熟。如果中国当代文学有一个舞台,如果尊重自己的阅读感受,我认为徐则臣所代表的作家代际群体在这个舞台上已然发生了结构性位移——走到了这个舞台的中心。或许,目前承认这一点是需要一些勇气的,但毕竟一代有一代之文学,这也是读者对未来中国文学充满信心的一种必要的证明。

以上这篇文章已发表在《扬子江文学评论》2023年第3期,时与徐则臣的《沉默的故事更有力量》、李浩的《我的"徐则臣印象"》组成"名家三棱镜·徐则臣论"的一个专栏。本书责任编辑刘姗姗女士建议,该文可放在本书最后代为后记。我想这个建议很好。该文有一些不成熟的想法,放在此处便于更好地与读者交流,以期引起读者对徐则臣的创作进行更多讨论,达到抛砖引玉的效果。

本书是关于徐则臣小说整体性研究的成果汇编,对其小说个案文本、

---

[1] 施战军:《出现徐则臣,意味着……》,《文艺报》2005年5月10日。

创作层面的研究成果的选编工作也在进行之中。在评价方式和传播方式发生很大变化的今天，选编作家研究资料的工作变得更加复杂，它需要编者从更多的渠道和媒介获得评价、研究信息，这大大增加了选编工作的难度。这本书的编纂出版是集体工作的成果，入选的每篇文章都经过我与田振华、范伊宁的反复讨论，并在细致校对后确定下来。在这个过程中，我们与责任编辑刘姗姗女士的合作很愉快，她的工作热情和效率让我们感动，在此特别予以致谢。

郝敬波

2024 年 12 月